Dietmar Dath und Barbara Kirchner haben diesen Roman gemeinsam verfasst. Er dreht sich um Himmel und Hölle, um den Kampf von Terroristen und Regierungen, um Sex, Sex, Sex (AIDS ist geheilt) und um die neue Droge „Schwester Mitternacht", die auch die Hirne der WissenschaftlerInnen benebelt. Ein Thriller und zugleich eine Gesellschaftssatire.
Dietmar Dath veröffentlichte den Roman „Die Ehre des Rudels" (1995) und das Sachbuch „Schöner rechnen" (2002). Im Verbrecher Verlag erschienen die Romane: „Cordula killt Dich!" (1995), „Am Blinden Ufer" (2000), „Skye Boat Song" (2001) und „Phonon" (2001, in der Edition Pfadintegral). Er lebt in Frankfurt/M.
Barbara Kirchner lebt und arbeitet in Zürich. Ihr Roman „Die verbesserte Frau", der zu einem der zehn besten deutschsprachigen Science-Fiction-Bücher des Jahres 2001 gewählt worden ist, ist im Verbrecher Verlag erschienen.

Barbara Kirchner
Dietmar Dath
Schwester Mitternacht
Roman

Nachwort von Klemens August Braun

Illustrationen von Daniela Burger

Erste Auflage
Verbrecher Verlag, Berlin 2002
www.verbrecherei.de

Illustrationen: Daniela Burger
Gestaltung: Sarah Lamparter
Druck: Dressler, Berlin
Printed in Germany

ISBN 3-935843-14-3

Der Verlag dankt Martin Schlögl und Verena Sarah Diehl.

In Memoriam
Tara Maclay
1980-2002
You will be missed but never forgotten.
We love you.

„Sister Midnight comes blaspheming"
Cradle of Filth

„Schlingpflanzen umschlingen Schlingpflanzen."
Charles Darwin

TEIL EINS Selbstversuche

1. Katzenstreu

„Muschi? Hallo? Zeig dich! He! Miez-Miez!"

Frank Urban war völlig verstört.

Richtiger: bei Frank Urban piepte es.

Nicht einmal die laute Musik konnte dieses Geräusch überdecken.

Das Piepen ging immer deutlicher in ein schrilles Zwitschern über, und aus diesem Zwitschern würde, wenn Frank nicht schnell was unternahm, sehr bald ein nie dagewesenes Crescendo werden. Warum auch nicht? Es waren schon Leute verrückt geworden, die weniger groteske Dinge erlebt hatten als er.

Frank kroch am Boden herum und krächzte. Genauer: er kroch auf Händen und Knien, in seinen schwarzen Jeans, einem grasgrünen T-Shirt und Tennissocken auf dem vanillefarbenen Teppichboden seiner zu zwei Dritteln abbezahlten Eigentumswohnung herum. Dabei krächzte er, spuckte, hustete und fluchte.

In der linken Hand hielt er einen weinroten italienischen Ledergürtel, mit dem er sich eben noch hatte aufhängen wollen. Die Rechte umkrampfte den Schraubenzieher, mit dem er die Stuhllehne des Bürostuhls, auf den er zum Aufhängen geklettert war, hatte nachziehen wollen. Vielleicht hätte er, wenn er schon dabei war, mit diesem Schraubenzieher auch noch die Befestigung der Lampe überprüft, an der er sich hatte aufhängen wollen.

Zur Sicherheit. Wenn es soweit war. Erst mußte das mit dem Viech geklärt werden.

„Muschi?"

Frank rief aus Leibeskräften nach seiner Katze. Sie hätte ihn auch dann nicht gehört, wenn er dreimal so laut gerufen hätte – in der Wohnung tobte gewaltiger Lärm. Die Stereoanlage war voll aufgedreht. Verbittert dachte Frank: ich hätte das Viech überhaupt nicht kaufen sollen. Wozu brauchte einer wie er eine Katze?

Warum hatte er sie sich angeschafft?

Nostalgie, nahm er an – der Kauf war womöglich eine verspätete Folge langer Jahre, die er als Freiwilliger im Tierheim ausgeholfen hatte. Damals ... zusammen mit Karin.

Ein richtiger junger Idealist war er gewesen. Danach angehender Mediziner. Und jetzt? Desorientierter Selbstmordkandidat, zugeknallt bis unter den Haaransatz mit einer Dosis MTS, vor der es die Sau des Teufels gegraust hätte. Wie passend kam ihm der geläufige Spitzname der Droge, Schwester Mitternacht, in diesem Moment vor: Geisterstunde, in der Tat. Das Ende des Weges.

Wie sagte der fette Fuhrmann, Chefredakteur des peinlichen Blattes, an das Frank sein Leben verschwendet hatte, immer so mitfühlend? „Was der Urban an MTS frißt, damit kann man im Winter die ganze Stadt rutschsicher bestreuen." Goldener Redaktionshumor in Zeiten schwindender Anzeigen, umzingelt vom täglich drohenden Bankrott einer Presselandschaft, die niemand mehr bewohnt. Wie war das nochmal, mit der berühmten Meinungsvielfalt, zu der man auch als Klatschdrecksau auf der letzten Seite munter beitrug? Geschenkt: überall stand dasselbe, und also wurde es Zeit, daß die Konkurrenz sich mal bereinigen ließ von der schönen Wirklichkeit, die da der Vielfalt Grenzen setzte durch Minimierung des Fassungsvermögens diverser Werbe-Fleischtöpfchen.

Es war nicht mal so, wie Frank als junger Idealist immer gedacht hatte: abweichende, irgendwie linke oder aufmüpfige

Meinungen waren eigentlich nicht „ausgegrenzt", und mulmige Meldungen noch viel weniger, im Gegenteil: au ja, Fakten, Empirie, Hiobsbotschaften, gern doch. Nur Übersicht war verboten, dafür reicht die Zeit des Lesers nicht. Also, was melden wir heute? Die Welt geht unter? Ärzte nehmen böse Drogen? Ficki ficki? Alles erlaubt, alles interessant, drucken wir, sofern wir nicht grad pleite machen.

Und die „innere Einstellung" derer, die den Quatsch verantworteten? Wie sagte doch abermals Fuhrmann so zutreffend: „Man hält es entweder aus, daß man im Tagesgeschäft dauernd was Gutinformiertes zu Sachen sagt, von deren Existenz man gestern noch nix wußte, oder man wird moralisch drüber und kackt ab. Irgendwo dazwischen quält sich der liebe Kollege Urban ab, derbste Drogenscheiße gurgelnd, und wir gucken besorgt zu. So schaut's aus. Und jetzt: an die Arbeit, Kinder!"

„Muschi? Musch-Musch? Katze? Mistvieh! Hallo? Hallo!"

Mit rauher Stimme, während sein rechtes Nasenloch wie üblich mts-bedingt verstopft war und seine roten, blutunterlaufenen Augen unruhig blinzelten, rief Frank nach dem namenlosen Tier, und zwar so laut er konnte. Besonders laut war das nicht.

Von all den vielen Dingen, die er hinsichtlich seines 35jährigen, von diesem absoluten Tiefpunkt aus betrachtet, überflüssigen Lebens bereute, beschämte ihn nichts so sehr wie der Umstand, daß er nach vollen drei Jahren, die das Tier inzwischen bei ihm lebte, noch immer nicht dazu gekommen war, ihm einen Namen zu geben.

Äußerst verräterisch: ich kriege einfach nichts mehr auf die Reihe.

Da wird's ja wohl höchste Zeit. Er schwenkte den Gürtel wie ein Kettchen, an dem ein Weihrauchschälchen hing. Prozession der Vergeblichkeit, Totenmesse für einen, der nur äußerlich noch lebte: für ihn.

Verärgert hustete und schniefte er und überlegte dabei, wie es überhaupt so weit hatte kommen können mit ihm. Ein Beispiel: Die Katze. Wenn man es genau nahm, hatte er das nicht ganz billige Viech damals gekauft, um Susanne eine Freude zu machen.

Und jetzt war Susanne weg. Warum? Wegen MTS. Und warum nahm Frank MTS? Wegen irgendwelcher uralter telefonischer Ratschläge und e-mails von Karin Lay. Dabei war die auch schon lange weg. Noch eine Ex-Freundin. Kaum zu glauben, daß Karin und Susanne einmal so etwas ähnliches wie Freundinnen gewesen waren. Ja, sogar mit Frank zusammengearbeitet hatten, als dieser noch einen Ehrgeiz besessen hatte, was wissenschaftlich-medizinische Forschung anging ... ach ja, die Sado-Maso-Studie damals ... der Sexologen-Kongreß ... und Boros, der verrückte Ungar ... das alles schien Jahrhunderte her zu sein. Susanne und Karin, Freundinnen? Ja: seine. Früher mal.

„Können ja 'n Club aufmachen, die Weiber. Weiber! Alle gleich", schniefte Frank, und bereute es im selben Moment, obwohl ihn hier niemand hörte. Sogar das Restchen Selbstmitleid schmeckte abgestanden. Die ganze Welt war Dreck, gemessen an dem längst nicht mehr erreichbaren Kick der ersten MTS-Räusche.

Danke für den Rat, Karin.

„Probier' es, das wird dich lockerer machen!"

Lockerer? Allerdings: kaum eine Schraube, die bei Frank inzwischen nicht locker gewesen wäre. Karin hatte sozusagen Fahrerflucht begangen. Längst führte sie ein neues Leben, drüben, in den USA. Weg. Wie Susanne.

Nun gut: Schwester Mitternacht war nicht der einzige Grund, warum Susanne abgehauen war. Konkreter Anlaß dürfte ein blödes Gerücht gewesen sein, wonach Frank sich mit der „heute morgen"-Fotoreporterin Christine Hager auf Recherchereise in Budapest ein Zimmer geteilt hatte. Was nun wirklich gar nicht stimmte. Jedenfalls nicht genau so. Frank hatte damals nur einmal bei Christine übernachtet, ein einziges harmloses mal, weil es in seinem eigenen Hotelzimmer Mäuse gab.

Angst vor Mäusen: ein Trennungsgrund?

Hätte er damals seine namenlose Katze dabeigehabt, dachte er jetzt wirr, dann wären jene Mäuse ... ach, was soll's. Frank war viel zu benebelt von diffuser Lebensangst, Suizidwahn und der letzten, fast völlig wirkungslosen MTS-Dosis, um irgendeinen Gedanken ordentlich zu Ende zu denken.

„Ich bin fertig", röchelte er. „Völlig kaputt. Und das reicht ja wohl zum Aufhängen. Ach, Susanne." Aber Susanne war nicht hier; sie saß vielmehr vermutlich gerade in der Praxis an ihrem Schreibtisch und schrieb ihr verrücktes Buch über die „neue Theorie der Evolution des Bewußtseins". Wie fast alles andere bereute Frank jetzt, daß er ihr nie richtig zugehört hatte, wenn sie von ihren Forschungen geredet hatte.

Was war das eigentlich, was sie da schrieb? „Kognitionsforschung", na schön. Und weiter? Eines Abends, beim Essen, während einer kleinen gemeinsamen Zukunftsdiskussion, hatte sie sich hinreißen lassen, als er wieder einmal einfach nicht einsehen wollte, wie wichtig ihre Arbeit war, und ihn angeschrien: „Weißt du eigentlich, daß nach dem Sieg über AIDS das letzte Problem, das die Medizin noch nicht im Griff hat, die menschliche Dummheit ist? Genau: Kranke wie dich will ich heilen. Idioten, Frank."

Das hatte ihm gefallen. Dieser Eifer! Diese Begeisterung! Sein Gesichtsausdruck, sein Zwinkern und Grinsen in jenem Moment liessen allerdings keinen Zweifel daran, daß er alles andere als überzeugt war von der Tauglichkeit ihres Vergleichs. Denn was immer bei ihrer Arbeit rauskommen mochte, mit den modernen Phasmiden-n-HIV-Präparaten würde es nicht mithalten können. Schließlich hatte Susanne nicht einmal ein Labor! Was tat sie denn den ganzen Tag, abgesehen von ihrer Praxis als Psychologin? Schreiben und Lesen.

Und worüber? Tja, wenn er das nur wüßte. Sogenannte „Meme" spielten eine wichtige Rolle dabei, obskures Zeug über Imitation und Erkennung von Mustern, außerdem wilde Spekulationen irgendwelcher furchtbar avancierter Leute über Intelligenz und Evolution und weißgottwas alles. Das Ganze sollte offenbar ein großer Befreiungsschlag gegen „um sich greifende Unwissenschaftlichkeit" und „pseudo-theoretische Spekulationen" über's „Geistige" werden, Susannes Buch der Bücher. Frank hatte immer angenommen, die riesigen Zettelkästen und Dateien, dies ganze „Projekt" also, das alles: wäre nur Susannes selbstberuhigende Rechtfertigung für ein ziemlich ödes Dasein als niedergelassene Psychotherapeutin. So, dachte er, hatte sie sich wenigstens immer sagen können: in Wirklichkeit mache ich diesen Käse nur, um die Arbeit an meinem Buch zu finanzieren.

Er hatte ihr daraus nie einen Vorwurf machen können.

Schließlich pflegten fast alle Leute, die er kannte, ihre Lebenslügen.

Das Dumme daran war nur, daß er seine eigene einfach nicht mehr glauben konnte.

Wenn ihn jetzt jemand mit der Arbeit konfrontieren würde, die Susanne, Karin und er damals geleistet hatten ... gab es nicht sogar ein von Karin verantwortetes Kapitel in der alten Sadomasochismus-Studie über die vermutete Korrelation zwischen sexuellen Vorlieben, Drogengewohnheiten, Depressionen und Lebensstandard? Auf diesem Abstraktionsniveau also hatte er, hatten sie alle mal über den ganzen Lebenshorror nachgedacht. Und heute? Hätte man Frank darauf verwiesen, er hätte sich beschämt abgewandt.

Ein paar keuchende Atemzüge, dann fing er wieder an zu krähen: „Muschi! Mieze! Ah, verdammte Saukatze!" Kurz regte sich in Franks Schädel der Gedanke, daß es vielleicht besser wäre, den ungeheuren Lärm abzustellen, den Albert Ayler aus anderthalb Meter hohen Boxen zusammentrötete. Aylers üppig sprudelndes Tenorsaxophon verkündete seit zwanzig Minuten äußerst kraftvoll „Spiritual Unity". Franks vernebeltes Hirn war endlich auf der richtigen Spur: er überlegte einen sehr gedehnten Augenblick lang, ob die Katze ihn vielleicht einfach nicht hören konnte. Dann aber befand er trotzig, daß die Katze ihn mutwillig zum Narren hielt. Ihn einfach nicht hören wollte. Katzen. Weiber. Gemeinheit.

Tragik eines Menschenlebens: einsam im All, verrückt und übernächtigt.

Wie kam diese Katze dazu, seine Rufe zu ignorieren?

Ayler hin, Ayler her: er hatte sie ja schließlich auch rascheln und klappern gehört, als sie vorhin im denkbar unpassendsten Augenblick, kurz vor Abschluß seiner umständlichen Selbstmordvorbereitungen, durch das halbgeöffnete Schlafzimmerfenster in die Wohnung gesprungen war. Wahrscheinlich vom Baum nebenan. Kommt und geht einfach, wie's ihr paßt! Fressen würde er ihr jetzt jedenfalls keins mehr richten.

Er mußte nämlich, grübelte er wirr, langsam wirklich mal fertig werden mit dem ganzen Aufhängungsbrimborium. Schließlich war es reine Barmherzigkeit, die ihn bewog, die blöde Katze überhaupt zu suchen, um sie wieder aus der Wohnung zu scheuchen und alle Fenster zu schließen, damit sie nicht mit ihm hier eingesperrt wäre.

Es konnte schließlich, überlegte er pathetisch, wer weiß wie lange dauern, bevor ihn jemand finden würde. Was ihm nur recht war: er würde Ayler, wenn alles soweit vorbereitet wäre, endgültig abwürgen, damit nicht noch jemand wegen des Krachs an seiner Tür läutete, keine Antwort erhielt und womöglich Polizei oder Feuerwehr rief. Wenn die nämlich die Tür aufbrächen, wäre die ganze schöne Überraschung für Fuhrmann, Christine und Susanne beim Teufel. Dann nämlich würde Frank nicht erst in einer Woche gefunden werden, dann gäbe es für all diese treulosen Menschen, diese ganzen Ausnutzer und Arschlöcher, längst keinen so schreienden Grund für ein schlechtes Gewissen wie gemäß dem grandiosen Plan, der da lautete: vergessen und ungeliebt hing er in seiner leeren Wohnung!

Einen kurzen, vielleicht MTS-begünstigten halluzinatorischen Moment lang konnte er's deutlich als Schlagzeile in „heute morgen" sehen, seinem eigenen widerwärtigen Blatt, womöglich von Fuhrmann selbst verfaßt:

„Eine ganze Woche hing er da! Journalist (35) erhängte sich aus ..."

Ja, aus was eigentlich? Warum hatte sich Albert Ayler damals ertränkt? Nur wegen Freejazz?

Das konnte nicht stimmen. Warum, fragte sich Frank schwindelnd, wollte er selber sich denn jetzt nochmal genau aufhängen? Um sich zu richten. Er lauschte. Die Katze rührte sich nicht.

„Musch?" Nichts.

„Ich will mich richten", murmelte Frank.

Erst einmal freilich richtete er sich, mit der Hand gegen die Wand gestützt, leise ächzend auf.

„Warum?" fragte er blubbernd.

Hätte er, fiel ihm wehmütig ein, sich bei Susanne erkundigt, welche Selbstmordmotive aus ihrer professionellen Sicht, für einen wie ihn in Frage kämen, wäre er wahrscheinlich mit dem Bescheid versorgt worden: „Terminales Selbstmitleid eines zynischen Ex-Arztes, der sein praktisches Jahr an der Klinik versaut hat, weil eine Ex-Schulfreundin und erste Liebe namens Karin Lay ihm brieflich die obskure Designer-Droge MTS empfohlen hat. Zwar hat er als medizinischer und sexologischer Ratgeber- und Klatsch-Onkel bei einem miesen Käseblatt noch einen Haufen Kohle abgezockt, aber die Leere in seinem Innern – zu deutsch: in seinem Hirn – wuchs unterdessen unaufhaltsam. Außerdem hat der Kerl seine Freundin mit jeder erreichbaren Pressekuh betrogen und schließlich trotzdem gemerkt, daß er von der Zukunft nichts weiter zu erwarten hat als ein Leben in Scheinselbständigkeit bis zum bitteren Ende." Frank nickte verbittert. Die Fiktiv-Susanne, die da aus den Tiefen seiner Reue zu ihm sprach, hatte völlig recht. Was also blieb zu tun?

Sich aufhängen. Eben.

Hätte Frank Urban zu diesem Zeitpunkt bereits den eminenten Psychiater Professor Doktor Rainer Horn gekannt, der grundsätzlich für alles, was im menschlichen Gehirn vorging, eine kompakte organisch-metabolisch-hormonelle Erklärung suchte, wäre der Fiktiv-Susanne in seinem demoralisierten Kopf ein ernsthafter Gegner erstanden.

Horn hätte vermutlich die Diagnose „partiell MTS-disponierte SAD" gestellt, das heißt: drogenbeeinflußte saisonal abhängige Depression. Denn eigentlich, d.h. vom Standpunkt einer strikt wissenschaftlichen Anamnese aus, war völlig transparent, was mit Frank Urban vorging, während er in seiner Wohnung nach seiner Katze Ausschau hielt, Gürtel und Schraubenzieher in Händen.

Cortisolspiegel, Melatoninspiegel, Temperatur, Lokomotion, Stimmung, all das verhielt sich, hätte Horn nachweisen können, streng nach Oren/Rosenthal 1992: „Seasonal affective disorders", nachzulesen in Paykel: „Handbook of affective disorders".

Professor Horn hätte Frank Urban unter diesen Umständen zweifellos vom Selbstmord ab- und zur Absetzung von MTS sowie zur Einnahme entsprechender Antidepressiva oder wenigstens einer ambulanten Lichttherapie geraten.

Aber Frank Urban kannte Horn noch nicht.

Die erste Begegnung der beiden stand lediglich kurz bevor – so unwahrscheinlich das Frank im Augenblick vorgekommen wäre, der mit keinerlei einschneidenden Begegnungen mehr rechnete, abgesehen von irgendeinem Unterteufel in der Hölle, der ihm bei der Ankunft einen Kochtopf in der dritten Reihe anweisen würde. Vier Stunden sollten noch vergehen, bis er Horn erstmals die Hand schüttelte.

Er hatte andere Sachen im Kopf: lärmenden Freejazz, eine blaue Perserkatze ohne Namen und die plötzliche Frage, ob er sich nicht doch lieber in der Badewanne die Pulsadern aufschneiden sollte. Das wäre, brummte er bei sich, „eigentlich schöner".

Er konnte sich ein paar Kerzen anzünden, eine Flasche Vodka trinken (am besten mit einem Löffel Honig drin, wie Christine Hager ihm das in Budapest gezeigt hatte).

Wie war das nochmal, mit dem Pulsader-Aufschneiden? Quer? Nein: längs? Eins von beidem jedenfalls, das andere auf keinen Fall, die Leute machten das immer wieder falsch.

Er hatte das neulich noch irgendwo gehört, gelesen, im Kino gesehen ...

„Ist das ... alles ... kompliziert ...", stöhnte der Todgeweihte und spürte mit einem mal ein Kribbeln am rechten Bein, dicht oberhalb des Fußknöchels.

Frank blickte nach unten.

Da strich die Katze an seinem Bein entlang, mit aufgestelltem buschigem Schwanz.

Sie machte einen Buckel.

Verschmust blickte sie dann an ihm hinauf. Frank wurde wieder schwindlig.

Waren eigentlich noch Drogen im Haus?

Aber selbst wenn: die nützten ihm ja auch nichts mehr.

Schwester Mitternacht machte ihn nur noch hibbeliger, noch rastloser und enervierter, als er war, und konnte den Selbstmord dadurch vereiteln, daß er stundenlang in der Wohnung umherspringen würde. Außerdem war er inzwischen bei einer sehr bedenklichen Dosis angekommen und spürte trotzdem kaum noch etwas von den synästhetischen Effekten, Vorahnungen und Wahrträumen, nichts von all dem faszinierenden Blödsinn, den die verfluchte Droge bewirkte.

„Blöde Muschikatze. Kusch!" herrschte Frank die Katze schwachbrüstig an und versuchte, sie mit dem Bein von sich zu schieben.

Es gelang ihm nicht. Sie haftete an seiner Jeans, als wären Bein und Tier magnetisiert.

Frank beugte sich nach vorn, legte Gürtel und Schraubenzieher auf den Boden und faßte die Katze um den Leib. Das Fell war feucht. Es hatte draußen wohl geregnet.

Die Katze wand sich, schien die Behandlung zu genießen.

„Blödes ... Dings", grunzte Frank.

Plötzlich hörte er, von Aylers befreitem Gelärm umspült, aus dem Wohnzimmer seine eigene Stimme vom Anrufbeantworteransagechip scheppernd sein Sprüchlein sagen: „Hier ist der Anschluß von Frank Urban und Susanne Gebhardt."

Er setzte die Katze auf den Boden und fluchte. „Schweinerei, wer ruft mich denn jetzt an, mitten in der ... mitten am Tag?"

Frank humpelte auf zwei eingeschlafenen Füßen zum Apparat, der derweil fröhlich weiterplärrte: „... im Moment nicht zuhause. Hinterlassen Sie eine Nachricht nach dem Signalton oder senden Sie eine e-mail an frank.urban@heutemorgen.de oder susanne.geb1@aol.com."

Es piepte. Frank lauschte. Ayler blies.

Eine agitierende Frauenstimme zwischen Lachen und Schimpfen haspelte:

„Frank? Frank! Frank, du dumme Nuß, ich weiß genau, daß du daheim bist! Nimm ab, ich hab DEN Knaller des Jahrtausends!"

Auch das noch.

Christine Hager, die rasende Reporterin. Abnehmen kam natürlich überhaupt nicht in Frage. Sonst konnte er den Selbstmord wirklich vergessen.

Andererseits, mäkelte etwas Altkluges in ihm, wäre das denn so verkehrt?

War das überhaupt so eine gute Idee gewesen, die ganze Aufhängerei?

Frank wandte sich um, studierte einen Moment perplex die „Instrumentenleiste" seiner Anlage und drehte dann den schwer arbeitenden Ayler endlich leiser. „The Wizard" war eben verklungen, die siebenminütigen „Spirits" konnte Frank plötzlich nicht ertragen, wollte nichts davon hören. Erleuchtung, nein danke. Tja. Und was nun?

Frank zuckte mit den Schultern: wenigstens persönlich anhören konnte er sich ja, was Christine zu sagen hatte.

„... Frank? Fra-ha-hank! Frankieboy! Old Blue-Eyes! He, du Arschloch! Falls du danebenstehst, dir am Sack rumgrabbelst und abwartest, daß ich dir erzähle, worum es geht, hast du dich geschnitten. Daß du's nur weißt. Frank? Franco? He, Frankenstein!"

Christine ist gut, eindeutig, dachte Frank.
Sie weiß, wie man Leuten den letzten Nerv tötet.
Wichtige Tugend, in ihrem Beruf.

„... Frank? Frankomat! He, Frank, du blöder Pisser! Hallo! Ich hab' nicht den ganzen Tag Zeit! Gehst du jetzt mal ran, oder was soll das sein? Du Depp! Ich zähl' jetzt bis drei, dann mußt du mich auf dem Handy zurückrufen, wenn du mich noch sprechen willst. Und das kann schiefgehen, denn ich bin meistens besetzt, wenn du weißt, was ich meine. Dann mußt du dir die Fingernägel abkauen und wirst nie erfahren ..."

Sie hatte es geschafft.

Frank wischte sich das Blut unter der Nase weg, zuckte mit den Schultern, räusperte sich und nahm den Hörer ab.

„Was gibt's denn Tolles?"

„Frank! Welche Freude! Du Schnarchnase! Wußt' ich's doch, daß du daheim bist! Was hast du gemacht die ganze Zeit? Solosex? Oder hast du versucht, dich umzubringen?"

„Super. Christine. Wirklich toll. Du hast also korrekt erraten, daß ich zuhause bin."

„Und warum BIST du zuhause? Warum bist du heute nicht im Büro aufgetaucht?"

„Wieso sollte ich ausgerechnet dir irgendeine Rechenschaft ...", er fing sich gerade noch rechtzeitig. Wer Christine patzig kam, wurde sie überhaupt nicht mehr los.

Unentschlossen setzte er neu an: „Ich hatte zu tun."

Er blickte hinüber zum Gürtel und zum Schraubenzieher. Dabei fragte er sich: was zum Teufel ist eigentlich mit mir los?

Bin ich wirklich schon völlig bekloppt?

Christine erwiderte spöttisch: „Ah ja. Zu tun. Da würd' ich doch sagen, schick' sie weg und triff mich am Furrerplatz, es gibt Arbeit."

„Wieso ... was ..."

„Der Typ aus Budapest. Evangelis. Der Supercasanova. Ist hier aufgetaucht. Hier. Bei uns in der Stadt."

Frank schloß die Augen. Das Ganze mußte eine MTS-Wahnvorstellung sein.

Aber wenn es stimmte? Wie sollte er das deuten?

Höhere Gerechtigkeit? Ironie des Schicksals? Ausgerechnet die Budapester Spur, mit der das ganze Elend angefangen hatte: Susanne, das Hinschmeißen der Medizinerkarriere, die Droge ... ausgerechnet diese Geschichte sollte ihn vom Suizid abhalten?

Wie im Traum hörte er sich in den Apparat nuscheln: „Weißt du das sicher?"

„Gar nix weiß ich sicher. Ich mache nur die Bilder, erinnerst du dich? Aber sehen würde ich ihn schon gern, diesen geilen Typen, der die Frauen nur anzusprechen braucht, und schon ..."

„Ja, laß mal, ich kenne die Geschichte. Wo, sagtest du, soll der Mann aufgetaucht sein?"

„Ich hab' noch gar nix gesagt. Du sollst mich am Furrerplatz treffen, das ist alles – dann können wir los."

„Los? Wohin los?"

„In die Irrenanstalt, mein Lieber. Wird dir bestimmt gefallen da."

2 HUMINT

Man braucht mehr als nur einen Faden, um einen Teppich zu weben.

Mehrere Monate vor Frank Urbans dilettantischem Selbstmordversuch kamen an einem regnerischen Tag unweit des Ortes, an dem Franks Reise ins Unwahrscheinliche begann, weitreichende Dinge ins Rollen. Am Ende würde vieles konvergieren, Gesetzen folgend, die immer wieder neu erfunden werden: Ersetzungssysteme, rechnerisch irreduzibel, in Rastern angelegte Zellen, die wüst wuchern, Ensemble der gesellschaftlichen Verhältnisse, oder auch: ein Roman.

In der Nähe einer ausrangierten Industrieanlage nordwestlich von Budapest stand halbverdeckt von einer Lagerhalle ein schmutziger blauer Ford. Es war ein Mietwagen, entliehen bei einer Agentur in einer finsteren Seitengasse der Damjanich-Straße im VII. Budapester Stadtbezirk. Der sechsunddreißigjährige, schlanke, durchtrainierte, auf dem Kopf fast kahle Schwarze, der in dem Auto auf ausgebleichten, abgeschabten Sitzen saß, verzehrte ungeduldig einen pappigen Mais-Snack aus einer Tüte.

Er fragte sich gerade – nicht zum ersten Mal – ob seine Berufswahl wirklich so ein aufregender Einfall gewesen war, wie er noch vor ein paar Jahren geglaubt hatte.

Der Mann hieß Jim Corbett.

Seine berufliche Laufbahn wies gewisse Parallelen mit der Laufbahn Frank Urbans auf.

Wie Frank war auch Corbett ursprünglich Mediziner gewesen, und zwar Neurochirurg.

Und wie Frank hatte er seine Doktorarbeit noch geschrieben (in Corbetts Fall: „Operative treatment in normal tissues to correct disabling symptoms by a change in the nervous system") und seinen Grad erlangt, bevor er die Gleise gewechselt hatte.

Aber Corbett war nicht zur Presse abgewandert, sondern unter Ausnutzung von Familienverbindungen (schon sein Onkel und sein Vater hatten für den Laden gearbeitet) zunächst als Gutachter und wissenschaftlicher Berater, dann auf eigenen

Wunsch als Field Agent im HUMINT-Bereich des Ladens tätig geworden.

Natürlich spielten, wie bei Frank Urban, die erworbenen Qualifikationen aus dem ersten Ausbildungsgang in den Arbeitsalltag der zweiten Karriere hinein. Jim Corbetts Fachgebiet war seit zwei Jahren die Bekämpfung einer Gefahr namens „weltweiter Bioterrorismus". Dafür bezahlte ihn der Laden angemessen.

Dieser Laden, der von Langley/Virginia aus die Arbeit von ca. 20 000 Personen auf der ganzen Welt koordinierte und beaufsichtigte, trug offiziell den Namen Central Intelligence Agency, kurz: CIA. Er war 1947 durch Verabschiedung des National Security Act als führender Geheimdienst der Vereinigten Staaten von Amerika gegründet worden. In der Vergangenheit, zu den großen Zeiten von Corbetts Vater und Onkel, war der Schwerpunkt der Tätigkeit des Ladens politische, militärische und wissenschaftlich-technische Spionage gewesen. Die hatte sich vor allem gegen die ehemals kommunistischen Staaten gerichtet, zu denen seinerzeit auch Ungarn gehört hatte, wo Jim Corbett sich jetzt aufhielt.

Biologische Kriegsführung war auch in dieser nun vergangenen Epoche ein Problem gewesen, aber im runden Halbjahrhundert nach den 2. Weltkrieg waren weltweit nur eine sehr geringe Anzahl von tatsächlich auf biomilitärische Aktivitäten zurückführbaren Vorfällen bekannt geworden. Es hatte allerdings Perioden heftiger gegnerischer Aktivität gegeben, in denen das sowjetische Bio- und Chemiewaffenprogramm bis zu 60 000 Menschen beschäftigt hatte, von denen allerdings nur 5% das gewesen waren, was CIA-Analytiker „senior-level scientists" nannten. Der größte dem Laden bekanntgewordene Vorfall, das biologische Tschernobyl gewissermaßen, war die unabsichtliche Freisetzung einer waffenfähigen Milzbrand-Kultur durch sowjetische Militärforscher in deren Stadt Sverdlowsk, bei der ungefähr 70 Personen gestorben waren. Die offizielle sowjetische Regierungsversion hatte damals den Verzehr von „verseuchtem Fleisch" für die Affäre verantwortlich gemacht.

Erst 1992 war dann durch Präsident Jelzin bestätigt worden, was westliche Medien schon länger behauptet hatten. Das aber waren kleine Fische.

Inzwischen gab es Anzeichen dafür, daß man die Gefahr der biologisch-chemischen Kriegsführung schon deshalb ernster nehmen mußte als je zuvor, weil sie nicht länger allein von feindlichen Staaten und deren Regierungen ausging.

Im Gegensatz zu atomaren Sprengkörpern war der finanzielle und logistische Aufwand nicht besonders groß, wenn man mit solchen Waffen arbeiten wollte.

Das machte sie, wie einer von Jim Corbetts Vorgesetzten launig bemerkt hatte, zu „Atombomben des kleinen Mannes".

Ein von der berüchtigten AUM-Sekte angezettelter Sarin-Anschlag in der Tokyioter U-Bahn hatte der Welt Mitte der 90er Jahre vor Augen geführt, was für eine Bedrohung ihr in den wissenschaftlich-technischen Potentialen der „Life Sciences" mittlerweile erwachsen war. Lange vorher schon hatte sich die Maschinerie des Ladens und seiner Schwesterdienste in den USA und den weitreichenden Vertragssystemen der westlichen Hemisphäre in Bewegung gesetzt, um der neuen Gefahr zu begegnen. Operationen waren angelaufen, die von bloßer Industriespionage über Attentate bis zur Destabilisierung großer ausländischer Konzerne, ja sogar bis zu „stillen Staatsstreichen" reichten. Es gab viel zu tun.

Wann immer es Jim Corbett langweilig wurde – etwa so wie jetzt gerade, da sich einfach nichts rührte, der Wind noch nicht einmal die Pfützen kräuselte, das alte Zeitungspapier auf dem Kiesplatz sich nicht regte und kein Vogel noch irgend ein anderes Tier weit und breit zu sehen war – rief er sich die Organisationsstruktur des Ladens in Erinnerung. Das waren hübsche kleine Baum- und Kuchendiagramme, Flow Charts, Befehlsketten.

Das ca. 5000 Mitarbeiter starke Directorate of Operations war sein eigenes Mutterschiff, zuständig für Spionage, verdeckte Operationen und paramilitärische Unternehmungen sowie Spionageabwehr und Terrorbekämpfung. Das hieß, das DO war der Kern des geheimdienstlichen Potentials zum Erwerb von Informationen aus menschlichen Quellen (HUMan INTelligence: HUMINT).

Das Directorate of Intelligence, der Anayltiker-Bienenstock, dem bis vor zwei Jahren auch Jim Corbett angehört hatte, wertete die Informationen aus.

Das war nicht gerade aufregende Arbeit gewesen, erinnerte sich Corbett jetzt, und zerdrückte mit der Zunge einen Brocken Mais-Snack. Ca. 80% der Daten, die Corbett und seine Kollegen damals auswerteten, stammten nämlich keineswegs aus mittternächtlichen Einbrüchen oder stundenlangen Folterverhören, sondern aus öffentlich zugänglichen Quellen. Deshalb war für Corbett der Wechsel zur HUMINT-Feldarbeit eine Befreiung gewesen.

Andererseits: die ewige Warterei auf Kontakt- und Zielpersonen ging auf die Dauer auch an die Substanz, fand Corbett.

Er war hierher gekommen, um einem Mann aufzulauern.

Der Mann war Amerikaner. Corbett beabsichtigte, ihm zu folgen, wenn er sein Versteck aufsuchen würde. Dort befanden sich, soweit Corbett wußte, Unterlagen – nicht unbedingt Papiere, eher moderne Datenträger – von denen sich Corbetts Vorgesetzte wichtige Informationen über eine in den USA ansäßige, aber über Verbindungen in die ganze Welt verfügenden Gruppe versprachen, deren Umtriebe möglichst schnell im Keim erstickt werden sollten. Corbett gab sich keinen Illusionen darüber hin, warum man ausgerechnet ihn, einen Schwarzen, auf diese spezielle Verschwörergruppe angesetzt hatte, obwohl man im Operationsraum Osteuropa damit immerhin riskierte, einen dort schon rein äußerlich auffälligen Menschen in seinen Bewegungsmöglichkeiten stark einzuschränken. Die OP-Gebiete, in denen Corbett bislang tätig gewesen war, hatten da erheblich bessere Tarnungsmöglichkeiten geboten: Überwachung illegaler, von seltsamen Sekten unterhaltenen Krebsforschungsstätten in Afrika, Recherchen über zwielichtige Finanztransaktionen großer westlicher Biotech-Unternehmen im arabischen Raum (als eingeschleuster Agent im Apparat der größten, aus einer Fusion von BankMuscat und der Commercial Bank of Oman hervorgegangenen Bank des Sultanats Oman), Arbeit mit Waffenkontrolleuren der UNO in Haiti, die das noch immer nicht restlos bekannte geheime Biowaffen-Forschungsnetz des 1986 geflohenen Diktators „Baby Doc“ Duvalier aufklären und inventarisieren sollte, dessen Infrastruktur inzwischen offenbar von Irren aus aller Welt „gemietet“ werden konnte ...

Der „Fall Budapest“ aber war Corbett übertragen worden, weil man ihn für a) besonders kompetent und b) ordentlich motiviert hielt, um gegen eine rassistische, fundamentalistisch-christliche amerikanische „Christian Identity“-Splittergruppe vorzugehen. Die Gruppe, der Corbetts Zielperson angehörte, arbeitete offenbar (bislang erfolglos) daran, eine tödliche Infektionskrankheit zu „designen“, die nur Menschen mit bestimmten genetischen Melatonin-Markern treffen konnte. Mit anderen Worten: „Nigger“ wie Corbett. Auf einem Maisstück herumkauend erinnerte sich der Agent mit

Schaudern an den Einführungsvortrag zum Thema Bioterrorismus am Center for Disease Control and Prevention in Atlanta, das er im Rahmen seiner beruflichen Fortbildung vor anderthalb Jahren besucht hatte: „Bioterrorismus ist nichts neues. Schon die Römer benutzten tote Tiere, um die Trinkwasserversorgung ihrer militärischen Gegner zu verseuchen. In mittelalterlichen Belagerungskriegen katapultierte man die Leichen von Pestopfern über die Stadtmauern feindlicher Städte. Heute existieren ausgedehnte Vertragswerke, die die zivilisierten Staaten vor biologischen und chemischen Waffen schützen sollen, die nichtsdestotrotz in ihren Waffenkammern angehäuft sind. 1972 schuf ein internationales Konsortium die Biological and Toxin Weapons Convention, die die Entwicklung und Lagerung von biologischen Waffen verbieten sollte und 1975 von 140 Staaten unterzeichnet wurde. Zu den Nichtunterzeichnern gehörten allerdings Staaten, die unserer eigenen Außenpolitik auf unterschiedliche Weise seit längerem Kopfzerbrechen bereiten – darunter etwa der Iran, der Irak, Libyen und Nordkorea. Aber nicht nur Staaten bedrohen die globale Sicherheit, auch Kabalen und kleine Kadergruppen können beträchtlichen Schaden anrichten und es geradezu darauf anlegen, internationale Zwischenfälle zu provozieren. Die Terroristen unserer Zeit verfolgen meist Programme des Hasses auf spezifische Länder, Kulturen oder Religionen. Das bedeutet, daß sie vermutlich weniger Bedenken tragen, zu bioterroristischen Mitteln zu greifen, als die Terroristen der siebziger und achtziger Jahre, die noch bestrebt waren, politische Erfolge zu erzielen und für ihre Ziele Anhänger auf Seiten der unbeteiligten Zuschauer zu gewinnen. Wenn man genauer hinschaut, bedeutet das aber auch, daß es bei den Gruppen, die unter Umständen zu biotechnologischen Waffen greifen, eher nicht um weltweite

Organisationen gehen dürfte, sondern um einheimische Zirkel wie den Oklahoma-Bombenleger McVeigh oder die Verrückten von Aum Shirnikyo. Das schließt freilich nicht aus, daß diese Gruppen Einrichtungen im Ausland unterhalten, etwa Fertigungsanlagen, Ausbildungslager und so fort. Wir hier in den USA sollten also vor allem US-Amerikanische Gruppen im Auge behalten. Einige unter Ihnen werden vielleicht davon gehört haben, daß im Frühjahr 1999 eine 2 Millionen Dollar teure strategische Zivilschutzübung in Denver, Colorado, durchgeführt wurde, welche die Anfälligkeit unseres Landes gegen Angriffe im Sinne des Bioterrorismus erhellen sollte. Tatsächlich stellte man unerfreulicherweise im Zuge dieser Übung ernste medizinische und organisatorische Unzulänglichkeiten unseres Zivilschutzsystems fest, so daß meine Kollegin Tara O'Toole vom Centre for Civilian Biodefence Studies an der Johns Hopkins Universität die ernste Warnung aussprechen konnte, die Vereinigten Staaten seien, ich zitiere, ‚vollständig unvorbereitet' auf ernstzunehmende Angriffe der in Rede stehenden Art."

Corbett hatte das alles damals mit exakt dem Grad an Beunruhigung aufgenommen, die seine Vorgesetzten von ihm erwartet hatten. Zu jenem Zeitpunkt war er aufgrund ausführlicher Debriefings in Langley bereits bestens mit den Umtrieben und Absichten einer jener „US-Amerikanischen Gruppen" vertraut, von denen der Professor in Atlanta gesprochen hatte. Die Michaeliten oder „Engel des HErrn", wie sie sich nannten, verfügten nicht nur über die Mittel (eines der Gründungsmitglieder war ein Lebensmittelketten-Mehrfachmillionär und seit die Gruppe dazu übergegangen war, außer Spenden auch Banküberfälle als dem HErrn wohlgefällige Geldquelle zu betrachten, wuchs das Stammkaptial stetig), sondern auch über eine ausreichend wahnsinnige Züchtungsideologie, um exakt die Sorte Horror ins Werk zu setzen, die in Corbetts Zuständigkeitsbereich fiel. Die Michaeliten glaubten u.a. (wie Corbett einer ihrer Samiszdat-Broschüren entnommen hatte), daß es „buchstäbliche Kinder Satans auf der Erde gibt. Diese Kinder sind die Nachfahren Kains, der seinerseits ein Ergebnis von Evas Erbsünde war, nämlich ihrer physischen Verführung durch Satan, die Schlange. Wir wissen, daß aufgrund dieser Sünde ein buchstäblicher Krieg zwischen den Kindern Satans und den Kindern des höchsten und wahren Gottes tobt. Wir glauben, daß dieser Krieg heute von den Kindern Gottes und des Lichtes, der arischen Rasse, in Form zweier Schlachten ausgefochten wird: derjenigen gegen die Kinder der Dunkelheit selbst (die man heute Juden nennt und die hinter dem ZOG, der Zionistischen Besatzerregierung in Washington, stehen) und derjenigen gegen die von ihnen als Manövriermasse benutzten äffisch/ tschandalischen Mischrassen (Nigger, Araber etc.) Dieser Krieg muß mit allen Mitteln geführt werden."

Glücklicherweise stellte sich bereits während einer ersten, auf Insiderinformationen gestützten FBI- und CIA-Untersuchung heraus, daß der Entwicklung einer „Anti-Nigger-Seuche" offenbar erhebliche wissenschaftliche und technische Schwierigkeiten entgegenstanden. Überhaupt verhielt es sich mit der Kriegsführung „mit allen Mitteln" bei den Michaeliten so, daß der bloße, auf relativen Reichtum gestützte Erwerb der betreffenden Hardware und der zu deren Bedienung erforderlichen Koryphäen nicht nur keine Ergebnisse garantierte, sondern sich oftmals geradezu kontraproduktiv auswirkte. Das schönste Eigentor, mit dem es Jim Corbett bislang zu tun bekommen hatte, war die spaßige Idiotie, jeden wichtigen michaelitischen Soldaten zum Zwecke besserer Koordination der Gruppenaktivitäten mit einem Global-Positioning-System

(GPS) auszustatten, dessen Daten von der Zentrale der Organisation in Montana auf einer Workstation verwaltet und gespeichert wurden, die ohne großen Aufwand von den Cracks in Langley gehackt worden war. Das bedeutete ironischerweise, daß das absolut zuverlässige Michaeliten-eigene Führungs- und Überwachungssystem der CIA inzwischen jederzeit aktuelle Informationen über den Aufenthalt der arischen Revolutionäre bereitstellte.

Genau auf diesem Wege war auch die Spur aufgenommen worden, die Corbett hier her geführt hatte. Und wenn es auch nicht wahrscheinlich war, daß die Dokumente, die seine Zielperson in ihrem Versteck unter Verschluß hielt, irgendwelche Neuigkeiten über großartige Erfolge an der „Niggerkiller-Front" erbringen würden, rechnete man in Langley doch damit, auf diesem Wege zumindest wertvolle Auskünfte über unaufgeklärte ost- und südeuropäische Kontakte der Michaeliten einholen zu können.

Sobald er diese Dokumente sichergestellt haben würde, war es Corbetts Aufgabe, „den Rest der Mission" zu erledigen, wie sich sein Führungsoffizier vage genug ausgedrückt hatte. Dieser „Rest der Mission" war es wohl, der die mit Langeweile gemischte Anspannung fütterte, gegen die Corbett jetzt schon seit einer halben Stunde ankämpfte, während er unablässig den salzigen Mais-Dreck in sich hineinstopfte. Den hatte er in der Innenstadt von Buda an einer Kinokasse gekauft.

Der vormittägliche Kinobesuch, der Corbett auf andere Gedanken hatte bringen sollen, hatte sich als die denkbar blödeste Idee entpuppt, die ihm hätte einfallen können.

Das Toldi-Kino, in das er auf's Geratwohl spaziert war, brachte nämlich keineswegs irgendwelche Action-Reißer aus Corbetts Heimat oder wenigstens eine halbwegs ohne umfangreichere ungarische Sprachkenntnisse nachvollziehbare europäische Haudrauf-Komödie. Was anstand, war vielmehr eine Retrospektive von „bedeutenden Produktionen" des ortsansässigen „Béla Balász-Stúdio"; Kunstfilmqual des in aller Welt gefürchteten osteuropäischen Schlags also.

Der erste Film, den Corbett noch mit Müh und Not und allmählich anschwellenden Kopfschmerzen halbwegs aufmerksam über sich hatte ergehen lassen, hatte „Fellebbezés" geheißen, was Corbett sich mithilfe seines „Traveller's Hungarian Quick & Easy"-Büchleins mit „Die Berufung" übersetzte. Der Streifen war eine sechzig grauenhafte, schwarzweiße Folterminuten lange Dokumentation von 1971, in der ein Lehrer einer Realschule auf dem Lande aus irgendwelchen äußerst komplizierten realsozialistischen Gründen ein ermüdend weitschweifiges Disziplinarverfahren über sich ergehen lassen mußte und deshalb genau wie diverse Zeugen und die Macher des Films pausenlos redete, redete, redete.

Als die endlose Laber-Höllenstrafe ausgestanden war, begann nach einer kurzen Pause, die Corbett wie mit Chloroform betäubt in seinem muffigen Kinosessel überdauert hatte, ein surrealistisches Dramolett aus den frühen Achtzigern namens „In Flagranti", in welchem, soweit Corbett erkennen konnte, die „seltsame Reise" einer Frau durch allerlei Traumsequenzen verhandelt wurde.

Der Film arbeitete mit einer Split-Screen, so daß man gleichzeitig Vergangenheit und Gegenwart, oder Traum und Wirklichkeit, oder sonst einen prätentiösen Mist serviert bekam. Fünfzehn Minuten von diesem Zeug waren genug gewesen, Corbett aus seinem Sessel und dem Kino zu verjagen.

Als der Agent, sich die Augen reibend, die Snacktüte unterm Arm, wieder auf die Straße trat und sich blinzelnd vergewisserte, daß wenigstens hier draußen noch nicht alles schwarzweiß, öde und unwirklich war, dudelte sein Satellitentelefon.

Der Rest war Routine gewesen: Leihwagen besorgen, Positionsangaben überprüfen ...

Die seit Tagen laufende „indirekte“ GPS-Überwachung seiner Zielperson hatte ergeben, daß dieses schmierige Fabrikgelände hier offenbar der Ort war, wo die Zielperson sich mit (einheimischen?) Gleichgesinnten traf und vermutlich auch sensibles Material aufbewahrte.

„Dykstra ist ein gefährlicher Mann. Verteidigen Sie sich ohne Bedenken“, hatte Corbetts Führungsoffizier ihn gewarnt, und diese Andeutung, sowie die Anspielung auf den ominösen „Rest der Mission“, der nach Sicherstellung der Informationen noch zu erledigen war, hatten Corbett hinreichend klargemacht, daß man die Liquidierung Dykstras nicht nur billigend in Kauf nahm, sondern wünschte. Die „Verteidigen Sie sich ohne Bedenken“-Formel sollte ihm, wie das dieser Tage beim Laden Usus geworden war, eine Schlupflochformel für seinen offiziellen Bericht anbieten.

Wenn Corbett dem Wunsch seiner Chefs nach Beseitigung Dykstras entsprach – und er sah keinen Grund, das nicht zu tun – wäre das das dritte Mal in seiner Karriere, daß er einen Menschen tötete. Der erste, ein ehemaliger Folterknecht von „Baby Doc“ in Haiti, war an den Folgen eines streng nach Laden-internem Handbuch durchgeführten Verhörs gestorben, den zweiten hatte Corbett in zweifelhafter Notwehr (der „Feind“ war lediglich mit einem Messer bewaffnet gewesen, Corbett mit einer MP) bei einer FBI-geleiteten Razzia in Miami/Florida erschossen. Beide Vorfälle bereiteten Corbett keinerlei Gewissensbisse. Schon seit seiner Militärzeit nach dem Studium erschien ihm weniger das Töten von Menschen an sich als vielmehr das Töten „ohne

Grund" als verbrecherisch. Als legitime Gründe kamen für Corbett, abgesehen von Fällen der Anwendung der Todesstrafe nach ordnungsgemäßer Verurteilung durch ein legitimes Gericht der USA, nur die Güter in Frage, auf die er seinen Eid geleistet hatte: Sicherheit und Wohlfahrt der Vereinigten Staaten von Amerika, Schutz von deren Verfassung und gewählter Regierung.

Dykstras Ankunft per Fahrrad über den Kiesweg riß den Agenten aus seinen patriotischen Erwägungen und beendete die nervtötende Warterei.

Mein Gott, dachte Corbett. Fährt da einfach den Weg lang, als wär' er der Postbote. Der Dreckskerl muß sich ja wirklich sicher fühlen wie in Abrahams (beziehungsweise Adolfs) Schoß. Der bleiche rothaarige Naziterrorist sah sich nicht einmal auf dem Gelände um, bevor er vom Rad stieg und es an eine Mauer lehnte.

Daher bemerkte er weder Corbett noch dessen schäbiges Auto. Das Fahrzeug hatte der Agent mit Bedacht ausgewählt. Auf den Wiesen und Höfen, bei den Industrieanlagen und Feldwegen des Umlands standen, wie Corbett bei einer ersten Ortsbegehung vor zwei Tagen festgestellt hatte, dergleichen Karren häufig verlassen, ausgeweidet und angerostet herum.

Corbett wartete ein paar Sekunden, nachdem Dykstra durch eine schief in den Angeln hängende Tür in ein kleines Verwaltungsgebäude gegangen war.

Dann stieg er fast geräuschlos aus dem Wagen.

Im selben Moment verwandelte sich der träge, gelangweilte Mann in ein Bündel Sinneswahrnehmungen und Reflexe, in dem alles planerische Denken, Grübeln und Erinnern zum Stillstand gekommen war. Corbett nahm das Gras wahr, auf dem er am Kiesweg entlangschlich (es war feucht), er nahm den Himmel wahr (er war grau), er nahm den Wind wahr (er war kühl und raschelte in den Zweigen einer Birke), er nahm seinen eigenen Herzschlag und die Pulsfrequenz wahr (leicht beschleunigt, aber stetig), er nahm das Aufsetzen seiner Schuhsohlen auf dem Gras und danach auf dem feingestreuten Kies wahr (es knirschte leise), er spürte auf Handrücken und Wangen fadendünnen Regen. Die Farbe der Welt war trübstes Ostblock-Schlierengrau. Corbett atmete in langen, vollen Zügen durch die leicht kribbelnde Nase und setzte leise und langsam einen Fuß vor den anderen; seine Hand griff in seine Jacke, unter seine linke Achsel, löste die Lasche vom Waffenholster, entsicherte und zog die alte Bren Ten 10 mm Auto.

Der hölzerne Handgriff war warm wie etwas Lebendiges.

Das Gewicht der Waffe lag gut in der Hand und gab dem Agenten die Sicherheit, daß alles, was von nun an geschehen würde, eine Frage der Konzentration war. An der Tür mit dem abgeplatzten Lack und der bogenförmigen Schleifspur auf kalkbestäubtem Boden angekommen, holte Corbett noch einmal tief Luft, als wolle er in ein finsteres und schmutziges Gewässer abtauchen, in dem alles darauf ankam, wie lange er die Luft anhalten konnte. Dabei roch er einen feuchten Muff, der für Allergiker, die Probleme mit Hausstaub-Milben oder Aspergillen hatten, ein wahres Niesfest bedeutet hätte.

Er faßte seine Waffe mit beiden Händen, als wäre sie ein Breitschwert, winkelte die Arme an, richtete den Lauf nach oben und kickte mit der rechten Fußpitze vorsichtig gegen die Tür, dann schob er sie mehr vor sich her, als daß er sie aufgetreten hätte.

Als der Spalt breit genug war, schlüpfte Corbett angehaltenen Atems ins Zwielicht – und hätte sich fast vor Überraschung auf die Zunge gebissen, als im selben Moment rechts neben ihm ein Hahn klickte und er an der rechten Schläfe etwas Kühles spürte.

„Ganz recht, Nigger. Was du da spürst, ist die Mündung einer brandneuen Automag mit abgeschliffener Seriennummer und tadellos geöltem Schlitten. Und jetzt nimmst du den Abzugsfinger von deiner Waffe und läßt sie auf den Boden fallen. Falls du in der nächsten Millisekunde irgend etwas anderes machst – Blinzeln, Husten oder Furzen – blase ich dir dein Affenhirn aus dem Kopf."

Was für ein elender, dämlichsten Clint-Eastwood-"Hirn rausblasen"-Stumpfsinn quakender kleiner Scheißer, dachte Corbett. Er ließ seine Waffe nicht fallen.

Daß der Mann überhaupt mit ihm redete, anstatt ihn augenblicklich zu erschießen, sprach dafür, daß er entweder noch nicht recht wußte, wie er Corbett einordnen sollte, oder aber im Gegenteil vor Arroganz und eingebildeter Überlegenheit schier zu platzen drohte.

In beiden Fällen war nicht damit zu rechnen, daß er Corbett in der „nächsten Millisekunde", von der er so volltönend redete, töten würde. Corbett roch intensiven Schweißgeruch.

„Du hast wirklich gedacht, ich seh' und merk' nichts, was? Sie bringen euch anscheinend nicht allzuviel bei auf eurer Judenschule."

Fast mußte Corbett schmunzeln, so absurd war das: baute ihm dieser Mensch doch tatsächlich eine goldene Brücke, wie aus dem Polizeipsychologiekurs: verwickle den Täter in ein Gespräch, dann wird er dich als Person ernster nehmen und die Hemmschwelle, dich umzubringen, steigt. So antwortete Corbett denn: „Ich geb's zu. Ich dachte wirklich ..."

Aufbrausend schnitt Dykstra ihm das Wort ab: „Du sollst die Waffe fallenlassen, Arschloch! Was du gedacht hast, interessiert mich einen Scheißdreck. Ich wußte genau, was los ist, wie gefällt dir das? Erstens konnte ich dich riechen, du verfluchtes Stinktier. Und zweitens fahre ich, bevor ich das Gelände betrete, grundsätzlich einmal weiträumig außen rum. Ich hab' dir eine Viertelstunde zugeschaut, wie du deine Nüßchen geknabbert hast, Äffchen. Und jetzt weg mit der Waffe!"

Dykstra wirkte jetzt offen unsicher und verwirrt – er konnte nicht verstehen, warum er, der doch glasklar im Vorteil war, offenbar nicht einmal die Autorität besaß, dem hilflos in der Falle sitzenden „Nigger" die Waffe abzunehmen.

Dabei hätte er dazu wenig tun müssen: seine eigene Pistole mit einer Hand gegen Corbetts Schläfe drücken und mit der anderen Corbetts Waffe diesem aus den Händen nehmen. Aber jetzt, als es gerade so aussah, als würde sich Dykstra doch noch zu einer Kurzschlußhandlung verleiten lassen, fiel Corbetts Pistole doch noch zu Boden, und als sie auf dem Boden aufschlug, verursachte der dabei entstehende polternde Lärm genau die sekundenkurze Irritation, die Corbett benötigte, um zum Angriff überzugehen. Wahrscheinlich, dachte er später, war der Idiot Dykstra mit dem Blick sogar der fallenden Pistole gefolgt, um sich zu vergewissern, daß seine Befehlsgewalt nun endlich auch von der Schwerkraft anerkannt wurde. Jedenfalls war er für einen Moment abgelenkt. Mehr war nicht nötig: Corbett knickte zusammen, ging in die Knie und rammte dem arischen Gotteskrieger mit aller Gewalt den rechten Ellenbogen in den Magen.

Aber der CIA-Mann kam nicht ungeschoren davon – er verspürte zunächst nur einen dumpfen Schlag gegen seine rechte Schläfe und hörte einen gewaltigen Donner. Dann, als er zu Boden ging, merkte er, daß er auf dem rechten Ohr völlig und auf dem Linken teilweise ertaubt war. Alles, was um ihn geschah, wirkte wegen der fehlenden Geräuschkulisse extrem verzerrt und verlangsamt. Tatsächlich hatte Dykstra, während er durch den Schlag in den Magen das Gleichgewicht verlor, nach hinten fiel und zusammenklappte, einen Schuß aus seiner Automag abgegeben, der Corbett an der Schläfe gestreift hatte. Dann war die Kugel in die Decke des kleinen Raums eingeschlagen. Corbett sah eine Staubwolke und wildes Verputzschneegestöber.

Er verschwendete keine Zeit damit, seine zu Boden gefallene Waffe aufzuklauben, sondern drehte sich noch in der Hocke auf dem Absatz und drückte dann die Knie durch, um emporzuschnellen und sich auf den Terroristen zu stürzen. Der aber drehte sich zur Seite. Trotzdem wurde er von einem Faustschlag Corbetts am Kinn getroffen. Er feuerte blindlings drauflos – gab drei Schüße ab: einer durchschlug Corbetts linke Wade, der zweite verfehlte knapp seine Schulter, ein dritter zerschmetterte einen blinden Spiegel an der Wand über einem alten Aktenschrank, in dem vergilbte Telefonbücher und Ordner standen.

Corbett nahm Dykstra in den Würgegriff und brüllte: „Pistole loslassen!" verließ sich aber, anders als der Terrorist vorhin, nicht auf die Wirkung seiner Worte, sondern griff mit der linken nach dem Handgelenk von Dykstras Waffenhand, wobei er so fest zupackte, daß sich seine Fingernägel in Dykstras Fleisch bohrten.

Eine Weile wälzten sich die beiden auf dem teils staubigen, teils fleckig feuchten Boden, kickten mit den Beinen, ruckten mit den Köpfen, und Dykstra schnappte haifischartig mit dem Mund, so als wolle er Corbett beißen.

Schließlich erlebte Corbett dankbar die zumindest partielle – und sehr langsame – Wiederkehr von Tönen und Geräuschen. Er hörte seinen Feind weinen, grunzen und unzusammenhängend stammeln: „Great ... dragon was cast out ... that ... old serpent ... called the Devil ... and ... Satan ... which ... deceiveth ..."

Im Zuge einiger Mikro-Kraftproben und Gewichtsverlagerungen stellte sich allmählich heraus, daß der Agent der physisch Stärkere von beiden war. Daher riskierte Corbett eine neue Sorte

Angriff: er nahm das Handgelenk, das er noch immer fest umklammert hielt und an dessen Ende Dykstra seine Waffe mit letzter Kraft festhielt, und schlug es, so fest er konnte, mehrmals auf den Steinfußboden. Der Nazi-Krieger spürte, daß er diese Schläge gegen seine Knöchel nicht mehr lange würde durchhalten können, begriff, daß dieser Augenblick seine letzte Chance bedeutete, einen Schuß abzufeuern, brüllte und schoß zweimal kurz hintereinander. Die erste Kugel traf eine seit Jahren nicht mehr im Gebrauch befindliche Steckdose und ließ weisses Plastik splittern, die zweite erwischte Dykstra selbst in der Hüfte.

Sein Zucken kam für Corbett einem wütenden Aufbäumen gleich, fast wäre es Dykstra gelungen, den Agenten abzuschütteln, wenn dieser nicht seinen Würgegriff freigegeben hätte, um Dykstra die rechte Faust gegen die linke Seite seines Schädels zu hauen.

Dykstra erschlaffte, spuckte etwas Blut und ließ die Waffe los.

Corbett arbeitete sich unter Dykstra vor, trat mit dem gesunden Bein gegen dessen angeschossenes und wälzte sich auf ihn.

Dann schlug er ihm mit dem Handrücken mehrfach ins Gesicht. Danach nahm er die Automag vom Boden und richtete sie auf die Stirn des Besiegten.

Der röchelte: „Knall mich ab. Du kannst ... mein Leben nehmen, aber nicht meinen ...“

„Halt's Maul!“ brüllte Corbett, und schlug Dykstra mit dem Knauf der Waffe auf die Stirn.

Dykstra pfiff durch die Zähne, spuckte mehr Blut. Corbett fluchte verhalten. Sein Bein tat weh, seine Ohren klingelten, sein Kiefer und seine Schläfe sangen Choräle.

Das Schlimmste war: er hatte keine Ahnung, wo die Dokumente zu finden waren, die er hier hatte beschaffen wollen.

„Wo ist das Material?“

Dykstra bleckte seine blutigen Zähne zu einem grusligen Grinsen und gurgelte: „And they overcame him by the blood of the lamb, and by the ... word of their ... testimony ... and they loved ... not their ... lives ... unto the ... death ..."

Mein Gott, dachte Corbett angeekelt. Dieser Dreckskerl führt die King James Bible im Mund wie andere Leute den neuesten Internet-Witz. Hält sich wohl auch noch für einen Märtyrer. Was für eine Sauerei.

„Was mach' ich bloß..." murmelte Corbett.

Wo anfangen? Wie suchen? Das Gebäude hatte drei Stockwerke, und Corbetts schweifender Blick sah vergilbtes Papier in Regalen, Dreck, Müll, leere Bierflaschen, alte Zeitungen, Aktenordner..

Dykstra würde ihm wohl keine Hilfe sein.

Sollte er das Gebäude durchsuchen?

Corbett ging davon aus, daß er nicht mehr viel Zeit hatte.

Schüsse waren gefallen, und so verlassen die Gegend auch war, die Regel galt trotzdem: jeden Ort, an dem Schüsse gefallen waren, so schnell wie möglich zu verlassen, wenn man mit den lokalen Behörden nicht auf du und du ist.

„Evangelis ...", blubberte Dykstra. Was sollte jetzt das?

Was Dykstra, der allmählich wohl nicht mehr recht wußte, was er sagte, danach äußerte, ließ Corbett aufmerken: „Der Mann ist hier ... in Budapest ... heilig ... wird euch alle in den Arsch treten ... Boros hat ihn ... aber wir werden ihn ... befreien ... den Mann ..."

„Welchen Mann? Rede! Ich bin der letzte, der dir in diesem Leben zuhört!"

Corbett packte den unter ihm Liegenden am Kragen.

„Der ... Prophet des ... ha ha ... ha"

Dykstra wurde von einem tiefen, grollenden Lachen duchgeschüttelt, bis Corbett es nicht mehr aushielt und ihm erneut einen Schlag mit dem Waffenknauf auf die Stirn versetzte, der diesmal ausreichte, um Dykstra bewußtlos zurücksinken zu lassen, mit geschlossenen Augen.

Corbett richtete sich unter Flüchen auf und humpelte zwei Schritte vom bewußtlosen Dykstra weg. Unschlüssig sah er sich im Raum um. Dann bemerkte er die schmale Treppe, die zum darüberliegenden Stockwerk führte – und pfiff leise und überrascht: dort, auf der obersten Treppenstufe, stand ein schwarzer Koffer aus echtem Leder. Sollte das wahr sein? Hatte Dykstra seine Unterlagen tatsächlich offen rumstehen lassen, abholbereit, und war nur von Corbett daran gehindert worden, sich mit dem Zeug aus dem Staub zu machen?

In den USA hatte gestern abend eine Verhaftungswelle angefangen, die den ganzen Michaeliten-Laden aufrollen sollte. Das war ja der Grund dafür gewesen, daß Corbett in Budapest Spuren sichern sollte, bevor jemand sie verwischen konnte. War er buchstäblich in letzter Minute hier eingetroffen?

Der Agent stolperte zur Treppe, humpelte nach oben, griff den Koffer, setzte sich auf die Treppe und besah das Ding genauer. Es hatte ein Zahlenschloß. Sollte er den Koffer aufbrechen oder ungeöffnet mitnehmen, um ihn im Hotelzimmer zu knacken?

Während er noch so grübelte, drang viel zu leise, viel zu gedämpft, ein Geräusch an seine Ohren – es war schon fast zu nah, als er es endlich erkannte: Martinshörner.

Die Polizei.

„Scheiße", fluchte Corbett und zog sich an der Mauer in die Höhe, den Koffer in der Hand – gerade noch rechtzeitig, um Dykstra zu bemerken, der seine Bewußtlosigkeit entweder nur vorgetäuscht hatte oder schneller aus ihr erwacht war, als Corbett ihm zugetraut hätte. Der Nazi war auf dem Bauch zu Corbetts

Bren Ten gerobbt und richtete die Pistole jetzt direkt auf den Agenten. Der riß die Automag in die Höhe. Beinahe gleichzeitg feuerten beide mit der Waffe des anderen. Dykstra verfehlte Corbett nur knapp. Der Steinstaub, der neben dem Kopf des Agenten aus der Mauer fetzte, traf ihn überm linken Auge, verursachte eine Fleischwunde und ließ ihn aufschreien. Dafür hatte sein eigener Schuß Dykstra ins Gesicht getroffen, ihm das Schlüsselbein zertrümmert und ihn entlang seiner Körperachse herumgerissen.

Der Nazi starb.

„Wenigstens ... etwas", ächzte Corbett. Er hörte Stimmen und Hundegebell von der anderen Seite des Geländes. Dort, sah er durch die trübe Frontscheibe, war soeben eine Streife der ungarischen Polizei vorgefahren, der es eilends zu entkommen galt.

3 Psychogemüse

Professor Doktor Rainer Horn blickte dem Schicksal ins Auge.

In beide Augen sogar. Es waren allerdings seine eigenen.

Horn sah in den Spiegel über der Waschgelegenheit in seinem Arbeitszimmer, das zur Station II der psychiatrischen Abteilung der Universitätsklinik von K. gehörte, und betrachtete sein kantiges Gesicht, den bis zu einem großartigen Aussichtspunkt auf der Schädelkuppe zurückgewichenen Haaransatz, die Säcke unter den Augen.

Die Bilanz seines Lebens und Schaffens, fand Horn, sah wenig erhebend aus.

Ein braves Roß im Stall, ein fleißiger Arbeiter und leidlicher Forscher.

Nichts besonderes. War Horn also eigentlich eine Null, ein austauschbares Rädchen?

So mochte es scheinen.

Unterhalb dieser äußersten Schale allerdings ...

Ja, das war es! Man mußte den Menschen sehen, dachte Horn, und lächelte sich zaghaft selber an. Nicht nur den Arzt: den Menschen. Genau.

Immerhin, dachte er, eins konnte man sicher sagen: Horn war mit seinen knapp vierzig Jahren in relativ kurzer Dienstzeit allmählich zum vielleicht komplexesten Menschen auf der Station geworden. Einige der Psychopathen, mit denen er es zu tun bekam, waren ihm zwar anfangs ein ordentliches Stück vielschichtiger erschienen als die detailreichste Beschreibung, die er von seinen eigenen inneren Abläufen anfertigen konnte, doch inzwischen war ihm langsam klar geworden, daß die Verrückten, mit denen er sich täglich unterhielt und deren Medikationen er anordnete, mit ihm nicht im Entferntesten konkurrieren konnten, was die schiere Verknotetheit und Wirrnis der Seelenlage anging.

Inzwischen hatte der Psychiater nämlich ein „Zwiebelschalenmodell" seines Bewußtseins entworfen, ein Charakterbild aus lauter Schichten und Verhüllungen.

Mehr und mehr hatte er darüber nachzudenken begonnen, wie viele miteinander nicht in Einklang zu bringende psychische Dispositionen in ihm eigentlich genau miteinander stritten. Manchmal schien ihm nur noch eins sicher: daß er wirklich eine Zwiebel war.

Je weiter nach innen man vorstieß, nahm Horn an, desto unangenehmer würde es werden. Je „persönlicher" die Schichten wurden, desto weniger Leuten hatte er bislang erlaubt, diese Schichten kennenzulernen. Was aber waren das für welche?

Horn kniff die Augen zusammen, wandte den Blick sozusagen nach innen.

Also, mal sehen: da gab es zunächst, als Mantelschicht um alles übrige, natürlich den professionellen, Vorlesungen haltenden, Aufsätze verfassenden, Patienten behandelnden Rainer Horn. Der spielte seine Rolle gut, gab sich als strengen, klassischen, cartesischen Rationalisten und wissenschaftlichen Reduktionisten. Tatsächlich war das nicht nur eine Rolle. In ihm, stellte Horn fest, gab es tatsächlich einen Persönlichkeitsanteil, der noch immer hoffte, alles, was im Hirn der Verrückten und seinem eigenen Hirn vorging, letztlich auf ein Bündel zuverlässiger Beschreibungen runterkochen zu können. Das wären Erklärungen, in denen Begriffe wie „Dopaminrezeptoren", „Morphologie", „Limbische Aktivität" oder „Hippocampus" eine Rolle spielen würden.

Dieses Ziel hoffte der „Vernunft-Horn" dabei keineswegs aus dem Stand und unter Vermeidung von Blut, Schweiß und langweiligen Statistiken zu erreichen. Vielmehr war er sich vollkommen darüber im Klaren, daß sich erst nach langwierigen Forschungen, die ihm ganz nebenbei ein ordentliches Auskommen als einigermaßen wohlhabender Angestellter der Universität und sorgenfreiem Single sicherten, jene umfassendere Einsicht in die Natur des Menschengeistes einstellen würde.

Blöderweise war davon bis jetzt kein Hauch zu spüren.

Sozusagen auf der Schulter des vorbildlichen Arztes und Wissenschaftlers saß, etwas geduckt vor lauter schlechtem Gewissen, der zweite Rainer Horn: ein Gottsucher.

Ja, eigentlich: ein Sünder.

Das war der brave kleine Protestant seiner Kindertage, der vor vielen Jahren, im 30 Kilometer von K. entfernten Dorf, im evangelischen Missions-Omnibus mit anderen Kindern einer jungen

Religionspädagogin zugehört hatte, wie sie Bibelgeschichten vom jungen Hirten David vorlas, der für seine Schafe Bären und Löwen erschlug, Geschichten vom kleinen Samuel im Tempel und vom zwölfjährigen Jesus bei den Schriftgelehrten.

Das waren Geschichten gewesen, die der kleine Rainer sich sehr zu Herzen genommen hatte. Bis heute konnte er sich, Dopaminrezeptoren hin und Darwin her, deshalb nicht zum bequemen „Ausweich-Atheismus" durchringen, dem seine Kolleginnen und Kollegen größtenteils anhingen und dessen tiefster Gedanke darin bestand, daß man ohne Gott eine Menge Kirchensteuer sparen konnte. Oft empfand Horn daher die spirituelle Landschaft um ihn her als karge und trostlose Wüste voller Skorpione und gottloser trockener Winde.

Es wäre schön gewesen, dachte er nicht selten, nicht mehr in diese ganzen bescheuert kindlichen, moralisch streberhaften Vorstellungen von Sünde und Erlösung verstrickt zu sein. Dann wieder fühlte er wahre Exzesse persönlicher Verantwortung für jeden einzelnen selbstmordgefährdeten oder im schizoiden Schub mit Rasierklingen spielenden Patienten. Es wäre fantastisch, dachte er dann, von moralischer Katerstimmung zermürbt, nicht mehr glauben zu müssen, daß irgendetwas vom eigenen Seelenheil abhing und dieses Seelenheil wiederum von allem beeinflußt wurde, was man tat oder unterließ.

Es wäre prima, Gott endlich für eine völlig unplausible Idee zu halten.

Aber das gelang ihm nie.

Der dritte Rainer Horn, von dem noch weniger Menschen wußten als vom Gottsucher, war der eigentliche Privatmann. Der kultivierte eine eher ungewöhnliche „sexuelle Identität", wie ein schon etwas angestaubtes Modewort das nannte. Dieser Privat-Horn war nämlich ein Mann, der aufgrund sadomasochistischer

Neigungen über die Jahre eine Menge Geld in Domina-Salons und bei „devoten" Prostituierten gelassen oder in Leder- und Gummikleidung investiert hatte. Ein Mann, der Zeitschriften wie „Schlagzeilen" und „Fetish" abonnierte und einmal im Jahr sommers nach London fuhr, um sich in der dortigen Szene umzutun, dort abends jungen Mädchen den Hintern zu versohlen oder sich von furchteinflössend auf ihn einschimpfenden Frauen den eigenen versohlen zu lassen. Ein Mann, der trotz mehrerer über Kontaktanzeigen zustandegekommener Anläufe eine echte Domina oder Masochistin, die ihr Leben mit ihm teilen würde, bislang nicht hatte finden können. Die Frauen, die er auf diesem Weg bislang kennengelernt hatte, begleiteten ihn nie länger als ein halbes Jahr. Dann stellte sich jedes mal heraus, daß es „nicht das Richtige" gewesen war. Für ihn, für sie, für beide.

Immerhin hatte die Begegnung mit einer dieser Frauen seinem Psychogemüse für kurze Zeit eine neue Zwiebelschale hinzugefügt: den tiefsinnigen Freizeitphilosophen.

Maja war eine 34jährige Philosophiedozentin mit stark ausgeprägten „poststrukturalistischen" Interessen gewesen. Außerdem hatte sie sich eigener Auskunft nach nie recht entscheiden können, ob sie nun eigentlich eine Lesbe oder nicht doch eher Sadistin oder vielleicht auch beides war. Überflüssig zu erwähnen, daß Horn durch sie auch Schwester Mitternacht kennenlernte, die berühmte Designer-Droge, von der er schon einiges gehört, die ihn aber bis dahin nie interessiert hatte.

Maja ihrerseits war mit dem Zeug über eine befreundete Hals-, Nasen- und Ohrenärztin bekanntgemacht worden. Die Poststrukturalistin hatte sich auf eine Suchanzeige Horns bei einem Internet-Datingeservice hin gemeldet. Sie schaffte es, nachdem die ersten gemeinsamen sexuellen Unternehmungen recht vielversprechend gewesen waren, ihn eine ganze Weile in

- Abb. 1 -

die fremde und seltsame Welt von Leuten namens Lacan, Foucault, Deleuze und Guattari hineinzuzerren. Diese Philosophen hatten ihn, wie er sich im Nachhinein eingestehen mußte, wohl vor allem deshalb eine Weile fast stärker fasziniert als Majas erotischer Einfallsreichtum, weil es sich auch beim Denken dieser Menschen um eine Art Zwiebel handelte – wie bei seinem Seelenleben. Die französische postmoderne Philosophie war allerdings eine Zwiebel, die Horn wirklich die Tränen in die Augen treiben konnte. Wenn man sie zerlegen, das heißt: verstehen wollte, mußte man sie rücksichtslos in Scheiben hacken, und nicht immer wurde man belohnt.

Einiges von dem, was da an überdrehtem Gefasel über den „Analvater", das „dezentrierte Subjekt", die „Geschichte des Wahnsinns" oder die „Deterritorialisierung des Begehrens" zu lesen stand, übertraf an purer blutrünstiger Gedankenpoesie selbst die biblischen Erzählungen über Jesu Haupt voll Blut und Wunden, die Horns fromme Kindheit geprägt hatten. Eines Abends, lange nachdem Maja aus seinem Leben verschwunden war – „Es war eine wichtige Erfahrung für mich, aber ich muß meine Wunschmaschinen anders programmieren", hatte sie sich telefonisch verabschiedet – stolperte Horns ruheloser Geist bei der Foucault-Lektüre in „Wahnsinn und Gesellschaft" über den Satz: „Seit dem Ende des achtzehnten Jahrhunderts manifestiert sich das Leben der Unvernunft nur noch im Aufblitzen von Werken wie Hölderlins, Nervals, Nietzsches oder Artauds, die unendlich irreduzibel auf jene Alienationen sind, die heilen, weil sie durch ihre eigene Kraft jenem gigantischsten moralischen Gefangenendasein widerstehen, das man gewöhnlich, wahrscheinlich in einer Antiphase, die Befreiung der Irren durch Pinel und Tuke nennt."

In diesem Moment warf Rainer Horn das Buch in die Luft und lachte eine Viertelstunde wie bescheuert. Er gröhlte, kicherte, fuchtelte mit den Armen und schrie in seiner leeren Wohnung: „Unendlich irreduzibel, ist doch klar! Das ist natürlich noch viel irreduzibler als nur einfach so ein bißchen irreduzibel! Mein Gott, was für ein Käse!"

„Unendlich irreduzibel", das war ungefähr so tiefsinnig wie „unendlich tot" oder „ganz besonders schwarz". Da begriff Horn: der ganze postnormale Voodoo-Krempel war eigentlich ein einziges Gesumme. Lauter Bienenschwärme stachelbewehrter Furzideen.

Endlich verstand er Maja, verstand Menschen wie Maja und verstand sogar Menschen, die so waren wie diese Philosophen, die Maja bewunderte.

Der Protestant in Horn fühlte sich von all dem massiv erinnert an das Benehmen Davids im ersten Buch Samuel, Kapitel 21, als der zukünftige König der Hebräer auf der Flucht vor König Saul vor Achis, dem König von Gath, zur Tarnung eine Augenroll- und Sabber-Nummer aufführte, die Achis zu jenen Worten an seine Ratgeber veranlaßten, welche Rainer Horn von allen Sätzen der Bibel die Teuersten waren: „Ihr seht ja, daß der Mann wahnsinnig ist; warum habt ihr ihn zu mir gebracht? Habe ich zuwenig Wahnsinnige, daß ihr diesen herbrachtet, bei mir zu toben?"

So hörte Horn denn kurzentschlossen auf, die Philosophie oder irgendein anderes Gedankenkonstrukt jenseits seiner persönlichen Schuld- und Desorientierungskomplexe ernstzunehmen. Auch Schwester Mitternacht, für die er gerade erst eine zuverlässige Bezugsquelle auf einer benachbarten Station aufgetan hatte – ein junger Assistenzarzt verdiente sich mit schwunghaftem Drogenhandel ein paar Euro dazu – setzte er ohne das geringste Bedauern umgehend wieder ab. Ohne die geringste Entzugserscheinung lebte er sein gesundes, wenn auch kompliziertes Leben und kehrte nie mehr in die verschwommenen und vage erotisierenden Gegenden zurück, welche die Droge ihm gezeigt hatte.

Mit dieser Phase seines Lebens hatte er abgeschlossen.

Das hieß freilich nicht, daß er weniger grübelte, während er seiner Arbeit in gewohnter Weise nachging und sich in medizinischen wissenschaftlichen Zirkeln allmählich einen Namen machte. Sogar eine Veröffentlichung in „The Lancet" hatte er mittlerweile vorzuweisen. Das war ein gemeinsam mit einem japanischen Kollegen verfasster Aufsatz, eine Art skizzenhafte genetische Epidemiologie der Schizophrenie.

Horn hatte die Samples organisiert, der Japaner hatte die Genomanalysen durchgeführt.

Hübsche, glatte Sache. Sie waren ein paarmal zitiert worden, dann versickerte die Sache.

Immerhin: über diesen Japaner, der nach einer Weile aus dem Universitätsdienst ausschied und Angestellter eines japanoamerikanischen Konzerns namens Sagai Enterprises wurde, hatte Rainer Horn Doktor Boros kennengelernt.

Am Rande eines Sexualforscher-Kongreßes in K. war das gewesen, da hatte Boros auf Empfehlung des japanischen Kollegen Horn auf seiner Station aufgesucht.

Boros hatte in melodiösem, gebrochenem, stark akzentgepfeffertem Deutsch erklärt: „Ich mechte mir ein Bild machen von deitsche Psychiatrie-Strukturen, ist alles sähr interessant, wissen Sie?" Sie waren schnell miteinander warm geworden. Schon am ersten Abend zogen sie zusammen durch ein paar der erleseneren Weinstuben der Stadt, wobei sich Horn schließlich einen so schweren, heißen, auf die Schläfen drückenden Rausch angesoffen hatte, daß er dem Wildfremden sogar von seinen religiösen Obsessionen und Spekulationen erzählte – vom Blut des Lammes, von Jesu „religiösem Wahn als Vorbedingung einer neuen Art geistiger Gesundheit durch zweitausend Jahre abendländischer Zivilisation"...

Doktor Boros hatte geantwortet: „Kollägä, Sie sind vielleicht Dichtärr, ohne daß Sie es wissen. Dichter wie Doktor Gottfried Bänn, odär visionärär Dichter wie Yeats, wie William Blake – Sie haben Visionän, jáwohl!" Daraufhin – sozusagen aus gegebenem Anlaß – hatte Boros seinem Gastgeber das erste mal von Johannes Evangelis erzählt.

Zu jener Zeit hatte Horn sich generell wie eine überreife Frucht gefühlt, die viel zu lang an ihrem Ast gehangen war und jetzt endlich zu Boden fallen und aufplatzen mußte. Seine „Visionen", sein Privatleben, das alles konnte so nicht weitergehen.

Die Geschichte von Evangelis, dem Frauenverführer wider Willen, dem „die Weibär nachlaufänn, obwohl är nicht will", kam Horn vor wie eine Offenbarung. Und daß der Mann von sich obendrein glaubte, ein Prophet zu sein, machte gleich noch mehr verdrehten Sinn. Horn hatte das Gefühl, er hätte auf so eine Geschichte seit Jahren gewartet.

Alle Fäden seiner Recherchen, an Verrückten und in seinem eigenen Hirn, schienen hier zusammenzulaufen – wenn „das Ganze" überhaupt einen Sinn hatte, dann würde er sich am Fall Evangelis aufzeigen lassen.

Die Freude, nein: das Glück der Fügung, die eben diesen Evangelis schließlich in Horns Obhut gab, gehörte zum Erhebendsten, was dieser Zeit seines Erwachsenenlebens erlebt hatte. Er beabsichtigte, sich dieser Bevorzugung durch das Schicksal unbedingt würdig zu erweisen. Schon am ersten Tag der freiwilligen Anwesenheit des „Sexmagneten" (wie eine junge Psychiaterin und Kollegin von Horn anfangs spottete) kam es zu Komplikationen.

Als Evangelis am Kaffeeautomaten der besuchsweise anwesenden Schwester eines Patienten begegnete, geschah das Unvermeidliche. Die Dame war eine beleibte Frau anfang fünfzig, die auf Horn bislang immer einen eher herben und sogar leicht verbitterten Eindruck gemacht hatte. Auf Evangelis aber, den ausgemergelten, fanatisch dreinblickenden Rasputin aus einer anderen Welt, reagierte sie wie eine rollige Katze. Als Horn zum Ort des Vorfalls gerufen wurde, das heißt: zum Automaten, gegen den die Besucherin Evangelis preßte, während sie versuchte, ihre Zunge in sein Ohr zu stecken, arbeiteten zwei Pfleger gerade mit aller Kraft und doch erfolglos daran, den Patienten und die enthemmte Angreiferin voneinander zu trennen. Mit Horns Hilfe gelang es schließlich, und Evangelis rettete sich unter Aufsagen von Bibelversen auf sein Zimmer.

Die Dame schämte sich schon kurz darauf heftig, bekam aber dennoch Hausverbot.

Wenige Stunden später passierte der zweite Zwischenfall, diesmal mit der Nachtschwester der Nachbarstation. Am nächsten Morgen geriet die anfangs spöttische Kollegin bei einer Befragung Evangelis' während der Chefarztvisite plötzlich dermaßen aus dem Häuschen, daß Horn keine Zweifel mehr hatte, wirklich auf einen Fall gestoßen zu sein, der nicht nur hochinteressant war, sondern auch zahllose seiner persönlichsten Dämonen exorzieren helfen konnte. Die Japanerfirma Sagai sponsorte Evangelis' Behandlung auf Anraten von Boros.

Der hatte offenbar großes Interesse daran, Horns Beobachtungen betreffs Evangelis im Rahmen einer sogenannten „Memstudie" auszuwerten.

Und jetzt, nämlich gestern, waren auch noch dieser Doktor Frank Urban und seine leicht hysterische Gehilfin aufgekreuzt. Das waren zwei offenbar von Boros persönlich eingeweihte Leute. Zuerst hatte Horn ihr Auftauchen irritiert – es hätte ja wenigstens eine Vorwarnung von Sagai kommen können, daß von ihm erwartet wurde, seine Ergebnisse und sein Studienobjekt jetzt mit wildfremden Menschen zu teilen.

Aber als Urban ihm seine vergangenen Leistungen mitgeteilt hatte, und sich herausstellte, daß darunter auch eine Studie über Sadomasochismus war, leuchtete Horn das Zusammentreffen plötzlich wieder ein – als eine weitere Schicksalswendung mit verborgenem Sinn, ein Fingerzeig Gottes.

Die Aufforderung an Urban: „Interviewen Sie ihn doch selber, das bringt Ihnen sicher mehr, als ich hier freihändig referieren könnte." war Horn daher ganz selbstverständlich über die Lippen gegangen. Seine eigenen Studien in der Sache Evangelis waren bislang nicht sehr erfolgreich gewesen, aber das irritierte ihn nicht weiter. Er hatte sich mittels eines streng falsifikatorischen Ausschlußverfahrens von diversen Hypothesen über den Grund für den „Sexualmesmerismus", der von dem Mann ausging, verabschiedet.

Da Doktor Boros ihn darauf hingewiesen hatte, daß die Sagai-Leute lustiger- und rätselhafterweise unter anderem insbesondere an Daten interessiert waren, die ihnen Vergleiche von Evangelis' „Magie" mit der sexuell stimulierenden und kognitiv irrtierenden Wirkung von MTS erlauben würde, hatte sich Horn zunächst in die biochemischen Aspekte der Angelegenheit eingearbeitet. MTS-Gebrauch war bei Evangelis nicht feststellbar, und auch anderen Präparaten gegenüber, die seinen Metabolismus irgendwie in Richtung auf hormonelles Ungleichgewicht oder Drüsen- und Stoffwechselstörungen hätten beeinflussen können, hatte der fromme Irre offenbar lebenslang Enthaltsamkeit geübt.

Interessanterweise gehörte er, wie bereits erste Bluttests ergaben, außerdem zu jener Minderheit zeugungsfähiger erwachsener Männer in den reichen Industriestaaten, die nicht „gegen AIDS geimpft" waren, d.h. es fanden sich in seinen Blutbahnen keinerlei Spuren der Phasmiden und Wirts-Bakterien einer n-HIV-Behandlung, wie sie seit etwa einem halben Jahrzehnt zum Gesundheitsstandard selbst sexuell weitgehend inaktiver Menschen gehörte. Daß Evangelis dadurch sogar ein gewisses Infektionsrisiko für denkbare, ihrerseits nicht n-HIV-behandelte Kontaktpersonen darstellte, notierte Horn sich für's erste als befremdliches Kuriosum am Rande.

Nachdem die in lokalen Großlabors als Auftragsarbeiten durchgeführten Untersuchungen der Eigenschaften von Evangelis' Blut soweit abgeschlossen waren, blieb an quantifzierenden Recherchen nur noch die möglichst intensive und umfassende Genomanalyse. Für so etwas waren allerdings weder die Universitätsklinik noch ihre örtlichen Partner hinreichend ausgerüstet. Hier sprang erneut der stets hilfreiche Boros ein. Während Rainer Horn auf die diesbezüglichen Ergebnisse wartete, kehrte er zur konservativsten Form der Recherche zurück: Lektüre von wissenschaftlichen Aufsätzen in medizinischen Wochenschriften, monatlichen internationeln Reviews und Internet-Preprint-Archiven.

Das ließ sich bequem sowohl zuhause wie auf der Station, erledigen, und hatte bloß den Nachteil, daß Horn nach ein paar Tagen harter Lese-Arbeit das Gefühl hatte, sich von der heißen Spur, die Evangelis' bloße Existenz darstellte, eher zu entfernen als ihr zu folgen. Warum, fragte er sich, las er eigentlich das ganze Zeug?

Klar: weil er's wissen wollte, und weil das eben die verbriefte Methode war, wie man zu Wissen kam. Weil es einen Zusammenhang gab zwischen dem da oben und dem hier unten, zwischen Evangelis und Horn. Weil Horn lange genug gewissenhafteste Messungen und Beobachtungen vorgenommen hatte, und jetzt begreifen wollte, was sie bedeuteten. Also schrieb er sich Fußnoten und Verweise raus, auf recyceltes Öko-Schmierpapier, las das Neueste und das Älteste, las sogar beim alten Sigmund Freud nochmal nach und fragte sich sogar gelegentlich, ob eine Rückkehr ins Universum der durchgeknallten Vampirlegenden Jacques Lacans und Michel Foucaults sich vielleicht lohnen würde.

Da dachte er dann auch an Maja, an ihre weiche Haut, ihr Ohrläppchen, in das er sie gebissen hat, und fragte sich, ob das nicht eigentlich sehr unfair von ihr gewesen war, ihn zu verlassen.

Andererseits: was hatte sie bei ihm verloren, wenn der ganze Sadosex für sie vielleicht gar nicht das grenzverletzende Spiel war, von dem er dachte, es weise den Weg zum Abschütteln blöder Kindheitsprogramme, zu einer eigenen Persönlichkeit?

Woher sollte er wissen, ob sie vielleicht nicht doch mal einen Schlag auf den Hintern persönlich genommen hat?

„Ich bin kein schlechter Kerl", hatte er mal zu ihr gesagt, fast entschuldigend.

„Nein, bist du nicht", hatte sie geantwortet.

4 Pseudo-Punk

Ach, wenn doch jemand diese blöde Kuh erschießen würde.

Oder vierteilen. Oder durch den Wäschemangler ziehen.

Oder auf´s Rad flechten und rotieren lassen.

Oder mit Honig bestreichen und in der Wüste gefesselt auf einen Ameisenhaufen setzen. Oder ...

Karin Lay saß auf einem ausrangierten Labortisch, aß mit einer Plastikgabel Mikrowellen-Makkaroni aus der Tasse und wünschte der jungen Laborantin den Tod, die im gegenüberliegenden Eck des Aufenthaltsraums mit einem Walkman auf den Ohren auf einem alten Bürostuhl herumkippelte. Zweifellos hing das Gör seinen Tagträumen nach, in denen wahrscheinlich tätowierte, trotzige Männer mit Zungenpiercings eine ziemlich ölige Rolle spielten. Zu diesem Schluß war Karin gekommen, weil die Musik, die aus den Kopfhörern der höchstens 20-jährigen Frau nicht nur in Gehörgänge, sondern auch in den umgebenden Raum drang, alle erforderlichen akustischen Leitmerkmale der allerneuesten Plastik-Punkrock-Seuche aufwies: kreischende Gitarren wie in den stumpfsinnigsten Spätsiebzigern, debiles Kaninchenhoppel-Schlagzeug und sturer Vier-Viertel-Takt.

Wenn sie wenigstens Rap-Fan wäre, diese doofe Schnepfe.

Bässe hört man nämlich nicht so deutlich mit, aus Walkmanstöpseln.

Karin blickte melancholisch auf ihre Makkaroni und dachte: wahrlich, ich sage Euch, eine Menge Fertiggerichte muß der Mensch verzehren und eine Meer von Kaffee austrinken, wenn er seine mit Müh und Not erneuerbare Arbeitskraft der Wissenschaft geweiht hat.

Leute wie die da drüben kamen dagegen tagsüber mit etwas Kaugummi und abends einer möglichst fettigen Pizza aus. Der Herzinfarkt war ja noch weit, 20 Jahre lang Fettwerte hochpeitschen galt wohl als Ehrenpflicht des idealtypischen amerikanischen Jungkonsumenten und seiner behämmerten Freundin. Karin fixierte die Übeltäterin genauer. Mit ihren träumerisch geschlossenen Augen und wippenden Turnschuhfüßen schien sie der Welt weit genug entrückt, um sich auf gar keinen Fall angestarrt zu fühlen.

Wäre eine der beiden Frauen auf MTS gewesen, hätte sich die Situation so wahrscheinlich nie ergeben, dachte Karin: sie selbst hätte unterm Einfluß der Droge wahrscheinlich Gefallen an dem Gehacke gefunden, das da geschrammelt wurde, und das Mädchen wiederum hätte wahrscheinlich nicht genug Rücksichtslosigkeit aufgebracht, den kleinen Kasten gar so laut aufzudrehen, wenn das MTS-Feedback von Karins Empfindungen und Gedanken auf sie eingewirkt hätte. Ein weiterer Beweis für Claus Bruinsmas These, daß die ganze Welt besser dran wäre, wenn alle rund um die Uhr die kleinen blauen Pillen nähmen.

Claus, der wie sie selbst sein Post-Doc-Jahr hier in Princeton absolvierte, war allerdings wohl nicht aus reiner Philanthropie ein so entschiedener Propagandist der neuen Wunderdroge geworden. Eher redete er als Marketingbeauftragter seiner selbst, wann immer er die Vorzüge der Microtubuli-Stimulantien pries. Denn der junge Holländer war der kreditwilligste Dealer, den sich Karin wünschen konnte. So war es vor allem Bruinsmas ganz persönlicher Erfolg, daß inzwischen geschätzte 40% aller jüngeren Angestellten der Fakultät ihre eigenen Erfahrungen mit dem „Telepathikum“, der „Empathiepille“, „Schwester Mitternacht“; kurz: dem Zaubertrick des Jahrzehnts gemacht hatten.

Kein anderer als Claus hätte die Frechheit besessen, das Präparat (das er vermutlich von einem der Labors in der Organik preisgünstig synthetisieren ließ) mit den Worten anzupreisen, es eigne sich „neben seinen bewußtseinserweiternden Eigenschaften auch hervorragend zur Verbesserung des Sexuallebens“ – nur um attraktiven weiblichen Kundinnen spätestens nach der dritten Lieferung auf nicht uncharmante Art das Angebot einer praktischen Demonstration zu unterbreiten.

Karin wußte, daß sie nicht die erste war, die er damit rumgekriegt hatte. Seine geflüsterten Loblieder auf ihr langes blondes Haar hatten sich auf MTS tatsächlich glaubhafter und stimulierender angehört als je ein Kompliment in ihrem Leben. Karins Blick, der, während sie in MTS-Erinnerungen schwelgte, einen Augenblick lang glasig geworden war, richtete sich wieder auf die Krachmamsell.

Deren Haare, stellte Karin sachlich fest, waren weder lang noch blond, sondern ganz nach generationenalter Gegenkultur-Vorschrift stoppelkurz und grün. Das T-Shirt, das die Laborantin trug, war ein verschwitztes Männerunterhemd, die Hose war tarnfarben, vermutlich aus Army-Restbeständen. Flohmarktguerillamode also – schwer rebellisch.

Das Mädchen öffnete die Augen, als hätte es Karins Gedanken aufgefangen (ist sie DOCH auf MTS? Oder habe ich einen Paranoiaflash?).

Die junge Frau stierte Karin ein paar Minuten trotzig an, gähnte dann, als Karin den Blick nicht demütig senkte, ausgiebig und demonstrativ. Dann blies sie tatsächlich, Gipfel der Abgeschmacktheit, eine große pinkfarbene Kaugummiblase auf, ließ sie geräuschvoll platzen und grinste breit. Danach schloß sie die Augen wieder, während sie sich auf ihrem gekippten Stuhl so weit zurücklehnte wie statisch eben noch vertretbar. Fabelhaft, mußte Karin selbst anerkennen: Pippi Langstrumpf als Rockmieze. Die Zukunft der Universität ist gesichert.

Und solche Leute waren also zuständig für Wartung und Pflege der Mäuseversuche unten im Erdgeschoß, bei den „animal facilities".

Na, da konnte man nur hoffen, daß sie den Mäusen nicht noch Skateboardfahren und Leuteanpöbeln beibrachten, bevor sie ausprobierten, ob die braven Nager brannten, wenn man sie anzündete, oder fliegen konnten, wenn man sie mit Schwung durch die Korridore warf.

Karin verachtete mit dem gesunden Dünkel aller Auserwählten aus dem Zweiten Stock das „Bodenpersonal", und zwar mit exakt derselben Gefühlsintensität, mit der wiederum dieses Bodenpersonal, einschließlich aller Hausmeister und Putzfrauen, gelegentliche Besucher von anderen Universitäten oder gar Delegationen aus der „freien Wirtschaft" verachteten.

Man war hier schließlich Hort der Besten der Besten: das Lewis Thomas Laboratory am Center for Advanced Biotechnology and Medicine widmete Forschung und Lehre nicht einfach „dem Leben", sondern dessen innersten Zusammenhängen.

Hier führte man nicht bloß Mäuseversuche durch, hätte die walkmanbewaffnete Möchtegern-Punkette auf Nachfrage sicherlich erklärt, nein: hier führte man INTELLIGENTE Versuche an INTELLIGENTEN Mäusen durch. Über diese Dinge nachzudenken, hier in der Lounge, auf dem abgewetzten Sessel (der wahrscheinlich seit Einweihung des Instituts vor nun auch schon fast 20 Jahren an dieser Stelle stand, damals noch ein Riesenluxus), die leere Makkaronitasse in der Hand drehend wie eine Gebetsmühle, ließ etwas wie Frieden in Karins gehetztes Herz einziehen.

Ja: wir sind ja doch alle gleich vor dem unbestechlichen Auge der Wissenschaft, ob Punkette oder deutsche Billiglohn-Post-Doc-Biologin.

Aber was machen wir hier eigentlich? Wem helfen wir? Was bringt das alles?

Karin schüttelte den Kopf. Gar nicht weiterdenken auf dieser Schiene. Sinnsuche mußte außen vorbleiben, wenn das Forschungsprogramm klar definiert war.

Und das war es ja für Karin. Eine klarere Definition als

„DNA-Detektion und Sequenzendistinktion mittels Oligonukleotiden-Ligation“ ließ sich nicht denken. Wer den ganzen Tag mit paramagnetischen Partikeln, Europiumsignalen und den sonstigen Schönheiten zeitaufgelöster Flourometrie vertändelte, wie sie das tat, der oder die war beschäftigt genug, um nicht auf dumme, kluge oder überhaupt irgendwelche Gedanken zu kommen.

So sah also ihr Post-Doc-Jahr aus, von dem sie mittlerweile ganze drei Viertel unter der Obhut von Hendrik Mortensen, ihrem zweifellos netten, aber einfallslosen Professor, hinter sich gebracht hatte. Den Nobelpreis würde man ihr für solchen hochkonzentrierten Stumpfsinn jedenfalls nicht um die Ohren schlagen. Und ein knallig populärwissenschaftliches Büchlein würde sich daraus auch nicht drechseln lassen.

„Sowas wie ‚Klonen für Hausfrauen‘ oder ‚Mit dem Gen auf du und du‘, das müßte man mal schreiben, ich sag' dir, mach das, dann lutschen sie dir in den Talkshows jeden Zeh!“ pflegte Claus düster zu witzeln.

Immerhin hatte sich ein Industriesponsor gefunden, ein paar obskure Computer- und Biotechnologie-Japaner, Sagai Enterprises, die an Mortensen anscheinend einen Narren gefressen hatten. Das ersparte es Karin wenigstens, direkt in die „freie Wirtschaft“ abzuwandern. Sie stellte sich das immer wie so ein Foto aus der Zeit der Weltwirtschaftskrise Anfang des zwanzigsten Jahrhunderts vor – armer Wissenschaftler mit Schild um den Hals: „Treibe Molekularbiologie gegen warme Mahlzeit! Monoklonale und polyklonale Antikörper in wenigen Wochen zu $ 10,00 per Peptid-Residuum!“.

Es gab also weitaus schlimmere Schicksale als ihres. Immer wieder hörte man jetzt sogar von Kolleginnen und Kollegen mit Informatik- und Simulationserfahrung aus der Chemie oder Physik, die irgendwo in der Unternehmensberatung als „Finanzmodellprogrammierer" verschwanden, oder von Umsteigern, die sich so spannende Betätigungsfelder wie Videoverleih, Computereinzelhandel und Tankstellenmanagment erschlossen.

Ganz zu schweigen von Gestalten wie ihrem Exfreund Frank, daheim in Deutschland, der sich seine Zeit jetzt damit vertrieb, sein medizinisches Wissen und sein altes Steckenpferd, die physiologische Sexualforschung, in peinlichen „Amerikanische Wissenschaftler haben herausgefunden"-Berichten, Orgasmusberatungs-Spalten und „Gesundheits"-Kolumnen für irgendeine bescheuerte Boulevardgazette zu prostituieren.

Eines dieser Textchen hatte Frank ihr vor vier Monaten in einem Anfall von schwarzem Humor per Post nach Princeton geschickt. Sie hatte sich den kleinen Ausriß mit Klebefilm an ihren Computerbildschirm gepappt:

„Amerikanische Herzärzte schlagen Alarm: Frauen können durch den ‚Jojo-Effekt' bei superschnellen Diäten in akute Herzgefahr geraten! Nach neuesten Studien steigt das Risiko für einen Herzinfarkt besonders stark, wenn die Pfunde sehr schnell purzeln (...)."

Franks Niveau war offenbar auch recht rapide „gepurzelt", seit Karin ihn verlassen hatte. Zu allem übrigen Unbill, in dem sie ihn vermutete, war sie sich mittlerweile keineswegs mehr so sicher, ob ihr Tip, es zur Bekämpfung des Motivationsverfalls doch mal mit MTS zu probieren – und zu diesem Zweck einen gemeinsamen alten Uni-Bekannten anzusprechen, von dem Karin wußte, daß er eine „Quelle" war – dem armen Frank nicht noch mehr Probleme beschert hatte, als ihn ohnedies umzingelten.

„He, Frau Doktor, was für trüben Gedanken hängen wir denn nach?"

Claus Bruinsma betrat den Raum, im Laborkittel wie Karin, aber mit ausgebreiteten Armen und dem üblichen Hektoliter Sonne im Herzen. Sogar die Krachfee schrak einen Moment zusammen, griff zu ihrem Gerät und schaltete es aus. Er zwinkerte dem Mädchen zu, und die Punkette lächelte tatsächlich zurück und senkte danach den Blick, als schäme sie sich schon für den bloßen Augenkontakt mit diesem verworfenen Menschen. Daß das Gör Scham überhaupt kannte, war verblüffend.

Ob er die auch schon gevögelt hat?

Jetzt sah Bruinsma Karin direkt an, breit grinsend, und Karin dachte: Weißgott, dieser Mund sieht aus, als hätte ein halbes dutzend Joints auf einmal Platz drin, und dann könnte der Mann immer noch dem Teufel eine Pille aufschwatzen.

Warum ging DER eigentlich nicht in die Unternehmensberatung?

Zu stressig, vermutete Karin, jedenfalls verglichen mit seiner jetzigen Position als inoffizeller Institutsdealer, Sorgenbrecher und Frauenbeglücker.

Aus den Augenwinkeln bekam Karin mit, wie die Walkmanlaborantin ihren Platz räumte, als hätte sie ein unhörbares Signal empfangen, sich zu trollen.

Claus rückte sich einen Stuhl heran und legte Karin die Hand auf den Arm. Warum, fragte sie sich, fühlte man sich eigentlich von diesem Typen nie angemacht – von all seinen kleinen Gesten, Blicken, beiläufigen Berührungen mitten während der Arbeit, oft buchstäblich unter den Augen aller? Beziehungsweise: warum machte es einem nie was aus, von diesem Typen angemacht zu werden?

„Na, deutsches Fräuleinwunder? Was ist los mit dir, heute?"

Immerhin, er redete deutsch. Da konnte man sich wenigstens mal auskotzen, ohne daß gleich alle mithören konnten. Gerade betrat ein junger MTA den Aufenthaltsraum und machte sich am Kaffeeautomaten zu schaffen.

Viel Glück, dachte Karin, den habe ich vorhin schon ausgetrunken.

Sie rümpfte die Nase (sie wußte, daß Bruinsma das mochte) und sagte betont leiernd:

„Geh' weg, Tulpenzwiebel. Und versuch' gar nicht erst, mir irgendwelche Stimmungsaufheller anzudrehen. Ich bin in moroser Laune, und es GEFÄLLT mir, verstehst du? Ich hab' es GERN, wenn ich die Welt durch genau die schwarze Brille sehen kann, die zu ihr paßt. Es ist nämlich alles ein ganz aussichtsloser, langweiliger Käse hier. Also bleib' mir vom Leib mit Frau Antjes Marokkanern und was du sonst spazierenführst."

Bruinsma hob tadelnd den rechten Zeigefinger: „Sowas von verstockt! Dabei solltest du dich heute besonders wichtig fühlen." Argwöhnisch hob Karin die Augenbrauen: „Hast du mein Horoskop gelesen, oder was gibt's sonst, was ich nicht weiß?"

„Die Japsen sind hinter dir her, schöne Frau. Pearl Harbor 2, sagen die Patrioten im Haus, aber du solltest dich freuen."

„Geht's noch ein bißchen undeutlicher?" schnappte Karin, obwohl sie langsam eine Ahnung hatte, worum es ging. Bruinsma hörte auf zu schäkern und setzte sein seriösestes Gesicht auf. Besonders seriös war auch das nicht, aber Karin war bereit, ihm jetzt wirklich zuzuhören: „Zwei von Mortensens Sponsoren, ein Doktor Yokomitsu und ein Herr Osugi von Sagai Enterprises, sind vor zwei Stunden hier aufgetaucht. Dein Chef gibt ihnen grad die guided tour, aber sie sind bloß daran interessiert, sich für irgendein Research-Projekt, etwas Kurzfristiges anscheinend, ein paar gute Leute auszuleihen. Er schuldet ihnen natürlich jeden Gefallen, und wenn ich du wäre ... es könnte sich lohnen, Fräulein."

„Nenn' mich nicht dauernd ..."

„Miss Lay?" – in der Tür stand Ahmet Rahib, einer von Mortensens Doktoranden, und sah äußerst ungeduldig aus. „What is it?" gab Karin gereizt zurück.

Meistens, wenn jemand von den Laufburschen des Alten nach ihr suchte, war wieder irgendein Gerät kaputt oder jemand hatte ein Bewilligungsformular verschlampt oder falsch ausgefüllt. Irgendwie schienen alle in der Gruppe Karin für die Verkörperung sämtlicher angeblich deutscher Sekundärtugenden von Ordnungssinn bis Fleiß zu halten.

Rahib blickte unterwürfig und fast flehentlich drein, zuckte mit den Schultern und sagte: „The Boss would like a word with you. His guests, too."

Karin nickte und seufzte, stand auf und streifte mit der Hand Bruinsmas Schultern, der sie von seinem offenbar sehr bequemen Platz aus aufmunternd – und nur ein ganz klein wenig anzüglich – angrinste.

In Mortensens Büro angekommen, bemerkte Karin augenblicklich, daß eine gewisse Anspannung in der Luft lag und die drei vor ihr anwesenden – der Professor und die beiden von Bruinsma angekündigten Japaner – gerade eben ein nicht ausschließlich einvernehmliches Gespräch über wichtige Dinge geführt hatten.

Die beiden Japaner wirkten leidlich gefaßt, Mortensen auf seinem Stuhl sah geknickt und um Jahre gealtert aus. „Guten Tag, Frau Lay", begrüßte der eine der beiden Japaner Karin in akzentfreiem Deutsch und stellte sich dann als Doktor Yokomitsu vor.

Er war ein hagerer, aristokratisch wirkender Mann, zweifellos der wissenschaftliche Experte im Gespann, ganz im Gegensatz zu seinem gedrungenen Begleiter, der so wirkte, als wäre er ein nur mit Mühe die anerzogene Beherrschung wahrender

Choleriker, der ohne weiteres bereit war, seinen Worten mit Faustschlägen auf die Tischplatte Nachdruck zu verleihen. Etwas Bedrohliches ging allerdings von beiden aus.

Karin bemerkte, daß sie, im Gegensatz zu Mortensen, standen und auch ihr niemand einen Stuhl anbot. „Wir wollen gleich zur Sache kommen", schaltete sich Osugi ein, und Karin dachte: eine Wirtschaftsbulldogge, wie sie im Buch steht. Der Mann kennt bloß Befehle, keine Vorschläge. „Sicher. Ihre Zeit ist bestimmt nicht weniger knapp als unsere", erwiderte Karin so kühl sie konnte. Allzu leicht wollte sie's den Geldsäcken nun auch wieder nicht machen. „Soweit wir informiert sind," begann Yokomitsu, „gibt es im Team unseres geschätzten Kollegen Mortensen niemanden, der für die kleine ... Seitenaufgabe, die wir zu vergeben haben, geeigneter wäre als sie."

Karin schwieg abwartend. Mal sehen, wo das hinführte.

Osugi fiel wie auf's Stichwort ein: „Erstens kennen Sie sich in Europa aus, vor allem natürlich in Deutschland. Wir sind auf einen sehr interessanten medizinischen Fall aufmerksam gemacht worden, der in verschiedenen ost- und nun auch westeuropäischen Ländern von sich Reden gemacht hat."

Karin erwiderte: „Ich bin keine Medizinerin, sondern Molekularbiologin. Warum kommen Sie zu mir? Nur weil ich Land und Leute kenne?"

Osugi schwieg. Karin wechselte einen kurzen Blick mit Mortensen. Seine alten, wasserblauen Augen schienen sie beschwören zu wollen: Mädchen, paß auf, die sind uns über! Yokomitsu lächelte sein liebenswürdigstes Lächeln und sagte ruhig: „Das bringt uns zum zweiten Punkt. Sehen Sie, wir wollen nicht nur jemanden mit Ortskenntnissen und ... fachlicher Expertise. Wir wollen jemanden, der WIRKLICH weiß, worum es geht. Eigene Erfahrungen sind ja so wertvoll." Karin stutzte.

„Ich glaube, ich kann Ihnen nicht mehr folgen."

Yokumitsu machte eine wegwerfende Handbewegung, als wollte er sagen: Ach, das haben wir doch nicht nötig, wir beide.

Stattdessen sagte er etwas viel Unheimlicheres: „Reden wir nicht – wie sagt man bei Ihnen? – um den heißen Brei herum. Soweit unsere Informationen reichen, kennen Sie sich ausgezeichnet aus mit einer Droge, die man ‚Microtubular Stimulator' nennt, abgekürzt ‚MTS'. Nicht wahr?"

5 Aus den Boros-Protokollen

[Bei den Boros-Protokollen handelt es sich um Abschriften von im Rahmen der MTS/Memstudie durchgeführten Befragungen erwachsener, über die funktionalen Hintergründe der Wirksamkeit von MTS aufgeklärter Versuchspersonen. Die Interviewten wurden vorab aufgefordert und ermahnt, ohne Ausnahme und mit größtmöglicher Aufrichtigkeit mitzuteilen, was ihnen im Rahmen der Fragestellung relevant erschien, und dabei insbesondere vor der Erwähnung sexueller, peinlicher, merkwürdiger etc. Sachverhalte nicht zurückzuscheuen. In diesem Zusammenhang war entsprechend den Zielsetzungen der Gesamtstudie vor allem der „Übertragungsweg" von Interesse, d.h. der memetische Vektor, also wann, wo und unter welchen Umständen die Befragten erstmals MTS angeboten oder verabreicht bekamen. Ob die Befragten in diesem Zusammenhang Namen nennen oder sie lieber verschweigen wollten, blieb ihnen überlassen]

Protokoll No. 43 (weiblich, 26 Jahre alt)

Ich weiß, daß MTS zuerst in Medizinerkreisen aufgekommen ist, und daß es da auch so einen ganz seltsamen, ich weiß nicht, vielleicht: Besitzerstolz? So ein klandestines Für-Sich-Behalten, wissen Sie? Das gab und gibt es da jedenfalls. So eine Stimmung, einen Tonfall. Sehr geheimnistuerisch, wahrscheinlich typisch für die Göttinnen und Götter in Weiß. Insofern war das eine ganz clever ausgesuchte Gruppe, Sie haben wahrscheinlich gewußt, daß das nicht so lauffeuerartig um sich greifen würde, daß man das überschauen können würde, wenn man es zuerst diesen Leuten anvertraute ... stimmt's?

Macht nichts, wenn Sie mir das nicht beantworten wollen. Schon ok.

Schließlich bin ja auch eigentlich ich hier die Befragte. Ich dachte nur dran ... wissen Sie, für mich hat die ganze Geheimniskärmerei noch einen ganz besonderen, persönlichen Beigeschmack. Ich weiß nicht, ob das überhaupt hierher gehört ... na, wenn Sie sagen, alles, wie's mir in den Sinn kommt, gut: ich fühle mich von der ganzen Sache, gerade auch von dem Namen Schwester Mitternacht, persönlich stark an die Gothic- und Dark Wave-Szene erinnert, in der ich bis zu meiner Volontariatszeit bei „heute morgen" ziemlich viel rumgehangen bin. Kennen Sie nicht? Das sind diese Leute, die man fälschlich Grufties nennt, so schwarzgekleidete Menschen mit Mascara und bleicher Schminke und hochtoupierten Haaren ...

Ja, ich hatte auch mal so ein Vogelnest auf dem Kopf, war ein großer Fan der enstprechenden Bands. Das hieß am Anfang Positive Punk und kam aus England, es gab da einen Schuppen in London, das Batcave, wo man Mitte der Achtziger hingegangen ist. Ich war ja noch zu jung dazu, aber aus der Zeit stammten die ersten Bands, ich weiß nicht, ob Sie das kennen: Siouxee and the Banshees. So wie die Sängerin von dieser Gruppe sah ich mit zwanzig, einundzwanzig aus. So'n bißchen wie ne Krähe, wie 'ne Fledermaus oder 'ne Vampirprinzessin, mit schwarzem Lippenstift und gestrickten Strümpfen und hohen Stiefeln und allem drum und dran. Wir lasen damals alle das „Zillo". Heute gibt es ja noch einen Haufen anderer Heftchen, „Orkus" heißt zum Beispiel eines, das bringt vom Titel her ganz gut zum Ausdruck, was die Einstellung ist, um die es geht, so grabsteinmäßig eben. Da entstehen monatlich neue Zeitungen, das blüht alles munter vor sich hin, von eher schrabbeligen Schwarzweiß-Fanzines bis zu aufwendigen Sachen, die sich dann natürlich überwiegend von der Plattenindustrie sponsern lassen. Ein alter Freund von mir, ein richtiger Akademiker, das heißt, er ist Historiker, Altertumsforscher, und war mal an Ausgrabungen in Norwegen beteiligt, wo sie alte Spuren heidnischer Kulturen freigebuddelt haben – also: der macht auch so ein Heft, reichlich schwülsitg, mit Gedichten, Artikeln, Interviews ...

Es heißt: „Das Archaische Revival". Ja, ich weiß. So heißen diese Dinger eben.

Jedenfalls, dieser Typ war es auch, mit dem ich ...

Aber das will ich ja nachher erst erzählen. Die Gothic-Szene beherbergt eine ganze Menge skurriller Menschen wie ihn, meist überdurchschnittlich belesen. Ich staune immer wieder, bei uns in der Redaktion, daß ich doch ziemlich viel kenne, verglichen mit den andern, die ja doch auch alle wenigstens das Abitur haben. Aber ich kenne mich besser aus als die alle, und sei's nur, weil meine Lieblingsgruppen soviel Hochliteratur vertont haben. So Sachen, die heute anscheinend kein Teil der Allgemeinbildung mehr sind: Charles Baudelaire, Joris-Karl Huysmanns, die großen Inspiratoren, Poe und all sowas.

- Abb. 2 -

Ja, am Rand der Szene gibt es natürlich unerfreulicherweise alle möglichen wirklich düsteren Sachen, Satanismus, Nazitum, Neuheiden, aber man darf das nicht über einen Kamm scheren ... wie bin ich jetzt hier eigentlich draufgekommen?

Ach so, über die geeignete Versuchspersonengruppe für die Droge. Ja, eben: unter den Gothic-Nasen hätte man das auch einführen können. Da mußte ich dauernd dran denken, als ich die ersten Geschichten gehört habe. Auch dieses mystische, magische Brimborium drumrum. Und dann gibt es für mich eben noch eine persönliche Connection, insofern ich das seltsamste Erlebnis mit dem Zeug in einem Club hatte, den ich das erste mal seit meinem ... na, sagen wir: Ausstieg aus dieser Welt – wobei es kein richtiger Ausstieg war, ich kaufe mir immer noch Platten von Bauhaus oder My Dying Bride, aber ich schminke mich nicht mehr – wo war ich? Egal. Na gut. Also, ich laufe heute schon seriöser rum als damals. Die Leute würden ja vermutlich schon komisch gucken, wenn die Boulevardzeitungsfotografin da ankommt und mit umgedrehten Kreuzen behängt ist und so eine Turmfrisur hat.

Also, ich hatte diese MTS-Vision, diesen merkwürdigsten Trip, vor vier Monaten, als ich die einzige Kneipe in meiner Stadt, die sich noch exklusiv an Dark Wave-Leute wendet mit ihrem Angebot und dem Ambiente, mal wieder ... aber ich sollte das besser der Reihe nach erzählen, oder? Also, mal sehen.

Ich habe das Zeug das erstemal während einer, man könnte sagen: Dienstreise genommen. Das war in Budapest. Ein Kollege von mir hat mir's damals angeboten, ein Journalist, das heißt also: kein Arzt. Aber die Geschichte ist trotzdem nicht so untyptisch, denn er hat Medizin studiert. Das in Budapest war ... Ich soll über alles reden, stimmt's? Alles?

Tja.

Also. Ich versteh' schon. Wenn ich nicht über alles rede, hat's gar keinen Sinn. Gut.

Ja, wir haben an dem Abend miteinander geschlafen.

Es war ganz gut, aber auch nicht irgendwie transzendent. Damit meine ich: obwohl ich damals zwei von den Pillen genommen hatte, direkt vorher, erinnere ich mich nicht daran, irgend etwas Ungewöhnliches erlebt zu haben – mir war vielleicht kurz mal schwindlig währenddessen, also so eine leichte ... so ein räumliches Vertauschen von Oben und Unten, das habe ich schon erlebt, und vielleicht auch ein paar Lichtflecken auf der Netzhaut.

Aber nichts von den Stimmen und sonstigen Geschichten, die im Zusammenhang damit berichtet werden – es war, Entschuldigung, wenn ich das so sage: es war auch nicht anders als besoffen zu Ficken. Das heißt, halt, eins war schon komisch: ich mußte die ganze Zeit lachen. Etwa so wie ein Kifferkichern, nur nicht so verschattet, also ohne die Verlangsamungseffekte, ohne diese bleierne Blödheit im Hirn, die einem das Kiffen beschert. Es war eher angenehm.

Und gerade wegen der relativen Unaufdringlichkeit war's okay genug, daß ich mir schon damals gesagt habe: das will ich weiter haben, damit will ich experimentieren, vielleicht auch mal mit anderer Dosierung und so.

Wenn die Dinge, die MTS in meinem Leben dann so nach und nach verändert hat, damals auf einen Streich passiert wären, wäre ich vielleicht erschrocken, und ich hätte Abstand davon genommen. Man könnte, wenn man paranoid wäre, fast glauben, daß die Droge sozusagen mein Hirn sondiert hat und ich feststellen mußte, daß ich eher nicht der Typ für schockierende Offenbarungen bin, daß ich es lieber ein bißchen langsamer angehen lasse und mir einen Rest Kontrolle bewahren will.

Wie? ... Ja, ich weiß, daß es Leute gibt, die wirklich so drüber denken. Daß das eine wirklich intelligente Droge ist, daß sie ein adaptives neurochemisches System ist und so weiter ... Aber vielleicht, habe ich mir später dazu gedacht, springen einfach manche Leute schneller drauf an als andere. Dafür gibt's sicher organische und hirnanatomische Dispositionen. Mein Kollege zum Beispiel hat danach wahre Wunder berichtet – ja, von demselben Abend, an dem ich's das erste mal genommen hatte. Auch für ihn war's da das erste mal. Nein, ich müßte lügen, wenn ich sagen würde, ich könnte mich daran erinnern, daß er anders gewirkt hätte als sonst, er war halt geil und leicht angeschickert. Das war alles.

Er hat mich daraufhin jedenfalls noch eine Weile lang auf meinen eigenen Wunsch hin mit den Pillen versorgt.

Und da summierten sich allmählich dic Effekte.

Zunächst – das wird Sie nicht besonders überraschen – wirkte sich die Sache auf mein Sexualleben aus. Ich muß dazu sagen, daß dieses Sexualleben im Augenblick allgemein alles andere als aufregend ist. Kurz bevor ich die Spur von diesem Evangelis wieder aufgenommen hatte, weil mir ein Bekannter von der betreffenden Psychiatrie-Station der Uniklinik zusteckte, der Typ sei bei einem Professor Horn in Behandlung, hatte ich mich von meinem letzten Freund getrennt. Deshalb, und weil ich auf flüchtige Sachen nicht so einen riesigen Wert lege wie viele seit das AIDS-Risiko weitgehend weg ist, beschränkt sich die Erotik bei mir im Augenblick auf Masturbation.

Ich weiß nicht. So dreimal die Woche, denke ich, oder zweimal. Alle drei Tage vielleicht.

Das muß ich jetzt natürlich schildern, oder? Na gut. Es hat ja auch mit MTS zu tun, stimmt schon. Also. Ich benutze dabei meist einen irgendwie Dildo-ähnlichen Gegenstand, den ich mir in die

Muschi stecke. Alles, was ein Psychoanalytiker als Penissymbol durchgehen lassen würde – natürlich keine Kirchtürme oder Zeppeline oder so. Meistens ist es tatsächlich ein Dildo, ich habe so ein silbernes Ding. Manchmal sind's andere Gegenstände. Oft nehme ich eine Kerze oder Gemüse, Zucchini, Gurke. Manchmal auch eine Flasche, Flaschenhals. Diese klassischen Colaflaschen findet man ja leider nicht mehr oft.

Sie wollen es genau wissen, was? Ok.

Ich gehe ins Schlafzimmer und ziehe mich aus. Dann fange ich vor dem Spiegelschrank an, mich zu streicheln. Dabei konzentriere ich mich zuerst auf meine Bürste, die sind zwar nicht so groß, aber, naja ... es sind meine. Ich knete meine Nippel, bis sie schön hart sind und hervorstehen. Dann wandern die Hände tiefer. Meine Muschi ist dann meistens schon feucht. Ich streife sanft meinen Kitzler, der dabei immer größer und härter wird. Dann setze ich mich auf's Bett dabei und spreize die Beine, damit ich mich gut sehen kann. Ich lasse dabei übrigens immer die Vorhänge auf und das Licht an. Sie sehen schon, warum ich hier jetzt nicht rot werde. Ja. Die Vorstellung, daß mich jemand beobachtet, macht mich an. Ok, dann nehme ich den Dildo oder Flaschenhals oder was immer es halt gerade ist, und schiebe ihn langsam in meine Muschi. Ich mag es, wenn das Ding schön dick ist und mich gut ausfüllt. Zuerst fang' ich relativ langsam an, mich zu ficken.

Es heißt ja immer: fick dich selber. Naja, dazu fällt mir der Woody-Allen-Spruch ein: nichts gegen Onanie, das ist Sex mit jemandem, den ich mag. So allmählich stoße ich das Ding dann immer schneller und fester rein. Meistens, besonders wenn das alles abends nach so einem richtig heftigen Arbeitstag passiert, kommt es mir dann ziemlich schnell.

Geräusche? Tja. Ich kann und, ehrlich gesagt, will nicht anders: ich mach' dabei schon auch Geräusche, also ich muß dabei schon so einiges seufzen und stöhnen. Wenn ich komme, schätze ich, kann ich dabei manchmal auch einen richtigen kleinen Schrei nicht unterdrücken. Normalerweise mache ich dann, wenn ich nicht zu kaputt bin, sogar weiter. Dreimal ist so der Durchschnitt. Beim zweiten mal ficke ich meistens einfach weiter, meistens in einer anderen Stellung. Dann nehme ich oft noch so ein zweites Ding dazu, einen Vibrator, so was. Enweder bearbeite ich dann mit dem Kopf dieses Dings meinen Kitzler, oder ... ich stecke ihn mir in den Po. Manchmal nehme ich auch eine Kerze oder so eine chinesische Kugelkette dafür. Langsam schiebe ich mir das Ding hinten rein, während in meiner Muschi noch der Dildo steckt. Immer tiefer, und auch dieses Ding schiebe ich dann irgendwann rein und raus, allerdings insgesamt langsamer als in der Muschi. Mein Po ist ... das ist alles sehr sensibel, das macht mich ziemlich geil. Der Orgasmus ist ziemlich intensiv bei dieser Geschichte, also wenn ich gleichzeitig ... naja.

Irgendwie sehe ich das als eine Art Orgie.

Ich weiß auch nicht ... dieses Sich-Zeit nehmen dafür, das ist ganz wichtig dabei. Manchmal mache ich es so, daß ich ... das ist jetzt aber doch peinlich, wissen Sie das? Na gut. Also, manchmal mache ich es so, daß ich vor dieser kleinen Orgie nicht Pinkeln gehe, obwohl ich eigentlich muß. Ich habe schon lange festgestellt, daß es dann aus irgendeinem Grund besonders geil wird. Am Schluß schaffe ich es dann gerade noch in die Dusche, bevor es losgeht. Da hatte ich bis jetzt auch schon zweimal noch einen Orgasmus, dazu brauche ich mich dann nur noch ein bißchen zu reiben.

Und bei all diesen Sachen kamen eben langsam die, wie soll man sagen ... die versprochenen Effekte von MTS zum Tragen.

Lustigerweise fing's bei mir mit einer Sorte Halluzinationen an, von denen man selten hört: Gerüche.

Ich konnte es nicht einordnen, ich war da so am Wichsen ... tja ... und auf einmal stiegen mir intensive Gerüche in die Nase ... mal roch es nach, ich weiß nicht, kalten nassen Steinen könnte man sagen, und obwohl sich das nicht erotisch anhört, hat es mich sehr erregt.

Und dann roch es immer öfter nach ... nach Tieren. Ich habe diese Tiere dann schließlich auch gehört dabei – nein, es waren keine sodomitischen Phantasien, sondern einfach ... Vogelstimmen, Hundegebell, Katzenmaunzen.

Ich fühlte mich dann irgendwann plötzlich, als bekäme ich selber ein Fell. Das waren die ersten spürbaren anderen Sinnesreize, außer den Gerüchen und Stimmen.

Aber nie habe ich das erlebt, was angeblich ... nie Sätze, nie menschliche Stimmen, beziehungsweise, wie mein Kollege ja behauptet: Gedanken anderer Leute.

Dafür mehr und mehr, vor allem unter der Dusche, merkwürdige Gedanken an Eis, an Steine und unterirdische Höhlensysteme, in denen ich mich befinde. Das wirkte zusammen mit diesen scheinbaren, empfindungsmäßigen Veränderungen am Körper, gerade beim Duschen: die Bauchdecke fühlte sich, wenn ich mit der Hand drüberstrich, plötzlich hart an, wie ein Schild, wie Knochen. Einmal dachte ich, ich hätte Schuppen auf den Händen, die ich nicht sehen, aber abtasten konnte – Wie?

Ja, ganz genau: Metamorphosen.

Ich verwandelte mich in Tiere. Das kam dann schließlich, nach drei bis vier Wochen, auch in anderen Situationen außer beim Onanieren vor – zunächst nur im Bett. Und zwar nicht als Traum, sondern ... kennen Sie das, direkt vor dem Einschlafen? Aber auch morgens, also wenn man eigentlich gerade aufwacht, sozusagen am anderen Ende des Schlafs, wenn man dann manchmal träumt, man wäre gerade aufgewacht und säße in der Küche beim Frühstück oder solche Sachen, kurze Bilder – da sah ich mich dann als gefiederten Menschen runtergehen zum Briefkasten, oder ich war eine Schlange, die auf einer Eisfläche oder auf einem glatten Steinfußboden sich so voranschlängelt ... verrückt, oder?

Ich habe mich zu dem Thema auch mit meinem Kollegen ausgetauscht, dem Journalisten und ehemaligen Mediziner, der mich auf MTS gebracht hat. Der hat mir erklärt, es gäbe dafür sogar medizinische Ausdrücke. Nein, nicht für diese Tiermetamorphosengeschichte, sondern für diese Zustände zwischen Wachen und Schlafen: Hypnagogie und Hypnopompie.

Das erste ist dieser Zustand, wenn man in den Schlaf abtaucht, wenn die Kontrolle über den Bewegungsapparat schon weg ist, aber das Hirn, die Seele oder was auch immer will noch nicht wirklich schlafen. Da kommen dann Bilder, manchmal auch Stimmen. Hypnopompie ist dann dasselbe beim Aufwachen.

Zwischen zwei Welten, wenn man es poetisch ausdrücken will.

Und das genau bringt mich jetzt zu dieser verrückten Geschichte, die ich erlebt habe – das Stichwort „poetisch", meine ich.

Während dieser Zeit wurde MTS ganz allmählich und schleichend ein Medienthema, erstmal unter dem Rubrum „Designerdroge für Ärzte", dann ging die Spekuliererei los, Investigativjournalismus der Sorte: steckt da ein Pharmakonzern dahinter? Wo wird die Droge hergestellt? Wie funktioniert der Vertrieb eigentlich?

Und so interessierten sich schließlich auch poetischere Naturen dafür – so wie Christoph, mein Bekannter, der Geschichtsfreak, der „Das Arachaische Revival" rausgibt, diese Gothic-Postille.

Wir hatten länger keinen Kontakt mehr, obwohl wir in derselben Stadt leben. Wie gesagt, ich bin ja gewissermaßen „ausgestiegen" aus dieser ganzen Szene, bin lediglich konsumhalber noch dabei, kaufe die Platten. Aber Christoph schickt mir immer regelmäßig sein Heftchen. Was da drinsteht? Na ja, vor allem viele, von ihm und ein paar jüngeren Leuten, darunter seiner Freundin, die sich eine „Hexe" nennt, verfaßte Bandinterviews aus der Gothic-Welt, dann Spinnereien über Kornkreise, altheidnische und Wicca-Hexen-Mystik und so weiter und so fort. Na gut. Und da stand dann eben irgendwann auch ein langer Artikel von meinem Bekannten über MTS drin.

Da habe ich natürlich aufgemerkt. Er schrieb, daß er es selber genommen hätte, daß es ihm jemand aus der „Medizinerszene" zugespielt hätte. Der Anfang des Artikels war ein direkter Erfahrungsbericht, so ergiebig oder unergiebig wie alles Gerede und Geschreibsel über Drogen und speziell über diese Droge immer ist.

Er schrieb da über seine Trance, über ein Geräusch, das er gehört haben will, zerreißendes Cellophan hat er es genannt, und dann, sagt er, hörte er einen Ton, der so nach oben geht, eine Frequenzerhöhung, und dann fällt er, hat er da geschrieben, in so eine „psychedelische Modalität", d.h. er sieht um sich eine andauernd „ihre räumliche Konfiguration verändernde Flut von farbigen geometrischen Formen", na schön.

Das war sozusagen Anamnese, aber dann ging sofort ein Sermon los darüber, daß diese Droge in den völlig falschen Händen sei bei „diesen Leuten", das heißt den Ärzten, weil die Wissenschaft und die hinter ihr stehende rationalistische, antiarchaische und fortschrittsbegeisterte Weltanschauung gar nicht geeignet seien, zu verstehen, was da passiert. Die „Rückkehr der Archetypen" nämlich. Er vergleicht das in dem Text dann auch noch mit dem „UFO-Phänomen"... ja, ich weiß, wie sich das anhört.

Da, schreibt er, wäre es auch so gewesen, daß diese sich drehenden silbernen Scheiben am Himmel in einen wissenschaftlich-reduktionistischen Kontext gebracht worden seien, daß man sie als Sendboten außerirdischer Zivilisationen verständen hätte, anstatt als Prophezeiung, Vision von Vergangenheit und Zukunft, und daß eben nie bedacht worden sei, was das mit der Psychologie des Menschen zu tun hätte. Es sei ganz fatal, daß auch die Kornkreise und -symbole nicht als Runen und sowas verstanden worden wären, sondern als Zeichen von Fremdintelligenzen, statt als Zeichen der, äh, archaischen Intelligenz der Menschenseele, des kollektiven Unbewußten und so fort. Dem schloß sich dann noch einiges Geschwafel über Dinge an, von denen ich ganz sicher weiß, daß er absolut keine Ahnung davon hat, ich kenne ihn schließlich seit Jahren, ich kannte Christoph schon an der Schule, und in den Naturwissenschaften war er immer sowas von schwach – aber da, in seinem MTS-Deliriums-Aufsätzchen, fing er plötzlich an, von „Quantenmechanik" und „Quantenpsychologie" und so zu erzählen, und daß man ja sehen würde, daß etwa bei einigen Drogen nur ein einziges Atom im entsprechenden Molekül ausgetauscht oder verschoben werden mußte, und schon würde aus einer harmlosen Substanz eine „psychoaktive", und das müsse etwas zu bedeuten haben, bla bla bla, dabei dann auch noch jede Menge Gewese um den Namen Schwester Mitternacht. Das sagte ich ja vorhin schon, daß das der Szene wie gerufen kommen mußte und er, mein Bekannter, war dann eben der erste, der's gemerkt hat.

Das alles hätte mich nicht besonders interessiert, man nimmt's halt zur Kenntnis wie anderen Blödsinn auch, ich fand mich da auch nicht großartig wieder, meine eigenen Erfahrungen, geschweige denn, daß ich das Gefühl gehabt hätte, die „theoretischen“ Ausführungen würden irgend etwas erhellen – aber dann der letzte Absatz, ich kann ihn immer noch auswendig:

„Schwester Mitternacht bringt und bedeutet nichts anderes als die Rückkehr des Schamanismus, der Totemtiere, der Wölfe, Schlangen und Vögel, die wir alle sind. Propheten und Versucher werden aufstehen, Evangelisten und Männer wie Franz von Assisi, der den Vögeln und Fischen predigte, und nichts wird sein wie zuvor.“

Da saß ich kerzengerade im Sessel, das war wie ein Elektroschock: das erste mal, daß jemand das erwähnte, was an meiner MTS-Erfahrung bis dahin das Wesentliche gewesen war, und das noch zusammen mit einer scheinbaren Anspielung auf Evangelis.

Was dieses Letztere angeht, war ich mir nicht ganz sicher, aber wenn er schon den einen Volltreffer gelandet hatte, im, sagen wir „Deskriptiven“, dann war's doch durchaus möglich, daß er tatsächlich etwas wußte, was ich mir nicht entgehen lassen durfte, oder?

Ich hab' ihn also angerufen. Es war mir ja ein bißchen peinlich, ihn direkt als Informationsquelle anzupumpen, nachdem wir jetzt doch wirklich eine ganze Weile in derselben Stadt nebeneinander her gelebt hatten ... vor ewigen Zeiten hatte er auch mal was von mir gewollt, also ... eine gewisse Schieflage war schon drin, in dieser Situation.

Andererseits bin ich Peinlichkeiten aus meinem sonstigen Berufsalltag ja durchaus gewohnt, die Leute wollen ja nicht immer fotografiert werden und ich halte trotzdem drauf ...

Lange Rede, kurzer Sinn: Christoph war zugänglicher, als ich befüchtet hatte. Spinner allgemein, Drogenspinner sowieso, esoterische Drogenspinner erst recht, sind sonst ja nicht die zugänglichsten Menschen der Welt. Aber nachdem ich hatte durchblicken lassen, daß er mit seinem Geschreibsel, sagen wir es schwülstig: eine Saite bei mir angeschlagen hatte, und daß das mit diesem Tiermetamorphosending zu tun hatte, war er sofort bereit, mit mir zu reden – nicht sektenmäßig oder eifernd, sondern ganz nüchtern, wie ein wissenschaftlicher Experte, bei dem man ein Gutachten einholt. Er redete zunächst von Literatur, ich habe ihm nicht so direkt verraten, daß ich selber Tierverwandlungserlebnisse hatte, aber ich meinte, ich wäre an einer Recherche dran, wo es um MTS und Tierstimmen-Halluzinationen ginge, und er spulte daher sein Wissen ab, von Apuleius und den Metamorphosen des Ovid und allem möglichen, was mich nur noch neugieriger machte. Also schlug ich ihm vor, daß wir das doch mal persönlich besprechen könnten. Er wollte mich im Omni treffen, und ich willigte ein.

Den Laden kannte ich ziemlich gut, hab' da früher jeden zweiten Abend verbracht.

Ja, ein Dark Wave-Schuppen, ich hab's schon erwähnt. Und natürlich eine Drogenhöhle ... da ist schon ziemlich viel Schnee gefallen, in diesem Keller. Ein Alptraum, in den man sich als junger Mensch prima reinkuscheln kann, eine Mini-Batcave.

Es war wirklich noch alles so, wie ich es in Erinnerung hatte: Bier in Plastikbechern, dunkle Ecken, schummrig blaues und rotes Licht, Menschen, die eher Vogelscheuchen, Gespenstern oder Widergängern ähneln als fröhlichen Nachtschwärmern. Mein „Informant" stand an der Theke und trank Mineralwasser. Obwohl erst Mitte dreißig, sah er tatsächlich aus, wie man sich einen Altertumsgelehrten aus dem Bilderbuch vorstellt: Brille mit runden Gläsern, weitgehend zurückgewichener Haaransatz mit ausgeprägten Geheimratsecken, Cordjacke, graue Anzughose, unauffälliges kariertes Hemd, nur die Fliege und der Pepitahut fehlten noch, vielleicht eine Pfeife, um das Bild abzurunden.

„Du denkst also", sagte er direkt nach der Begrüßung, „du hättest erlebt, wie du dich in ein Tier verwandelst." Ich war unangenehm berührt: das hatte ich ja nun nicht so direkt gesagt, aber, na, er wischte meinen schwachen Protest weg und fing gleich mal damit an, mir mit leisen, aber eindringlichen Worten die Zuständigkeit seines „Fachs" und seiner Sichtweise zu beweisen: „Das ist alles nicht neu, wie ich in meinem Artikel ja auch geschrieben habe. Alle Kulturvölker kennen so etwas – Circe hat Odysseus' Leute in Schweine verwandelt, indem sie ihnen eine Mixtur aus Gerste, Käse und Honig in Wein aufgelöst vorsetzte, in die sie außerdem eine starke Droge gemischt hatte. Das sogenannte Pharmakon, das die Griechen kannten, deckt in seinem semantischen Bedeutunsgfächer einiges ab: es kann ebenso ein Heilmittel wie ein Gift bedeuten. Und von den schamanischen Religionen habe ich ja auch geschrieben in meinem Text, von den heiligen Pilzen ..."

Es wurde ein ausufernder Vortrag, ich hörte mir das alles in Ruhe an, bestellte mir dazu eine Cola, das heißt: ich wollte mir eine Cola bestellen, aber Christoph fiel mir ins Wort und sagte zu dem Barkeeper, der auch so eine kleine Fledermaus war, wie so viele in seiner Kundschaft: „Nein, sie will ein Wasser. Und ich will auch noch eins."

Ich wollte was dagegen maulen, ich meine, wer war denn dieser Typ, daß er mir vorschreiben konnte ... aber er warf mir einen Blick zu, der mir plötzlich klarmachte: hier ist irgendwie noch mehr geplant als bloß eine theoretische Einführung in schamanistische Drogenkunde. Und wirklich, als ich mein Wasser hatte, und er seins, zauberte er eine Streichholzschachtel aus seiner

Jacke, und da waren natürlich welche von den Kapseln drin – acht Stück. Er sagte ganz ruhig: „Jeder vier. Damit wir nicht mehr nur so daherreden. Die Musik ist laut genug, das Licht flackert ... bist du dabei?"

Rein theoretisch hätte ich selbstverständlich das Angebot ausschlagen können, er hatte ja keine Repressalien zur Verfügung, es war alles freiwillig, aber ...

Also, Manschetten hatte ich schon, ich nehme an, Sie wissen, daß die empfohlene Dosis höchstens eine auf einmal ist, und daß erfahrene Leute manchmal auf bis zu drei Pillen hochgehen. Aber vier, das war genau eine über dem Limit – deshalb wohl das Wasser: um diese leicht mehligen Dinger auch runterspülen zu können.

Insofern außerdem weise, als man bei diesen Mengen ja wirklich keine Lust hat, sich auch noch wegen Wechselwirkungen mit anderen Sachen, Alkohol oder das Coffein in der Cola oder dergleichen, Sorgen zu machen. Ich kann mich nicht erinnern, was genau damals in mir vorging. Es wäre ja fast zu banal, alles mit „Neugier"entschuldigen zu wollen, aber wie auch immer. Ich hab' die Hand aufgehalten und die Dinger geschluckt, mit Waser nachgespült ... und zuerst wieder einmal gar nichts gemerkt.

Er redete und redete, von Hippokrates, von etwas, was er Nepenthes nannte, dem „Modell aller psychotropen Drogen, von Helena benutzt, unter anderem ..."

Aber dann wurde seine Stimme schwächer, entfernte sich, und ... ja, ich betrat eben diese MTS-Welt, die ich schon kannte, aber nur ... harmloser.

Das hier ... zuerst war wieder der Geruch da: Wasser, kühle Luft, eine Herbstluft aus Wind und feuchten Wäldern, Regen, und das füllte langsam meine Lunge, wie ein besonders süßes, reinigendes Kräuterbonbon: die Atemwege, die Nase.

Dann sah ich weiße Wirbel um meine Füße: Oktobernebel ... es war ganz unglaublich, leuchtend wie noch nie ... und dann die Leute. Die Leute im Omni. Alle, der Kellner, Christoph, zwei Mädchen am Flipper ... sie ... es wurden Tiere, oder Tiermenschen. Es wuchsen ihnen Halskrausen aus Federn. Lange, bunte, pfauenartige Federn ... oder sie bekamen Fell, Flecken von Haaren im Gesicht ... Hahnenkämme ... ein Mädchen, das auf der Tanzfläche seltsame Verrenkungen zu einer schweren, düsteren, orgellastigen Musik vollführte, hatte plötzlich zwei große blaue Flügel und ihr Hals wurde länger und länger, gefiedert und weiß, wie ein Schwan. Mir wurde schwindlig. Ich fasste mich selbst an, an den Händen, den Armen: da sprossen auch Federn, und ... aber ... also, ich merkte, daß ich unglaublich naß war zwischen den Beinen, warm und erregt wie ... Nein, das hatte ich wirklich noch nie erlebt. Ich konnte meine eigene Stimme nicht mehr hören in dem Lärm, in dem Schnattern, es war wie im Frachtraum der Arche Noah ... und von der Decke, da fielen so ... Flocken oder Farben, aber eigentlich war es wie ... es sah aus wie brennende Blumen. Ich habe mich dann ... Ich habe Christoph gesagt, ich müßte mal aufs Klo ... das ich mit Mühe gefunden habe, schwankend, im Schwindel, mir war ... es wurde immer schlimmer, die Erregung, und diese Affen und Pantherköpfe überall und die Tatzen und Hände und riesigen Gebisse in den Gesichtern. Ich bin aufs Klo, und habe mir ... meine Hand hatte sich schon wieder verändert, es waren jetzt keine Federn mehr dran, sondern ... es war eine Tatze, die rechte Hand war eine Tatze, und als ich ... ich ging in so eine Kabine und schloß mit Mühe ab, es war schwierig, mit dieser Hand, die andere war ... da waren Schwimmhäute zwischen den Fingern und ... und dann habe ich irgendwie die Hose aufgekriegt und runtergestreift und ... ich mußte mir nur mit der Tatze zwischen die Beine fassen, einmal, kurz, und da ...

Es ging ab, sowas kann man gar nicht beschreiben. Ich bin, glaube ich, wirklich regelrecht in Ohnmacht gefallen. Hab' das Bewußtsein verloren, ein paar Sekunden lang, auf diesem Klo. Als ich wieder zu mir kam, war es wie immer: es war vorbei. Es war okay. Ich war bei Sinnen, es blieb unmittelbar keine Nachwirkung zurück.

Allerdings bin ich dann mit etwas wackligen Knien zurück zu Christoph und habe ihn abgewürgt, als er weiterreden wollte. Bin ihm über den Mund gefahren, mit Sprüchen von der Sorte: „Es ist schon spät, laß uns ein andermal, sehr interessant."

Er lachte und meinte: „Ja, ich sehe auch einiges. Bei mir ist auch einiges los. Sehr sensationell. Die Totemtiere ..."

Ich habe ihn stehenlassen.

In der Nacht bin ich zwar erst spät eingeschlafen, aber ich hatte noch ein paar ordentliche Flashes, Nachbeben, könnte man es nennen.

Nein, es war nie wieder so heftig. Und dann bin ich ja mit Frank mitgegangen, zu den Treffen mit Evangelis in der Psychiatrie, um Evangelis zu befragen, und irgendwann ...

Ich habe die Dosis erst reduziert, und dann MTS ganz abgesetzt, ohne Entzugserscheinungen. Bis zu dieser Nacht auf der Burg ... na, den Rest kennen Sie selber.

6 Reporterstreß

Später fragte Frank sich öfter, wie all das verrückte Zeug in sein Leben geraten war.

Losgetreten, fand er dann, wurde das Abenteuer vom Trip nach Budapest, den Frank, der sich zu jener Zeit „noch gar nicht richtig als Journalist" fühlte, zusammen mit der Fotografin Christine Hager unternahm.

Anlaß dieser Reise war ein bloßes Gerücht gewesen, das Frank auf demselben medizinisch-psychologischen Kongreß erstmals vernommen hatte, auf dem er von „heute morgen" als „Sexologe" interviewt und dann, an der Bar des Kongreßhotels, „im Spaß" als „Gesundheitsfachmann" angeworben worden war.

Das war die XV. Tagung für komparative Physiologie und menschliches Sexualverhalten in K. gewesen, die ohnehin schon in zweifacher Hinsicht einen Wendepunkt in seinem Leben markierte – erstens trug Frank, offiziell noch Arzt im praktischen Jahr an der Hautklinik der Universität, dort ein akademisches Papier über Körper-Elektrochemie und Muskelspannung bzw. -entspannung vor, das Teil einer Studie war, an der neben zwei Psychologinnen und einem Psychiater auch seine Ex-Freundin Karin Lay beteiligt gewesen war, obwohl die Sache eigentlich weitab von ihrem damaligen molekularbiologischen Fachgebiet lag.

Aber Karin war eben nicht primär Molekularbiologin, sondern als Bio-Informatikerin vor allem Computerfachfrau, d.h. wissenschaftliche Software-Designerin, und hatte deshalb in ihrer Freizeit die statistischen Programme für die unterfinanzierte, praktisch in Selbstausbeutung aller beteiligten Kräfte angestellte Studie geschrieben. Franks Vortrag bedeutete, auch wenn er das nicht wußte, seinen offiziellen Abschied von der medizinischen Forschung – das war der erste Aspekt der großen Lebenswende.

Zweitens aber hatten Karin und Frank sich erst vor kurzem getrennt, und das auch noch per Telefon, via Ferngespräch Deutschland/USA.

Es hatte, fanden beide, „keinen Zweck mehr", daß er auf sie wartete („und umgekehrt"). Die finanziellen Mittel der beiden reichten damals voraussichtlich nur für fünf wechselseitige Besuche im langen Jahr von Karins Abwesenheit, und „so enthaltsam soll man nicht leben", wie Karin trocken festgestellt hatte.

Man konnte ja „auf die Distanz befreundet bleiben" und danach, d.h. wenn Karins Post-Doc-Zeit und seine AIP-Phase vorüber waren, „noch mal sehen, wo man leben will, und ob vielleicht doch zusammen."

Dieser Formelkompromiß erleichterte es beiden, nicht darüber reden zu müssen, daß sie sich zu jener Zeit bereits mit anderen Leuten eingelassen hatten. In Karins Fall war das ein Holländer namens Claus, von dem sie Frank quasi vorbereitend immer besonders beiläufig erzählt hatte, und Frank seinerseits war seit kurzem mehr oder weniger mit einer seiner Studien-Co-Autorinnen (und Co-Referentinnen auf der Tagung) zusammen, der zwei Jahre jüngeren Medizinerin und Diplom-Psychologin Susanne Gebhardt.

Als die Fotografin Christine Hager und ein Reporter von „heute morgen", der zwei Wochen später auf Nimmerwiedersehen in irgendeiner Entziehungsklinik verschwand, an der Kongreß-Hotelbar mit Frank und Susanne ins Gespräch kamen, war dieses Gespräch zunächst nichts als ein unverbindlicher Plausch.

Der Reporter stellte seine erwartbar stumpfen Fragen („Wenn ich Sie vorhin richtig verstanden habe, gibt es in der S/M-Szene mehr Frauen als Männer, oder?"), Frank gab seine ebenso erwartbar hüftsteifen Antworten („Na ja, sehen Sie, die Methodologie unserer Studie erlaubt die Beschreibung einer Reihe von Subsets dessen, was Sie so einfach eine ‚Szene' nennen. Wenn man die lesbische Subszene untersucht ...").

Später am Abend – diverse Vodka- und Caipirinha-Runden entfalteten allmählich ihre segensreiche Wirkung – löste sich

Franks Zunge („Die sind alle komplett beknackt, diese Sadomasen! Tschuldigung, aber: Genitalpiercing, Branding, Schneiden und Kokeln, ich meine, ich kann mir zuhause auch den Tischgrill auf Stufe fünf drehen und den Schwanz drauflegen, davon hab ich doch nix!"), und Susanne erzählte ihren komplizierten schweinischen Witz mit den Melonen und dem alten Hippie (Frank konnte sich den nie merken, so oft sie ihn auch erzählte, und später, nach der Trennung von Susanne, fehlte er ihm regelrecht).

Gegen halb ein Uhr stieß dann schließlich jener ominöse Budapester Psychiater Dr. Géza Boros zu der kleinen Gruppe, und zwar mit den Worten: „Wäre es nicht scheen, wenn man kennte kriegen jädä Frau in Bett? Aber es gibt natierlich immär Näbenwirkungen, nicht?"

Der sanguinische kleine Mann, wohlbeleibt und mit einer sympathischen Weinsäufernase, fesselte sofort das Interesse der kleinen Gruppe, obwohl sein Referat auf dem Kongreß nicht eben zum Spannendsten gehörte, was die dreitätige Veranstaltung zu bieten hatte.

Schon jetzt, am Abend, erinnerte sich Frank nur noch vage an irgend etwas recht Geschraubtes über die Steuerung des Sexualverhaltens durch das Hirn, Östrogeninduktion durch Progestinrezeptoren im mediobasalen Hypothalamus, sehr detailliertes und ermüdendes Zeug insgesamt.

Hier aber, an der Bar, genoß der kleine Mann es sichtlich, nach seinem furiosen Einstand mit der kryptischen Bemerkung über „jäde Frau" vom „heute morgen"-Reporter mit der Subtilität eines brünftigen Nilpferds angemeiert zu werden: „Siesie ... Sie äh Sie sagnsemal Sie wissen doch da was? Sie ham das doch jetzt nich einfach da so ... Sie so da einfach ... so einfach da so gesagt da?" Als daraufhin auch Frank, Susanne und Christine in ihn drangen, zierte Boros sich schließlich nicht länger, und berichtete von „eine hechst merkwirdige Fall“, der ihm aus seiner Heimatstadt Budapest zu Ohren gekommen sei.

Es gäbe dort, erläuterte er mit gesenkter Stimme, einen jungen Mann, „ist vielleicht dreißig Jahre alt, vielleicht auch klein bißchen jinger“, der klappere schon seit Monaten alle Seelenärzte des Großraums Budapest ab, „zu mir ist er noch niecht aufgetaucht, aber alle Kollägän, das heißt: alle MÄNNLICHE Kollägen hat er schon besucht!“.

„Eine ... uup ... brandnagelneue urbane ... höps ... Legende ... im Entstehen!“ ließ sich Christine Hager, inzwischen reichlich angeschickert, an diesem Punkt vernehmen.

Das, was Boros daraufhin enthüllte, paßte tatsächlich ganz gut zu all den unglaubwürdigen und für Boulevardzeitungen lebenswichtigen Geschichten aus den großen Städten wie dem Alligator in der Kanalisation und dem Taxifahrer als Serienmörder.

Das Problem, das den ominösen Patienten in die Sprechstunden der Budapester Spezialisten führte, war gar nicht so sehr ein eigenes, sondern eher ein Fremdpsychisches.

Der arme Mann nämlich wurde „einfach jädä Frau niecht mährr los! Ja, lachän Sie nur, aber es muß ein richitigär Fluch sein fier diesänn Mann – wildfrämde Frauänn! Wänn er gätt Essän in ein Restaurant, gurrt ihm Kellnärin in sein Ohr, wenn er gätt Einkaufän, er muß Glick haben, daß er nicht gerät an eine weiblichä Verkaufspärson. Sie flüstärn, sie fassen ihn an!“ Susanne, am Rande des Contenanceverlustes, hauchte heiser und nur halb im Spaß: „Wo fassen sie ihn denn an?“ Boros wedelte mit der Hand, als verscheuche er einen Schwarm Fliegen: „Ach, ieberall! An Schultern, an Ricken, und natierlich auch in Schritt, wenn sie sind unbeobachtet!“ Diese Deklamation wurde von je nach Temperament begeisterten bis schockierten Seufzern und Ausrufen quittiert, und der Doktor fuhr antiklimaktisch fort: „Niemand hat ihm kennen helfen, den armän Mann. Abär alle rädänn davon!"

„So wie wir jetzt hier ja auch ...", setzte Frank profund hinzu.

Danach war das Geplänkel noch eine Weile weitergegangen, in immer unhaltbarere Abgründe von klebrigem Sexualhumor, bis hin zu Busengrabschereien des Reportertrottels bei der Fotografin, die das wohl gewohnt war, da sie sich ihm geschickt immer wieder entzog und ihn ansonsten einfach lauthals auslachte. Zwar glaubte Frank kein Wort von dem, was Géza Boros zum besten gegeben hatte, ließ sich aber in einem Anfall von Geistesgegenwärtigkeit am Ende doch die Budapester Adresse des werten Kollegen aufschreiben, für spätere Verwendung oder als Souvenir betr. einen unmöglichen Abend unter Sexologen.

Am nächsten Nachmittag war Frank dann vom „heute morgen"-Blödian angerufen worden, der offenbar Erinnerungs- und andere Probleme bei der Abfassung seines „Die Sexforscher waren in der Stadt!"-Artikels für's Käseblatt hatte. Frank besuchte ihn in der Redaktion, lernte dort den rastlosen, feisten Bluthochdruck-Walfisch Bernd Fuhrmann auf dem Korridor kennen, den „heute morgen"-Chef vom Dienst, gab für diesen noch einmal – aus einer Laune heraus – ein paar von seinen „Wußten Sie schon, daß manche Süßwasserfische im Laufe ihres Lebens mehrmals das Geschlecht wechseln"-Anekdoten zum Besten, wurde prompt eingeladen, daraus einen kleinen Text zu machen ...

Und so gab eins das andere.

Drei Wochen später hatte er bereits seinen eigenen Schreibtisch bei „der Zeitung", wie alle, die dort beschäftigt waren, sie mit einer Mischung aus Ehrfurcht und Abscheu nannten.

Es war zwar (zum Glück?) nicht die „BILD", aber doch ein der Größe nach mit der Münchner „Abendzeitung" oder

Springers Berliner „BZ“ vergleichbares Blatt, und das Leben, das sein (anfangs Teilzeit-)Job dort ihm finanzierte, wurde Frank bald sehr angenehm.

Er schmiß also „den Klinik-Mist“, überlegte noch einen Moment, ob er, da er jetzt wirklich Geld verdiente, noch einen Versuch starten sollte, per Überraschunsgbesuch in den USA Karin zurückzuerobern, entschied sich dann aber für Susanne.

Trotzdem telefonierte er nach seiner Einarbeitungszeit bei „heute morgen“ aus Gründen, über die er sich selbst nicht wirklich Rechenschaft ablegen wollte, plötzlich wieder häufiger mit Karin. Und dabei erzählte sie ihm schließlich von ihren offenbar schwer begeisternden Erfahrungen mit der neuen Wunderdroge MTS und empfahl ihm einen gemeinsamen Bekannten an der Uni von K., der eine „verläßliche Quelle“ war – falls Frank „es auch mal ausprobieren wollte“.

Frank kaufte tatsächlich ein paar der Pillen, nahm sie aber nicht, sondern trug sie zunächst bloß eine Weile mit sich herum. Anderthalb Monate, nachdem er angefangen hatte, auf einer vollen Stelle bei „heute morgen“ zu arbeiten, sagte Christine eines Morgens bei einer Redaktionssitzung: „Sag' mal, Frank, diese Geschichte mit dem Superficker aus Budapest da, von diesem schmierigen kleinen Irrenarzt, hast du das eigentlich je überprüft?“

Natürlich hatte Frank nichts dergleichen getan.

Er wußte nicht einmal mehr, wo er die Adresse des „schmierigen kleinen Irrenarztes“ hingeschlampt hatte. Der dicke Chef vom Dienst Fuhrmann aber war, nachdem Christine erläutert hatte, worum es ging, sofort Feuer und Flamme: „Das ist doch 'ne Bombensache, den muß man doch finden, interviewen, den Mann! Das könnte 'ne richtige Serie werden, ‚Ich und meine 1000 Frauen‘, der Hammer!“

Also mußte Frank seine und Susannes Wohnung zwei Tage nach dem blöden Adresszettelchen durchsuchen (er fand es schließlich zwischen den Seiten 144 und 145 in Gail Vines' populärwissenschaftlichem Buch „Raging Hormones") und Doktor Boros telefonisch kontaktieren („Ah, sähr scheen! Sicher erinnärä ich mich an Sie und ihre reizendä Freindin! Sadomasochismus, nicht wahr?").

Bei Boros gab er „wissenschaftliche Neugier" als Grund seiner Erkundigungen an, die Sache mit dem „Hammer" behielt er für sich. Er hatte mehr Glück als erwartet: „Ja kann ich Ihnen sichär hälfän! Der Mann, inzwieschen war er ändlich auch bei mir! Ich habe Namänn und Adrässä, aber fällt natierlich unter Arztgeheimnis. Kommen Sie Budapest, vielleicht kann ich Ihnen Treffän arrangieren!".

Christine Hager kümmerte sich umgehend um alle anfallenden Reise-Arrangements.

So trafen die beiden „heute morgen"-Abgesandten an einem schönen Spätsommermorgen in der Stadt unterm Erzsébet-Turm ein. Die blauen Pillen, drei Stück waren es damals, trug Frank ohne die geringste Angst vor Zollscherereien in einem kleinen Döschen bei sich – vielleicht, so spekulierte er, würde er sich im fremden Setting, auf einer ja nicht ganz unaufregenden Mission, endlich einmal trauen, sie einzuwerfen.

„Merk' dir: Zeitung auf ungarisch heißt ‚Hirlap'!" wiederholte Christine mehrfach während der Taxifahrt zu Boros' Praxis im X. Distrikt.

Frank bemerkte irritiert, wie sich ihr Sweatshirt beim Ein- und Ausatmen wölbte: nette Titten, dachte er, und diese provozierende kleine Nase gefällt mir eigentlich auch ganz gut.

War es der satte Sonnenschein, waren es die Pillen in der Jeansbrusttasche, was ihm solche Überlegungen eingab? War er einfach gespannt, wie die Fotografin auf den Casanova wider willen reagieren würde? Wollte er sich die erwarteten Effekte zunutze machen? Was würde Susanne davon halten, die der Reise sowieso ziemlich skeptisch gegenübergestanden hatte? Und schließlich die bohrendste aller Fragen: war er eigentlich noch ganz dicht, sich dauernd solche Fragen zu stellen?

Bei Dr. Boros erlebten Christine und Frank eine Enttäuschung: nur eine Sprechstundenhilfe war da, und die öffnete erst nach insistentem Klingeln die Tür am Ende eines finsteren Korridors im dritten Stock eines repräsentativen 19.Jh.-Hauses.

„The Doctor is on a journey", erklärte die matronenhafte Frau abweisend.

Verreist war er also, offenbar eher plötzlich – aber er hatte für Frank, der sein Kommen ja angekündigt hatte, einen Umschlag hinterlassen. Frank und Christine brachten gemeinsam gerade noch genug Selbstbeherrschung auf, mit dem Aufreissen und Lesen zu warten, bis sie wieder unten auf der Straße standen:

„Lieber Dr. Urban!
Es tut mir leid, daß ich Sie nicht empfangen kann. Ich habe dem Mann, den Sie suchen, geschildert, was für eine Art Interesse Sie an ihm und seiner Situation haben, und ihm auch erklärt, daß Sie ihm vermutlich genausowenig werden helfen können, wie ich es konnte. Er war trotzdem sehr interessiert daran, Sie zu treffen, denn er ist offenbar verzweifelt genug, jede Chance zu ergreifen, seinen Zustand aufzuklären. Sein Name lautet Johannes Evangelis, seine Adresse ..."

Dem folgten genaue Angaben, die zu einem Mietshaus in Buda führen sollten, und dann schloß der Brief mit den Worten:

„Ich hoffe, wir können uns einmal wieder über den Fall austauschen. Ich werde mich bei Ihnen melden, wenn ich von meiner dringenden Reise zurückgekehrt sein werde, und verbleibe, mit den besten Empfehlungen
Dr. Géza Boros"

„Eine schwungvolle Unterschrift hat der Knabe", pfiff Christine leise durch die Zähne.

Frank zuckte mit den Schultern.

Hoch stand die Sonne am Himmel, es war sehr warm.

Christine hatte ihre Jeansjacke ausgezogen, Frank schwitzte in seinem weißen Herrenhemd zwar noch nicht penetrant, aber doch schon ganz ordentlich.

Die beiden Zeitungsleute sahen einander an, schließlich mußte Frank lachen, so absurd war alles. Schnitzeljagd in Budapest.

„Also?" fragte Christine.

„Also was?"

„Na, nichts wie hin, oder?"

Sie winkten ein Taxi heran und erlebten kurz darauf bei dem ominösen Herrn Evangelis („Muß 'n Grieche sein", meinte Christine, „Und da dachte ich immer, die wären alle schwul.") ihr zweite Enttäuschung: der Wunderknabe war nicht da.

Im Gegensatz zu Dr. Boros' Abwesenheit aber schien es sich hier nicht um eine vorübergehende Geschäftsreise zu handeln, sondern um ein regelrechtes Verschwinden.

Das Klingelschild „Evangelis", ermittelte man unter Zuhilfenahme von Englisch, Französisch, Deutsch, Händen, Füßen und etwas Kleingeld bei den Nachbarn, gehörte zu einer Wohnung im Hochparterre, und die stand seit einer Woche leer.

„Big Umzug, yes!" erklärte der Hausmeister, ein knotiger Kettenraucher in den Vierzigern. „Many cars."

Das war's also.

„Sackgasse", stellte Christine frustriert fest.

„Das heißt? Ich meine – was machen wir jetzt? Ich bin neu in sowas, weißt du", bemerkte Frank, nicht minder unzufrieden.

„Was wir jetzt machen? Jetzt machen wir Spesen, Dummkopf", knuffte sie ihn in die Seite, und so geschah's. Zwar kannten sich beide nicht aus in dieser Stadt, aber es reichte dennoch, zwei ausgiebige Mahlzeiten einzunehmen, mittags und abends, bevor man schließlich ins „Hotel" ging – eine schäbige kleine Bruchbude namens Bathory Panzió am äußersten nördlichen Stadtrand.

„Was Besseres durfte ich nicht reservieren – ich wäre auch lieber im Hilton oder im Duna Intercontinental abgestiegen, aber du weißt ja, was der Chef sagt ..."

„Wir sind nicht die BILD-Zeitung, ihr Schweine", wiederholte Frank das geläufige Mantra Fuhrmanns. Sie sagten einander also Gute Nacht und gingen auf ihre Einzelzimmer – und das wär's gewesen, wenn Frank nicht vor lauter Hitze schlaflos bei geöffnetem Fenster stundenlang in Unterwäsche auf dem Bett gelegen wäre, weshalb er schließlich den Entschluß fasste, es endlich doch noch drauf ankommen zu lassen und wenigstens eine der drei blauen Kapseln aus seiner „geheimen Reiseapotheke" einzunehmen.

Er nahm die Pille aus dem Döschen, legte sie auf die Handfläche und schaute sie an – so ein kleines Ding, was sollte damit schon groß sein ...

Man hörte allerdings eine Menge wildester Behauptungen: induzierte Schizophrenie, Stimmenhören, Stimmungsverbesserung, das „Gefühl von Weite", eine „Vergrößerung der Welt um einen her", wie Karin gesagt hatte – etwas zu poetisch für Franks Geschmack.

Vor allem aber „soll man das Zeug zu mehreren nehmen. Empathie-Effekte, Gemeinschaftsgefühl, dagegen ist E und der ganze andere Raver-Drogen-Technoscheiß Lakritze." Der Mechanismus, der das alles bewirken sollte, war höchst rätselhaft – Enthusiasten wie Karin behaupteten, MTS enthalte irgendetwas ganz ausgefuchst Enzymatisch/Hormonelles, das über „Pseudobakter-Schwärme" seine mysteriöse Ladung direkt in die Microtubuli der Neuronen ausschüttete, i.e. in kleine Organellen in den Zellwänden, die auch in anderen Zellen vorkamen, in den Neuronen aber nach neueren, vorläufig wild spekulativen Theorien angeblich „Quantencomputerfunktionen" erfüllten, von denen Leute wie die Medicobiologen Hameroff und Watt sowie die Physiker Roger Penrose und Jack Sarfatti behaupteten, sie seien irgendwie für's „Bewußtsein" verantwortlich. Das war allerdings eine „Theorie", für die Leute wie Franks Freundin, Dr. med. Dipl.-Psych. Susanne Gebhardt, nichts als Spott übrig hatten. Andererseits bevorzugte gerade Susanne, wenn es um eine wissenschaftliche Theorie des Denkens ging, ihre eigene höchst komplexe „Mem-Gen-Coevolutions-Theorie", von der Frank noch viel weniger wußte, was sie eigentlich besagte, als bei den Microtubuli-Fantastereien der MTS-Enthusiasten.

„Na gut", grunzte Frank also, öffnete seine mitgebrachte Colabüchse, schmiß die Pille ein und spülte mit etwas Cola nach. Er legte sich aufs Sofa und wartete ab.

Nichts geschah, eine ganze Weile lang – ja, eigentlich war es eher genau DAS, was geschah: eine Weile. Die Weile dehnte sich, sie tickte dahin, und irgendwann hatte Frank das Gefühl, die Zeit SEHEN zu können: ein transluzenter Schimmer um die Nachttischlampe, filmartig auf den Tapeten, bläulich, um seine eigenen Zehen.

Allmähliche Farbveränderungen zeigten das Vergehen der Zeit an. Franks Haut, auf der Brust, am Hals, an den Schläfen, begann sachte zu jucken, zu brennen, aber es war nicht unangenehm, mehr so eine Art Kriechstrom.

Meine Brust fühlt sich salzig an, dachte Frank, und hatte Angst, über diesen absurden Satz zu lachen, weil er fürchtete, sich an seinem Lachen zu verschlucken.

Da erst bemerkte er, was für eine gewaltige Erektion er hatte. Schmerzhaft gespannt, aber lustvoll wie selten.

„Meine Fresse. Oh Gott", staunte der reglos Daliegende, blickte an sich hinunter und stellte fest, daß ihm die Unterhose zu klein geworden war.

„Ach du Scheiße. Da hätte ich ja gleich koksen können", murmelte er verstört, und dann kamen die fremden Gedanken. Susanne, der er später davon berichtete, bestand immer wieder darauf, diese fremden Gedanken als „Halluzinationen" und „Stimmen" zu beschreiben, er selbst aber wußte genau, was das war: Gedanken, und zwar nicht seine eigenen.

Es war nicht einmal immer Sprache – manchmal schwamm zwar ein Satzfetzen vorbei, zumeist auf ungarisch: „Ö a részvétet tagadva ..." oder „... ismert történelme ...", dann Namen: „Zsuzsa" und „Jószef" (sie vögeln, dachte er, sie denken die Namen des und der andern, sie denken dauernd daran), dann wieder ein paar Worte englisch: „... has not been succesful ..." und schließlich deutsch: „... mich den ganzen Tag angestarrt wie ...", das letzte war von Christine. Alle diese Sprachspuren aber waren nur Ausschnitte, es gab jede andere Form von Wahrnehmung: Gerüche (Schweiß, aber nicht meiner – Tabak – Orangen – Öl – Gewürz), Hautreize (Kitzeln – Wärme – Frösteln) und Bilder (ein Tropfen Blut auf einer Fingerspitze – Vogelfedern am Boden eines Käfigs – ein Telefon – ein Arm – Lippen), tausend kleine Mäuse trippelten in seinem Kopf, auf seiner salzigen Brust: Rascheln, Knistern.

Frank bewegte vorsichtig seine Finger, dann die Zehen, blinzelte.

Langsam bekam er es unter Kontrolle (... egész kiagyalt ... business decisions ... Zsuzsa ... O Jószef, Jószef ...). Es gelang ihm, sich eine Art Strudel vorzustellen, der ihn mitnahm, langsam in die Mitte führte ... und da war Christine Hager, die Fotografin. Da waren Christines Gedanken. Christines Körper. Er dachte: Schiesser-Unterwäsche. Sie trägt Schiesser-Sachen: einen Slip, ein Hemdchen. Dann fühlte er auf einmal ihre Hände als seine, dachte für einen Moment, er hätte Brüste, und bekam plötzlich keine Luft mehr. Er zitterte, dann konnte er wieder atmen.

Danach ließen die unglaublichen Empfindungen nach, ganz langsam, ebbten ab ...

Frank öffnete die Augen – oder waren sie gar nicht geschlossen gewesen, und er hatte nur an die Decke gestarrt, bekam die Dinge aber jetzt wieder in den Fokus?

Frank hob den Arm, sah auf die Uhr: halb eins. Der ganze Wahnsinn hatte nur eine knappe halbe Stunde gedauert. Unglaublich. Was immer das für eine Droge war, wie immer sie im Einzelnen wirkte: es war ein sensationelles Erlebnis gewesen. Ohne groß darüber nachzudenken, stand er sofort auf.

Die Erektion war abgeklungen, ohne daß „was passiert" gewesen wäre. Sie war noch nicht völlig weg, aber er paßte wieder in die Unterhose, und kurz darauf auch in die Jeans.

Barfuß verließ er sein Zimmer, die Pillendose in der Hand, und klopfte drei Türen weiter an, während er nichts weiter dachte als: Hoffentlich ist sie überhaupt wach.

„Ja?" kam's von der andern Seite der schiefen Holztür.

„Bist du noch wach? Ich kann nicht schlafen, und äh.. in meinem Zimmer ... sind Mäuse oder sowas."

„Iiihgitt! Wart', ich mach' auf. Hab' noch gelesen."

Sie öffnete die Tür, in Schiesser-Unterwäsche.

„Äh, ich wollte nicht stören", stammelte Frank, „aber äh ... also, das mit den Mäusen stimmt nicht ganz ... aber ich hab' hier was ... du wirst es nicht glauben."

„Klingt gut. Na los, komm rein!"

7 Kopenhagen

Eine meergraue Dunstglocke lag über der Stadt.

Es war halb Sechs Uhr morgens.

Die beiden Männer saßen in der Suite, die einer von ihnen gemietet hatte, damit sie dort einen dritten Mann treffen konnten. Der eine der beiden, die schon da saßen, war ein asketisch aussehender, durchtrainierter Schwarzer, der Kaffee trank und sehr ruhig wirkte, der andere war ein schlanker, ungesund bleicher Weißer mit roten Haaren und sehr vielen Sommersprossen, der während seines fahrigen, mit halblauter Stimme gesprochenen Monologs hin und wieder unruhig mit den Fingern auf der Glasplatte des Tischs zwischen ihnen beiden herumtrommelte. Aus dem Hotelfenster konnte man gerade noch die markante Silhouette der nicht einmal zwei Kilometer entfernten Christiansborg und südwestlich davon den Turm des Rathauses ausmachen, der Rest von Kopenhagens nicht sonderlich himmelsstürmerischer Skyline litt an sprühnebliger Verwaschenheit.

Jim Corbett gab sich die größte Mühe, einen gleichgültigen, zumindest aber losgelöst freischwebend aufmerksamen Gesichtsausdruck zur Schau zu stellen, während er aus dem Fenster blickte und zu seiner Linken der Computer- und Kryptographiemensch von der NSA ihm letzte Instruktionen für das Treffen mit dem ominösen Mr. Boros erteilte.

„Bis wir ihn gefunden hatten, mein lieber Mann ... unter wie vielen Namen der Typ in Osteuropa tätig war, wissen die Götter. Die Michaeliten-Files aus dem Koffer waren zwar ein erster Hinweis – ihnen konnten wir unter anderem entnehmen, daß Professor Andras, Doktor Soprovnik und so fort ein und dieselbe Person waren – aber das Ganze war gleichzeitig auch eine ganz schön falsche Fährte ... wir dachten nämlich – das heißt, die europäischen ELINT- und SIGINT-Einheiten, vor allem Deutsche und Engländer, die wir kontaktierten – daß jemand, der über so viele Namen verfügt, eigentlich ein Geheimdienstmensch sein muß. Es gab außerdem in den Michaeliten-Unterlagen Hinweise darauf, daß Boros, respektive Andras, Soprovnik und so weiter, die Sektenheinis an der Nase herumgeführt und ihnen wenig bis keine gescheiten Informationen dafür rausgerückt hat, daß sie ihn tiefe Einblicke in ihre Forschungen und in ihre Organisationsstruktur tun ließen. Wir dachten, das wäre die typische Vorgehensweise eines Spions. Naja, und in gewisser Weise ist er das ja auch ... aber dann hatten die Engländer die Idee, sich mal in der scientific communtiy umzuhören ... und da stellte sich dann raus: unter all den Namen, die Boros führte, hat er Artikel veröffentlicht, in der Fachpresse, in den renommiertesten Zeitschriften, medizinischen Journals, biologischen Reviews ... er ist diversen Unis affiliiert und ... naja. Anfangs hat er's wohl so gehalten, um Verträge zu unterlaufen, mit Industriesponsoren seiner Arbeit, die ja aus Patentgründen keine Lust haben, ihre Assets vor der Amortisierung publik gemacht zu sehen. Aber als er dann exklusiv in Sagais Dienste trat, hat er das Versteckspiel wohl auch einfach aus Bequemlichkeitsgründen fortgesetzt, und weil es ihn zu einem sozusagen vertrauenswürdigen Partner für Untergrundfiguren wie die Michaeliten machte, die er aushorchen wollte, um sein komisches Projekt mit Fremdquellen-Informationen anzureichern."

Der Gleichmut, den Corbett während dieser Worte heuchelte, stand in krassestem Widerspruch zu seiner wachsenden Abneigung gegen das geplante Treffen und seine Begleitumstände. Corbett schwamm hier in fremden Gewässern, und war sich dessen nur allzu bewußt: Computerwissenschaften, eine fremde Agentur (die NSA), ein zwielichtiger Wissenschaftler, der sich bereit erklärt hatte, einen Agenten – nämlich ihn, Jim Corbett – in ein japanisches Unternehmen einzuschleusen, das derzeit in Osteuropa und den USA irgendwelche streng geheimen Projekte laufen ließ, auf die der Laden ein Auge geworfen hatte, und schließlich ein merkwürdiger Messias, irgendein griechischer Psychopath, den der zwielichtige Wissenschaftler, seine Firma und der Laden gleichermaßen im Fadenkreuz hatten, weil er anscheinend eine Anomalie der Naturgeschichte darstellte.

Das alles mutete man Corbett nach dem insgesamt doch sehr erfolgreichen Abschluß der Michaeliten-Affäre zu, wo's doch eigentlich an der Zeit gewesen wäre, zur „Belohnung" für seine Rolle bei der fast völligen Zerschlagung (irgendwo in Maine und Montana krebsten noch ein paar Versprengte auf ein, zwei Farmen herum, die das FBI bald eingesammelt haben würde) der Nazi-Terrorsekte mal ein paar Tage oder auch Wochen Urlaub zu nehmen.

Corbett seufzte. Der nervöse NSA-Informatiker räusperte sich und sagte: „Glauben Sie dem Mann kein Wort. Es gibt nichts weniger Vertrauenswürdiges auf der Welt als Doppelagenten auf eigene Rechnung, das werden Sie schon wissen.

- Abb. 3 -

Aber Boros ist etwas Schlimmeres als ein bloßer Informant für uns – der Typ ist ein verrückter Wissenschaftler, wie er im Buch steht." Corbett nickte andeutungsweise. Er verstand ganz gut, was der Kollege Peters ihm sagen wollte.

Peters war NSA-Mann und Verbindungsoffizier einer Londoner SIGINT-Einheit und außerdem der Kryptograph, der vor anderthalb Monaten die verschlüsselten CD-ROM-Files aus Dykstras Budapester Koffer decodiert und damit die „Angelegenheit Evangelis" ins Rollen gebraucht hatte. Aber trotz seiner beachtlichen wissenschaftlichen Expertise hatte er denselben Höllenrespekt vor „freien" Wissenschaftlern wie Corbett – einen Respekt, der von allen Mitarbeitern der geheimen Dienste erwartet wurde, selbst wenn sie wie Peters und Corbett den Status von Scientific Advisors innehatten.

Wissenschaft DA DRAUSSEN, Wissenschaft als gesellschaftliche Einrichtung, war etwas fundamental anderes als die Faktenhuberei in den Diensten – während Peters' Stimme in den Hintergrund trat, mit dem Rauschen des Straßenverkehrs draussen verschmolz, erinnerte sich Corbett an die Worte eines Seminarleiters namens Bova in Richmond/Virginia vor einigen Jahren: „Was Sie brauchen, ist ein Werkzeugkasten voll analytischer Hilfsmittel. Aber Wissenschaft ist etwas viel Gefährlicheres. Nicht nur die Dienste, nicht nur die DIA, die CIA, die NSA, das NRO und das DARO, sondern im Grunde JEDE gesellschaftliche Einrichtung, die wir kennen, ist dazu geschaffen, den Status Quo aufrechtzuerhalten. Das Gesetz, die Religion, die Sitten des Landes, Familientraditionen – all das ist dazu da, die Dinge so zu lassen, wie sie sind. Die Wissenschaft aber macht ständig neue Entdeckungen, und deshalb sollten wir Wissenschaftler mit großer Vorsicht betrachten – wenn nicht sogar mit gerechtfertigter Furcht." Corbett sah auf die Uhr:

zwanzig vor Sechs. Jetzt könnte der Bursche aber wirklich langsam aufkreuzen, man war für zwanzig nach Fünf verabredet gewesen.

Um vor lauter aufgezwungener Passivität nicht völlig die Beherrschung zu verlieren, warf Corbett Peters eine Frage hin: „Äh, vorhin, da hatten Sie was erwähnt, über das ich gern ein bißchen mehr wüßte: ‚sein komisches Projekt'. Worum geht es da überhaupt? Ich meine, ich hatte zwar ein kurzes Briefing in London," – als er das sagte, verzog Corbett ein wenig die Mundwinkel: da hatten sie ihn abgefangen, er war schon auf dem Weg nachhause gewesen, als ihn sein neuer Auftrag ereilte – „aber abgesehen davon, daß es irgendein neues Medikament ist, das sie entwickeln wollen, und daß dieser ominöse Grieche offenbar als eine Art Himmelsgeschenk die Forschung an diesem Medikament schlagartig um zig Jahre vorangebracht hat, und daß das alles was b<iologisches ist, und aber gleichzeitig auch noch mit Computern zu tun hat ..."

Peters verzerrte sein Gesicht. Corbett zuckte mit den Schultern – unausgesprochen stand zwischen ihnen beiden das Wissen, daß Peters, wenn er wirklich mehr wußte als Corbett, dieses Wissen nicht so ohne Weiteres mit ihm würde teilen dürfen. Wenn Corbetts unmittelbare Vorgesetzte ihm nicht mehr verraten hatten, dann gab es zweifellos irgendeine Direktive, die genau diese Unterinformiertheit für zweckdienlich hielt.

In Laufe seiner Dienstzeit war Corbett dergleichen schon mehrfach begegnet – intern nannte sich das „Vorbeugung einer zu stark an Vorausinformationen orientierten, hypothesengelenkten Ermittlung und Erhaltung der Rezeptibilität des Field Agent". Die Eierköpfe von der Abteilung für Logistik hatten sich das ausgedacht, wahrscheinlich, vermutete Corbett, nach bewußtseinstrübender Lektüre von viel zu vielen erkenntnistheoretischen

Abhandlungen Sir Karl Poppers. Corbett wollte Peters nicht drängen. Der NSA-Mann sollte selbst entscheiden, ob er die Konversation um das sensible Thema herumsteuern wollte oder Lust hatte, ein bißchen konkreter zu werden.

Peters sah auf die Uhr, dann aus dem Fenster, schließlich blickte er Corbett direkt an und sagte: „Es geht, soweit ich weiß, um ein großangelegtes Biocomputing-Ding."

„Sie meinen, Simulation von Lebewesen, Lebensvorgängen und so weiter?"

Peters schüttelte den Kopf: „Nein, nein. Das ... äh, Biocomputing ist eine noch relativ neue Disziplin, die sich mit der sogenannten Simulations-Bioinformatik, die Sie wahrscheinlich meinen, nur teilweise überlappt. Was man heute Biocomputing nennt, zerfällt eigentlich in vier Teilgebiete: das erste ist tatsächlich das Modellieren und Verstehen von Bio- und Ökosystemen aus informationstheoretischer Sicht, das heißt im Hinblick auf Kommunikation, Transformation, Organisation, Kybernetik. Dann die Nutzung von Großrechnern um Öko- oder Biostatistik zu treiben, riesige populationsgenetische Sachen und so weiter, auch computergestütztes Zeug für das Humangenom-Projekt, und so fort. Dann Biodesign – da werden neue biologische Systeme entworfen, sozusagen, von der Genetik angefangen, aber auch so Prothesengeschichten etcetera, das geht an den Rändern über in die Bionik, die Wissenschaft von der Imitation des Lebendigen durch Technik. Tja, und dann gibt's schließlich als Viertes das, was der geheimnisvolle Doktor Boros mit seinen Leuten bei Sagai Enterprises treibt: die Nutzung von Bio-, Öko- und, sagen wir, ‚medizinischen'strukturen ALS Computer. Das heißt zum Beispiel Rechner, die statt auf Silicon auf DNA-Basis funktionieren, Makromoleküle als Schaltelemente, biomolekulare Datenverarbeitung nennt sich das ... das alles ist ein Subgebiet der sogenannten Non-Standard-Computation, der Disziplin, bei der man versucht, andere Wege zu gehen als den des elektronischen Computers, und trotzdem bleibt man im Rahmen der Automatentheorie, wie es sie seit Alan Turing gibt, und der Informationstheorie seit Claude Shannon. Boros benutzt aber nicht DNA als Schaltelemente, sondern ... naja, also, wenn ich das erklären soll ... gehen wir noch einen Schritt zurück. Zu den Simulationen. Ins weitere Umfeld gehören ja auch Sachen wie die sogenannten zellulären Automaten ..."

Corbett hob die Hand, um sich etwas Auszeit zu erbitten: das war alles ziemlich viel Holz auf einmal. Die Hälfte der Schlag- und Stichworte, die Peters da mal eben locker runtergerasselt hatte, waren für den ehemaligen Neurochirurgen und jetzigen Agenten absolute Unbekannte in einer offenbar sehr komplizierten Gleichung.

Peters verstummte, Corbett schnaubte: wenn von ihm erwartet wurde, in Kreisen undercover zu arbeiten, die sich mit solchem Zeug befassten, dann konnten sie das gleich vergessen. Wie sollte er seine Tarnung wahren, wenn er Hals über Kopf wie ein Säugling ins Wasser in ein so komplexes Feld geworfen wurde?

Es klopfte an der Tür. Peters warf Corbett einen fragenden Blick zu. Der CIA-Agent räusperte sich und sagte: „Ja, Bitte?"

„Bin ich hier richtig zur Verabredung mit zwei sehr vorsichtigen Gentlemen?" kam's von der anderen Seite der Tür in makellosem Englisch.

Corbett gab Peters einen Wink, der öffnete die Tür, und herein trat ein vollschlanker, gedrungener Mann von rötlicher Gesichstfarbe, gekleidet in einen teuren vanillefarbenen Maßanzug mit passender Weste und weinroter Krawatte, schwarzglänzenden Schuhen und mit einem gewinnenden Lächeln im Gesicht.

Corbett bemerkte, daß der Mann einen Koffer trug, der den Agenten fatal an jenen auf einer Treppe in einer Budapester Fabrikverwaltungsbaracke aufgefundenen aus dem Besitz der Michaeliten erinnerte.

Mit für einen Mann von seiner Leibesfülle überraschend tänzerischen Bewegungen umrundete der Neuankömmlinmg den großen Glastisch in der Mitte des Raumes, reichte und schüttelte rasch sowohl Peters wie Corbett die Hand, dabei leicht geistesabwesend zweimal wie auswendig gelernt murmelnd: „Nennen Sie mich Doktor Boros, Ihre eigenen Namen merke ich mir sowieso nicht, wird Ihnen nur recht sein".

Dann nahm er neben Corbett Platz, legte den Koffer auf seine Knie und setzte aus dem Stegreif zu einem atemberaubenden Wortschwall an: „Ah, Sie werden entschuldigen, ich habe mich verspätet, es tut mir leid, Geschäfte, Komplikationen, und ich muß Ihnen gleich eine weitere Unart gestehen: ich konnte nicht umhin, Ihren" – er nickte Peters begönnernd zu – „kleinen Monolog von gerade eben auf dem Flur mitanzuhören, ich bin ja weißgott kein Lauscher," – nein, bestimmt nicht, dachte Corbett säuerlich, du bist die jungfräuliche Unschuld in Person –, „aber ich habe ihre Ausführungen, wie Sie sich sicher denken können, mit Interesse zur Kenntnis genommen, jedenfalls das Ende derselben, nicht wahr, Biocomputing, ja, ein weites Feld, in der Tat, wie die ganze Welt der Computation überhaupt, man traut uns Menschen aus dem ehemaligen Ostblock in diesen Dingen ja nicht allzuviel zu, Bill Gates ist bekanntlich kein Russe, kein Rumäne und leider auch kein Ungar – ja, ich weiß, und Sie wissen es auch, die Geschichte wird von den Siegern geschrieben, und so wird man die Beiträge bedeutender Osteuropäer insbesondere zur theoretischen Fundierung der Computerwissenschaften wohl bald nicht einmal mehr als Fußnote in den einschlägigen historischen Werken behandelt finden, große Leute wie László Babai oder Juri Matjasewitsch, von denen gerade meine Generation sehr viel gelernt hat, nun, das mag alles sein, wie es will, es führt uns doch weit vom Thema ab, also wollen wir uns diesem Thema beherzt zuwenden, nicht wahr?" Corbett und Peters starrten ihn verblüfft an, als er das erste mal in seinem Sermon knapp Luft holte, und dann sofort weiterplapperte: „Biocomputing, ganz recht, das haben Sie zutreffend benannt und beschrieben, aber leider, leider, sehen Sie ... ich fürchte, Sie haben es versäumt, unserem Freund hier" – ein väterliches Nicken in Richtung Corbett – „die entscheidende Grundannahme zu vermitteln, die meine eigene Forschungsarbeit überhaupt erst ermöglicht, denn sehen Sie, es ist doch so: bis vor zwanzig Jahren hat man es noch keineswegs für selbstverständlich gehalten, daß der Begriff der Information, also das, was für jede Art Computing zentral ist, überhaupt so etwas wie ein eigenständiger Forschungsgegenstand unabhängig von, sagen wir, nachrichtendienstlichen Erwägungen sein kann – man dachte, Information sei etwas, das von einem Sender ausgehend einem Empfänger übermittelt wird, und so hat es ja dann auch der Pionier all dieser Dinge in Ihrem Land, der große Claude Shannon, aufgefaßt – aber heute geht man andererseits doch in immer mehr Disziplinen davon aus – ach, dürfte ich vielleicht auch so einen Kaffee haben?"

Wie hypnotisiert griff Peters nach der Kanne und schenkte Boros in eine der beiden noch ungenutzten Tassen auf dem Tablett Kaffee ein, den der Wissenschaftler eifrig nickend entgegennahm. „Danke sehr. So. Also. Heute, wie ich im Begriff war, Ihnen mitzuteilen, geht man in immer mehr Disziplinen davon aus, daß Information sozusagen tatsächlich existiert, daß sie meßbar ist, selbst wenn es keinen feststellbaren Sender gibt und keinen Empfänger – das Musterbeispiel dafür ist natürlich die DNA und ihr sogenannter genetischer Code, der Sender könnte ja höchstens Gott sein, und der Empfänger, tja, das wären die Geräte, Lebewesen, Units, die aufgrund der betreffenden Information entstehen, aber wann hätte man je davon gehört, daß ein Empfänger erst gebaut werden muß mithilfe der Information, die er angeblich doch empfangen soll? Ja, also, sehen Sie, wie der große Pionier der Informationsphysik, mein verstorbener Kollege Professor Tom Stonier, zurecht festgestellt hat, kann man den Informationsgehalt einer beliebigen physikalischen Struktur im Grunde mühelos bestimmen – ein Kristall beispielsweise hat mehrere Komponenten, die aufgrund ihrer intrinsischen Strukturiertheit als informationstragend aufgefaßt werden können: die einzelnen Untereinheiten als solche, Atome oder Moleküle, die den Kristall bilden, ferner die Bindungen, die diese Untereinheiten untereinander eingehen, und schließlich die Resonanzen, die in dem Kristall auftreten könnten und ihn organisieren helfen, sowie diverse Zwischenzustände und Feedback-Effekte ...“

Der Doktor holte erneut Luft, und Corbett sah seine Chance gekommen, ihm ins Wort zu fallen: „Ich will Sie ja nicht enttäuschen, Doc“ – diese Anrede war natürlich eine kalkulierte kleine Gemeinheit, die mit der Stumpfheit eines Bilderbuchhinterwäldlers dem auf geistige Höhenflüge entrückten Wissenschaftler den Wind aus den Segeln nehmen sollte – „aber wir sind hier nicht im Hörsaal. Uns geht es um Geschäfte. Leben und Tod. Ganz harte Scheiße.“

Boros schien nicht weiter gekränkt, nicht einmal überrascht, und schwieg jetzt tatsächlich, obwohl es doch ganz danach ausgesehen hatte, als könne nichts außer der Notwendigkeit der Atmung seine Rede unterbrechen.

Er nippte nochmal am Kaffee, dann lächelte er Corbett liebenswürdig an und hob erwartungsvoll die Augenbrauen.

Der Agent räusperte sich effektvoll und fuhr etwas weniger drohend fort: „Schön. So kommen wir weiter. Was ich von meinem Kollegen vorhin eigentlich wissen wollte, und was ich Sie glücklicherweise jetzt ja direkt fragen kann, ist viel profaner als dieses ganze Zeug. Nämlich, erstens, was machen Sie da eigentlich? Und zweitens: welche Rolle spielt dieser Johannes Evangelis für Sie, für uns und für überhaupt irgendwen? Drittens dann: wie wollen Sie mich in Ihre Firma einschleusen, wo ich doch von all dem Krempel nicht den blassesten Schimmer habe? Und schließlich, viertens: was für Vertragsbedingungen haben Sie eigentlich mit der Agentur, für die ich arbeite, ausgehandelt?"

„Das sind sehr viele Fragen auf einmal."

Boros schürzte die Lippen, dann lächelte er wieder breit und sagte: „Ich will trotzdem versuchen, sie der Reihe nach zu beantworten. Also. Zunächst zu meiner eigenen Arbeit für die Unternehmensgruppe Sagai. Ich entwickle ein pharmazeutisches Feedback-System, bei dem die Information über das Produkt Bestandteil des Produktes selbst ist. Das ist auch der Grund, warum ich mit Gruppen wie diesen Michaeliten zu tun hatte – ich studiere das Phänomen des Glaubens und das Phänomen ‚Setting', die beide, wenn wir der Drogenforschung der letzten drei Jahrzehnte glauben wollen, sehr viel mit der Wirksamkeit ..."

Corbett schnitt ihm barsch das Wort ab: „Ein Placebo? Hab' ich das richtig verstanden? Ein Medikament, das nur wegen der Begleitumstände wirkt und wegen der Dinge, die der Patient über das Medikament weiß oder glaubt?"

Boros lachte lange und ausgiebig, sein Bauch bebte buchstäblich.

Als er sich wieder gefangen hatte, sagte er, sich mit dem Handrücken Tränen aus den Augenwinkeln wischend: „Ich sehe schon, wir werden ausgezeichnet kooperieren. Sie sind ein sehr mißtrauischer Mensch, nicht wahr? Nun also – ein ‚Placebo', könnte man sagen, ist die plumpeste Nutzanwendung des allgemeinen Prinzips, das ich, sagen wir, feiner einstellen, adjustieren möchte, mit meiner kleinen memetischen Studie."

„Me ... was?" stutzte Corbett.

„Alles zu seiner Zeit. Ich werde Ihnen das schon noch erklären. Aber zuerst zu Ihrem Placebo-Mißverständnis. Sehen Sie's mal so: ist der Geschmack von Coca Cola ein Placebo, im Unterschied zum Geschmack irgendeiner No-Name-Cola? Sind Markennamen Placebos? Ist Weihnachten und die Tatsache, daß Menschen einander an diesem Tag Geschenke machen, ein Placebo, nur weil es den Weihnachtsmann nicht gibt? Wenn Sie mit Placebo meinen: etwas, das AN SICH wirkungslos wäre, und NUR durch Glauben oder Propaganda wirkt, dann ist das, was ich entwickelt habe, KEIN Placebo. Denn mein Präparat hat ganz bestimmte, hochwirksame Inhaltsstoffe, Produkte einer äußerst avancierten Technologie ... die nur den Nachteil haben – wie man seitens meiner Firma, der Sagai-Gruppe, leidvollerweise in jahrelangen klinischen Tests erfahren mußte – daß ihre Wirkungen ein wenig zu breit gesteuert sind, ein wenig zu unspezifisch. Um sie nun zu SPEZIFIZIEREN, braucht man eben den biocomputationalen Ansatz, den memetischen Feedback- und Homöostase-Ansatz, die Dinge, die ich eingebracht habe, im Rahmen meiner, nun, sagen wir ... Sozialexperimente. Wenn man nämlich so ein Produkt an eine ganz bestimmte Klientel abgibt, und für ein ganz bestimmtes Setting sorgt ... Man nehme etwa Leute, die bereits eine gewisse naturwissenschaftliche Bildung mitbringen, und dann ..." – Boros schüttelte den Kopf. Holte

Luft. Dann fuhr er fort: „Es ist nicht meine Art, mir selbst ins Wort zu fallen, aber diesmal ... man kann zusammenfassend festhalten: was ich bei und mit Sagai treibe, ist von einem Placebo ungefähr so weit entfernt wie die Quantenmechanik – die ja übrigens in dieser schönen Stadt ihre Bohr-Heisenbergsche Gestalt bekam, die ‚Kopenhagener Deutung' – von der Galileischen oder Newtonschen Physik. Das hat nicht zuletzt Ihre ‚Agentur' sofort verstanden, als die Materialien ausgewertet wurden, die ich meinem unwillentlichen Kurier anvertraut hatte."

Corbett platzte heraus: „Sagen Sie nicht, sie hätten von Anfang an gewollt, daß das Zeug gefunden wird, das uns zu Ihnen geführt hat."

Wieder das liebenswürdige Lächeln. Dann zuckte Boros mit den Schultern: „Vergeben Sie einem Psychiater und Wissenschaftler den Hang zu kleinen psychologischen Spielchen. Und überlegen Sie, versetzen Sie sich in meine Lage: wie sonst hätte ich mich an Sie wenden können? Ich kann ja schlecht einen Musterkoffer in Langley abgeben, oder? Was mich geradewegs zu Ihren übrigen Fragen bringt. Sehen Sie, ich war von Anfang an nicht daran interessiert, meine Ergebnisse lediglich der kapitalistischen Privatwirtschaft anzuvertrauen, damit irgend jemand damit den schnellen Dollar, den flinken Yen oder von mir aus auch die hurtige dänische Krone daran verdient, vielmehr, ach ja, der blöde Euro ... Dieses System, es ist zu störanfällig, verstehen Sie? Wissenschaft, die Arbeit der Techniker, das wird alles ganz schnell tote Arbeit, fixes Kapital, während die Profitrate fällt, weil man den Profit nur daraus ziehen kann, Arbeitskraft auszubeuten, den Leuten weniger zu zahlen, als ihr Arbeitseinsatz wert ist, gleichzeitg entlässt man sie, wenn die Technik ... naja, alles schon bei Marx entwickelt, allgemeines Akkumulationsgesetz, tendenzieller Fall der Profitrate, steht im ‚Kapital', alte Hüte, aber scheußlich aktuell, seit es den Weltmarkt wirklich gibt und nicht nur als Vision, kaum war er da, hatte er seine statische Superkrise. Staaten und die großen Kapitale wachsen überall zusammen, die Polizei wird zum Werkschutz, für was anderes hat sie gar keine Zeit mehr, und so müssen auch die Techniker sehen, wo sie bleiben. Deshalb mein Versuch eines Joint-Ventures mit Ihrer Regierung – immerhin der mächtigsten Regierung der Welt, noch. Die ja auch Erfahrung hat mit dem, was sie ‚psychologische Kriegsführung' nennt, und was in einigen Punkten dem schon recht nahe kommt, was ich selbst erforsche. Nun also: ich bin Sagai nicht in allen Punkten treu. Das haben wir damit geklärt. Ich habe ein Motiv, mich mit Ihrer Regierung einzulassen, das haben wir auch geklärt. Aber wie steht es mit einer Gelegenheit? Ja, sehen Sie, und da kommt nun etwas ins Spiel, was Ihre Regierung nicht wußte, was ich aber weiß, und durch dieses Faktum habe ich Verhandlungsmasse. Sagai ist nämlich verwundbar, man hat Niederlassungen und Forschungseinrichtungen in den USA. Und was ich nun weiß, ist: nicht alles, was das Unternehmen dort unternimmt, ist nach den Gestzen Ihres Landes legal. Sie werden als mit meinen Empfehlungen eingeschleuster Virologe aus Südafrika – oh, keine Angst, sie brauchen nicht so abwehrend dreinzuschauen. Dieser Koffer hier," er klopfte sachte auf das schwarze Utensil auf seinen Knien, „enthält alles, was Sie für eine perfekte Maskerade benötigen. Ein paar medizinische Vorkenntnisse besitzen Sie ja – es wäre Ihren Vorgesetzten zwar lieber gewesen, ich hätte Sie als Neurochirurgen einführen können, weil Sie das ja tatsächlich sind, aber leider ist in der Clearwater-Niederlassung von Sagai in Florida im Moment nur eine Virologen-Stelle frei. Also – machen Sie Ihre Hausaufgaben!"

Corbett gab einen undefinierbaren Grunzlaut von sich. Der Doktor ließ sich nicht beirren: „Sie werden also undercover in der Firma arbeiten, die mich bezahlt. Sie werden wunderbare Gegenden kennenlernen, die herrliche Anlage in Clearwater, wie gesagt, und später ein sehr schönes altes Schloß in Österreich, wenn alles glatt geht ... ein richtiges James-Bond-Leben, exotische Orte, schöne Frauen, Geheimnisse! Während all der Zeit aber werden Sie mit meiner Hilfe belastendes Material sammeln, das Ihnen, soweit Sie es nicht selbst beschaffen können, auch von vertrauenswürdigen, von mir eingeschleusten Leuten, die mein Projekt kennen und unterstützen, zugespielt werden wird. Dann werden wir Sie, wenn die heiße Phase des Projekts beginnt, offiziell enttarnen ..."

„Wozu enttarnen?" fragte Peters, um auch einmal etwas zu sagen.

Es war nicht Boros, sondern Corbett, der ihm diese Frage beantwortete: „Weil es gar nicht darum geht, Sagai dichtzumachen. Wir sollen ihnen nur damit drohen, wenn ich ihn richtig verstanden habe. Wir sollen sie genaugenommen sogar erpressen – Ergebnis: sie überlassen ihre Ergebnisse der Agentur, und damit der Regierung, also dem Staat, auf den ein Ex-Realsozialist wie der Doc hier immer noch alle Hoffnungen setzt. Und irgendwann, wenn der letzte echte Feind der USA vom Erdboden vertilgt ist, kommt dann Boros' Projekt ohne Aufpreis und Wucher der leidenden Menschheit zugute, weil unsere Regierung so liebenswürdig sein wird, auch die letzten Geheimnisse mit allen zu teilen, weil Geheimnisse nur nötig waren, solange es Feinde gab. Hab' ich recht?"

„Bewundernswert konzis ausgedrückt, wenn auch nicht ohne einen Schuß Ironie", nickte Boros sichtlich zufrieden.

„Und dieser Evangelis?" hakte Corbett nach.

„Ah!“ machte Boros, es wirkte teils erstaunt, teils wie aus tiefem Schlaf geweckt.

Das erste mal, dachte Corbett, daß etwas Mimisches an diesem Mann nicht den Eindruck von Schauspielerei erweckte.

Der Gedanke an den Mann, den der sterbende Nazi Dykstra als „Propheten“ bezeichnet hatte, schien Boros direkt das Herz zu wärmen.

„Evangelis“, sagte der Wissenschaftler, rieb sich nachdenklich das Kinn, schloß einen Moment die Augen, um dann fast ehrfurchtsvoll zu erklären: „Ein solches Wunder begegnet einem nur einmal im Leben, und wenn man blind dafür ist, wenn man den Zufall nicht beim Schopf packt, kann alles vorbei sein, bevor es angefangen hat. Es ist wie bei Darwin, als der auf Galapagos die verdrifteten Finken-Arten untersuchte und plötzlich das Gefühl bekam, die Erde bewege sich unter seinen Füßen. Johannes Evangelis ist der Traum eines jeden Wissenschaftlers: eine von der Natur bereitgestellte Versuchsanordnung.“

„Ich fürchte, das ist mir zu vage“, meinte Corbett kopfschüttelnd.

„Wer ist Evangelis wirklich? Warum betrachtet ihn ein Michaelitenspinner wie dieser Dykstra, den ich in Budapest ... getroffen habe, als eine Art Messias?“

Boros winkte ab, es sah fast ein wenig ärgerlich aus: „Sie dürfen dem, was irgendwelche verrückten Verbrecher von sich geben, nicht soviel Gewicht beimessen. Ich meine, das ist bei Ihnen zwar vermutlich eine Art déformation professionelle, aber Sie sollten nicht den Blick für das Wesentliche verlieren! Der Automat, der hier abläuft ... es ist entscheidend, daß man weiß, was die wissen, deren Wissen einem selber wieder anderes Wissen ermöglicht oder verschließt. Dies ist die neue Sorte Wissenschaft des Sozialen, die man entdecken kann, wenn man Stephen Wolfram gelesen hat und ein bißchen Fantasie entwickelt. Wissen Sie, was ein zellulärer Automat ist? Sagt Ihnen der Ausdruck Ersetzungssystem was? Wenn wir alle ausgedruckt werden, wird man unseren Text neben Illustrationen stehen sehen, die als immer wiederkehrendes graphisches Element genau solche Ersetzungssysteme bieten werden. Aber ein visuelles Wissen, ein visionäres Wissen ist gerade, weil es sich auf Evidenzen verlässt, viel weniger eindeutig als ... nein, ich muß Ihnen das anders erklären. Also. Visionäre. Welche Rolle können Seher für Spione spielen? Was für visuelle Informationen aus dem Sonstwoher können die Sprache der Geheimdiplomatie befeuern, und wie? Dykstra ... und seine Bande ... waren von millenaristischen Phantasien besessen. Es war ein Fehler, verstehen Sie, daß ich diese Menschen in der Sache Evangelis ins Vertrauen gezogen hatte ... ich konnte nicht ahnen, auf wie ungünstige Weise die Wahnvorstellungen dieser Leute von Evangelis' Existenz befeuert werden würden ..."

„Sie selbst haben ihn immerhin gerade ein Wunder genannt", bemerkte Corbett.

Seine Worte hatten eine unerwartete Wirkung: Boros schmunzelte, hob die Brauen – der überlegene, ironische Boros war zurückgekehrt, den die Erörterung der Person Evangelis' eben für ein paar Minuten vertrieben hatte: „Eine poetische Floskel. Sie werden eine Menge von unserem Herrn Evangelis zu sehen bekommen, aber soviel will ich Ihnen verraten: seine Beziehungen zu seiner Umwelt sind das perfekte Modell eines memetischen Metabolismus. Und da ich einen solchen Metabolismus zu kreieren hoffe, eine intelligente Droge, gibt es für mich kein geeigneteres Studienobjekt als eben ..."

„Me ... was?" warf Corbett irritiert ein.

Boros nickte: „Sehen Sie? Es geht eben doch nicht so ganz voraussetzungslos, nicht wahr? Also kommen wir endlich wieder zur Sache selbst. Keine Ermittlerfragen mehr – wissenschaftliche Dinge. Gut. Ich will Ihnen also erklären, worum es überhaupt geht."

Er sah Corbett forschend und ein wenig herausfordernd ins Gesicht, als erwarte er wieder eine von diesen Abfuhren, gespielten Burschikositäten und „Doc"-Neckischkeiten, mit denen Corbett ihn daran zu erinnern pflegte, wer hier der Geheimagent und wer der verrückte Wissenschaftler war.

Corbett schwieg, blickte verbindlich drein und signalisierte Boros so: Schießen Sie los.

Das tat denn Boros auch, und zwar mit den Worten: „Gut. Fangen wir also am Anfang an. Haben Sie schon einmal von einer Droge gehört, die man ‚MTS' nennt?"

TEIL ZWEI Schlingpflanzen

8 Botenbesuch

In einer von Professor Doktor Rainer Horns langen, auf der Station durchwachten Nächten fragte sich der Psychiater plötzlich, ob es nicht vielleicht möglich war, die Dinge mit den Augen von Johannes Evangelis zu sehen. Horn gähnte.

Seit Stunden kämpfte er gegen eine bleierne Müdigkeit an und wollte doch nicht nach Hause, nicht ins Bett – noch immer erhoffte er sich eine Erleuchtung, woher, wußte er nicht. Ihn fröstelte und er fühlte sich verspannt, während er über der vom kleinen, glutheißen Lichtkreis des Schreibtischlampenleuchtens erhellten Abschrift von Tonbandprotokollen diverser Befragungen Evangelis' gebeugt an seinem Schreibtisch saß.

Mit brennenden Augen blickte Horn auf die Schriftzeichen vor ihm und erinnerte sich, nicht ohne eine leichte Gänsehaut, daß das, was da stand, im völlig gleichmütigem Ton vorgetragen worden war, ohne das biblische Donnerpathos, mit dem Evangelis die Wochen zuvor mehrfach vom Weltende gefaselt hatte.

Völlig nüchtern hatte er diesmal ein paar Einzelheiten aus seinem bizarren Heiligen- und Eremitenleben verkündet, das er schon wer weiß wie lange führte. Er gab an, sich nicht mehr zu erinnern, wie lange er sich an irgendwelchen Orten aufgehalten hatte, weil „die Zeit für mich schon lange keine Bedeutung mehr hat."

Als wäre es das Normalste von der Welt, hatte Evangelis außerdem dargelegt, wie man die zahlreichen Prüfungen, die ein Dasein wie seines forderte, absolvieren mußte.

Horn las mit einem Anflug stumpfer Panik:

„Sich zu züchtigen, ist mit einer Robe bekleidet nicht leicht, und obwohl man sie ausziehen könnte, gibt es diesen Punkt, auf den man Rücksicht nehmen muß: daß man sich als Mensch, der seiner Sinne noch mächtig ist, niemals – außer bei einem bedauernswerten Unfall – mehr verletzen kann, als man will. Mit anderen Worten: es ist unmöglich, sich echten Schmerz zuzufügen, und deshalb sind die Geißler regelmäßig als bloße Wollüstlinge verdammt worden. Der einzige Weg, es zu tun, wäre, sich einer Folter zu unterziehen, deren Härte man im selben Moment nicht beurteilen könnte. Zum Beispiel könnte man sich selbst in Petroleum tauchen und sich anstecken. Es ist ja in diesem Fall noch nicht der Akt, der schmerzt, sondern es sind die Folgen, und folglich kann man sich, obwohl man nur annähernd weiß, was passieren wird, zu dieser Handlung zwingen."

Das klang irre, sicher, aber andererseits auch völlig technisch, klinisch, so, als wüßte dieser Mensch tatsächlich ganz genau, wovon er redete.

Was also, wenn Johannes Evangelis kein Verrückter war, sondern wirklich ein Prophet?

„Oder zumindest ein Dichter", seufzte Horn, und setzte dann, in Erinnerung an die Worte des Doktor Géza Boros, die dieser vor Monaten in einem Weinkeller unweit der Klinik zu ihm gesagt hatte, versonnen hinzu: „Wie William Blake."

Fast hätte er das Geräusch nicht gehört. Sein eigenes Sprechen, das doch nur ein Flüstern gewesen war, hatte es übertönt –: beinahe völlig lautlos hatte sich die Tür zu seinem Arbeitszimmer geöffnet. Jetzt aber hörte er, wie von hinten jemand einen Schritt auf ihn zutrat. Rainer Horn drehte sich sehr langsam auf seinem Bürostuhl um 180° und sah einen Besucher vor sich, der ganz in Weiß gekleidet und doch weder Arzt noch Pfleger war.

Was der etwa dreißigjährige, blonde, großgewachsene und schlanke Mann anhatte, war kein Kittel, sondern ein (sicher recht teurer) Anzug.

Er kam also von draussen, von der Straße – aus der Stadt.

Aber wie hatte er sich Zutritt zur geschlossenen Station verschafft, ohne die Aufmerksamkeit Horns, des jungen diensthabenden Arztes nebenan oder des Nachtpflegers zu erregen?

Die Assoziation war lächerlich und wäre Horn zu keiner anderen Stunde eingefallen, aber in diesem Moment, da der Fremde sanft auf ihn hinunterlächelte und die rechte Hand zum Gruß hob, mußte Horn an die biblischen Geschichten seiner Kindheit denken, an all die „Boten" und „Engel des HErrn" im alten und neuen Testament: die Männer bei Jesu Grab, die Leute, die zu Abraham und Elia, zu den Propheten und den Auserwählten gekommen waren, um sie von Gottes Absichten zu unterrichten.

Horn spürte eine Verengung in Luft- und Speiseröhre, eine Trockenheit im Mund – er versuchte, sich daran zu erinnern, woher er das Gefühl kannte.

Das erste mal im Studio einer Domina vielleicht? Da senkte die Gestalt die Hand und redete ihn an, sanft und leise: „Guten Abend, Professor Horn."

„Guten ...", krächzte Horn, dann versagte seine Stimme.

Er hustete, etwas kratzte in seinem Hals. Als der Hustenreiz abklang, nickte Horn hilfos und verzerrte den Mund zu einem künstlichen, angestrengten Grinsen, das ein Lächeln sein sollte. Er war verwirrt, der Kontext war nicht klar. Horn fand die Stimme wieder, räusperte sich und sagte, das entschuldigende Lächeln im Gesicht: „... Abend."

Der Fremde begann zu sprechen, als wäre zwischen ihnen alles klar, als wären sie einander schon seit Jahren bekannt: „Das Rätsel macht Ihnen sehr zu schaffen, nehme ich an."

Horn blinzelte verstört: „Das ... das Rätsel?"

Der Fremde zuckte mit den Schultern: „Ihr besonderer Patient. Der heilige Mann. Vieles von dem, was er prophezeit, wird eintreffen, Professor Horn."

Horn fühlte sich plötzlich bedroht, ohne daß er hätte angeben können, wodurch. Der Ton des Eindringlings war irgendwie herablassend gewesen, es galt, den darin enthaltenen Anspruch auf Überlegenheit zurückzuweisen, und so sagte Horn spitz: „Was prophezeit er denn, Ihrer Meinung nach?"

Jetzt war es der „Engel", der lächelte. Es sah ein bißchen melancholisch aus.

Horn hörte draußen Donner krachen, dann Regentropfen gegen die Scheibe seines Arbeitszimmers prasseln. Ein heftiges Mitternachtsgewitter hatte eingesetzt.

Der Fremde sagte: „Das wissen Sie doch. Sie kennen das alles, Evangelis' apokalyptische Szenarien: ‚Und andere Männer und Frauen standen bis zur Mitte ihres Leibes in Flammen und waren an einen finstern Ort geworfen und wurden von bösen Geistern gepeitscht und in ihren Eingeweiden von nimmermüden Würmern zerfressen. Das waren die, welche die Gerechten verfolgt und ausgeliefert hatten. Und nahe bei denen waren wieder andere Männer und Frauen, welche ihre Lippen zerbissen und gequält wurden und feuriges Eisen in ihre Augen bekamen. Das waren die, welche den Weg der Gerechtigkeit gelästert und verleumdet hatten. Und diesen gegenüber waren wieder andere Männer und Frauen, welche ihre Zungen zerbissen und flammendes Feuer in ihrem Munde hatten. Das waren die falschen Zeugen.' Diese ganzen Sachen. Vieles davon wird eintreffen. Vielleicht nicht so bald, wie der heilige Mann glaubt. Aber es wird geschehen."

Horn räusperte sich, nahm alle Kraft zusammen, die ihm angesichts der charismatischen, autoritären Aura des Fremden noch geblieben war, und zischte: „Was wollen Sie? Wie sind Sie hier reingekommen?“

„Hier hereinzukommen war nicht schwierig. Aber besonders interessant ist das nicht. Reden wir lieber darüber, wie haben Sie's ausgedrückt? Ah ja: was ich von Ihnen will.“

Rainer Horn hatte das Gefühl, jetzt endgültig in der Falle zu sitzen und irgendwie auch noch selbst Schuld daran zu sein. Schließlich war er es gewesen, der den „Engel“ gefragt hatte, was er wollte. Horn kam sich vor wie einer dieser Trottel in unzähligen Märchen, die drei Wünsche frei hatten und zwei davon für irgendeinen Blödsinn verschwendeten, dessen desaströse Folgen der dritte Wunsch dann gerade noch in Ordnung bringen konnte.

Der Fremde neigte sich ein wenig, fast, als wolle er sich wirklich zu Horn hinunterbeugen, und sagte dann im Ton eines Segens: „Was Sie für mich tun können, fällt Ihnen vielleicht gar nicht so schwer, wenn Sie es erst einmal ausprobiert haben. Ich möchte einfach, daß Sie mir vetrauen. Nichts weiter. Ich werde mit Ihnen in Verbindung bleiben, persönlich und über Mittelspersonen. Und Sie sollen mich auf dem Laufenden halten – darüber, was Frank Urban treibt, was die Leute von Sagai fordern oder leisten, was mit Johannes Evangelis geschieht, ob es ihm besser oder schlechter geht, ob er verlegt wird, was Doktor Boros Ihnen empfiehlt oder von Ihnen verlangt, was die Genomanalyse ergibt, die Sie in Auftrag gegeben haben ...“

Horn erwiderte empört: „Mit anderen Worten, ich soll die ärztliche Schweigepflicht so umfassend wie möglich verletzen.“

Der „Engel“ hob beide Hände, schüttelte sachte den Kopf und sagte: „Bitte. Ich bitte Sie. Mein lieber Professor. Das ist wirklich nicht nötig. Wir sollten keine Spielchen miteinander spielen. Das heißt, ich weiß ja, daß sie privat gerne Spielchen spielen. Spielchen mit Ketten und Peitschen, Spielchen mit ...“

Horn spürte, wie ihm das Herz im Halse klopfte. Er hatte einen trockenen Geschmack im Mund, als er dem anderen das Wort abschnitt und fast tonlos sagte: „Versuchen Sie gerade, mich zu erpressen? Drohen Sie mir damit, mein Privatleben in ..."

„Auch dieser Unsinn ist unnötig, den Sie da reden. Ich würde sagen, wenn Gottesfurcht und Sündenangst Sie nicht davon abhalten kann, Ihren ausgefallenen Hobbies nachzugehen, dann werden Sie wohl auch von mir nicht zu erpressen sein. Und was sollte ich denn groß mit meinem Wissen anfangen? Ihren Vorgesetzten Beweise zuspielen? Sie, mein lieber Professor, würden sich mit Recht darauf berufen, daß das alles Privatangelegenheiten sind und niemand aus dem Kollegenkreis das Recht hat, darüber zu befinden, wie Sie sich ein bißchen private Erleichterung verschaffen. In einer Welt wie der, in der Johannes Evangelis aufgeht, wären Ihre Laster mehr als nur ein Problem, aber in der gegenwärtigen sozialen Wirklichkeit ..."

Der „Engel" zuckte erneut mit den Schultern.

Horn rang um Fassung: „Na gut, also, erpressen wollen Sie mich angeblich nicht. Aber wie stellen Sie sich das überhaupt vor? Was, glauben Sie, kann mich dazu bewegen, meinen Beruf auf's Spiel zu setzen, indem ich irgendeinem hergelaufenen Neugierigen ..."

„Ich bin kein einzelner ‚Neugieriger', lieber Professor. Ich repräsentiere eine durchaus nicht allzu kleine Anzahl von Personen, die das Einholen von Informationen über Ihren ganz besonderen Patienten vertrauensvoll in meine Hände gelegt hat."

Horn schnaubte verächtlich: „Was sollen das für Leute sein?"

Wieder das Lächeln.

„Sie erwarten nicht wirklich, daß ich Ihnen Namen und Adressen mitteile, nehme ich an. Aber soviel kann ich sagen: es handelt sich um Menschen, die stark mit dem Weltbild sympathisieren, das Johannes Evangelis vertritt."

Horn ächzte: „Moment mal! Jetzt dämmert's mir!"

Der Eindringling hob die rechte Augenbraue: „Ach?"

Da wurde Horn nun wirklich wütend, und im selben Moment fiel ihm ein, woran ihn der Kerl schon die ganze Zeit erinnerte: vor Jahren hatte er mal eine Dokumentation über amerikanische Schriftsteller und den sogenannten „New Journalism" gesehen.

Im Zuge dieser Sendung war auch ein Bursche namens Tom Wolfe interviewt worden, dessen schnöselig-legere Haltung und süffisante, triefende Ironie exakt der Pose entsprachen, die der schlaksige Fremde einnahm, seit er sich in Horns Arbeitszimmer geschlichen hatte.

„Jetzt hören Sie mir mal genau zu", – der Psychiater hob die Stimme ein wenig, gerade genug, um dem, was er sagte, Nachdruck zu verleihen, aber doch nicht lauter, als ratsam war, wenn er keinen Radau veranstalten wollte, der den Nachtpfleger herbeirufen würde. „Ich bin nicht irgendein Blödel, keine Unschuld vom Lande, das sollten Sie sich jetzt langsam mal klarmachen, wenn Sie sich weiter mit mir unterhalten wollen."

Mit dieser Bemerkung erntete er nichts als ein Lächeln, wenn es auch (diesmal) kein spöttisches zu sein schien. Abwartend sah der Namenlose Horn an. Natürlich, rief sich der leicht belemmert in Erinnerung – das war eigentlich das Aller-Irritierendste an der ganzen Situation: daß sich der unverschämte Geheimniskrämer nicht einmal mit einem Pseudonym vorgestellt hatte, sondern schlicht überhaupt nicht.

Ein Blitz erhellte für einen Sekundenbruchteil das kleine Zimmer, ließ die Schatten der beiden Männer über die Bücherwand und die beiden Ersatzkittel am Kleiderständer huschen, dann donnerte es erneut.

Horn bemerkte, daß seine Hände feucht waren.

Er räusperte sich und sagte: „Ich weiß einiges über die Vorgeschichte von Evangelis. Doktor Boros ist sehr freizügig mit seinen Informationen, ich genieße sein volles Vertrauen. Er hat mir erzählt, wer sonst noch alles, außer ihm, hinter Evangelis her war. Ich nehme daher wohl mit guten Gründen an, daß Sie von dieser Gruppe kommen, die ... von diesen Michaeliten. Boros meinte zwar, die seien inzwischen ..."

„Die Michaeliten sind versorgt, da können Sie ganz beruhigt sein. Diese Information von Boros ist ausnahmsweise zutreffend, wenn ich Sie auch, als Ihr Freund, dem Sie vertrauen sollten, davor warnen muß, alles, was Ihr scheinbarer Wohltäter so von sich gibt, für bare Münze zu nehmen."

Horn versuchte, sich nichts anmerken zu lassen, aber die Bemerkung zeugte in der Tat von überlegenem psychologischem Kalkül. Genau das hätte ich an seiner Stelle auch gesagt, versuchte Horn, sich selbst zu beruhigen. Er will mich verwirren und spielt mit meinem Mißtrauen gegen Boros, weil er sich an fünf Fingern ausrechnen kann, daß mir die Abhängigkeit von dem, was Boros und die Sagaileute mir verraten, keineswegs gefallen kann.

Der Besucher fuhr gelassen fort: „Eine unbedeutende Splittergruppe waren sie sowieso – von Anfang an. Nichts als ein Kinderkreuzzug, ein Rudel Kretins, die mit Sprengstoff gespielt haben – sowohl mit buchstäblichem als auch mit spirituellem. Der weltliche Staat hat sie ‚abgeräumt', wie man das in diesen Kreisen nennt. Wer von der Gruppe übriggeblieben ist, irrt orientierungslos herum – bis auf die Besten. Die haben sich uns angeschlossen."

Der Satz klang eine Spur zu selbstgefällig, aber Horn war ganz gegen seinen Willen doch auch ehrlich beeindruckt.

Um nicht völlig in die Defensive zu geraten, räsuperte sich der Psychiater daher theatralisch und sagte mit fester Stimme: „Also gibt's keine Michaeliten mehr. Und wenn schon. Wo eine Psychosekte ihr Unwesen treibt, mag es auch andere geben. Was geht's mich an? Was soll mich Ihrer Meinung nach dazu bewegen ..."

„Sie wollen ein Motiv, um mir meine Wünsche zu erfüllen? Schön. Wie wäre es damit: Ich nehme doch an, Sie sind sehr neugierig, was es mit Evangelis in Wirklichkeit auf sich hat, oder? Er jagt Ihnen Angst ein."

„Warum sollte Johannes Evangelis mir Angst einjagen?"

„Ich zitiere ein paar Sätze über Ärzte und Psychiater aus einer der hitzigeren Predigten unseres gemeinsamen Bekannten: ‚Und bei dieser Qual sind blinde und stumme Männer und Weiber, deren Gewand weiß ist. Dann pferchen sie sich gegenseitg zusammen und fallen auf Kohlen nicht verlöschenden Feuers.' Geben Sie's zu: Sie fragen sich, ob was dran sein könnte."

Horn gab ein gekünsteltes leises Lachen von sich und erwiderte: „Sie müssen mich wirklich für einen Hasenfuß mit ganz besonders weichem Keks halten."

Der Fremde winkte ab: „Ach, wissen Sie was? Ich habe besseres zu tun. Ich mache Ihnen also einen Vorschlag, Professor Horn. Ich werde mich melden, und dann werden Sie entweder tun, was ich mir von Ihnen wünsche, und was ja gar nicht so viel ist – mich einfach unterrichten darüber, wie es mit Evangelis steht, mit Urban, mit Boros und den Leuten von Sagai. Oder Sie lassen es bleiben, das heißt, sie entscheiden sich dafür, nicht zu kooperieren. Dann werden sie mir einfach nicht erzählen, was ich hören will, werden ihrem Doktor Boros glauben und Ihr berufliches wie persönliches Schicksal in seine Hände legen, und all das, obwohl sie NICHTS über ihn wissen. Sicher, über mich wissen Sie auch nicht mehr. Aber was er Ihnen anbietet, ist etwas, was Sie scheinbar schon haben: Evangelis. Das heißt, wenn Sie genau darüber nachdenken, daß Sie den heiligen Mann vielleicht nicht so sicher haben, wie Sie glauben. Was, denken Sie, wird Boros tun, wenn Evangelis hier bleiben will, bei Ihnen, in dieser Klinik, aber Boros etwas anderes mit ihm vorhat? Ihn entführen? Oder könnte er Ihn verlegen lassen? Steht er in Verbindung mit den Leuten, die Ihre Arbeit hier an der Klinik überwachen? Mit Ihren Vorgesetzten? Klinge ich wie ein Paranoiker? Mag sein. Andererseits: Boros scheint über eine Menge Macht und erstaunliche Kontakte zu verfügen, wenn man genau darüber nachdenkt, nicht wahr? Vielleicht brauchen Sie irgendwann einen Freund, wenn Sie die Arbeit überhaupt fortsetzen wollen. Sie schulden Boros überhaupt nichts mehr. Evangelis ist hier, der Rest ist Ihre Arbeit. Aber es könnte sein, daß das Geheimnis größer ist, als Ihr Psychiaterinstinkt Ihnen nahelegt. Es könnte sein, daß ich und die Leute, die ich repräsentiere, den Schlüssel zu dem haben, was hier vorgeht. Es wäre möglich. Denken Sie darüber nach. Ich werde mich melden."

Es blitzte noch einmal.

Der Fremde, „Tom Wolfe", der „Engel", ging zur Tür, und sah sich nicht einmal um, als Rainer Horn viel zu spät fragte, als käme es ihm eben erst in den Sinn: „Wer sind Sie überhaupt?"

Der Fremde öffnete die Tür und sagte: „Meine Freunde nennen mich Ezrael."

Dann verschwand er so lautlos, wie er gekommen war.

9 Humbug!

„Ja, dann leckt mich doch alle mal am Arsch!"

Die Kunden der Sparkasse, das Personal und sogar die zwei Männer vom Wachdienst mit der Geldkassette, die eben den Laden betreten hatten, sahen neugierig, schockiert, amüsiert oder schlicht erstaunt zu der Frau, die drüben im Foyer, in der Nische zwischen den zwei großen Betonsäulen, wo der Kontoauszugsdrucker stand, fluchte und zeterte, mit dem Fuß aufstampfte und ein hochrotes Gesicht hatte.

Der jüngere der beiden Wachdienstleute hatte die Hand schon an der Pistole, als er erkannte, daß er heute wohl doch nicht überfallen werden würde.

Nur eine junge Frau war das, die sich da aufregte, „unmöglich" zwar, wie eine Omi mit Dutt und Rüschenbluse fand, aber nicht weiter gefährlich.

Wie in einem Video, das jemand auf Standbild geschaltet hatte, hielt der Geschäftsbetrieb für eine Sekunde den Atem an – dann lief alles wieder weiter, wie am Schnürchen.

Nur nicht für die junge Frau. Die war jetzt in die Hocke gegangen und rüttelte am Kontoauszugs-Drucker, als wolle sie eine Bande darin versteckter Heinzelmännchen zwingen, sich sofort zu ergeben.

Susanne Gebhardt war wütend – nach all dem Mist, der heute schon passiert war, mußte jetzt auch das noch sein: gedemütigt von einer verdammten Maschine.

Ein Bankangestellter, ganz der alerte junge Hilfsbereite, mit Seitenscheitel und in adretter Zeugen-Jehovas-Uniform (schwarze Hose, schwarze Schuhe, Krawatte, weißes Hemd, Namensschildchen: Herr Kluthe) eilte mit besorgtem Gesicht herzu und erkundigte sich mit gedämpfter Stimme: „Was gibt es denn für ein Problem?"

„Dieser Dreckskasten hat meine EC-Karte aufgefressen. Das ist mein Problem."

„Ach, verstehe, die Karte ist steckengeblieben ... ja, da muß ich ... das ist nicht so einfach, es ist nach fünfzehn Uhr, der Techniker ist grad nicht ... können Sie vielleicht morgen, also, können Sie bis morgen warten? Weil also ..."

„Schon gut ...", winkte Susanne ab und brummte dann kaum hörbar : „Nehm' ich halt 'ne blaue Pille, wie alle andern, dann wird das schon."

„Bitte?" erkundigte sich der Bankjunge; er wollte sie, bei aller „Die Kundin ist Königin"-Servilität, doch nicht vergessen lassen, daß sie eben „aufgefallen" war.

Susanne bezwang sich – was ging diesen Burschen ihr beruflicher und privater Ärger an?

Was nützte es ihr, wenn sie den Ärger über die MTS-Seuche, durch die sie erst den Freund, dann Freunde und Bekannte, und heute morgen schließlich auch noch einen Patienten verloren hatte, an dieser unbeteiligten Figur ausließ?

Leidlich gefaßt erwiderte sie daher bloß: „Ich wollte nur meinen Kontostand wissen, und dann eventuell noch ein bißchen Geld mitnehmen. Wenn die Karte aber jetzt da drin feststeckt ... tja."

„Ach was! „ strahlte Kluthe sie an. Da war er in seinem Element: einfache Dinge einfach aussehen lassen. „Das ist doch überhaupt kein Problem. Wenn Sie Ihren Ausweis dabei haben, oder sich überhaupt irgendwie ausweisen können ..."

„Habe ich. Kann ich", zuckte Susanne mit den Schultern, und

ließ sich ergeben und für's Erste auch ein bißchen erleichtert an den Schalter führen, wo die nötigen Formalitäten erledigt wurden und Herr Kluthe ihr zum aufmunternden Schluß noch einmal versicherte, es wäre „alles überhaupt gar kein Problem, wir kümmern uns drum. Morgen früh können Sie ihre Karte wieder abholen. Wahrscheinlich war bloß der Magnetstreifen verschmutzt oder sowas, wenn es schlimmer ist, kriegen sie halt eine neue, in dem Fall übernehmen wir dann auch die Kosten dafür – es war ja unser Verschulden. Sozusagen."

Dies letzte Wort, ein auf der dritten Silbe betontes, beinah gelispeltes, im Ganzen also reichlich süffisant ausgesprochenes Vorbehaltsklauselchen, trennte Kluthe durch eine kleine Kunstpause vom Rest seines plauderträllernden Redeschwalls ab, als wäre es die eigentliche Pointe des Monologs, der Situation, vielleicht der ganzen Weltgeschichte.

Susanne lächelte gezwungen, nahm ihren von Kluthe ausgefüllten Abhebezettel in die Hand, stellte sich an der Kasse an und dachte über ihr Schicksal nach, über das Unrecht auf der Welt, über angebliche bewußtseinserweiternde Sexualdrogen und epidemischen Irrsinn.

Der Impuls, nach Ende der Sprechzeit ihrer Praxis, die sie mit einem jungen Familientherapeuten namens Werner Fauler teilte, auf die Bank zu gehen und ihren traurigen Kontostand abzufragen, entsprach zweifellos, analysierte Susanne jetzt, einer latenten masochistischen Veranlagung.

Bittere Erinnerungen an endlose Vorhaltungen ihres Vaters, eines Privatdozenten für Neurologie an der Uni ihrer Heimatstadt, kamen ungebeten hoch: „Niedergelassene Psychiaterin? Und Psychotherapeutin? Du brauchst die beste Sprechstundenhilfe und den besten Steuerberater der Welt, Mädel, sonst hast du nach zwei Jahren keine Hose mehr am Hintern! Weißt du, was dieser Markt für Konkurrenzverhältnisse aushalten muß, heutzutage? Und überhaupt: jeden Tag diese miesen kleinen verklemmten Neurotiker am Hals, das ist schlimmer als zwölf Stunden Fließband sechs mal die Woche! Du wirst bekloppt, das sage ich dir!" Bekloppt würde sie wohl tatsächlich werden, über kurz oder lang, wenn es so weiter ging. Nicht, daß sie nicht sowieso zu wenige Patienten gehabt hätte, und die paar, die zu ihr kamen, wurden ihr obendrein oft demütigenderweise auch noch über alte Kontakte zur Uniklinik vermittelt, wo speziell unter Medizinstudentinnen und -studenten die psychischen Krisen eine Art Dauer-Modeerscheinung waren – nein, jetzt mußte auch noch einer wie dieser Bobrowski abspringen.

Der war im Grunde der ideale Patient gewesen: jung, artikuliert, leidlich vermögend (Vater Immobilienmogul und Stadtrat) und nicht allzu schwer geschädigt. Sein Leiden an der Welt beschränkte sich auf das übliche neurotische Sammelsurium: Prüfungsangst, Hemmungen, psychosomatische Beschwerden, Schlaflosigkeit, ab und zu ein wenig Herzeleid wegen der Freundin und begründete Zukunftsangst bezüglich seiner Aussichten, als angehender Arzt für Innere Medizin zu reüssieren. Eben: der Traumpatient für die gepflegte Kartei.

Der wäre bestimmt noch jahrelang gekommen, dachte Susanne mit einem Anflug von Zynismus. Denn Bobrowski gehörte zu den für Psychotherapeuten nicht hoch genug einzuschätzenden Leuten, die sich über den Umweg der Analyse ihrer vielschichtigen Persönlichkeit versichern wollten und daher froh und dankbar waren, bestätigt zu bekommen, daß ihre Erinnerung an Zurückweisungen seitens der Mutter und den ersten gebrochenen Arm im Landschulheim Heidelberg von 1985 wirklich die weltbewegenden und tiefgreifenden Angelegenheiten waren, für die sie heimlich fast alles hielten, was sie persönlich irgendwie anging. Aber jetzt hatte Bobrowski sich verabschiedet.

Und warum?

„Es fällt wohl unters Arztgeheimnis, Ihnen kann ich es also sagen", hatte er mit dem irritierenden Lächeln des frischbekehrten Sektenmitglieds gesagt, als seine „letzte Sitzung", wie er sie gleich bei der Begrüßung nannte, eben erst begonnen hatte.

„Sie haben vielleicht auch schon davon gehört ... in unseren Kreisen spricht sich sowas ja schnell rum ..."

„Unsere Kreise?"

Susanne hatte nicht den blassesten Schimmer gehabt, worauf der Mann anspielte.

„Naja, ich meine Leute, die wissen, wie bestimmte Substanzen auf den Menschen wirken, wie das so aussieht mit der systemischen Zirkulation im Körper, bevor die Sachen von den Nieren dann eliminiert werden. Leute, die ‚Science & Medicine' abonnieren. Leute, die Mitglied der kassenärztlichen Vereinigung sind. Leute, die ..."

Susanne hatte das Geraune dick: „Ärzte."

„Ja, hi hi hi."

Oh Gott, jetzt gluckste Bobrowski auch noch.

Wäre es vielleicht zuviel verlangt, hatte Susanne in jenem Moment gedacht, wenn er langsam mal auf den Punkt käme? Bobrowski tat ihr den Gefallen, er kam auf den Punkt: „Es gibt da diese neue Droge ... ist wohl gar nicht so schwer herzustellen und wird angeblich in jeder größeren Stadt in kleinen Labors von Fachleuten synthetisiert. Im Grunde ein bißchen wie bei LSD am Anfang, wo zunächst auch niemand wußte, ob man das jetzt eigentlich als Medikament, als verbotene Substanz oder als ..."

Susanne unterbrach ihn: „Sie meinen doch nicht MTS?"

„Doch, doch, genau, Microtubuläre Stimulantien, genau. Ich sehe, Sie wissen Bescheid. Das Zeug ist unglaublich! Ich meine, wirklich! Haben Sie selber schon mal ...?"

„Nein", log Susanne barsch, und hätte schon an diesem Punkt Lust gehabt, den Typen aus der Praxis zu werfen. Aber die Stunde war bezahlt, und so hörte sich Susanne den ganzen Unsinn, den sie von Frank Urban längst bis zum Erbrechen kannte, noch mal in voller Breite an: wie da die medizinische „Community" der Welt praktisch im heroischen Selbstversuch ein neues Produkt, an dem die kommerzielle Pharmakologie anscheinend bislang kein Interesse hatte, an vertrauenswürdigen Personen, meist Mediziner oder Naturwissenschaftler, überall und jederzeit testete, wie die kleinen blauen Pillen das Selbstwertgefühl steigerten, wie sie bei allen täglichen Verrichtungen halfen und sich psychische Probleme durch den MTS-Konsum einfach verflüchtigten – in Bobrwoskis Fall zum Beispiel die Prüfungsangst: „Wissen Sie, ich glaube, meine Schwierigkeiten hatten eigentlich immer damit zu tun, daß ich dachte, diese Leute, die Prüfer, hegten irgendwelche feindseligen Gefühle für mich. Ich konnte das ja nicht wissen, verstehen Sie? Sie waren, wie die Verhaltensforscher sagen, black boxes für mich, ich konnte bloß vermuten, was in ihnen vorging, und das hat mir jedesmal, besonders vor den mündlichen Examen, das Herz in die Hose rutschen lassen, wenn Sie den Ausdruck erlauben."

Warum nicht? Es war jetzt eh schon egal.

„Ja, und sehen Sie, seit ich MTS nehme, empfinde ich eben so eine Art direkten Draht zu den Leuten. Es ist, als könnte ich in sie reinsehen. Ihre Gesichter, tja, also: wie ein offenes Buch, und manchmal spüre ich wirklich direkt in mir drin, was die Leute denken und empfinden. Da habe ich festgestellt, in den meisten

Fällen ist es so, daß die durchaus nichts gegen mich haben", anders als ich im Moment, dachte Susanne grimmig, „sondern auch froh sind, wenn man nicht durchfällt. Die wollen es oft einfach genauso hinter sich bringen wie man selber, es ist kaum zu glauben. Aber es ist so."

Das reichte Susanne nun wirklich. Sie hatte nicht vor, das Spiel mit verteilten Rollen: Gläubiger und Skeptikerin, das sie von Frank her so gut kannte, hier bis zum bitteren Ende durchzuspielen. Die Frage, wie denn diese Droge, die ja wohl nur auf das Nervensystem desjenigen wirken konnte, der sie gerade genommen hatte, diesen angeblichen Kommunikationseffekt, diese Übertragung von Gefühlen zustandebringen sollte, schenkte sie sich also – sie wußte, daß diese Debatte fruchtlos sein würde.

Aber Bobrowski war noch nicht am Ende, das übliche Postskriptum, Aufhänger aller MTS-Geschichten, die sich Susanne bis heute von Frank und ein paar anderen Bekannten, denen sie inzwischen auch aus dem Weg ging, hatte anhören müssen, durften auch bei diesem Neu-Konvertiten nicht fehlen: die sexuellen Wunder.

„Und außerdem, ja also ... wissen Sie was, es ist mir nicht mal peinlich, es Ihnen zu erzählen."

Ach, wär's das doch bloß, dachte Susanne.

„Schließlich sind sie ja erstens meine Therapeutin, zweitens solche Geschichten wahrscheinlich gewohnt und drittens, tja: drittens habe ich auch einfach nicht mehr diese Schamgefühle bei diesen Dingen wie früher, verstehen Sie? Also, was das mit meiner Freundin und mir gemacht hat, dieses Zeug, ich kann Ihnen sagen ... jede Nacht, wirklich, ungelogen, ich gebe nicht an! Jede Nacht, stundenlang! Sie nimmt es jetzt auch."

Sie nimmt es auch: das war der eigentliche Witz an dem Ganzen.

Die lauffeuerartige Verbreitung der Droge war das Merkzeichen gewesen, an dem Susanne zuerst erkannt hatte, daß es sich um einen Gruppenwahn handelte, für den offenbar Mediziner und Naturwissenschaftler Risikogruppe Nummer eins waren.

Wie hatte Frank sie bekniet, es „endlich auch zu probieren".

Schließlich hatte sie ihm den Gefallen getan, eines Abends, vor nunmehr auch schon wieder vier Monaten (so lange war das her? Unglaublich!).

Sie waren zusammen Essen gegangen, er hatte den ganzen Abend den charmanten Galan gegeben, dann ging es nach Hause. Dort entkorkte er eine Flasche teuren Wein – ein Gläschen für ihn, ein Gläschen für sie ...

Natürlich war sie nicht völlig unberührt geblieben von dem Zeug. Irgend etwas Viagra-artiges, das offenbar auf beide Geschlechter wirkte, wahrscheinlich auf hormoneller Basis, hatte ihr tatsächlich die von Frank erwarteten Schwindelgefühle bereitet.

Man war gemeinsam auf den vanillefarbenenTeppichboden gesunken und ein langwieriger und nicht durchweg unangenehmer Ringkampf hatte begonnen.

Es hatte sogar ein paar Halluzinationen, wenn auch sehr milde, gegeben, hauptsächlich auditorischer Natur – etwas wie Stimmen, ein paar Lichteffekte.

Dann hatten sie miteinander geschlafen. Der Orgasmus war nicht der schlechteste gewesen – kein Wunder, wenn man sich so lange Zeit nahm wie sie beide an jenem Abend.

Aber was wurde dadurch bewiesen?

Wenn in dem Cocktail abgesehen von dem hormonellen Kram noch irgendein mildes Psychotomimetikum enthalten war, erklärte das den Effekt weitaus zufriedenstellender und vollständiger als irgendwelche aberwitzigen Ideen, zusammengerührt aus mißverstandener Quantentheorie, „Geist-Materie-Interaktion“, Telepathie und anderem para- und pseudopsychologischem Unsinn.

Susanne erinnerte sich noch deutlich an den Kater am Morgen danach, und an die erste schwere Streiterei wegen der blöden Pillen. Sie sah keinen Anlaß, eins ihrer Argumente zurückzunehmen, bis heute nicht: „Als Mensch mit einer so teuren und umfangreichen naturwissenschaftlich-medizinischen Bildung solltest du eigentlich höhere Standards entwickelt haben hinsichtlich dessen, was für dich eine Erklärung ist und was nicht. Und als Psychiaterin und Ärztin, als Diplompsychologin und vernünftige Frau kann ICH dir nur sagen, was du selber wissen solltest: es gibt bis heute absolut keine zusammenhängende, ausgearbeitete und geprüftermaßen korrekte Theorie des menschlichen Bewußtseins. Es gibt sie nicht, allen Geschichten von neuronalen Netzen, allen anomalen Monismen, allen Mentopolis-Spekulationen aller Marvin Minskys vom Massachussetts Institute of Technology und allen Spinnereien von Roger Penrose zum Trotz! Es gibt keinen Universalschlüssel, und schon gar keine überzeugende Präsentation, geschweige denn Erklärung der ganzen halbseidenen Psi-Geschichte. Alle bisherigen Modelle der Kognitionsforschung, von KI-Simulationen bis zum radikalen Konstruktivismus, sind Näherungen, luftige Märchen, die meistens schon den Kontakt zu den nachprüfbaren Fakten verlieren, sobald sie auch nur ein bißchen systematisch werden.“

„Aber was ich erlebt habe, was du erlebt hast“, stammelte Frank.

Es war beinah mitleiderregend: wie ein Mann, der glaubte, eine Marienerscheinung gesehen zu haben, war er keinem rationalen Argument mehr zugänglich.

Die Frustration darüber, daß der Mann, den sie liebte, sich wegen irgendwelcher Pillen so plötzlich derartig verändert hatte, brachte Susanne an den Rand der Sprachlosigkeit.

Was war aus dem Frank Urban geworden, mit dem sie über „alternative Heilmethoden" und anderen Mumbo-Jumbo, von „morphogenetischen Feldern" bis zur „Reinkarnations-/Rückführungshypnose" gelacht hatte? Was war mit dem Mann passiert, der weder an die „fünf Tibeter" noch ans Urintrinken geglaubt hatte und der für jede Form derartiger „Parawissenschaft" exakt soviel Hochachtung übrig gehabt hatte als für die pathologisch wichtigtuerischen unter den S/M-Interviewpartnern jener Studie, an der sie vor gar nicht so langer Zeit zusammen gearbeitet hatten?

Es war zum Verzweifeln: „Frank, im Ernst: was wir ‚erlebt haben', war einfach ein netter Abend und ein mittelstarker Rausch, wie ihn jeder Drogenmetabolismus induziert, was immer man sich zuführt – Barbiturate, Alkohol, Speed, was weiß ich, Ecstasy von mir aus – und danach noch ein guter Fick und Basta! Es braucht mehr Arbeit, mehr Phantasie und mit Sicherheit mehr Mut, als erforderlich ist, um eine blöde kleine Pille zu nehmen, wenn man verstehen will, was im menschlichen Hirn vorgeht!"

Nur mit Mühe und äußerster Selbstbeherrschung hielt sie sich zurück, an dieser Stelle ihre eigene theoretische Arbeit zu erwähnen: das Buch, an dem sie seit einem dreiviertel Jahr saß, und das eine große Synthese aus Soziobiologie, Psychologie, Memetik und Evolutionsbiologie anstrebte. Was sie schrieb, war ein vorsichtiger Grundriß, ein skizzenhaftes Modell, wie Bewußtsein und Kommunikation einander wechselseitig verstärkt hatten, als der Mensch entstanden war – also nichts als ein Anfang, lange nichts so Volltönendes wie der frenetische Unsinn der MTS-Adepten.

Susannes Buch sollte ihre Theorie entwickeln, daß neuere biologische Perspektiven, welche die Entwicklung des Großhirns und insbesondere des Neocortex aus der Notwendigkeit ableiteten, große Mengen wiederholbarer und imitierbarer Info-Strukturen (die sie mit Richard Dawkins „Meme" nennen wollte) zu speichern, mit evolutionstheoretischen Perspektiven „sexueller Selektion" verbunden werden konnten, d.h. mit der Idee, daß ein größeres Hirn und die damit verbundene Neotenie einen Selektionsvorteil bei der Paarung boten. Das Scharnier zwischen der „Speicher"- und der „Sexuelle Selektion"-Erklärung für die Hirnentwicklung, die nach Susannes Meinung beide zutrafen, war in Susannes Modell die „Attraktivität" von Partnern mit größeren Schädeln, die dadurch jünger aussahen, und also fruchtbarer – Menschenerwachsene ähnelten ihren Jungen stärker als die Erwachsenen anderer Spezies den ihren. Diese „Attraktivität" aber äußerte sich psychologisch, und das hieß: sie war wiederum memetisch vermittelt, ein Hirnprozeß, und an genau der Stelle wurde das Ganze zu einer sich selbst verstärkenden Feedback-Schlaufe.

Diese ihre eigenen Theorien übers Bewußtsein und seine Entstehung erwähnte sie bei jenem ersten großen Streit mit Frank über MTS freilich nicht, sondern beschloß ihre Argumentation mit dem Stoßseufzer „Mein Gott, es ist eine Mode! Siehst du das denn nicht? Nur ein Image, das diese Droge abbekommen hat, und sonst nichts! Keine geheimen Inhaltsstoffe, keine Magie! Es sind einfach die sechziger und siebziger Jahre, die wieder aufleben, nach den Plateauschuhen für junge Mädchen jetzt Timothy Learys Politik der Ekstase, Frank Zappa-Gummi-Psychedelik und Lucy In The Sky mit Murmeln! Wer dir oder irgendjemand sonst erzählt, daß Quantenüberlagerungszustände oder die Fluktuationen zwischen den Eigenzuständen von Elektronen in irgend einem blöden Protein-Dimer-Molekül deine Geilheit von gestern abend erklären und dir Zugang zu meinen Phantasien verschaffen – wer so etwas behauptet, ist einfach ein Scharlatan, genau wie Wünschelrutengänger, Astrologen oder Leute, die ‚kosmische Lebensenergie' in ‚Orgonkästen' sammeln, um damit Krebs zu heilen." Natürlich hatte das auf den Verblendeten keinerlei Eindruck gemacht. Später hatte Susanne lernen müssen, was es mit diesem Fanatismus wirklich auf sich hatte, und daß dagegen kein Kraut von Argument gewachsen war, weil es sich eben tatsächlich um eine Sucht handelte, eine weniger psychische als vielmehr gleichsam ideologische Abhängigkeit, mehr noch von den Mythen und Versprechen der Droge als von dieser selbst – auf Chat-Foren im Internet, die zu Webseiten von Leuten gehörten, die sich mit Kognitionsforschung beschäftigten, in News- und Discussion-Groups war immer wieder die MTS-Benutzer-Heuschreckenplage ausgebrochen, und anfangs hatte sie sich eine zeitlang argumentative Schlachten mit diesen Leuten geliefert, bei denen sie sich auch nicht zu schade war, auf ihre Qualifikation als Psychotherapeutin zu verweisen. Nichts fruchtete, alle reagierten wie Frank, einige schlimmer, noch vernagelter, verbohrter. Am Ende sah sie den entsprechenden Scharmützeln nur noch zu; schweigend, desillusioniert. Es hatte keinen Zweck. Wer einmal „drauf" war, unter den schwarzen Schwingen von Schwester Mitternacht eine neue Heimat gefunden hatte, schien nicht länger ansprechbar. Auch bei Bobrowski, heute morgen, wäre das sicher nicht anders gewesen. Susanne hatte sich den Mist also geduldig, wenn auch innerlich leidend angehört und dabei auf die große Wanduhr aus dem Antiquitätenladen gestarrt.

„Entschuldigung? Möchten sie das Geld jetzt haben oder nicht?"

Der Mann mit dem schweinchenrosanen Gesicht im Kassenglaskasten schaute Susanne aus wässrig trüben Augen an und machte eine säuerliche Miene, die wohl sagen sollte: wir haben ihren peinlichen Auftritt am Kontoauszugsdrucker noch nicht vergessen, junge Frau. Sie sollten Ihr Geld nehmen und machen, daß Sie verschwinden.

Susanne murmelte etwas, klaubte die zwei Hunderter auf und entfernte sich.

Vor der Bank, auf der größten Geschäftsstraße der Stadt, wälzte sich ein träger, breiter Passantenstrom durch den Nieselregen.

Susanne blieb einen Augenblick unschlüssig stehen.

Sie wollte eigentlich noch nicht wieder zurück in die Praxis, um den aktuellen Papierkram zu erledigen (zwei Gutachten, man war ja dankbar für jeden Euro), und das deprimierende Ambiente ihrer drei Zimmer-Wohnung konnte sie jetzt auch nicht vertragen.

Ihr Blick schweifte über die Menge und blieb an einem Pärchen hängen, beide wohl nicht älter als zwanzig, die sich ohne Regenschirm oder sonstigen Schutz mitten auf der Straße eng umschlungen hielten. Die Stirnen der beiden waren regennaß, die Körper schienen sich zu wünschen, mehr als nur die vier Extremitäten zu besitzen, mit denen sie einander festhalten und umranken konnten. Ein schöner Anblick eigentlich, dachte Susanne, wenn man sich nicht allmählich fragen müßte, ob diese beiden wohl auch schon von den Vorzügen der neuen Wunderdroge profitierten, und wann der erste Abhängige wegen öffentlicher Unzucht aufgegriffen werden würde ... ein vertrauter Dudelton beendete Susannes übellaunige Grübelei: das Handy in der Manteltasche klingelte. Wer war denn das jetzt? Ein Notfall? Sehr witzig.

„Ja bitte?" meldete sie sich und suchte Schutz vor Regen und Lärm unterm Vordach einer Apotheke. „Susanne? Bist du das?"

„Ja, wer – Frank?"

„Genau. He, äh, leg bitte nicht auf, ok?"

„Keine Sorge. Du kommst mir gerade recht. Vielleicht gibt es ja was zu lachen, über deine jämmerliche Existenz als Boulevardschmierfink zum Beispiel."

„Lieb von dir. Paß auf, im Ernst: hast du Zeit? Ich brauche deine, naja, Hilfe. Es dürfte dich interessieren." Das tat es schon, dachte Susanne nicht ohne Verdruß. Er hat es geschafft.

Trotzdem, als letzte Widerstandsgeste, fragte sie möglichst scharf: „Fachlich oder persönlich?"

„Du darfst es dir aussuchen, nehme ich an."

10 Aus den Boros-Protokollen II

Protokoll No.63 (männlich, 34 Jahre alt)

Ich arbeite mit Computern, Netzwerken ... nein, nicht nur Internetgeschichten, auch solche Binnenstrukturen für die internen Netzwerke von großen Firmen und so fort. Ja, also, wissen Sie, den Webmaster machen, sowas kann ja heute jeder Arsch. Andererseits verfällt die Bildung auf diesem Sektor auch schon wieder, die ganzen e-mail- und sonstigen simplen Anwender-Programme haben es ja dahin gebracht, daß heute jeder Hanswurst meint, er könnte sich einmischen, wenn sich zwei darüber unterhalten, wie man irgendwelche Probleme löst, die mit Internetkommunikation zu tun haben, obwohl die

Leute im allgemeinen viel weniger Ahnung haben, was da wirklich läuft – ich meine nicht unbedingt die Hardware, aber nicht mal Programmiersprachenkenntnisse sind besonders verbreitet, ich meine gar kein Deep Programming, nur den simpelsten Scheiß. Da herrscht eine erschreckende Öde und Ahnungslosigkeit, wo vor ein paar Jahren immerhin noch UNIX-Kurse an der Uni angeboten wurden, für Studenten aller Fächer. Nach meiner privaten Theorie ist das so eine typische Eigenschaft des Fortschritts, der gesteigerten Annehmlichkeit: eine bestimmte Sorte Verblödung, mit der wir wohl leben lernen müssen, wenn wir nicht darauf verzichten wollen, daß sich der Lebensstandard verbessert. Zum Beispiel AIDS. Ich habe schon öfter beobachten können, daß die neue Generation, die da jetzt nachwächst, und die nie dieses Problem hatte, das für meine Altersstufe noch ganz wichtig war in der Pubertät, wie man dieser Krankheit begegnet, wie man sich dagegen schützt – ja, also: daß die jungen Leute irgendwie viel weniger lebendig und neugierig wirken, daß das alles so stumpf geworden ist, das ganze Image der Jugendsexualität, das ist jetzt so ein Wegwerfartikel geworden alles; na ja, aber ich will ja nicht klingen wie ein alter Sack.

Gut.

Reden wir also über MTS.

Ich habe die Frau, die mich drauf gebracht hat – die mir die Droge das erste mal gegeben hat – bei einem SysOp kennengelernt, der überhaupt keinen Plan hatte und mich schon häufiger angeschrieben hatte, ob ich ihm nicht vielleicht helfen könnte, sein blödes System zu einem Fido-System aufzurüsten. Da ich im Laufe der Zeit, die man so ein bißchen miteinander kommunziert hatte, seine echt üblen Qualitäten in Bezug auf Computer und Software kennengelernt hatte, war meine Motivation gleich null.

Aber so habe ich Jutta kennengelernt, als sie sich in meine Box online eingeloggt hatte.

Sie hat ISA gespielt und den SysOp zum Chat gerufen. Da gingen dann so ein paar Botschaften hin und her. Also, es war nicht gerade wie in diesem Film mit Meg Ryan und Tom Hanks, wie heißt das Ding noch – „e-mail für dich", genau.

Nein, es war nicht romantisch oder so, aber es gab halt eine Art Geplänkel. Da habe ich dann ... Ich wußte zuerst gar nicht wirklich, wer sie denn nun eigentlich war – ich meine, man kennt diese Fake-User, das ist jedem SysOp ein Begriff – Ich habe mich einfach getraut, ich weiß auch nicht mehr warum, nach ein paar Botschaften hin und her, „Was machst du so?", „Wo wohnst du denn?", „Die Mieten sind wirklich zu hoch in dieser Stadt." und so weiter ... ja, ich habe sie also schließlich eingeladen, daß man sich mal trifft.

Das war in einer Kneipe bei mir in der Nähe, weil sie ja wie gesagt behauptet hatte, sie würde in derselben Stadt wohnen wie ich, sogar gar nicht allzuweit weg. Und jetzt kommt die Pointe, wie gesagt, ich hab's ja schon verraten – also, das hätte ich wirklich nicht gedacht und das klingt jetzt wieder sehr nach Hollywood-Komödie ... Andererseits, im Zuge von MTS, als ich es dann später nahm, habe ich mich immer mehr daran gewöhnt, an solche Synchronizitäten und Zufälle, diese Wahnsinns-Pointen im Leben. Die Droge zieht das irgendwie an, ich glaube, sie verändert nicht nur das Bewußtsein, sondern echt die ganze Realität, in der man lebt ...

Wie? Ach so, ja jedenfalls: sie war doch tatsächlich die Freundin von diesem völlig verblödeten SysOp. Meine Überraschung war natürlich entsprechend groß. Es handelte sich um ein 24-jähriges Mädchen, eine Medizinstudentin, die auf HNO studierte.

Sie hatte eine sehr gute Figur, das war schon beeindruckend, wie die da reinkam – große und volle Titten, wenn ich das mal so sagen darf ... wie? Ja. Alles, wie's mir einfällt, ich weiß.

Die Titten waren schon super. Und einen strammen Arsch hatte sie auch, hat mich gleich von Anfang an ziemlich auf Touren gebracht. An dem Abend ist allerdings noch nix passiert, wie denn auch? Wir lernten uns ja grad erst kennen. Danach, als sie mir's erzählt hatte, wer sie war, habe ich mich also auf den Typen etwas mehr eingelassen, und zwar, ich kann's ja zugeben, tatsächlich einfach, um dieses Mädchen öfter wiederzusehen. Ich war schon ganz schön perplex, daß so eine Nuß wie der so eine fantastische Freundin hatte, die noch dazu auch noch ziemlich clever war. Tja, und wie das bei denen an der Uni zu dem Zeitpunkt wohl gerade Mode war, nahm sie eben auch MTS.

Und der Witz ist: er wollte nicht. Er hatte Angst vor Drogen allgemein, hat nicht mal gesoffen. Unglaublich. Kein Bier, keinen Wein ... Aber daß sie es genommen hat, hat er, wie er sagte „toleriert". Er war schon eine ziemliche Tomate, dieser Typ.

Sie redete ziemlich viel davon, auch von dem wissenschaftlichen Hintergrund, diese Microdingsbums, wie heißt das noch: Microtubuli, und von Quanten-Prozessen im Hirn und so weiter. Ziemlich abgefahrene Sachen. Ich hörte da immer sehr aufmerksam zu, ha ha.

Im Gegensatz zu ihrem Typ, dem das unangenehm war, daß sie so viel drüber redete.

Er merkte auch gar nicht, wie ich da ... ja, ich gehörte eben zunehmend dazu, zu diesem Szenario. Wurde fast sowas wie ein Familienmitglied. Ich meine, es ist ja nicht so, daß ich kein eigenes Leben hätte oder so etwas, aber mein soziales Umfeld ist nicht das ausgedehnteste, oder war es jedenfalls nicht, bevor ich Jutta kennenlernte. Wir Computerleute sind schon ziemliche

Geeks, das Klischee stimmt auf 'ne Art. Aber bei denen, da hängte ich mich einfach dran, das hat sich so ergeben.

Im Lauf der Zeit machten wir den einen oder anderen Ausflug, anfangs zu dritt, dann immer öfter auch zu zweit, ohne daß der Typ irgendwie gespannt hätte, was sich da anbahnte, er war eben nicht der Hellste. Ich hab gemerkt, oder mir jedenfalls eingebildet, daß sie eigentlich nur darauf wartete, daß ich nicht nur auf die Gespräche, sondern auch auf die Droge selber einsteige, dann wäre sie umgestiegen, wenn Sie verstehen. Ich hatte allerdings zu der Zeit noch einen gewissen Respekt davor. Ich meine, in meinem Job braucht man ja auch ein bißchen Verstand, und wenn einem so eine Droge da reinfunkt, kann das ganz banal Geld kosten, wenn man plötzlich irgendwelchen Mist baut. Trotzdem, nach einer Weile, kann man sagen, war ich völlig in ihrem Bann. Sie war so eine von diesen Rothaarigen, wissen Sie? Löwenmähne wie Feuer, Wahnsinn.

Ich half also ihrem Dorfdeppen, seine Box zu konfigurieren, und war deshalb auch häufig bei ihm daheim, natürlich auch wieder, um sie zu treffen, und ich merkte einfach, wie ich immer heißer drauf wurde, dieses unglaubliche Mädchen zu verführen.

Mit der Verführung war allerdings nicht viel, denn sie war es, die mir bei einem unserer Ausflüge, also einem der späteren Ausflüge zu zweit, als wir mit meinem Auto unterwegs waren, plötzlich an die Hose gefasst hat.

Sie hat mir wirklich den Schwanz massiert, daß er anschwoll, ich dachte, ich spinne. Dann hatte sie so eine Pille in der Hand.

Das war nach der Sache mit der Hose, als ich geistesgegenwärtigerweise auf der Landstraße dann ein Stück in den Wald gefahren war. Ich dachte mir nämlich, daß das – dieses Hingreifen – eine Ouvertüre sein sollte, ich wußte bloß nicht, zu was.

Und da hielt sie mir dann also die Pille hin. Eine zunächst, ja.

Ich hab' sie dann genommen – was soll's? In dem Moment war mir sozusagen schon alles egal. Klingt pathetischer, als es war. Viel habe ich damals, bei diesem ersten mal, nicht gemerkt, was anders gewesen wäre. An meiner Wahrnehmung, meine ich. Außer daß das Grün der Bäume irgendwie leuchtete, also so, als ob das Grünzeug überall, auch die Wiese und so weiter, nicht nur in der Sommersonne intensiv aussehen würde, sondern wirklich fast neonfarben geleuchtet hätte.

Ach so, ja, und geil war ich natürlich, wie selten vorher. Sie hatte meinen Schwanz inzwischen ja auch aus der Hose befreit und hatte ihn in der Hand und massierte da weiter. Mittlerweile hatte ich mich ihrer fantastischen Titten in der Bluse bemächtigt.

Da war nicht mehr viel mit Nachdenken – vielleicht war das auch die Droge, schwer zu entscheiden, vielleicht wirkte die wirklich so schnell, ich weiß es nicht.

Das ist das Problem an der Geschichte: ich wäre auch ohne die Droge ... es wäre auch ohne die Droge eine ganz außergwöhnliche Situation gewesen, verstehen Sie?

Eben.

Ich bin ihr also an die Titten. Ich hab sie kräftig durchgewalkt, die Nippel gerollt, ich war ganz begeistert davon, da hatte ich seit Monaten hingewollt. Dann ließ ich meine freie Hand zwischen ihre Beine gleiten. Sie war ziemlich weich und naß da, ich habe die Lippen gleich gefunden und mit den Fingern massiert. Der Erfolg, wenn man das so sagen kann, stellte sich ziemlich schnell ein. Sie hat angefangen, sich zu bewegen, das war so ein Schlängeln, toll, dachte ich nur. Ich war wirklich ein bißchen weggetreten. Aber, nein, ich glaube eigentlich nicht, daß das viel mit der Droge zu tun hatte. Während der ganzen Zeit hat sie mir weiter den Schwanz gewichst, mit gekonnten Bewegungen, und während ich mit der einen Hand unter der knappen Bluse abwechselnd diese beiden Titten durchgewalkt habe und mit der freien zwischen ihren Beinen rumgemacht habe, fragte sie mich auf einmal, was ich denn jetzt gern hätte. Das muß man sich mal vorstellen.

Absolut unfaßbar.

Ich war aber lustigerweise gar nicht so erschrocken oder sprachlos, wie man meinen müßte, sondern ziemlich enthemmt. Jedenfalls habe ich geantwortet, als wenn's gar nichts wäre: „Nimm ihn in den Mund." Ohne großes Zögern hat sie ihre Lippen über meinen Schwanz gestülpt und angefangen, das Ding intensiv zu saugen und zu lecken. Man sagt ja immer: die Engel singen hören. Es war wirklich ein bißchen so, und außerdem hatte ich das Gefühl, ich weiß auch nicht, als ob wir im Sand rumrollen würden und um uns würden lauter Feuer brennen – macht das einen Sinn? Ich hatte jedenfalls ein Rieseln auf der Haut, eben wie Sand, und das Hitzegefühl, als würde es brennen. Und vielleicht habe ich auch ein bißchen was gehört, damals schon. – Ja, auditorische Halluzinationen, also ich weiß nicht, ob man das so nennen darf ... leise Sachen eher. Stimmen? Vielleicht. Ich erinnere mich wirklich nicht so genau. Ich hab' ihr in die Haare gegriffen und ihren Kopf so ein bißchen rauf und runter bewegt, diesen saugenden und schleckenden Mund damit natürlich auch, hab' ihn völlig über meine Eichel und einen Großteil des Stammes gestülpt, es war ... toll eben.

Mit meiner freien Hand habe ich den Knopf ihrer Jeans aufgemacht, den Reißverschluß runtergezogen, und wieder in die Hose gegriffen, und dann habe ich das Bündchen weggehoben und mit drei Fingern ins Höschen gegriffen. Ich habe die Furche wieder schnell gefunden, und ebenso schnell glitt mein Mittelfinger dann da rein. Sie war wirklich tropfnass und aufgegeilt. Soweit es die Enge der Hose erlaubt hat, habe ich dann angefangen, sie mit dem Finger zu ficken, mit einem anderen Finger habe ich den Kitzler gefunden und massiert, wobei sie das am Anfang zu heftig fand – das machen wir wohl immer falsch, wir Typen. Wir denken, da muß man so richtig zudrücken, wie wir es halt auch am Schwanz mögen, was weiß ich. Ist aber nicht so. Sie hat jedenfalls dann angefangen, rumzuseufzen, es gab so ein ersticktes Stöhnen. Unglaublich geil, das Ganze. Immer hektischer hat sie dann gesaugt.

Ich war wie gesagt reichlich enthemmt, hatte überhaupt keine Probleme mehr damit, zu sagen, was ich jetzt genau wollte – ich merkte, daß es mir gleich kommen würde, und zog meinen Schwanz mit der Hand aus ihrem Mund – ich bat sie, ihn weit zu öffnen und die Zunge rauszustrecken. Ich brauchte dann nur noch so ein, zwei Wichsbewegungen, da war es dann soweit. Der erste Spritzer schoß ziemlich kraftvoll und heftig raus und spritzte tief in den Mund, den Rest habe ich genüßlich auf der Zunge verteilt. Danach habe ich dann bei ihr noch ein bißchen weitergefummelt, ziemlich hingebungsvoll, weil ich so zufrieden war, weil es so toll war, und da kam sie dann bald auch, zappelnd und stöhnend, und es wurde nochmal ziemlich naß.

Danach habe ich dann eine Weile nichts mehr von ihr gehört. Ich weiß nicht, ob Sie das auch kennen, es gibt Situationen ... man denkt hinterher, man ist irgendwie zu weit gegangen, verstehen Sie? Wir hatten eine Grenze überschritten. Und da sind wir dann hinterher doch davor zurückgeschreckt, also quasi rückwirkend, wenn das nicht zu paradox klingt.

Dafür war ich aber jetzt auf dem MTS-Trip. Soviel war klar.

Es gibt ja in der Lernpsychologie die Behauptung, man würde von positiven Erlebnissen quasi konditioniert, daß das wie eine Art Programm ist, daß man da Verbindungen, durchaus zufällige

Verbindungen, sich praktisch merkt. Viel positiver hätte ich an Schwester Mitternacht kaum rangeführt werden können, nicht?

Das blieb dann auch wirklich hängen. Ich sah zwar Jutta erstmal nicht mehr, aber vielleicht als Ersatz habe ich mich dann in die Droge praktisch, man könnte sagen, reingearbeitet.

Ich kannte Leute, hatte einen alten Freund noch aus Schulzeiten, der inzwischen Arzt im Praktischen Jahr geworden war, an der Uniklinik. So kam ich dann verhältnismäßig leicht – und übrigens auch ziemlich billig – an das Zeug ran.

Die Hemmschwelle war genommen, also habe ich da meine quasi-schamanistischem Heimstudien getrieben.

Das im Auto mit dem Mädchen war dafür wie ein Kompaß gewesen: aha, da kann es also hingehen, mit dem Nervensystem, sehr interessant, das wollen wir denn doch nochmal wiederholen.

Allein in der Wohnung war es allerdings anders – aber ich hielt das für klug, als experimentelle Ausgangslage, als Versuchsaufbau. Ich dachte mir, daß man so eine Droge in einer Situation mit minimalen sensorischem Input nehmen muß.

Ich hab' mich also in der Dunkelheit meiner Wohnung, mit runtergelassenen Rolläden, auf den Teppich gelegt, und dann hieß es: Abfahrt.

Eine Pille war ja eine geradezu lächerlich geringe Anfangsdosis gewesen.

Im Laufe von ein, zwei Wochen dieser ersten Selbstversuchszeit habe ich ganz langsam die Dosis erhöht. Das ging aber nie wirklich bis in diese heroischen Mengen, von denen man hört – höchstens halt mal drei Pillen, vielleicht dreieinhalb Pillen auf einmal.

Die Leute wollen, wenn man der ganzen psychedelischen Literatur glauben will, immer irgendeinen kundigen Lehrer und Führer – diese Carlos Castaneda/Tim Leary-Schiene, Merlin der Mentor, Gandalf der Zauberer.

Ich wollte und will sowas aber genau nicht, ich will auch keine Musik dazu, irgendwelche Klänge Indiens oder was weiß ich, oder in der Natur rumspazieren und all sowas.

Ich will Ihnen was sagen: nach den paar Monaten, die ich jetzt auf Schwester Mitternacht bin, habe ich mir zu der Frage, wie man Trips verbessern kann, eine Meinung gebildet, die vielleicht ein bißchen verrückt klingt, aber sei's drum: – ich denke, daß Musik und erhebende Naturerlebnisse und auf eine gewisse Art sogar Sex einfach alltägliche, verwässerte Formen von dem sind, was man auf MTS erlebt. Abbilder oder Nachbilder sozusagen.

Die Erfahrung auf Droge aber ist das Original.

Wenn man also die Droge nimmt und dazu diese Zusatzstimulantien einsetzt, dann werden sie sehr leicht eher zu Hindernissen. Denn es passieren sehr, sehr interessante Dinge in der totalen Schwärze hinter den Augenlidern, wenn man da ganz still in völliger Dunkelheit auf dem Teppich liegt.

Ich meine, das ganze Phänomen tritt natürlich ein durch eine Veränderung der inneren Chemie des Körpers und des Hirns, diese Funktionen der Zellwand-Dinger und so weiter, was es da alles gibt, die ganze theoretische Geschichte.

Aber solche Veränderungen können ja auch sonst durch alles Mögliche ausgelöst werden – ich weiß nicht, durch Kaffee, durch Streß. In meinen Kreisen, in der Programmiererwelt, gibt es ein allgemeines Wissen darüber, was für extreme Geisteszustände man schon durch simplen Schlafentzug erreichen kann.

Ja: indem man einfach nicht ins Bett geht und immer weiter arbeitet, bis man das Gefühl hat, man säße entkörperlicht in einer Art, also, als reine Wahrnehmung in einer Art Fahrstuhl oder einer kleinen Raumkapsel, und der Computer ist dann sowas wie die Steuerkonsole.

Trotzdem nochmal mein Fazit, das ich jetzt ziehen muß, nachdem ich doch inzwischen ziemlich erfahren bin: diese ganzen Sensationen und geistigen Ausnahmezustände sind reiner Dreck gegen das, was MTS mit einem macht, wenn man wirklich konzentriert lauscht.

Doch, lauschen ist das richtige Wort, wirklich.

Die Schwester spricht mit einem, verstehen Sie? Sie redet.

Diese Stimme ist absolut ungewöhnlich, es gibt überhaupt gar nichts anderes, was so klingt. Und wenn man eine Weile dabei ist, wenn man sich nicht beirren läßt und das Monate lang so weiter mit sich geschehen läßt, dann kommt zu dieser Stimme, die man hört, auch noch eine Art Sicht dazu, es ist, als ob man die Sätze und Worte gleichzeitig hören und sehen kann.

Wahnsinn eben, wie Kommunikation mit einer außerirdischen Intelligenz oder sowas. Aber was sie sagt, oder schreibt, kann man nicht mit normalen Worten wiedergeben.

Es sind so ... es sind keine Dinge, es ist, als ob ihre Sprache nur aus Verben besteht, als ob es keine Hauptwörter gibt ... sie redet davon, wie es ist, sich zu drehen wie ein Rad, ein Rad in einem Rad, aber ... nein, wenn man das erzählt, hört es sich alles gleich an wie der allerblödeste Mystik-Mist. Das habe ich immer gehaßt, dieses Hippie-Geschwätz. Ich weiß jetzt zwar, wie so etwas durch Drogenerfahrungen zustande kommen kann, daß man dann eben sowas stammelt, weil man versucht, etwas, das absolut außerhalb der Alltagserfahrung liegt, anhand derer sich die Sprachgewohnheiten bilden, mit der Sprache auszudrücken, die einem nun mal zur Verfügung steht, aber genau aus dem Grund ziehe ich es eben auch vor, lieber gar nicht davon zu reden. Von der Stimme. Von dem, was sie sagt. Es gibt andere Dinge, es gibt Dinge im Zusammenhang mit Schwester Mitternacht, die man sehr wohl formulieren kann, und deshalb beschränke ich mich eben lieber auf diese Dinge.

Die Affäre mit dem Mädchen? Eben, genau, das wäre sowas. Ja, und zwar: das ging dann noch weiter, mit Jutta. Das hat inzwischen einen ganz anderen Charakter angenommen. Da gab es nämlich ein Ereignis, das brachte dann die absolute Wende, sozusagen, in unserer Bekanntschaft.

Ein paar Wochen nach der Geschichte mit dem Ausflug meldete sich nämlich unerwarteterweise nach längerem Stillschweigen der begnadete SysOp, weil sich sein System mal wieder verabschiedet hatte – ich hatte ja, ehrlich gesagt, schon befürchtet, daß der vielleicht irgendwas wußte, mitgekriegt hatte, oder daß sie „sich ausgesprochen hatten“, was weiß ich, jedenfalls schien es aber doch nicht so zu sein.

Er fragte also, ob ich denn mal Zeit hätte und er wüßte schon, daß das jetzt vielleicht nerve, aber er würde überhaupt nicht mehr durchsteigen und so weiter.

Also, was soll ich sagen? Ich war schon neugierig, ob sie da sein würde, was sie sagen würde, wie sie so drauf wäre. Auf den Trottel war ich natürlich weniger scharf, aber ich dachte mir, wie gesagt, auf jeden Fall: wenn die beiden ein „klärendes Gespräch“ geführt gehabt hätten, dann würde der sich, Nöte hin, Nöte her, lieber selber in den Arsch beißen als mich nochmal ranlassen. An die Maschinen, meine ich. Mir kam die Einladung also insgesamt ganz gelegen. Ich bin dann abends da vorbeigegangen. Die Situation war wie immer. Er saß da vor seiner Kiste, die im Übrigen im gemeinsamen Schlafzimmer der beiden stand, und hackte auf der Tastatur rum. Das Bett war belegt mit Ausdrucken unzähliger Dokumentationen, Binkley, Maximus, Squish und was weiß ich ...

Jutta war auch da, saß im Wohnzimmer vor der Glotze und tat, als ich reinkam, so, als wäre alles ganz normal und als wäre ich halt so ein Hausgast, nichts Aufregendes.

Ich gab dem Neanderthaler also erstmal einige Tips, zeigte ihm die Tosserkonfigurierung und ging dann, als ich sah, daß er damit rumwurstelte und keine Anstalten machte, die Welt um ihn herum nochmal wahrzunehmen, rüber ins Fernsehzimmer. Er war ja versorgt. Ich setzte mich neben sie auf die Couch und steckte mir erstmal eine Zigarette an.

Da merkte ich erst richtig, daß sie außer einem sehr langen T-Shirt, so einer ganz weiten XXL-Angelegenheit, einem knappen Slip und weissen Strümpfchen nichts weiter an Kleidung trug. Weil das Shirt zwar weit, aber auch dünn war, konnte ich deutlich ihre großartigen Titten und die Nippel sehen. Als sie merkte, wo ich hinstierte, öffnete sie provokant die Oberschenkel und ließ mich einen langen Blick auf den Zwickel von diesem Mini-Slip werfen. Ich kam ins Schneller-Atmen, und dann hielt sie mir einfach so ihre Pillenschachtel hin, weiß der Teufel, wo sie die gehabt hatte, jedenfalls nicht in der Hosentasche, gab ja keine. Ich drückte meine Zigarette im übervollen Aschenbecher aus und nahm mir zwei von den angebotenen Pillen, sie auch. Es war alles ganz wortlos, und außerdem so, als hätte es nie eine Unterbrechung gegeben, als könnten wir einfach da weitermachen, wo wir vor ein paar Wochen aufgehört hatten.

Na gut, du Luder, dachte ich, kein Poblem. Ich schaute auf den Schirm der Glotze, als ob wirklich nix dabei wär', und ließ dabei ganz langsam meine linke Hand übers Knie zur Innenseite ihres linken Oberschenkels wandern. Dabei hab' ich mit den Nägeln zart eine winzige Spur in die Haut gegraben, einfach so, zum Necken.

Während der ganzen Aktion hielt ich den Blick auf den Fernseher gerichtet, und da fing es dann auch schon an – wie gesagt, ich hatte ja sozusagen im Dunkeln geübt, war also ziemlich empfindlich, sehr fein eingestellt sozusagen. Ich war vorbereitet auf die Wirkungen der Schwester, und an diesem Abend ging es los, indem plötzlich Farben, Gegenstände, Bilder aus dem Fernseher rausfielen. Das war eine sehr intensive Sache für mich, weil ich ja vorher nur im Dunkeln ...

Wie?

Ja, wirklich, sie fielen da so raus, die Farben und alles, und tropften auf den Teppich und wurden da dann praktisch absorbiert – eine Katze, eine Blume, eine Zigarette, ein Geräusch, dann sogar Sätze, die der eine Schauspieler zu dem anderen sagte – sie fielen da raus, auf den Boden. Ihr Atem, neben mir, wurde etwas lauter, und ich sagte: „Siehst du das auch?"

Ich hatte plötzlich diesen Impuls, das zu sagen. Was ja eigentlich Humbug war, denn normalerweise kann man eine Halluzination ja nicht teilen, und wenn man zehnmal dieselbe Droge nimmt. Aber sie sah es auch – ich wußte das, noch bevor sie es sagte.

Der Schauspieler hatte gerade „Wieso sollte das so sein?" gesagt, und sie wiederholte leise: „Wieso sollte das so sein?", und dann sagte sie : „Auf dem Teppich", denn genau da war die Frage hingefallen, die der Schauspieler gestellt hatte.

Ich hörte das entnervende Klappern der Tastatur unseres Idioten, und wußte, daß uns zumindest in dem Moment nichts und niemand würde stören können.

Das ermunterte mich natürlich.

Wir saßen da und halluzinierten rum, und mein Zeigefinger wanderte genau in den Mittelpunkt des Zwickels, und ich spürte den nassen Stoff über der Spalte. Ich wußte also, daß sie inzwischen genauso geil war wie ich. Ich fing an, da so ein bißchen rumzumassieren, rieb und verteilte den Stoff und drückte ab und zu an den Knöchel.

Dann schaute ich ihr ins Gesicht, wir drehten die Köpfe vom Fernseher weg.

Es war zu heftig geworden, ich weiß nicht, die Töne, die Farben, das alles, diese Traumerlebnisse, Spezialeffekte, wie immer man es nennen will.

Ich schaute sie also an, sah nur diesen halb geöffneten Mund, die Augen waren verengt, so zwei Schlitze – ich schwöre Ihnen: da kam Licht raus. Und aus den Nasenlöchern so ein feiner blauer Nebel – ja, sicher, der Atem, klar, aber daß man den SIEHT, und das in der Wohnung ... bei Zimmertemperatur ... und so blau, leuchtend ...

Ihre Hand umfaßte jetzt mein Handgelenk, ich war mir nicht ganz sicher, was das jetzt werden sollte – wollte sie meine Hand da entfernen? Stattdessen nahm ich aber die andere Hand und griff ihr an die rechte Brust – und da ging der akustische Wahnsinn richtig los.

Die Schwester redete, und wir redeten irgendwie mit, ohne die Lippen zu bewegen: es war, als ob so Bänder aus unseren Mündern kamen, so was wie auf alten mittelalterlichen Bildern, wenn Sie das schonmal gesehen haben – diese Spruchbänder, genau.

Unser klappernder Freund im Nebenzimmer, tja – seine Klappertöne sprühten als kleine schwarze Punkte ameisenartig aus dem Zimmer nebenan und sausten zwischen uns und den Wänden hin und her, prallten an festen Gegenständen ab ...

Und wir redeten da in Zungen weiter, und diese Bänder kamen aus unseren Mündern und umschlangen einander. Helices wurden da draus, wie so ein DNS-Molekül, es war ... ich weiß auch nicht. Ich habe da wieder dieses Kommunikationsproblem. Ganz schwierig, darüber vernünftig zu reden. Ich bewegte meine

Finger jedenfalls völlig ungehindert unter dem Hosenbündchen, fand einige Haare, es war, als ob mein Mittelfinger richttiggehend reingesogen würde. Sie quiekte leise, provozierend, hatte das alles offenbar sehr gern, und legte den Kopf zurück.

„Ja! Los! Ja!" flüsterte ich ihr anfeuernd ins Ohr und erkannte im selben Moment, daß das jetzt mein natürliches, normales Sprechen war. Mit Kehlkopf, Zunge und so fort, aber in diesem Moment kam es mir völlig absurd und unnatürlich und viel zu grob vor, ich weiß auch nicht. Ihr Becken bewegte sich unruhig auf der Couch, ich führte einen dritten Finger ein, und dann bockte sie auf und explodierte.

Und im selben Moment rief doch der Affe aus dem Nebenzimmer tatsächlich: „Es funktioniert". Recht hatte er.

Naja, gleich darauf war die Wirkung weg, wirklich wie abgerissen.

Wir saßen da, hatten zum Glück nicht noch irgendein großartiges Geräusch gemacht. Irgendwie brachten wir dann diesen Abend noch rum, es war ja doch ein bißchen peinlich.

Ja.

Eine Weile später ist sie dann zu mir gezogen, wir sind jetzt zusammen und experimentieren weiter. Auf allen Ebenen, könnte man sagen.

11 Nachtwache

Gegenüber – dort, von woher sie gekommen war – gähnte ein Panther. Die großen Katzen lagen zu dritt auf dem kalten Stein. Sie gähnten – nach dem Ficken, nach dem Fressen. Dann brüllte einer; aber es war keine Drohung.

In der Kapelle hinter ihnen flackerte warmes Licht; man sah die Flammen in den bunten Fenstern tanzen, und die Glocke bimmelte immer noch.

Die Panther, die vor dem kleinen, in die Mauer der Burg eingelassenen Kirchlein unterm freien Nachthimmel lagen, störten sich nicht am Geläute.

Plötzlich fielen Schüsse, irgendwo im Innern der Festung.

Dünn klang das, als wären es nur Platzpatronen.

Einer der Panther hob den Kopf, ein anderer legte seinen quer, weiter geschah nichts.

Der Abstand zwischen Susanne und den großen Katzen reichte aus, daß sie problemlos schnell durch die schwere Eichentür ins Innere der Burg hätte gelangen können, bevor eines der Tiere sie erreicht hätte. Sie mußte sich also keine Sorgen machen und stand deshalb ganz still, in die Beobachtung der schönen Tiere mit ihrem nassen glatten Fell versunken.

Stand da, am Treppenabsatz, fast wie in Trance, und atmete langsam.

Diese Schüsse, fand Susanne, hörten sich kein bißchen wirklich an.

Falls jemand getroffen wurde, konnte man von hier aus nicht hören, ob geschrien wurde. Das alles geschah ja drinnen.

War das ein Scheibenklirren gewesen, gerade eben? Eigentlich, stellte Susanne befremdet fest, interessierte sie gar nicht so besonders, was drinnen geschah.

Ein Krieg. Na und? Es ist mir egal, bemerkte sie verwundert – ich fasse ins Feuer und friere bloß, ich schaue hinein und es ist schwarz, wieso spüre ich nichts? Meine Haut müsste brechen und abblättern, ich will das Feuer wiederhaben, wie es war! Alte Gegner, ein dünner Grenzübergang zwischen Liebe und Haß, graue Gesichter, Söldner und Sachen mit Klauen, die sich aus dem Felsen unter der Burg graben wollten, um den Planeten zu verwüsten. Susanne fragte sich, woher sie diese Dinge wußte, aber ihr fiel keine Antwort ein, und dann ging das arhythmische Bimmeln der Kapellenglocke in ein regelmäßges Schlagen von hellen, aber deutlichen Glockentönen über: eine Uhrzeit wurde angezeigt. Einmal, zweimal ... sie zählte im Geiste mit.

Es waren zwölf Schläge.

Susanne blickte auf den großen Platz und wischte sich eine nasse Haarstähne aus dem Gesicht. Der Nieselregen riß nicht ab, war sprühfein, kühl.

Der Anblick schien verzaubert, still und geheimnisvoll.

Scheinwerferkegel, auf den Mauern und Zinnen entspringend, kreisten über das grobe Pflaster im Innenhof, wo Tote lagen. Ein paar waren niedergeschossen, andere von den großen Katzen gerissen worden, während des Aufruhrs, während des Blutrauschs.

Etwa sechs Meter hofeinwärts lag ein ausgerissener Arm, näher bei der Kapelle als die übrigen Leichen, und am Brunnen, wo der Pfad war, den entlang Susanne und die anderen vor ein paar Stunden von den Hubschrauberlandeplätzen aus zur Banketthalle geführt worden waren, lag ein Kopf, wie eine Bowlingkugel oder eine große Wassermelone, als hätte ihn jemand dort vergessen, nachdem damit eine Weile Fußball gespielt worden war. Einige Pfützen waren pechschwarz und glänzten, das, was da wie Öl glänzte, war Blut.

Die Pfützen dampften. Es war sehr kalt. Susanne wandte sich endlich ab, stieg die breiten Steinstufen hinauf. Die Kälte drang durch die Kleider in sie ein, durch die Haut bis in die Knochen. Sie schlug den Kragen ihres Mantels um, stellte ihn auf.

Wieder das Knallen. Nein, es hörte sich wirklich nicht an wie Schüsse.

Eher wie Peitschenschläge, trockenes Leder, oder sehr große Hände, die irgendwo zusammenklatschen. Kalk und Staub, der emporstiebt, von Giebeln und Mauervorsprüngen, Wänden und Torbögen: Erschütterungen, kleine Beben.

Trotzdem wußte Susanne ganz genau, daß es Schüsse waren.

Sie folgten zu schnell aufeinander, als daß es wirklich Händeklatschen hätte sein können. Rapid Fire – wo hatte sie das mal gelesen?

Auf einem Computerschirm, genau; das war ein Spiel gewesen, so ein Baller-Computerspiel, ein „Ego Shooter", wie Frank es genannt hatte.

Eine einzige, vom Spieler mit der Maus, der Tastatur oder dem Joystick gesteuerte Kamerafahrt mit dem Bildschirmauge, eine beklemmende Ich-Perspektive, die durch Gänge und Schächte fuhr, labyrinthisch, wie ein ruheloser Geist. Da gab es immer wieder Monster, die man abschiessen mußte. Eigentlich war das alles dem sehr ähnlich gewesen, was nun hier geschah. Susanne verspürte einen leichten Schwindel, auch rumorte es ein wenig in ihrem Magen, und sie dachte: ich müßte dringend mal aufs Klo.

Das Essen vorhin, im Bankettsaal, nachdem der dicke ungarische Doktor seine faustische (oder: mephistophelische?) kleine Ansprache gehalten hatte, war gut gewesen, aber auch schwer und fettig. Sie konnte den Panthern ihre Trägheit nachfühlen.

Ausgestreckt und hochzufrieden, zwischen zwei Mahlzeiten, dachte Susanne, und leckte sich etwas Regenwasser von der Oberlippe. Es waren wunderschöne Tiere, und als Susanne das dachte, drehte sie sich doch noch einmal nach ihnen um.

Sie fragte sich einen Moment lang, wie es sich wohl anfühlen würde, wenn die lange, breite, hellrosa Zunge, die das größte der Tiere gerade beim Gähnen einrollte und vor der sich gleich darauf der Mund mit den mächtigen Reißzähnen schloß, über ihre Haut lecken wurde – über ihre Hände, die schmerzhaft kalt waren, oder über ihren Bauch, in dem es jetzt plötzlich nicht mehr rumorte. Süße Gedanken, salzige Gedanken.

Ein bißchen wie Fieber, in diesem Dampf und Regen.

Etwas blitzte in der Peripherie von Susannes Gesichtsfeld; es waren nicht die Scheinwerfer, es war etwas Geringeres, das diese Scheinwerfer umtanzte. Taschenstablampen?

Sie sah ein paar schwarze Gestalten – eine Kolonne Söldner, jeder mit Helm, Knieschutz und Brustpanzer, die oben auf der Burgmauer im Eilschritt entlangliefen, auf dem Weg zu jenem Flügel des weitläufigen Gebäudekomplexes, wo immer noch geschossen wurde.

Die himmlischen Heerscharen, dachte Susanne, und wußte selbst nicht, wie sie auf diesen seltsamen Einfall kam. Die Schatten in Kampfanzügen da oben hatten nichts Lichtes oder Erhabenes an sich.

Susanne sah höher nach oben: die Wolken lichteten sich gerade ein wenig, man sah jetzt wieder etwas dunkelblauen Himmel, hier und da blinkten einige wenige Sterne.

Dann wandte sie sich endgültig ab von der Aussicht auf den Platz und ging langsam die restlichen Stufen der Treppe hoch, vorbei an den hohen, grauen Mauern mit ihren glatten, efeuberankten kalten Steinquadern, an denen das Regenwasser in breiten, flächigen Strömen hinunterlief. Susanne erreichte die Tür, und als sie ihre Handfläche auf das alte, feuchte und atmende Holz mit den Messingbeschlägen und dem schweren Türknauf legte, spürte sie, wie sie etwas zur Eile trieb: das alles hier war zu verzögert, es war nicht richtig, sie verhielt sich falsch – irgend etwas hatte in der letzten Viertelstunde ihr Leben angehalten, wie man für ein paar Sekunden den Atem anhält und die

Lippen zusammenpreßt, wenn eine große physische Anstrengung bevorsteht. Jetzt aber mußte sie handeln. Sie mußte ... was war es genau, was die Situation von ihr verlangte?

Die Schüsse hatten aufgehört.

Frank, dachte Susanne. Drinnen.

Das ist es, dachte sie: ich muß Frank finden. Er ist irgendwo dort, mit den ... Wissenschaftlern und mit dem ... mit einem Mann. Vor allem mit diesem Mann durfte man Frank nicht alleinlassen.

Mit diesem Mann durfte man nämlich überhaupt niemanden alleinlassen.

Susanne war verwirrt, es kam ihr vor, als stünde sie an einem Abgrund. Wenn ich hinuntersehe, dachte sie, ist alles vorbei.

Dann merke ich wahrscheinlich, daß ich gar nicht hier bin, daß das alles überhaupt nicht geschieht, was hier um mich ist, daß ich den Dingen vorgreife oder ... daß es eben nicht stimmt. Die Burg ist nicht die Burg, die Panther sind nur Chiffren für irgend etwas ganz anderes, und vielleicht bin ich nicht einmal Susanne, sondern ...? Eine ganz andere Frau, zum Beispiel. Waren meine Haare früher nicht immer dunkel und kurz? Aber diese Strähne vorhin, dieses regennasse Haar, war das nicht eine lange, blonde Locke, die ...

Sie biß sich auf die Unterlippe, nicht heftig, nur ein bißchen, so, wie man „Kneif mich mal“ sagt – es tat nicht weh, aber es genügte, die Lähmung zu überwinden, die sie erneut befallen wollte. Susanne drückte die Tür nach innen, die Tür ging auf.

Susanne schlüpfte hinein. Pechfackellicht flammte vor den Wänden auf, leicht modriger, süßlicher Geruch stieg ihr in die Nase, ein schwerer Teppich knirschte leise unter ihren feuchten Stiefelsohlen. Ein nasser Windstoß folgte ihr, dann schloß sich die Tür und Susanne sah in beide Richtungen, als wäre der Korridor eine Straße, die sie überqueren mußte, und sie jemand, der besonders gewissenhaft auf den Verkehr achtete.

Die Straße zur Hölle, fiel Susanne unpassenderweise ein, ist mit guten Absichten gepflastert. Der Teppichboden war samtrot. Hier und da, besonders in der Nähe der Tür, konnte sie dunkle Flecken im Stoff erkennen. Das mußte kein Blut sein, aber gut möglich war's schon.

Da der Gang auf beiden Seiten nach ein paar Metern eine starke Biegung aufwies – zur Rechten nach links, zur Linken nach rechts – und Susannes Blickfeld ihr suggerierte, sie befände sich etwa auf halber Höhe einer sanften, etwa 30%igen Steigung (die von rechts nach links verlief) hatte sie die Wahl zwischen zwei Unbekannten: links hinauf oder rechts hinunter. Susanne nahm einen Geruch wahr, der wohl schon seit ihrem Eintritt in diesen Flügel des Schlosses um sie gewesen war, den sie aber erst jetzt registrierte: rauchig, trocken, herbstlich; wie brennende Blätter.

Der Regen draussen duftete wegen der Kälte ja auch ein wenig nach Zunder, deshalb hatte sie wohl zunächst nicht begriffen, daß das, was sie hier drinnen roch, anders war – kein atmosphärischer Dunst, aber auch kein Kaminfeuerduft, sondern etwas dürr qualmendes, knisternde Hitze – es brannte also, irgendwo im Gebäude.

Auch das noch. Aber wo?

Und wie sollte sie sich hier jetzt orientieren, wohin sich wenden?

Zwei einzelne Schüsse.

Eine hohe Frauenstimme schrie. Es kam von rechts, von unten.

Links eilten Schritte heran – es waren schwere Stiefeltritte, in ungefährem Gleichschritt, wahrscheinlich waren das, was man da hörte, dicke Absätze und Stahlkappen.

Denen durfte sie nicht in die Quere kommen, wußte Susanne, also gab es für sie nur einen Weg: Runter, nach rechts, die Steigung hinab dorthin, wo der Schrei hergekommen war.

Susanne lief, dann rannte sie, und dann griff sie im Laufen in die Brust-Innentasche ihres Mantels (was ist das überhaupt für ein Mantel, wo habe ich den her?), als wäre das genau die richtige Bewegung, als habe ein Instinkt ihr das eingegeben, und bekam etwas Schlankes und Warmes zu fassen – leicht gebogen, glatt, aber vage lebendig, es fühlte sich an der Oberfläche fast an wie Menschenhaut. Sie beschleunigte ihre Schritte – hinter sich hörte sie die Söldner rufen.

Kommandos, Anfeuerungsrufe? Susanne zog den Gegenstand, den sie zu Fassen bekommen hatte, aus der Manteltasche, und war gar nicht so überrascht, daß es sich um einen gebogenen Dolch in einem weinroten Lederetui handelte.

Sie zog das Instrument aus der Hülle und umfaßt den Griff. Das Lederetui ließ sie zu Boden fallen. Hinter sich hörte sie zwischen den festen Tritten jetzt vereinzelt Klicken und Einrasten, wahrscheinlich wurden da Gewehre entsichert oder Clips in Maschinenpistolen geschoben. Unten, vor ihr, dort, wo sie hinlief (inzwischen beinah hinflog: ihre Füße, meinte sie zu spüren, berührten gar nicht mehr richtig den Boden, die Schwerkraft schien sie nicht mehr festhalten zu können), hörte sie ein Poltern und Fauchen, dann wieder die schreiende Stimme von vorhin.

Nasses Haar klatschte ihr ins Gesicht, es war lang und blond.

Eine Strähne berührte ihre Lippen, sie blies sie weg.

Die Hand mit dem Messer hob sie hoch, wie eine Priesterin, die auf ein Schlachtopfer zugeht. Die Steigung nahm zu, Susannes Flugschritt verlangsamte sich und schließlich konnte sie nicht mehr rennen noch laufen, sondern mußte langsam gehen, beinah klettern, Schritt für Schritt. Der Teppichboden hörte auf, fünf Meter glatter Steinfußboden folgte, dann begann eine Treppe aus grob gehauenen Blöcken, die glücklicherweise nicht sehr groß waren – eine flache Treppe war das also, aber doch eine Treppe. Auch der Marschtritt der Bewaffneten hinter ihr verlangsamte sich.

Dafür nahm der Brandgeruch zu.

Susanne begriff, daß sie sich der Stelle näherte, an der das Feuer brannte.

An den Wänden glaubte sie zwischen den Schattenspielen der Pechfackeln bereits erste Widerscheinbilder großer Flammen zu erkennen.

„Holt sie Euch!" hörte sie hinter sich einen der Söldner schreien. Susanne blickte nicht zurück.

Frank war da vorn, das wußte sie jetzt, und sie mußte ihn befreien, sie mußte rechtzeitig dort sein. Sie wollte angreifen – jemanden, etwas? –, wollte mit dem Messer zustoßen und schneiden, es war alles ein einziger Schwindel, sie dachte: Jetzt weiß ich es.

So haben sich die Katzen vorhin auch gefühlt.

Blutdurst, Triumphgefühl, und dann stieg etwas in ihrer Kehle auf, vor dem sie selber Angst bekam, das ihr unheimlicher war als alles, was hier sonst an Seltsamem geschah, weil es aus ihr kam – ein Aufschrei:

„Schluß! Schluß mit die- de- ackh!"

Da fiel der Boden weg, die Flammen schlugen an den Wänden hoch, Susanne stürzte nach vorn. Sie öffnete und schloß die Hand. Das Messer war verschwunden.

Ein heftiger Würgreflex machte ihr zu schaffen, hustend bezwang sie ihn.

Sie horchte einen Augenblick, hörte aber kein Geräusch.

Sie lief nicht mehr, stand nicht, saß nicht – sie lag auf dem Rücken.

Es war finster um sie her, bis auf ein rotes Blinken neben ihrem Gesicht, das sehr regelmäßig und in kurzen Abständen aufleuchtete.

Elektrisches Licht. Elektrischer Puls.

Das Herz hämmerte, ihre Hände krampften sich in – Stoff?

„Bettdecke", flüsterte Susanne, ihr Hals fühlte sich unnatürlich eng an.

Sie hatte geschrien, verstand sie.

„Genau. Geschrien. Und davon bin ich aufgewacht."

Das war es also gewesen – ein Traum.

Und wovon hatte er gehandelt?

Tiere waren dabeigewesen, es hatte gebrannt, und irgendein Keller ... war das ein Zoo gewesen, ein Bunker? Das alles verblaßte bereits, und Susanne war darüber sehr erleichtert. Sie konnte sich nach dem Aufwachen im Allgemeinen sehr selten an ihre Träume erinnern, und Alpträume hatte sie sowieso nur ein, zweimal im Jahr – soweit sie wußte.

Das alles war gut so, und daran zu denken half ihr dabei, den Prozeß des Vergessens zu beschleunigen. Sie wischte sich mit der Hand über die Stirn, als lägen da noch Reste der unwirklichen Traumbilder, die sie verscheuchen mußte.

Dann drehte sie den Kopf langsam zur Seite und sah auf die Uhr.

Es war 5 Uhr 17 Minuten morgens.

Susanne fröstelte. Wie aus Trotz mummelte sie sich nicht wieder in die warme Decke ein, sondern schlug sie zurück und stand mit einer Eile auf, die ihren Kreislauf ins Stocken brachte und sie mit ausgestrecktem Arm am Türrahmen Halt suchen ließ, als sie zwei Schritte nach vorn gestolpert war. Sie wandte sich, als ihr nicht länger schwarz vor Augen war, nach links, ging die paar Schritte zum Fenster und zog den Vorhang zur Seite. Unten auf der Straße fuhren einige wenige Autos, ein Mann stand vor dem Schaufenster der Buchhandlung gegenüber unter einem Regenschirm, zwischen zwei großen Bäumen am Straßenrand.

„Ein Männlein steht im Walde", flüsterte Susanne.

Es nieselte.

Hatte es das nicht auch in dem Traum getan?

Oder hatte es da geregnet, gestürmt?

Susanne fühlte mir der Zunge, die ihr unnatürlich dick und angeschwollen vorkam, in ihrem Mund herum, der von einem klebrigen, muffigen Geschmack erfüllt war.

Sie schüttelte den Kopf.

„Scheißtag. Wird wahrscheinlich ein echter Scheißtag. Oh Mann."

Heute abend würde sie sich, wie vereinbart, mit Frank in der Stadt treffen, um sich seine Geschichte anzuhören und ihm ihren Rat zu erteilen, den er angeblich wünschte – wenn sie denn einen für ihn hatte.

Sie zog ihr T-Shirt zurecht, weil es sonst nichts zu tun gab; es hing zur Hälfte aus der Jogginghose, sie stopfte es wieder rein. Dann ging sie in die Küche.

Unterwegs schaltete sie so viele Lichter in der Wohnung ein wie möglich.

Sie bückte sich vor dem Kühlschrank, um sich eine Cola zu holen.

Das war eine alte schlechte Angewohnheit aus Studientagen, wenn sie früh raus mußte, um eine von Pfitzers Vorlesungen über Sozialisation oder die von Mayhofer über Psycholingustik zu besuchen. Früh hatte damals allerdings geheißen: gegen halb acht.

Da hatte sie ihr „Frühstück" dann immer mit einem Schluck Cola begonnen, um den Geschmack noch vor dem Zähneputzen loszuwerden, der ihr auch jetzt das Herumlecken im eigenen Mund eklig machte. Sie öffnete die Kühlschranktür.

Es sah wahrlich trostlos aus da drin.

Auf einem kleinen Tellerchen lag ein einsamer Hamburger – tja, alleinlebende Frau, dachte Susanne: Hamburger für eine Person. Ansonsten war da nur etwas Käse, Karotten, Wurst, Butter, ein Tetrapak Milch, und innen an der Tür, wo man Flaschen abstellen konnte, standen ein Traubensaft und die gesuchte Cola.

Viel war davon nicht mehr übrig. Sie nahm die fast leere 1L-Plastikflasche und dachte: eine Glasflasche wäre jetzt wenigstens ordentlich kühl in der Hand, aber diese Dinger ... Was da am Boden schwappte und ein wenig hellbraun schäumte, als sie die Flasche schüttelte, konnte man beim besten Willen nicht mehr als einen Schluck bezeichnen. Trotzdem schraubte sie den Plastikverschluß auf, setzte die Flasche gierig an die Lippen, kippte sie und fand, das sie recht gehabt hatte: nicht mal die Lippen wurden ordentlich feucht davon, und der Geschmack, den sie auf der Zunge hatte, als sie die Flasche absetzte, unterschied sich nicht nennenswert von dem, den sie eben schon geschmeckt hatte.

Sie richtete sich auf, stellte die Flasche neben das Waschbecken und schaltete das kleine Radio neben der Eieruhr ein. Mick Jagger traf seinen Einsatz genau, es war, als hätten die Rolling Stones nur darauf gewartet, daß Susanne den Apparat anmachte: „Please allow me to introduce myself ... I'm a man of wealth and taste ..."

Wer spielt denn sowas um halb sechs Uhr früh, runzelte Susanne die Stirn.

„Sympathy for the devil" – damit Sie Ihren Tag gelassen und entspannt beginnen können?

Sie ging ins Bad und putzte sich die Zähne, dann ging sie auf's Klo, danach duschte sie ein bißchen, kalt – am Ende ließ sie etwas von dem Wasser aus dem Duschkopf in ihren nach Zahnpasta schmeckenden Mund laufen.

Sie ging ins Schlafzimmer und zog sich an.

Inzwischen war es zwanzig vor Sechs.

Der Coladurst war nicht gestillt worden.

Susanne wußte, was sie tun mußte: um die Ecke gab es eine Tankstelle, die war die ganze Nacht geöffnet. Dort würde sie sich eine Büchse Cola kaufen.

Immerhin gab's sowas hier, in ihrer neuen Wohngegend.

Als sie noch bei Frank gewohnt hatte, hätte sie nicht gewußt, wo sie morgens um diese Zeit hätte hingehen können, wenn sie die Lust nach Cola überkam.

Ein „besseres Viertel" war das gewesen, na ja: mehr Platz zwischen den Häusern, breitere Straßen, höhere Kindergarten- und Spielplatz-, aber geringere Ladendichte.

Ob das wirklich unbedingt „besser" war, stand dahin.

Nee: gut, daß ich da weg bin. Andererseits: bei Frank war fast immer fast alles dagewesen, was man brauchte. In beinah jedem Sinne.

Toll. Das auch noch, schalt sie sich: Melancholie. Naja, sie würde den Kerl ja heute abend sehen, und wenn das Treffen so trostlos verlaufen würde, wie trotz aller angeblichen beruflichen Anlässe zu befürchten stand, würde sie für's erste wieder genug von ihm haben, und alles wäre wieder so, wie es sich gehörte.

Im Radio sang nun Madonna, sie wäre verrückt nach irgend jemandem.

„Komm' einfach bei mir in der Praxis vorbei, das kriegen wir schon hin", seufzte Susanne, griff sich ihre Jeansjacke und ihr Schlüsselbund und verließ die Wohnung.

Auf der Straße, von Neonreklamen, Hängelampen über den S-Bahn-Gleisen und orange blinkenden Ampeln umgeben, verspürte Susanne ein unerklärliches Hochgefühl.

War's die Kälte auf Gesicht und Armen, der leichte Regenschauer, oder warum sonst hatte sie plötzlich dieses Empfinden von Freiheit, von Überall-Hingehen-Können?

Es fühlte sich gut an, ganz anders als die Trübheit vorhin in der abgestandenen Luft ihrer Wohnung. Sie hätte die Fenster kippen sollen, im Rausgehen, überlegte sie, und lenkte ihre Schritte fast beschwingt Richtung Tankstelle.

Vielleicht war es ja auch die relative Menschenleere um diese Uhrzeit, was ihr so gut gefiel, überlegte Susanne: alle Anzeichen der Zivilisation und des Stadtlebens, aber weniger Leute – ein Kindertraum: über Nacht in der Spielwarenabteilung eingeschlossen werden.

Bei den Zapfsäulen unterm großen Betonvordach stand nur ein einziger Wagen, ein großer blauer VW-Kombi, und innen im Mini-Supermarkt kaufte ein Teenagerpärchen an der Backtheke eine Riesentüte Croissants und Brötchen (haben wohl die Nacht durchgevögelt und brauchen jetzt dringend ganz viel zu essen, dachte Susanne).

An der Kasse saß ein beleibter Mann von schätzungsweise Anfang vierzig mit aschgrauem Gesicht, von strategischen Raketenabschußrampen voller Schokoriegel eingerahmt, und las mit gefurchter Stirn konzentriert in der „BILD“.

Susanne schritt entschlossen quer durch den Laden, griff sich aus dem Kühlregal eine schlanke 0,5-Liter-Büchse Cola, ging zur Kasse, legte noch eine Bi-Fi und einen Marsriegel dazu und bezahlte vor den Teenagern, die neben ihr eine Diskussion darüber angefangen hatten, ob man noch ein Ei kaufen sollte, oder zwei, oder lieber auch eine Bi-Fi, „wie die Frau da“. So jung wäre ich auch gern nochmnal, dachte Susanne, nicht bitter, eher belustigt: denen ist es wirklich egal, ob jemand das unhöflich findet, wie sie hier über Anwesende reden, als wären die gar nicht da.

Vielleicht haben sie auch einfach nur zuviel gekifft.

Susanne verließ den Kleinsupermarkt und blieb einen Moment bei einer der Zapfsäulen stehen, um den Riegel zu essen und das Papier in den Mülleimer direkt neben der Säule zu werfen. Salami und Cola wollte sie sich für daheim aufheben.

Sie schrak zusammen, als sie von rechts hinten angesprochen wurde: „Entschuldigen Sie bitte – sind Sie Susanne Gebhardt?"

Sie wandte sich um, verteidigungsbereit, wie sie glaubte, in Wirklichkeit aber nicht annähernd schnell genug, als daß sie einem echten Angreifer hätte parieren können.

Ihre Reflexe waren immer noch gedämpft von dem Rest Schlaf, der ihr in den Knochen steckte und jetzt, nachdem sie sich zwanzig Minuten an der frischen Luft aufgehalten hatte, zunehmend sein Recht verlangte.

Der Mann, der im grellen weißen Licht vor ihr stand, sah sehr merkwürdig, aber nicht im Geringsten bedrohlich aus. Er war etwa Anfang 30, schlank und großgewachsen, seine Haare (regennaß oder mit Gel gefestigt) waren stachlig und fast weiß, seine Wangenknochen ausgeprägt, seine Augen leuchtend blau.

Er trug einen beigen Trenchcoat und helle Jeans, unter deren Rändern schwarze Stiefelspitzen hervortraten.

Mit sanfter, ruhiger Stimme sagte der Mann: „Ich möchte Ihnen etwas zeigen."

„Warum?"

Der Mann im Trenchcoat lächelte: „Sehr gut. Sehen Sie, das ist der Grund, warum ich mit Ihnen Kontakt aufnehmen wollte – Sie haben nicht gefragt: ‚Was?', sondern: ‚Warum?'. Sie sind skeptisch. Das ist eine Tugend, die leider ziemlich selten geworden ist."

Was soll das sein, fragte sich Susanne nach dem Verfliegen des ersten Schreckens – ein Anmachversuch? Würde er sie als nächstes fragen, ob sie öfter hierher kam? Ihre Gedanken rasten: er hat mich mit meinem Namen angeredet, das heißt, ich werde verfolgt, das heißt auch, daß jemand offenbar unten auf der Straße wartet, die halbe Nacht, falls ich plötzlich zur Tankstelle gehe – mach' ich das denn so oft?

Andererseits: wenn er mich ursprünglich vielleicht auf dem Weg zur Arbeit abpassen wollte, wird er einfach froh sein, daß ich schon ein paar Stunden früher raus bin.

Zumal hier kaum Leute sind, die uns zusammen sehen könnten ... aber was soll der ganze Quatsch bedeuten? Sie sammelte sich und sagte scharf:

„Also. Was wollen Sie, wer sind Sie?"

Der Mann zog den Gürtel seines Trenchcoats auf und schlug den linken Mantelflügel zur Seite; einen verrückten Augenblick lang dachte Susanne, einem plötzlichen Lachanfall nah: was ist, wenn er einfach nur ein Exhibitionist ist, und das, was er mir zeigen will, ist bloß sein Schwanz?

Aber der Trenchcoatmann holte ein Dokument aus seiner Mantelinnentasche.

Dolch, dachte Susanne blitzartig: wie komme ich jetzt auf Dolch?, dann war der Gedanke schon wieder verflogen. Die Papiere, die der Mann ihr hinhielt, hatten DIN A 4-Format und befanden sich in einer Klarsichthülle. Zögernd nahm Susanne sie entgegen. Es schien sich um eine umfangreiche wissenschaftliche Arbeit zu handeln.

Sie las den Titel: „The Importance of Quantum Decoherence in Brain Processes"

Als Verfasser zeichnete ein Max Tegmark vom Institute for Advanced Study in Princeton. Hatte da nicht Einstein ...?

„Lesen Sie das. Es wird Ihnen gefallen."

„Wieso?" schnappte Susanne und wußte selbst nicht, ob sich diese Frage auf seinen Vorschlag bezog, das Zeug zu lesen, oder auf sein Versprechen, es würde ihr gefallen.

Der Mann zuckte mit den Schultern, sein Gesichtsausdruck war arglos und freundlich, als er erwiderte: „Weil es die angeblichen Argumente der MTS-Freaks aus den Schuhen bläst. Vollständig. Die ganze Microtubuli-im-Hirn-als-Quantencomputer-Geschichte ist nicht zu halten, wenn das stimmt, was da steht. Tegmark berechnet hier die Dekohärenzraten von Neuronen. Das heißt, er rechnet aus, wie schnell die angeblichen Quantenzustände, von denen Penrose und seine Leute reden, wieder zerfallen müssen, und kommt zu dem Schluß, daß die Zeitskalen dieser Prozesse nicht ausreichen für die Vorgänge, die sich angeblich im Hirn abspielen, wenn MTS konsumiert wird. Es ist alles Schwindel. Das Hirn funktioniert nach wie vor ‚klassisch', es gibt keinen Grund, keine Rechtfertigung für die ganzen quantenmystischen Zusatzannahmen. Das alles wußte man schon Jahre vor dem Aufkommen der Droge. Aber niemand liest quantenphysikalische Fachartikel – jedenfalls niemand in Drogenuser-Kreisen. Auch dann nicht, wenn es sich dabei zugleich um Medizinerkreise handelt."

Susanne war zu verblüfft, um darauf gleich etwas zu erwidern.

Ihr Blick saugte sich wie hypnotisert an dem Datum fest, das links und vertikal auf der Titelseite der Arbeit stand, die der geheimnisvolle Mann ihr in die Hand gedrückt hatte: 10. November 1999. So alt.

Wenn das stimmte ... aber zunächst, d.h. bevor sie sich an diesem ultimativen Totschlagargument gegen Franks MTS-Wahn (und den zahlloser anderer) erfreuen, ja es auch nur studieren konnte, war etwas ganz anderes zu klären: „Woher wissen Sie so viel über mich? Wer ich bin, wofür ich mich interessiere? Und nochmal: Wer sind Sie eigentlich?"

„Ich heiße Claus", sagte der Mann schlicht.

„Klaus", wiederholte Susanne mit zweifelndem Unterton, als hätte sie eher etwas wie „Batman" oder „007" erwartet.

„Claus, mit ‚C' am Anfang", erwiderte der Fremde, und setzte hinzu: „Es ist alles nicht halb so geheimnisvoll, wie es aussieht. Die Leute, für die ich arbeite, sind keine Mystagogen oder Verschwörer, sondern nur ein paar Menschen, die ein Interesse daran haben, daß die Welt nicht völlig durchdreht. Was da an Schwachsinn in die Welt gesetzt wird, um ein paar Pharma- und Hi-Tech-Konzernen bessere Profitmöglichkeiten zu verschaffen, muß schleunigst aufgelöst werden. Wir kämpfen gegen den um sich greifenden Irrationalismus, genau wie Sie. Ja, und daher kennen wir Sie auch: ihre e-mail-Beiträge zu den Foren über MTS ... Sie sind nicht die einzige, die sich an den Diskussionen über Schwester Mitternacht von der Warte der guten, alten, abendländischen Vernunft aus zu beteiligen versucht hat und daran gescheitert ist. Wir wissen, wer Sie sind, Doktor Gebhardt, und wir würden Sie gerne zu uns rüberziehen. Denn auch die Gegenseite hat ein Auge auf Sie geworfen. Jemand, der gar nicht weiß, daß er das Geschäft dieser Leute erledigt, wird versuchen, Sie zu rekrutieren. Da sollten Sie mitspielen. Denn das wäre unsere erste und vielleicht auf unabsehbare Zeit einzige Chance, eine Doppelagentin bei Sagai einzuschleusen."

„Sa ... wovon reden Sie? Welche Gegenseite?"

Susanne rang um Fassung, die Informations (oder Desinformations-) Mengen, die dieser Kerl ihr zumutete, waren wirklich beachtlich. „Ich spreche von der Firma, die MTS lanciert hat. Derselben Firma, die Frank Urban als ihren ahnungslosen Pressesprecher aufzubauen versucht. Sein kritischer Verstand ist ja schon ziemlich angegriffen."

„Das können Sie laut sagen", schnaubte Susanne.

Es war das erste mal, daß sie dem Fremden Terrain preisgab. Später würde sie sich fragen, warum sie das getan hatte, und keine Antwort wissen außer, daß er sympathisch aussah, sich auf die Vernunft berufen hatte und ihr scheinbar anbot, sie dabei zu unterstützen, Frank von dem idiotischen Weg abzubringen, den er mit der Einnahme seiner ersten MTS-Pille eingeschlagen hatte.

Der Mann, der sich Claus nannte, nickte und sagte: „Ich weiß. Es ist schwer. Ich habe selber Freunde an diesen Blödsinn verloren."

Susanne schüttelte den Kopf: „Aber dieses Treffen hier ... warum so heimlichtuerisch, warum ..."

„Ich sagte schon: die Gegenseite ist gefährlich. Wir haben zwar alle möglichen Vorkehrungen getroffen, um unentdeckt zu bleiben. Aber wir können nicht sicher sein, ob nicht längst jeder überwacht wird, der mit der Evangelis-Sache zu tun hat. Also auch Leute wie Sie, die bis jetzt nur mittelbar darin verwickelt sind. Worum es eigentlich geht, werde ich Ihnen zu einem späteren Zeitpunkt hoffentlich genauer erzählen können – aber im Wesentlichen versucht eine Firma namens Sagai, den Mann, den Ihr Freund in der Psychiatrischen Klinik interviewt, als Ressource für ein Programm zu nutzen, das weit über alles hinausgeht, was die pharmakologische Ausbeutung von Krankheiten oder Abhängigkeiten bis jetzt erreichen konnte. Wir leben im einundzwanzigsten Jahrhundert, Frau Gebhardt."

Er sah sie eindringlich an, während er sprach, und sie fragte sich zerstreut, was für ein Akzent das war, mit dem er da redete: Schwedisch? Holländisch? Der Mann fuhr fort: „Derzeit werden Medikamente entwickelt, die exakt auf das genetische Profil von ganzen Bevölkerungsgruppen, aber auch einzelnen Menschen zugeschnitten sind. SNP-Technologien – single nucleotide polymorphisms- und andere Scanning- und Manipulationsverfahren werden entwickelt, die die Erschaffung perfekt auf die Verbraucher zugeschnittener Drogen gewährleisten sollen. Man verspricht den Leuten alles Mögliche, und der Erfolg, den man in Sachen AIDS erzielen konnte, ist ein gewichtiges Argument für die Wahrscheinlichkeit, daß diese Versprechen eingelöst werden können. Aber letzten Endes geht es denen, die die Versprechen machen, nicht um Tumorbekämpfung, noch um Alzheimermedikamente oder irgend etwas anderes Großartiges, sondern ... das Potential zur Suchterzeugung ist bei diesen neuen Supermedikamenten ungleich größer als bei allem, was es in dieser Hinsicht je zuvor gegeben hat. Das Ziel ist ein ultimatives, den Euphorie- oder Depressionsspiegel von Individuen und Gruppen zielsicher steuerndes Psychopharmakon, dessen Wirksamkeit über die basalsten Funktionen des Organismus gesteuert werden kann: Appetit, Stoffwechsel, Schlaf-Wach-Zyklen ..."

„Sexualität", sagte Susanne tonlos.

Sie hatte verstanden, wovon er redete. Sie begriff, endlich, was MTS war.

„Genau", nickte der Fremde.

Nach einer kurzen Pause fuhr er fort: „MTS ist nur der Prototyp. Wenn das Zeug Erfolg hat, steht mehr davon ins Haus. Und die Technik, die dabei angewandt wird, ist nicht nur genetisch-molekularbiologisch ..."

„Sondern?"

„Sondern es kommen auch Sachen zum Zuge, die in Ihr eigenes Arbeitsgebiet fallen: Memetik. Deshalb, und weil Frank Urban

Sie an Informationen teilhaben läßt, die für uns von größter Wichtigkeit sind, wenn wir Sagai stoppen wollen, möchten wir Sie dabeihaben."

Susanne nickte langsam und sagte: „Ich lese mir das durch. Wie wollen wir in Kontakt ..."

„Ich melde mich. Telefonisch, oder auch persönlich – es kann sein, daß jemand, der zu meiner Gruppe gehört, plötzlich neben Ihnen in der S-Bahn steht, vielleicht per mail ... immer so, wie es mir und meinen Leuten am Sichersten erscheint. Und Sie spielen nach außen hin einfach mit – lassen sich von Frank Urban einführen, geben die Neugierige, entscheiden von Fall zu Fall, was Sie für richtig halten. Wenn wir Sie dann kontaktieren, geben Sie uns einfach die Informationen weiter, die Sie gesammelt haben."

„Sie verlangen eine Menge Vertrauen", seufzte Susanne.

„Das haben diese Spielchen leider so an sich. Aber im Gegensatz zu denen, gegen die wir vorgehen wollen, belegen wir, was wir behaupten", – er streckte die rechte Hand aus und klopfte mit dem Zeigefinger gegen das Dokument in Susannes Händen.

Sie sah ihn nachdenklich an.

Was sollte sie tun, wie sollte sie sich entscheiden?

Es war zu spät, begriff sie plötzlich.

Sie war längst mittendrin und hatte nur noch die Wahl, auf welcher Seite sie stehen wollte.

Andererseits: dieser Mann schien darauf zu vetrauen, daß sie sich ihre eigene Meinung bilden würde. Das war eine ganz andere Art von Selbstvertrauen als der manische, ungesunde Enthusiasmus der MTS-User.

„Machen wir's, wie Sie gesagt haben. Bleiben wir in Kontakt."

Claus nickte. „Gut. Viel Glück."

„Danke", sagte Susanne, als der Fremde sich zum Gehen wandte, und setzte dann spontan hinzu: „Gleichfalls."

12 Ferien

Karin gähnte, streckte sich, roch an den frischen Laken.

Dann rümpfte sie die Nase, weil etwas sie kitzelte, und deshalb schnupperte sie ein wenig und fand schnell heraus, was es war: Düfte von draußen.

Es war unmöglich, sich an diesem Ort anders zu fühlen als „in den Ferien".

Die Bäume vor dem Fenster, ausgemergelte, südländische Dinger aus dürrem Holz, waren voller Leben: Vögel saßen in den Kronen und zwitscherten, Vögel, deren Gefieder bunter war als die Bikinimoden, die man ein paar dutzend Meter weiter, am Strand, bewundern konnte.

Der Geruch tropischer Pflanzen wehte herein, es duftete nach Obst und großen schweren Blüten. Das Meer rauschte, sein rhythmisches Wellenschlagen hatte Karin gestern, wie seit Tagen, in den Schlaf begleitet.

Sie war nicht von einem Geräusch, sondern von Wärme geweckt worden: Sonnenstrahlen auf der Nase, auf den Wangen und der Stirn; Strahlen, die golden und grell durchs geöffnete Fenster gefallen waren.

Das war schon was ganz anderes als das leidige Weckerpiepsen, das sie während der Zeit am Lewis Thomas Lab aus dem Schlaf gescheucht hatte. Karin blieb liegen, streckte sich noch einmal, wackelte mit den Zehen und grinste.

Schade, dachte sie, daß Claus, der verrückte Holländer und

Freizeit-Drogendealer, nicht hier ist. Dieses Sagai-Foschungszentrum in Clearwater/Florida wäre sicher ganz nach seinem Geschmack: makelloser, knochenweißer Strand, azurblauer Himmel, Möwen und lauter ausgeschlafene, braungebrannte Blondinen, zu denen ich inzwischen auch selber gehöre.

Karin drehte sich auf den Bauch und vergrub das Gesicht im flauschigen Kissen, dann spielte sie ein bißchen mit den Fingern auf dem Matratzenbezug Klavier und freute sich ganz allgemein des Lebens. Sie hatte es nicht eilig, sich zu duschen und anzuziehen – wenn die letzten fünf Tage, die sie an diesem Ort verbracht hatte, typisch waren für die Art, wie an diesem Ort gearbeitet wurde, dann hatte der Begriff „Eile" hier überhaupt keine Bedeutung.

Die Arbeit, derentwegen Karin hierher geholt worden war, schien nicht nur warten zu können, sondern man hatte ihr, obwohl sie mehrmals nachgefragt hatte, bislang noch nicht einmal verraten, was genau für eine Arbeit das überhaupt war.

Ihre sehr zuvorkommenden Gastgeber hatten ihr lediglich ein paar Labors in den übers gut gesicherte Gelände verstreuten kleinen weißen Flachdachbauten gezeigt, die ihre Wirkung auf die junge Molekularbiologin nicht verfehlt hatten, waren sie doch mit schlechthin allem ausgerüstet, was man heutzutage für fachgerechte Genomanalysen benötigte.

Die raffiniertesten Methoden, so aufwendig sie sein mochten, so fern vom Gedanken an Anwendung und nah an der Grundlagenforschung sie ursprünglich entstanden waren, von der PCR-SSCP und Heteroduplex-Analyse über Denaturierende Gradienten-Gel-Elektrophorese und T4-Endonuklease-VII-Tests bis zu den Verfahren der selektiven Amplifikation spezifischer Allele und den neuesten Methoden der direkten DNA-Sequenzierung für gründliches Scanning, waren vertreten und wurden von einem hochqualifizierten Stab sehr gewissenhaft ausgeübt. Die Arbeitsmoral war entsprechend diesen luxuriösen Arbeitsbedingungen höher als an jedem anderen Ort der Forschung, den Karin kennengelernt hatte – alle hier, wer sie auch sein mochten, woher sie auch kamen, die Asiaten wie die Amerikaner, die Europäer wie die Afrikaner, schienen sich wohlzufühlen.

Selbst das subalterne Personal auf dem kleinen, zum Gelände gehörenden Flugplatz, auf dem Karin zusammen mit Dr. Yokomitsu und Mister Osugi in einer kleinen Propellermaschine eingetroffen war, entsprach ganz dem Bild der fröhlichen Arbeitsbiene.

Diese Leute waren wahrscheinlich Lateinamerikaner, Puertoricaner, Exilkubaner, vermutete Karin. Von Herablassung seitens der Wissenschaftler oder Unterwürfigkeit seitens des „Bodenpersonals“ hatte sie keine Spur entdecken können.

Der anfänglich aus all diesen Annehmlichkeiten resultierende Eindruck, sie befände sich vielleicht am Ort einer geschickten Inszenierung, auf einer Art „Insel des Dr. Moreau“; das Gefühl von irgendwie an der Oberfläche ein bißchen zu paradiesischer Atmosphäre, entsprach Karins mißtrauischem Wesen (am ersten Tag suchte sie sogar ihr Zimmer samt Bad und Duschkabine nach Kameras und Wanzen ab), verflüchtigte sich aber spätestens am zweiten Tag, als Dr. Yokomitsu ihr auf Nachfrage nach seinem Karin ein wenig unangenehmen Kompagnon die Auskunft erteilte, der Geschäftsmann sei „in Firmensachen nach Japan geflogen“.

Karin war alles andere als unglücklich über Osugis Abreise. Sie mochte ihn nicht, sie hatte ihm von Anfang an mißtraut. Von allen Leuten, mit denen sie nach ihrer „Verschleppung“ vom Lewis Thomas Lab in Kontakt kam, entsprach der gedrungene, verschlagen aussehende Mann am ehesten dem Bild des aggressiven kapitalistischen Haifischs, den das übliche Vorurteil mit expandierenden Aufsteigerfirmen wie Sagai assoziierte.

Doktor Yokomitsu dagegen erwies sich in Abwesenheit seiner Bulldogge bald als sehr umgänglicher Mann, der Karin, als sie ihm gestand, sich in all der Pracht wegen Müßiggang langsam ein wenig nutzlos vorzukommen, milde lächelnd mitteilte: „Machen Sie sich darüber keine Gedanken. Wir warten noch auf einen wichtigen Mann, der aus Europa kommt und die Samples mitbringt, die Sie untersuchen sollen. Unser lieber Doktor Soprovnik hatte ein paar Schwierigkeiten und mußte eine sehr umständliche Reiseroute auf sich nehmen, um nicht den für unsere Zwecke sehr hinderlichen Verdacht diverser Zollbehörden zu erregen. Er reist mit sensiblem Gepäck, von dem wir nicht wollen, daß es in die falschen Hände gerät."

„Samples. Ok. Aber was hat das mit MTS zu tun? Sie sagten doch, als Sie mich rekrutiert haben ... naja, was ist mit der Sache, wegen der ich hier bin, und wegen der ich später nach Deutschland soll, wenn ich mich richtig erinnere?"

„Alles der Reihe nach, Frau Lay. Wir werden noch genug Zeit für diese Dinge haben. Es wird einige Briefings geben. Ihre Vorbereitung wird sehr gründlich sein."

Nach dieser beruhigenden Versicherung hatte er, quasi in rhetorischem Leerlauf, noch eine Weile länger beruhigend auf Karin eingeredet, die irgendwann nicht mehr zugehört hatte, sondern lieber die faszinierenden Sonnenreflexe am Rand von Dr. Yokomitsus Brille bewunderte. Seinen letzten Satz aber bekam sie dennoch mit: „Genießen Sie also einfach Ihren Aufenthalt."

Den Gefallen tat sie ihm natürlich gern.

Am nördlichsten Ausläufer der Clearwater Beach-Halbinsel gelegen, direkt unterhalb des Caladesi Island-Naturschutzparks, wirkte das Sagai-Gelände schon äußerlich eher wie ein nebenbei wissenschaftlich genutzter Golfparcours inklusive Badestrand als wie ein Kloster für Forschungs-Eunuchen. Das Erstaunlichste an der Atmosphäre auf dem Gelände aber war in Karins Augen die offenbar völlig freie Verfügbarkeit von Drogen.

Ecstasy, Marihuana, LSD und vor allem MTS wurden offenbar mit voller offizieller Billigung von jedermann an den Abenden und sogar in den Arbeitspausen benutzt, die „Dealer“ waren Hausangestellte – etwa der Pförtner im kleinen Empfangshäuschen an der Zufahrt von der Straße her oder eine bzw. einer der Frauen und Männer, die sich um den Rasen kümmerten. Die Preise waren lächerlich niedrig.

Karin wunderte sich zunächst sehr darüber – wenn die Andeutungen der beiden Japaner in Mortensens Büro bezüglich Karins Drogenerfahrungen wirklich Drohungen hatten sein sollen, dann war unbegreiflich, warum in dem Forschungszentrum, an das sie von den beiden gebracht worden war, MTS- und andere Junkies offenbar nicht nur geduldet, sondern regelrecht zu ihrem Treiben ermutigt wurden.

Hatte sie den Subtext der Verhandlungen im Büro ihres Chefs also völlig mißverstanden? Das blieb einstweilen eine weitere unbeantwortete Frage unter all den vielen, die der ganze Vorgang aufwarf. Nach einer Weile befand Karin allerdings zu ihrer eigenen Verblüffung, daß ihr das gar nicht so viel ausmachte, wie es vielleicht sollte.

Es war einfach schön hier; das war für's erste alles, was sich mit Sicherheit sagen ließ.

Man fühlte sich akzeptiert, die zahlreichen MTS-User vor Ort bildeten eine Art Hippie-Gemeinschaft der Eingeweihten, alles, was zwischen ihnen geschah, war getränkt von der daraus resultierenden Empathie und der unaufdringlich-impliziten Intimität.

Die duftige, lebendige und nicht zuletzt milde sexualisierte Stimmung, dieser Alltag der leichten Kleidung, der kühlen Longdrinks auf den Veranden der Wohnhäuser und der nächtlichen Barbecues, taten ein Übriges dazu, daß Karin sich allmählich fühlte, als hätte sie im Jungbrunnen geplanscht.

Sie hatte sich zwar noch mit niemandem „eingelassen", zweifelte aber nicht daran, daß sich das, wenn ihr Aufenthalt noch viel länger währen würde, irgendwann ändern mußte. Pärchen, die überall auf dem Gelände zusammen Zeit verbrachten, Spazieren gingen, Tennis spielten, Picknicks veranstalteten oder unter Palmen knutschten, darunter eine gar nicht so kleine Anzahl schwuler und lesbischer Affären, waren für Karin inzwischen ein vertrauter Anblick.

Ein Jet-Set-Fummel-Kurort für Biotechnologie-Cracks, resümierte Karin träge und lauschte, ob nicht doch irgendein Geräusch verriet, daß hier gearbeitet wurde. Es war nichts zu hören als ein surrender Staubsauger, irgendwo auf dem Korridor, und eine brummende Bohnermaschine im Stockwerk unter ihrem Schlafzimmer.

Hotelgeräusche. „Urlaub. Weißgott, bezahlter Urlaub", nuschelte Karin glücklich in ihr Kissen. Paradoxerweise war es gerade dieser müßige Gedanke, der sie nun dazu bewog, aufzustehen, ins Badezimmer zu gehen, sich die Zähne zu putzen, zu duschen und sich anzuziehen; lauter Abläufe, die sie aus Zeiten angespanntester Berufstätigkeit gewohnt war, die hier und jetzt aber etwas Geschmeidiges, Fließendes angenommen hatten, fast ein bißchen so, als wären es kleine Meditationsverrichtungen.

Es klopfte an die dünne Tür aus weißgetünchtem Holz.

„Yes, please?"

„Ich bin's. Guten Morgen, Frau Lay", – es war die Stimme von Dr. Yokomitsu.

Sofort stellte sich bei Karin der Gedanke ein: jetzt wird es also endlich ernst.

Bis heute hatte sich der Mann nämlich nie vor dem Mitagessen gezeigt; jetzt aber war's gerade mal 9 Uhr morgens Ortszeit. Karin, die soweit züchtig genug angezogen war – T-Shirt und Jeans, in die Sandalen war sie noch nicht geschlüpft – war in zwei Schritten bei der Tür und öffnete sie: „Guten Morgen, Doktor Yokomitsu."

„Ich wollte Sie nicht aufstören. Sie sollen nur wissen, daß nachher Ihr ... wie sagt man? Ihr Tutor eintreffen wird."

„Ach, dieser Doktor Popowitsch oder wie er heißt?"

Karin nahm die Haarbürste von der Kommode und kämmte mit vage aufreizender Langsamkeit ihr langes blondes Haar durch.

Yokomitsus Stimme nahm einen für seine Verhältnisse ungewohnt tadelnden Unterton an, als er erwiderte: „Doktor Mirko Soprovnik ist ein sehr wichtiger Mann. Jedenfalls für uns, und daher sollte er das auch für Sie sein."

Karin lachte – nicht spöttisch, nur einverständig: „Schon gut. Kein Problem, wir werden schon klarkommen, der Doktor und ich. Wann soll er denn da sein?"

„Seine Maschine landet nach dem Frühstück. Ich habe für heute mittag 14 Uhr eine kleine Besprechung angesetzt, ganz informell, Sie sollen einander erst einmal kennenlernen."

„Gern. Sie wissen ja, ich war schon 'n bißchen unruhig, wann's denn endlich losgeht." Darauf hatte Yokomitsu nichts zu erwidern. Er stand nur da, im Türrahmen, im strahlendsten Sonnenschein, abwartend und leicht gebeugt.

Fast wirkte er auf Karin ein wenig traurig, als dächte er, daß das so lustig nun auch wieder nicht war, was jetzt „endlich losging."

Das Frühstück im kleinen „Gemeinschaftsraum“ des Wohnhauses, das eins von fünf auf dem Kern-Gelände war und derzeit von acht Leuten bewohnt wurde, nahm anderthalb Stunden Zeit in Anspruch.

Nicht nur der reich gedeckte Tisch mit Toast- und anderem Brot, einem halben Dutzend Karaffen mit verschiedenen Säften, Honig, Konfitüren, Milch, Frühstücksflocken, Früchten, Schinken, Eiern, Würstchen und allem, was sonst noch schmeckte, zog den Vorgang derart in die Länge, sondern auch die interessante Gesellschaft: ein Virologe aus Südafrika, eine Genetikerin aus Kanada und zwei japanische Computer-Programmierer saßen schon am Tisch, als Karin an der langen Tafel eintraf, später kamen noch ein amerikanischer Arzt (wohl Gynäkologe) und ein schwedischer Neurobiologe dazu. Der Südafrikaner, ein schlanker, auf aristokratische Weise gutaussehender Schwarzer, war unter den Anwesenden derjenige, der die längste Zeit in Clearwater verbracht hatte. Karin hatte ihn bislang nur selten gesehen.

Oft stand er offenbar früher auf als sie und verschwand dann bald in einem der kleinen Flachdachbunker, um erst abends, bei den Grillfesten, wieder aufzutauchen.

Jetzt unterhielt er die anderen mit charmanten, in flüssigem Oxford-Englisch vorgetragenen Reiseführer-Lobreden auf die schöne Gegend, das Klima und die alten moosigen Eichen sowie mit Erzählungen darüber, daß und warum die nahegelegene Stadt von ihren Einwohnern den Beinamen „sparkling“ erhalten habe.

Auf Karins Frage, was er denn sonst noch so treibe, abgesehen von „beachcombing, sunbathing and swimming“, antwortete er lachend: „Oh, it's not all fun and games. HERVs keep me occupied most of the day.“

Das war also sein Arbeitsgebiet: Humanendogene Retroviren.

Karin wußte einigermaßen Bescheid über diese Sachen, wenn auch sicher nicht so genau wie der Fachmann: es handelte sich bei HERVs um Spuren von evolutionsgeschichtlich einigermaßen weit zurückliegenden viralen Infektionen im genetischen Material aller lebenden Menschen. Der Südafrikaner untersuchte offenbar deren laterale und horizontale Übertragung zwischen Zellen. Während er davon erzählte, was er im Sagai-Auftrag bislang geleistet hatte, fand Karin ihn nicht nur ausgesprochen attraktiv, sondern fragte sich auch wieder einmal, wozu eigentlich die ganze Bandbreite der „Grundlagenforschung", die in diesem Laden betrieben wurde, im Endeffekt gut sein sollte.

Bloße Wissensanhäufung in vage philanthropischem Interesse war ja gewiß nicht Sinn und Zweck der Unternehmung. Während sie noch mit diesen Gedanken beschäftigt war, sah sie plötzlich auf einem der Hügel eines der kleinen Golfautos entlangbrummen, derer sich die Angestellten vor Ort für die etwas weiteren Strecken gelegentlich bedienten.

Der Wagen war voll bepackt mit Koffern und Taschen. Am Steuer saß ein kleiner, dicker, rotgesichtiger Mann, „Kaukasier", wie man in Amerika sagte, i.e. ein europäischer Weißer, und lenkte das kleine Fahrzeug mit heftigen, viel Ellenbogenfreiheit beanspruchenden Bewegungen.

„Oh god, he's back", bemerkte der Südafrikaner, der Karins Blick gefolgt war.

„Who is he, then?" erkundigte sie sich.

Es war die kanadische Genetikerin, die ihr Antwort gab: „That's our dear Mister Soprovnik."

„DOCTOR Soprovnik", korrigierte einer der Japaner. Es klang nicht besonders ehrerbietig, eher so, als schwinge ein wenig leiser Spott mit.

„Yeah, Doc Soprovnik, or Professor Andras, or Doctor Martic, or Doctor Frankenstein, or Doc Fucknik, or whatever he's calling himself these days", sagte der Südafrikaner abfällig, und Karin merkte auf – so viele Namen für so einen kompakten Menschen?

Da steckte offenbar mehr dahinter, als man auf den ersten Blick erkennen konnte. Mein Tutor, fiel ihr ein, und plötzlich schmeckte das Stück Orange im Mund nicht mehr ganz so frisch.

Das Treffen mit „Doc Fucknik", an dem außer ihm selbst und Karin nur ein sehr zurückhaltender Dr. Yokomitsu teilnahm, fand auf der Veranda des schönsten der alten Wohnhäuser aus dem 19. Jahrhundert statt, das bislang von Yokomitsu allein bewohnt worden war; jetzt war auch der Neuankömmling hier eingezogen.

Die Unterhaltung begann mit einem Satz, der Karin nach allem, was sie bislang erlebt hatte, nicht mehr besonders wunderte: „Wir können uns auf Deutsch unterhalten", sagte der kleine, rundliche Mann, der aus der Nähe betrachtet eigentlich ganz sympathisch wirkte.

Denn zwar wuchsen ihm buschige Haare aus den Ohren und den Nasenlöchern, neigte er vermutlich zu Bluthochdruck und schwitzte trotz der weißen Sachen (Anzug, Hemd, Weste, sogar die Schuhe waren sahneweiß) ganz erbärmlich, tupfte sich auch mehrmals während der Unterhaltung Stirn und Wangen mit einem himmelblauen Seidentaschentuch ab, aber der Eindruck des Gnomischen, vage Bedrohlichen, der von ihm ausgegangen war, als er bei seiner Ankunft wie ein Berserker am Lenkrad des Golfautos herumgewuchtet hatte, verflüchtigte sich aufgrund der Bereitwilligkeit, mit der er ihren Fragen Rede und Antwort stand, sehr schnell.

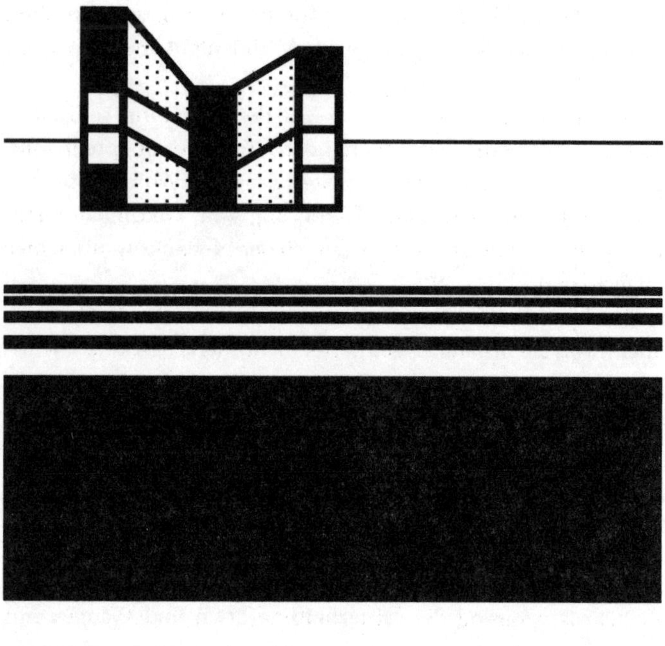

- Abb. 4 -

- Abb. 5 -

„Wie soll ich ... verzeihen Sie, aber wie soll ich Sie eigentlich anreden? Ich habe gehört", Karin versuchte, das möglichst beiläufig klingen zu lassen, „daß man sie hier unter zahlreichen verschiedenen Namen kennt."

Yokomitsu warf ihr einen undurchsichtigen Blick zu. Warnung? Mitleid?

Der Angesprochene lachte nur, nahm einen genießerischen Schluck Eistee, wischte sich die Mundwinkel aus und sagte: „Viele Namen, viele Rollen, viele Verkleidungen, viele Akzente, viele Masken ... in meinem Beruf ein Muß."

„Und was ist das für ein Beruf?"

„Ich bin Pfadfinder, könnte man sagen. Oder Lotse, auf einem unruhigen Gewässer. Ich nutze die Strömungen der Wissenschaftspolitik. Im einen Land ist die eine Sorte Forschung verboten, im anderen eine andere ... ich spiele in solchen Fällen dann den Vermittler, verstehen Sie? Leute wie ich sorgen gegen eine verhältnismäßig geringe Aufwandsentschädigung dafür, daß der Stand der Forschung auf der ganzen Welt immer ungefähr derselbe ist."

„Wissenschaftliche Industriespionage", bemerkte Karin lakonisch.

Wieder lachte der gemütliche Mann. „Nicht nur für die Industrie, weißgott nicht! Es gibt ja immer noch staatliche Forschung auf der Welt! Deshalb reise ich acht Monate im Jahr fast pausenlos herum. Hauptsächlich in Ost- und Mitteleuropa, mehr als sechs Sprachen kann man schließlich nicht wirklich beherrschen, schon gar nicht, wenn man sich je nach Bedarf einen skurrilen Akzent zulegen muß, um harmloser zu wirken und die Leute leichter zum Reden zu bringen. Ich werbe Menschen an – zur Zeit hauptsächlich für Sagai – , ich bringe Dinge in Erfahrung, ich besorge Material. Daher meine Namen, von denen Sie gehört haben – manche hier kennen mich als Doktor Mirko Soprovnik aus Belgrad, andere als Professor Pjotr Andras aus Petersburg, und vielleicht sind Sie auch schon Leuten begegnet, die mich in Ungarn als Doktor Géza Boros kennengelernt haben. Was soll's? Das gehört zum Geschäft."

„Wie soll ich Sie also anreden?"

„Sagen Sie doch einfach: Géza, das bin ich zur Zeit gewohnt. Aber das ist sicher nicht die einzige Frage, die Sie mir stellen wollen, nicht wahr, Doktor Lay?"

Jetzt war es Karin, die lachte: „So gesehen weiß ich gar nicht, wo ich anfangen soll. Ich bin übrigens Karin."

Spontan gaben sie einander noch einmal „formell" die Hand, eine Geste, die „Géza" nicht ohne Grazie vollführte.

Dann sagte Karin: „Im Ernst also – ich will eigentlich vor allem eins wissen: was wird hier wirklich von mir erwartet?"

„Daß sie Augen und Ohren offenhalten, hauptsächlich. Aber ich will mich um eine konkrete Antwort nicht drücken. Ich habe von meiner Reise Proben eines höchst ungewöhnlichen Menschen mitgebracht."

„Proben? Sie meinen genetisches Material?"

„Richtig. Das Besondere an diesem Mann ist, nun ...", er blickte kurz zu Yokomitsu. Karin kam es fast vor, als zwinkerte er ihm zu, aber dazu war der Blick zu kurz. Dann fuhr Géza fort: „Der gute Mann scheint imstande zu sein, von ganz allein und ohne pharmazeutische Hilfsmittel einen Effekt zu erzielen, den Sagai im Rahmen einer großen medizinisch-memetischen Studie zu induzieren versucht hat. Damit ist er praktisch das menschliche Äquivalent einer dieser Heilpflanzen, für deren Beschaffung in den tropischen Regenwäldern zum Zwecke der biochemischen Untersuchung Unternehmen wie Sagai im Jahr noch immer ... –"

„Memet ... was bitte für 'ne Studie?"

„Memetisch. Sagt Ihnen der Begriff nichts? Ich bin erstaunt!" – jetzt, da er das sagte, und dazu tatsächlich ein erstauntes Gesicht machte, fiel Karin spontan ein, woran er sie erinnerte: eine zusammengeschrumpfte, mit roter Gesichtsfarbe eingefärbte Ausgabe von Peter Ustinov als Agatha Christies Meisterdetektiv Hercule Poirot.

„Ich wüßte nicht ... warten Sie mal.. es geht da um irgend so eine Kulturtheorie von einem Evolutionsforscher, War's nicht Gould? Nein ... Dawkins, Richard Dawkins?"

Géza Boros nickte beifällig: „Derselbe. Er ist zumindest der Urheber des Begriffs, wenn wir ihn auch bei Sagai mit einer etwas abweichenden Bedeutung gebrauchen."

„Aber was hat ..."

„Ich fürchte, die Einzelheiten der memetischen Studie, die unser geschätzter Arbeitgeber durchführt, werden Sie erst später kennenlernen. Wir wollen, daß sie möglichst vorurteilslos an die Untersuchung der Proben gehen, die ich mitgebracht habe, um später vielleicht um so mehr die ... Komik des Ganzen schätzen lernen zu können. Mein Gott, ist das heiß hier."

Er hatte seinen Eistee jetzt ganz ausgetrunken und winkte einem der allgegenwärtigen Latinos, der gerade mit irgendeiner Gartenarbeit beschäftigt war. Der Dienstbote nickte und eilte ins Haus.

„Untersuchung ... sie meinen, ich soll das Genom dieses Menschen scannen? Wonach soll ich suchen?"

„Ganz allgemein: nach Mutationen. Im Gegensatz zu meinem geschätzten Kollegen Yokomitsu hier glaube ich persönlich allerdings nicht, daß sie auf irgendeine Anomalie stoßen werden. Aber wir müssen diese Möglichkeit in Erwägung ziehen, wir müssen sie ausschließen, bevor wir den Mann schließlich persönlich treffen werden."

„Ok, aber ...“

„Nein, ich fürchte, das war für heute alles“, sagte Yokomitsu.

Boros widersprach nicht, sondern nahm mit einem kurzen dankbaren Grunzen den Eistee entgegen, den der uniformierte Mann ihm brachte.

Es hat also wirklich angefangen, dachte Karin auf dem Weg zum Strand, das, weswegen ich hier bin, was immer es sein mag. Memetische Studie ... weiß der Geier, was das sein soll.

Vielleicht sollte ich heute abend den sexy Südafrikaner anbaggern – könnte ja sein, daß ich bald gar keine Zeit mehr haben werde für einen ordentlichen Urlaubsflirt.

13 Arbeitsessen

Sie trafen sich am frühen Abend auf „neutralem Boden“.

Das hieß: in einer Pizzeria, die weder zu ihren noch zu seinen Lieblingslokalen gehörte.

Der Ort war also mit keinerlei emotional befrachteten persönlichen Erinnerungen belastet. Frank und Susanne waren bislang lediglich ein einziges mal hier gewesen, als ein plötzlicher Platzregen sie nach einem Kinobesuch zwang, sich schneller als geplant für einen Ort zu entscheiden, an dem man das Abendessen zu sich nehmen konnte.

Susanne bestellte nach ein paar unverbindlichen Plaudereien, die dazu gedacht waren, sie nach der längeren Unterbrechung erst einmal wieder vorsichtig miteinander warm werden zu lassen, zunächst nur einen Salat. Als sie sah, daß Franks Pizza mit Schinken nicht besonders groß war, ließ sie sich noch eine Pizza Salami kommen. Noch während der Mahlzeit begann Frank damit, von Johannes Evangelis zu berichten, dem Mann unbestimmbarer Herkunft (nicht einmal Ausweispapiere besaß er), der von den Frauen bedrängt wurde wie der alttestamentarische Joseph von Potiphars Weib.

Susanne fragte schließlich: „Wie oft hast du ihn denn bis jetzt gesprochen, seit dich dieser Horn das erste mal zu ihm gelassen hat?“

Frank legte Messer und Gabel weg und tupfte sich den Mund mit der Papierserviette ab.

„Insgesamt drei mal. Die ersten beiden Male war er ziemlich agitiert und kaum zu bremsen, erzählte nichts als andauernd solche schwefligen Sprüche ...“

„Was für Sprüche?“

„Naja, Verkündigungswahnsinn eben, so die Sorte: ‚Und das Tier, das gewesen ist und nicht ist, das ist der achte und ist einer von den sieben und fährt in die Verdamnis‘ und ‚eine Stimme einer großen Schar‘ und so den ganzen Radetzkymarsch rauf und runter, inklusive Gestikulieren, Beschwören, Augenrollen ... dazu dieser ausgefranste Bart und der stechende Blick ... Also: mir war gleich klar, warum sie den in der Geschlossenen halten. Weniger klar war mir allerdings, was Frauen an ihm finden. Auf mich hat es jedenfalls nicht gewirkt.“

Susanne erwiderte beiläufig: „Aber auf deine Fotografenmieze.“

Frank seufzte. „Es wäre mir wirklich lieb, wenn du deine persönliche Antipathie gegen Christine ...“ Susanne lachte leise: „Ich wollte nur nochmal hören, wie sie von diesem Irren in Wallungen ...“

„Ja, also, wenn du's unbedingt so nennen willst ... Wallungen ... Ihr wurde jedenfalls heiß und kalt, als wir zu dritt da hockten, nachdem ich Horn soweit hatte, uns mit ihm allein zu lassen.“

Susanne hob erstaunt die Augenbrauen: „Die Berufung auf deinen Doktor Boros hat also wirklich solche Wunder gewirkt?"

„Auf den Punkt komme ich gleich. Wir waren bei Christine."

„Schön. Also?"

„Ja, siehst du, sie hat es mir selber gesagt ...", er zögerte einen Moment, es war ihm sichtlich etwas peinlich. „Sie hat gesagt, sie hätte, tja, heiße Wangen gekriegt, und das hat man sogar gesehen. Ich saß ja neben ihr, und sie wurde wirklich immer unruhiger. Horn hatte uns gewarnt. Sie lassen kein weibliches Personal mehr zu ihm, nachdem der Nachtwachen-Arzt ihn mit einer Schwester erwischt hat. Er unter ihr, nach Luft ringend und offenbar bemüht, sie abzuwehren, sie dagegen völlig von Sinnen, Kittel abgestreift ... Es war wohl wirklich wie in einem von diesen alten Sexfilmchen, die im Kabelfernsehen laufen, ‚Das total versexte Krankenhaus' und so."

Susanne erwiderte sarkastisch: „Ich dachte, du bist bloß Jazzfan. Jetzt bist du auch noch Cineast. Immer neue Seiten darf ich an dir entdecken."

Frank winkte ab.

„Von mir aus. Jedenfalls, Christine ist auf ihrem Stuhl rumgèrutscht, wie der da so salbaderte von, äh, ‚Männern und Frauen, die bis zur Mitte ihres Leibes in Flammen standen', und hinterher meinte sie" – Frank senkte die Stimme ein wenig und beugte sich über den Tisch etwas näher an Susanne heran – „sie wäre, tja, ziemlich naß gewesen."

„Und das erzählt sie dir so einfach, obwohl du damals in Budapest nur vor tollwütigen Mäusen Schutz gesucht hast, auf ihrem Zimmer."

Frank verdrehte die Augen: „Müssen wir das jetzt durchkauen?"

Mit maliziösem Lächeln wich Susanne aus: „Ich hab übrigens noch eine Platte von dir gefunden, in meinem Auto, eine CD, ‚Big Fun' von Miles Davis."

Frank atmete hörbar aus und sagte dann wie besiegt: „Ja, ist gut, sollen wir jetzt über, äh, Scheidungsformalitäten reden oder uns an die Gurgel gehen oder ..."

Susannes Gesichtsausdruck wechselte von spöttisch-überlegen zu etwas ausgeglichener, als sie entgegnete: „Ich wollte dich bloß 'n bißchen aufziehen, ja? Bin schon wieder ganz professionell gespannt, was du zu erzählen hast. Gut?"

Frank beruhigte sich.

„Ja. Gut. Also. Jedenfalls, ich frage mich halt, was so unwiderstehlich ist an diesem apokalyptischen Reiter ohne Pferd. Ich mein', eigentlich ist das doch eher abstoßend: da sitzt so einer, ausgemergelt und vertrocknet und erkennbar mehr als nur ein bißchen wahnsinnig. Dann steht er auf, geht auf und ab, fuchtelt mit den Armen, hat ein zerflustes Vogelnest als Frisur und einen dichten Besenbart ums Kinn gebunden, faselt die ganze Zeit unablässig vom ‚Zorneswein der Hurerei', vom ‚Pfuhl mit Schwefel und Feuer', vom ‚nimmermüden Wurm', das ganze Zeug eben, das er – „

„Schon gut, hab's kapiert, er hält sich für Jesaja."

Frank schüttelte vehement den Kopf, als wäre das nun wirklich der wichtigste Punkt der Angelegenheit: „Nicht für Jesaja. Er denkt, er wäre der biblische Johannes."

„Wer?"

„Der Lieblingsjünger Jesu."

Susanne nickte, sie sah plötzlich sehr müde aus: „Johannes. Fein. Hat er eine Erklärung dafür, daß er immer noch quicklebendig ist, nach, ich weiß nicht, cirka 2000 Jahren? Nicht, daß solche Kleinigkeiten je einen echten Psychotiker irritiert hätten, aber es interessiert mich doch, wie ausgeprägt und durchgeformt diese religiösen Wahnvorstellungen denn nun –"

Frank fiel ihr angespannt ins Wort: „Er sagt, es gibt eine Bibelstelle. Er hat sie selber geschrieben, sagt er außerdem. Sie steht in seinem eigenen Evangelium, Kapitel 21, Vers 20 bis 24. Da sagt Jesus ..."

Susanne ächzte: „Moment mal – du hast dir diesen beknackten Mist GEMERKT?"

Fast beleidigt erwiderte Frank: „Wissenschaftliches Interesse, oder nicht? Hast du mich immer dazu anhalten wollen, schon seit der Sadomaso-Studie. Daß ich nachforsche, recherchiere, die Gegenprobe zu jeder Hypothese mache, nicht gleich alles glaube ..."

„Aber Frank, ich bitte dich, Bibelexegese, also das ... Jessas!"

„Eben. Genau der. Also, die Story geht so: Jesus, Johannes, Petrus und die ganze Bande schlappen da auf irgendeinem Berg rum und Petrus fragt angelegentlich, weil Jesus ihm gerade sein weiteres Schicksal prophezeit hat, was denn dann eigentlich mit Johannes würde, weil Jesus, der übrigens schon auferstanden ist, sich dazu von sich aus nicht äußert. Petrus bohrt ein bißchen und da sagt der Meister: ‚Wenn ich will, daß er bleibe, bis ich komme, was geht es dich an?', und da fangen die andern an zu raunen: ‚Dieser Jünger stirbt nicht'. Das ist die Geschichte, wie sie da steht."

Susanne schüttelte den Kopf: „Und ich dachte immer, nur Kain muß durch die Welt wandern bis zum jüngsten Tag, oder der ewige Jude oder wer."

Frank lenkte ein: „Naja, so ganz eindeutig ist es nicht. Es wird nicht definitiv gesagt, daß Johannes nicht sterben soll, sondern nur, daß er bleibt, bis Jesus kommt. Da kann alles mögliche gemeint sein, die Stelle gibt nur das Verständnis der Jünger wieder, die Jesus selber dazu keineswegs ermutigt. Wie gesagt: es bedeutet irgendwas, aber was, steht nicht da."

„Oder auch gar nichts. Und was deine Freundin angeht ..."

„Es reicht, Susanne. Wirklich. DU warst meine Freundin. Seither war nix."

„Entschuldigung. Im Ernst. Es sollte nicht so spitz klingen. Aber was Christine Hager angeht, so könnte das doch auch euer famoses MTS gewesen sein, was sie so durcheinandergebracht hat, oder?"

„Hm, ja, siehst du, genau das kann es NICHT gewesen sein. Wir waren beide absolut nüchtern, als wir da hin sind. Genau deswegen. Um das auszuschließen."

Susanne brummte nachdenklich und faltete die Hände unter dem Kinn zusammen. Einen Augenblick lang fragte sie sich, ob sie ihm nicht doch von dem ominösen „Claus" erzählen sollte, der sie auf dieses Treffen mit scheinbar höchst brisanten Informationen vorbereitet hatte. Dann aber wurde ihr klar, daß die Neigung, ihren Kontakt zu diesem geheimnisvollen Fremden preiszugeben, nur Resultat ihrer Unzufriedenheit darüber war, daß sie Franks Erzählungen bis jetzt keine zufriedenstellende Verbindung zwischen dem irren Evangelis und der MTS-Seuche entnehmen konnte. Vielleicht aber, überlegte sie, hatte sie bislang einfach nur falsch gefragt, oder Frank würde von sich aus noch darauf kommen.

Jedenfalls gab es keinen Grund, so früh im Spiel schon alle Karten aufzudecken.

Zumal das Papier über die Physik des Hirns, das ihr Claus gegeben hatte, tatsächlich stimmig zu sein schien – was mehr war, als man von Franks Geschichte bis jetzt behaupten konnte.

Frank sagte nichts. Er kannte Susannes nachdenklich-schweigsamen Zustand und wußte, daß sie jetzt innerlich auf den Informationen herumkaute, die er ihr serviert hatte. Manchmal hasse ich sie, dachte er: die Fackel der Neugier, mit der ich dieses Zeug hier ausleuchten will, versengt mir die Hand, aber sie tut so, als wär's wurst, und lacht mich aus. Soll sie doch verschimmeln in ihrem Trotz ... manchmal denke ich, ich bin erst frei, wenn diese Zicke aus meinem Leben verschwindet, oder aus der Welt.

Der Kellner kam und räumte die Teller ab; Frank bestellte sich einen Espresso und ein Mineralwasser, Susanne wollte noch einen Orangensaft.

Er tat so, als bemerke er es nicht, aber sie musterte ihn eingehend, während sie nachdachte – wirkte er nicht tatsächlich gesünder als beim letzten mal, da sie einander begegnet waren? Hatte er seine komische Sex- und Halluzinationendroge vielleicht nicht nur für die Dauer der Treffen mit dem seltsamen Propheten abgesetzt, sondern nahm sie am Ende überhaupt nicht mehr? Susanne entschied sich dagegen, ihn danach zu fragen – es wäre ein Eingeständnis gewesen, daß sie sich immer noch für ihn interessierte. Dazu war sie (noch?) nicht bereit. Stattdessen sagte sie schließlich: „Was willst du mir eigentlich sagen? Hast du eine Theorie? Soll ich annehmen, daß ER eure Wunderdroge genommen hat, und dann konzedieren, daß an diesem ganzen Hokuspokus von wegen ‚MTS erlaubt das Gedankenlesen' was dran ist, weil nur durch telepathische Effekte erklärbar ist, daß und wie dieser Typ seine Umwelt ..."

Frank lächelte breit: „Nein, nein, Moment. Darum geht es überhaupt nicht. Ich will dich nicht missionieren. Ich habe dich aus einem ganz anderen Grund um Rat gefragt. Dazu gleich. Horn aber hat mir im Übrigen versichert, daß Evangelis drogenfrei ist, soweit man das in seinem Zustand sein kann – das heißt, daß er nix weiter kriegt als das übliche Zeug zum

Ruhigstellen. Womit sie's allerdings bei meiner dritten Begegnung mit Evangelis offenbar ein bißchen übertrieben haben – er saß da wie vor den Kopf getreten. Hat zwar nicht gesabbert, aber auf Ansprache nicht mehr reagiert."

„Wie fand das denn Christine?"

„War nur beim ersten mal dabei. Sie wollte nicht mehr zu ihm. Kannst dir denken, warum. Evangelis ist jedenfalls neuerdings ziemlich hinüber. Sitzt wirklich da wie Gemüse – wie in diesem alten Michael-Jackson-Song: ‚You're a vegetable'."

Susanne nickte: „Hmhm. Das wird wohl dein Doktor Horn veranlaßt haben. Zu dem ich jetzt auch noch ein bißchen was hören will, bevor ich wirklich irgendwie ‚einsteige'."

„Naja, einsteigen ... du mußt dich nicht in irgendwas reinziehen lassen. Es ist nur so, daß eben gerade Horn und was er einmal fast nebenbei gesagt hat, und was du darüber wissen könntest. ... das eben ist für mich der Schlüssel, durch den vielleicht alles zusammenpasst ... und deshalb brauche ich dich. Also. Von vorne. Wie gesagt: ich habe mich ja zuerst geschämt, ihm zu erzählen, daß ich für ‚heute morgen' schreibe und –"

„Mehr als nachvollziehbar."

„Hmpf. Deshalb hab' ich lieber meine Mediziner- und Forschergeschichte ausgepackt, die durch den Kontakt mit Boros vorgeformt war, dem ich das ja auch schon angedreht hatte. Und da erzähle ich dem Horn also, daß ich diesen Menschen da, diesen Evangelis, eigentlich schon mal fast getroffen hätte, durch Vermittlung eines ungarischen Psychiaters, und frage mich schon, ob sich das nicht total lächerlich anhört, aber da sagt Horn: ‚Ach, der Kollege Boros?' und dabei kriegt er so einen mißtrauischen Blick, aber nicht die Sorte: Was willst du, Fremder?, sondern eher: Gehörst du am Ende zu uns? Und weil ich darauf nichts gesagt habe, fühlte er sich wohl genötigt, noch hinzuzusetzen: ‚Ich habe das doch richtig verstanden, Doktor Urban: Sie machen Field Research? Für die Memstudie?' – ich hatte zwar nichts dergleichen gesagt, nur von wissenschaftlichem Interesse und Boros gestammelt, aber –"

„Memstudie. Aha."

„Eben. Da mußte ich natürlich an dich denken."

Susanne erwiderte bedächtig: „Immer langsam. Was hast du ihm geantwortet?"

Frank wirkte leicht verlegen: „Ich kam nicht dazu. Christine – ich hatte sie Horn als Medizin-Studentin vorgestellt, die mit mir zusammenarbeitet, kleine Zwecklüge am Rande – Christine ist mir ins Wort gefallen, rotzfrech und ohne rot zu werden: ‚Klar, deswegen sind wir hier. Genaugenommen schickt uns Boros sogar persönlich, um nachzusehen, wie man hier vorankommt mit Evangelis.'"

Susanne war völlig entgeistert: „Warum um alles in der Welt ..."

Frank zuckte mit den Schultern: „Ich weiß es auch nicht. Vielleicht wollte sie mir nur zeigen, was sich so eine richtig abgebrühte Boulevardsau alles traut. Oder sie war ganz wild drauf, Evangelis zu sehen, nachdem wir damals umsonst nach Budapest sind. Oder ..."

„Schon gut. Wie hat er reagiert? Horn."

„Tjaaaa.. siehst du, DAS ist eigentlich das Allermerkwürdisgte: als die Unverschämtheit raus war, dachte ich, wir sind geliefert. Eine einzige Rückfrage bei Boros ..."

„Vorausgesetzt, er ist für Horn leichter zu erreichen als für dich. Er ist doch verschwunden, sagtest du?"

„Ja, schon, aber – wie auch immer ... das war ziemlich riskant von Christine. Statt uns jetzt aber zu durchleuchten, schwanden bei Horn schlagartig alle Hemmungen."

Susanne grinste: „Das scheint das Thema an sich zu haben. Entschuldige."

„Macht nix. Jedenfalls, ab da hatten wir den roten Teppich unter den Füßen. Anscheinend war es nämlich Boros, der Evangelis geraten hat, nach Deutschland zu kommen und sich bei Horn in Behandlung zu begeben. Muß überhaupt eine ziemliche Odyssee hinter sich haben, der Irre. Christine und ich haben ihn damals ja knapp verpaßt."

„Ok. Dann also: die Memstudie. Worum geht es da?"

„Aus diversen Andeutungen Horns habe ich mir das Ganze inzwischen so zusammengepuzzelt, daß es da irgendeine Studie irgendeiner Pharmafirma gibt, der Horn wohl mit Kopf und Kragen gehört. Die Firma und Boros, der irgendwie dazugehört, haben offenbar wegen dieser Sache ein sehr großes Interesse an Evangelis. Und diese Studie verleiht allen, die an ihr arbeiten, firmenintern anscheinend so eine Art Nimbus der Eingeweihtheit. Das einzige, was noch fehlte, nachdem wir uns ‚zu erkennen gegeben hatten', war ein spezieller Freimaurer-Händedruck bei den Begrüßungen. Offenbar kennen die einzelnen Leute einander genausowenig wirklich persönlich wie bei allen Sekten, Verschwörungen ..."

„Oder auch nur die gute alte S/M-Szene."

„Ja, daran hab ich auch gedacht. Wenn man das Paßwort kennt – in diesem Fall reichte schon der Name Boros – stehen einem alle Türen offen. Blöderweise ist dieser Eingeweihtenstatus aber jetzt das Haupthindernis für mich bei der Beantwortung der Frage, worum es, wie du so schön sagtest, eigentlich geht. Was das überhaupt für eine Studie ist und so weiter."

Susanne spitzte kurz den Mund.

Dann nickte sie und sagte: „Klar, denn ein wirklich Eingeweihter würde ja nicht fragen. Du mußt immer so tun, als wüßtest du bescheid, und darfst also nicht weiter recherchieren. Nette kleine Sackgasse."

Frank legte die Hände auf dem Tisch zusammen, als wolle er beten, und sagte ernst: „Genau. Deshalb brauche ich deine Hilfe. Und es muß schnell gehen – Horn faselte das letzte mal was von einer unmittelbar bevorstehenden Verlegung im Interesse der Studie. Die Geschlossene ist anscheinend nicht der Ort, an dem das Kaninchen Evangelis seinen Beitrag optimal leisten kann. Du mußt mir helfen. Ich will verstehen, was da vorgeht. Ich weiß nicht viel über ‚Meme'. Nur, daß es irgendeine biologisch-evolutionäre Ideentheorie ist, und daß du seit Jahren ein Buch ..."

„Ich soll dir also eine Leseliste zusammenstellen."

Frank schaute drein, als schmolle er: „Och Mensch, Susanne, sei doch nicht so ... schwierig. Ich habe keine Zeit. Ich will hier nicht rumbetteln und auch nicht penetrant werden, aber du hast immer gesagt, ich sollte mich mal wieder für was anderes interessieren als ..."

„Die verdammte Droge."

„Ja. Und den blöden Zeitungsjob. Das hier ist nicht bloß eine Meldung für's Blatt – nicht mehr, verstehst du? Anfangs ja, aber jetzt ... Ich will begreifen, was da los ist, ich will, ich weiß nicht, vielleicht ja woanders veröffentlichen, was ich rauskriege. Und ein bißchen Detektiv spielen. Aber ich brauche deine Fachkenntnisse."

„Na gut. Ich will ... ich werde sehen, was ich dir ... wie ich dir helfen kann. Aber das mit der Leseliste habe ich schon ernst gemeint. Du solltest dich da selber reinarbeiten. Es gab neulich einen Zeitungsartikel über Meme, in der FR, ich hab' mir das ausgeschnitten, nur so für die Sammlung, sehr allgemein gehalten. Aber ein guter Ausgangspunkt für dich. Und ansonsten: solange ich den Irren nicht treffen muß ..."

Frank grinste und schwieg.

„Brauchst gar nicht so zu grienen. Ich hab' noch mehr als genug vom letzten mal, als jemand mein Sexualleben aufbessern wollte. Zwar mit Chemie statt mit biblischen Wundern, aber naja ..." Frank hob abwehrend die Hände, was sagen sollte: Waffenstillstand – nicht dieses Thema. Susanne lenkte ein: „Wie auch immer. Also: solange ich ihn nicht treffen muß, kannst du mich gern auf dem Laufenden halten, was los ist. Und wenn ich mit diesem Horn mal reden soll, also: meine Beziehungen zum Unipersonal sind eh ganz gut. Ich schreibe sogar Gutachten für die, allerdings kenne ich Horn nur vom Hörensagen. Wenn du also willst, daß ich mich mit dem mal unterhalte, weil du meinst, daß ich mehr rauskriege als du, weil ich Kenntnisse zumindest in Sachen Meme nicht vortäuschen muß ..."

„Sowas hatte ich im Sinn, ja. Du und Horn."

„Gut. Würd' ich machen."

„Na dann!" – Frank hob sein Wasserglas und stieß mit Susannes Orangensaft auf die neue Zusammenarbeit an.

Sie konnte sich eine letzte kleine Neckischkeit nicht verkneifen: „Wie geht es eigentlich deiner Katze?"

„Frag' nicht. Frag' einfach gar nicht."

Am nächsten Vormittag fiel es Susanne leichter als seit langem, ihre Therapiestunden mit zwei eigentlich ganz netten Patienten abzusitzen und anschließend Gutachten und anderen Papierkram zu erledigen.

Einzig eine gewisse Ungeduld, ob und wann der geheimnisvolle Claus sich vielleicht noch einmal melden würde, zerrte ganz sacht an ihren Nerven.

Sie hatte noch gestern abend, gleich nach der Ankunft in ihrer Wohnung, Frank den FR-Artikel und eine Buchbesprechung aus „Science" herausgesucht, die sich mit demselben Standardwerk der Memetik, das auch der FR-Text behandelte, auseinandersetzte – Susan Blackmores „The Meme Machine".

Jetzt, am Nachmittag des darauffolgenden Tages, war sie in bester Stimmung – hatte ihr das Schicksal nicht völlig unverhofft in Gestalt des Claus-Frank-Evangelis-MTS-Nexus genau das empirische Material zugespielt, das ihr bei ihren Spekulationen immer abgegangen war? Oft hatte sie ja erwogen, das Sample der alten S/M-Studie für ihr Mem-Sex-Evolutionsbuch noch einmal zu recyceln, aber wenn es tatsächlich ein industriell gesponsortes Memforschungsprojekt gab, das Teil einer Kampagne zur Entwicklung neuer Medikamente war, und wenn Evangelis ins Fadenkreuz der dafür Verantwortlichen geraten war, dann gab es für Susanne wohl keine bessere Gelegenheit, ihre Theorien mit Faktenmaterial und direkten Beobachtungen anzureichern. Genaugenommen, gestand sich Susanne jetzt, in der leeren Praxis (der Kollege Familientherapeut hatte eine Woche Urlaub genommen), an ihrem aufgeräumten Schreibtisch, ohne größeres Peinlichkeitsgefühl ein, daß ihr wohl auch der erneute Kontakt zu Frank guttat.

Vielleicht war ja wirklich noch Hoffnung für sie beide.

Um zehn nach elf klingelte das Telefon.

Es war Frank.

Er klang bestürzt: „Susanne? Großer Ärger. Evangelis ist weg."

„Wie meinst du das: weg? Verlegt?"

„Ja, verlegt schon, aber nicht so, wie ich dachte. Er hat versucht, sich umzubringen. Irgendwie ist er an ein Messer gekommen – Küche des Pflegepersonals, wahrscheinlich, obwohl er dazu keinen Schlüssel haben sollte."

„Oh Scheiße ... hat er sich die ... die Pulsadern aufgeschnitten?"

„Nein, nein, viel schlimmer: so ein riesengroßer Brotsäbel

war es wohl ... Er hat ihn sich in die Brust gehauen, die Lunge getroffen ... irgendein Sauerstoffversorgungsproblem fürs Hirn ... Er lag bis heute früh in der Neurochirurgie. Ich geh jetzt mit Christine rüber und informier' dich, wenn ..."

Kurzentschlossen fiel Susanne ihm ins Wort: „Vergiß das mit dem Informieren. Ich komme selber rüber. Neuro, sagtest du? Welche Station?"

Sie griff sich ihren Block und einen Bleistift, und ein immer gehetzter klingender Frank Urban gab ihr durch, wo man sich treffen konnte.

14 Gespaltene Zunge

Professor Doktor Rainer Horn war sehr melancholisch gestimmt.

Dies hier würde ein Abschied werden. Horn seufzte.

Er stand am Fenster seines Arbeitszimmers und sah hinaus auf die Patienten, die im Hof des Klinikgebäudes zwischen kleinen, schmutziggeregneten Rasenflächen und glatten, nassen alten Birken spazierengingen.

Er sah die Krähen auf dem Dachforst gegenüber, die Besucher an der Rezeption und beobachtete die Sanis, die an ihrem Wagen lehnten, rauchten und lachten.

Dann wandte er sich ab und sah auf seinen Schreibtisch: alles war geordnet.

Die Unterlagen lagen beieinander.

Das Diktiergerät, in dem die letzte Cassette der Serie mit Evangelis-Interviews lag, die Frank Urban geführt und für Horn überspielt hatte, ruhte wie ein schlanker, onyxschwarz glänzender Briefbeschwerer auf den Mappen und gehefteten Papieren.

Der ganze Stapel Abschriften, Bewertungen und Anamnesen würde heute noch einer Beauftragten von Boros übergeben werden, so wie Horn gestern nacht „Ezrael“ einen vollständigen Satz Kopien übergeben hatte.

Im Austausch dafür hatte er von dem „Engel“, der sehr gehetzt gewirkt hatte, als müsse er sich beeilen, eine andere Verabredung nicht zu verpassen, ein Gerät erhalten, das jetzt in der Schublade des Schreibtischs lag, wo der Dokumentenpacken nur darauf wartete, aufgehoben und abgegeben zu werden.

Das Gerät war ein kleiner schwarzer rechteckiger Kasten in einem Ledertäschchen, das Horn an seinem Gürtel festmachen sollte, sobald „die Reise“ begann, von der „Ezraels“ Leute offenbar sicher waren, daß sie unmittelbar bevorstand.

Der „Bote“ hatte Horn gegenüber erklärt: „Daß Evangelis jetzt so weit ist, die einzige Fluchtmöglichkeit zu ergreifen, die ihm noch bleibt, verrät viel. Die Sagaileute und Boros müssen sich beeilen, Ergebnisse aus ihm herauszupressen. Er wird sich ihnen früher oder später auf irgend eine Art entziehen, dieser Selbstmordversuch ist da nur die erste Warnung. Und eine Klinik wie diese hier kann ihn nicht halten. Er wird daher ... verlegt werden. Also: nehmen sie das hier. Bestehen Sie darauf, mitkommen zu dürfen, wenn er fortgebracht wird. Und legen Sie das Ding dann unbedingt an.“

Das Gerät, erklärte der „Engel“, würde es Ezraels Leuten erlauben, Rainer Horns Aufenthaltsort überall auf dem Planeten mit großer Präzision zu bestimmen.

Horn schüttelte den Kopf.

Wie war es bloß so weit gekommen? Er hatte sich immer für einen komplizierten Menschen gehalten. Nachdem er nun aber

Leuten wie Boros, Evangelis, Frank Urban und Ezrael begegnet war, war ihm bewußt geworden, daß er bis heute nichts weiter gewesen war als ein neurotischer Frömmler und zaghafter kleiner Wissenschaftskrämer, ein nur scheinbar harter, kühler Beobachter der Dinge, die um ihn herum vorgingen, hinter dessen antrainierter Maske medizinischer Objektivität ein weicher kleiner Klumpen vager Gefühle pulsierte, der nichts weiter glauben wollte, als daß Liebe und Gottergebenheit die Lösung all seiner geistigen Probleme sei und ein Peitschenknall die Antwort auf all seine körperlichen Sehnsüchte.

Horn ging zum Schreibtisch, nahm den kleinen Cassettenrecorder in die Hand und drückte auf Abspielen. Die Stimme des Propheten, von dem niemand wußte, woher er kam, eine hypnotische, eher eindringliche als schrille Stimme, zitierte in fehler- und akzentfreiem Deutsch Worte aus dem Buch Hiob.

Gleich in der ersten Woche, die Evangelis unter seiner Obhut (und Aufsicht) gestanden hatte, war Horn bei zufälligen Kontakten Evangelis' mit ausländischen Mitpatienten und Besuchern aufgefallen, daß der Prophet ausser deutsch und französisch offenbar auch türkisch und holländisch fließend sprach. Befragt, woher er denn so viele Sprachen könne, hatte Evangelis schlicht erklärt: „Ich habe die Gabe der Zungen. Man könnte das auch einen Fluch nennen. Das macht keinen Unterschied."

Evangelis' pathetische Rezitation erfüllte den kleinen Raum, blechern und scheppernd, verzerrt und dünn, aber deshalb nicht weniger bannend, als stünde er direkt neben Horn: „Auch heute lehnt sich meine Klage auf; seine Hand drückt schwer, daß ich seufzen muß. Ach, daß ich wüßte, wie ich ihn finden und zu seinem Thron kommen könnte! So würde ich ihm das Recht darlegen und meinen Mund mit Beweisen füllen und erfahren die Reden, die er mir antworten, und vernehmen, was er mir sagen würde."

Horn drückte den Stop-Knopf an der Seite des Metallkästchens und legte den Recorder wieder auf den Dokumentenstapel.

Die Gabe der Zungen, dachte Horn mit einem Anflug von Bitterkeit – das hatte Ezrael natürlich sehr gut gefallen. Es war das erste gewesen, was er ihm erzählt hatte, als der „Engel" ihn eines Abends zuhause angerufen hatte, um sich zu erkundigen, „ob wir nun eine Abmachung getroffen haben oder nicht."

Horn wußte selbst nicht mehr, was ihn dazu veranlasst hatte, dem unheimlichen Kerl sein Herz auszuschütten.

„Gabe der Zungen", hatte die Stimme am andern Ende der Leitung genießerisch wiederholt, „ich erinnere mich – und sie vielleicht auch, Herr Professor. Hatten Sie Religionsunterricht, als Kind?"

Horn dachte an den Bibel-Omnibus, an die Pädagogin mit ihrem Buch voller „biblischer Berichte für Kinder", an die Geschichte vom Pfingstwunder ...

„Ich kenne die Sache, ja. Flammenzungen auf den Köpfen der Apostel."

„Brav", hatte Ezrael ihn gelobt.

Das war der Beginn des Hinuntergleitens auf einer schrägen, rutschigen Ebene gewesen – jeder Verrat gegenüber Boros, jede an Ezrael oder einen seiner in Parks und Cafés wartenden Agenten weitergegebene vertrauliche Information, hatte ihn stärker verpflichtet, schließlich auch B zu sagen, wo er doch laut und deutlich A gesagt hatte.

War er zuvor nicht wirklich erpreßbar gewesen – sein sadomasochistisches Privatleben, so exotisch es war, hätte wohl kaum ausgereicht, ihm berufliche Schwierigkeiten zu machen – so hatte er sich durch jenen ersten Vertrauensbuch am Telefon augenblicklich in Ezraels Hand gegeben – vielleicht, weil er so etwas immer gewollt hatte: eine strenge Hand, einen Herrn und Meister.

Gabe der Zungen? Seine eigene war jetzt jedenfalls „gespalten“, wie es in den billigeren Western hieß. Ein häßliches, schiefes kleines Lächeln verzerrte sein Gesicht.

Wie schön wäre es, die gespaltene Zunge wieder zu kitten!

Pfingstwunder, von wegen. Eine Sprache, viele Sprachen, Sprache des Gottes oder der Götter ... Er erinnerte sich plötzlich und nicht ohne Wehmut an Maja, seine wilde Poststrukturalistin, und wie sie einmal über einen Philosophen aus grauen Vorzeiten geredet hatte, einen gewissen Giambattista Vico.

Im Zusammenhang mit irgendeinem Geschwafel über „Inkommensurabilität“ und die „Sprachverwirrung beim Turmbau zu Babel als Symbol für die Mehrsprachigkeit der sozialen Realität“ erzählte sie ihm, jener Vico habe bei Homer fünfmal „die Sprache der Götter“ erwähnt gefunden – es war bei einem gemeinsamen Essen im Restaurant, da machte sie solche Szenen mit Vorliebe, redete laut und schrill, dozierte auch für die Leute an den Nachbartischen.

Im Zuge ihrer Erörterung von Vicos Göttersprache hob sie melodramatisch die rechte Hand, spreizte alle fünf Finger und wiederholte beschwörend: „Fünf mal! Wobei's Vico sicher besser gefallen hätte, wenn es viermal gewesen wäre. Denn seine Weltgeschichtsphilosophie umfasste vier Stadien der Zivilisationsentwicklung. Während etwa Hegel sich im selben Fall gewünscht haben müßte, es wäre zweimal gewesen, oder dreimal – These, Antithese, Synthese. Wenn Hegel Vico gewesen wäre, was er nicht war, obwohl Vico seinerseits schon ein vorweggenommener Hegel war, es kommt halt darauf an, wie herum man das sehen will ...“ Die gute Maja.

Eigentlich, bemerkte Horn verblüfft, hatte er sie damals tatsächlich sehr gemocht, nein, noch viel unwahrscheinlicher und doch wahr: sogar geliebt.

Insgesamt gesehen war das Ganze am Ende so wild gar nicht mehr gewesen, mit dem Sadomasochismus. Eher so, als fiele der Druck langsam ab, als wäre irgendwann die Luft raus gewesen aus der Peitschengeschichte, der Horn doch jahrelang nachgejagt war, für die er sogar Urlaubsreisen unternommen hatte ...

Nach England hauptsächlich, ins Mutterland seiner speziellen Geschmacksrichtung der Gummi- und Leder-"Kinkiness". Nur in dem Jahr mit Maja war er nicht nach London gefahren. Obwohl sie ihm, wie gesagt, gegen Ende gar keinen rechten Ersatz mehr für die Eskapaden in englischem Dominastudios bzw. mit „devoten" kleinen Britinnen geboten hatte. Merkwürdigerweise ließ seine Zuneigung zu dieser Frau bis zum Ende nicht nach, selbst jetzt war noch etwas davon übrig.

Vielleicht, sann Horn müßig, wäre die ganze Geschichte sogar irgendwann gekippt? In jedem Sadisten ein Masochist, in jedem Masochisten ein Sadist, so hatte er's in der psychiatrischen Ausbildung gelernt.

Aber wie sah es aus, wenn die GANZE Unterscheidung plötzlich umfiel, ausfiel, wenn man auf die andere Seite wechselte, ins Nicht-S/M-Land?

Über 60 % der Frauen in der SM-Studie von Karin Lay, Frank Urban, Susanne Gebhardt et al., die Frank ihm gegeben und die er inzwischen mehrfach durchgelesen hat, waren von anderen, oft ihren männlichen Partnern, in die SM-Szene eingeführt worden.

Aber eine richtige Szene kannte der Doktor in seiner Stadt nicht, und so hatte sich das Ganze eben sehr privat zugetragen, und also Maja zu ihm gebracht, und das, wie er jetzt verwundert bemerkte, hatte ihn wohl grundsätzlich verändert, dieses Leben mit Maja.

Diese schlanken Hände. Diese struppigen Haare. Ihr dummes französelndes Geschwätz die ganze Zeit, das natürlich in Wahrheit gar nicht dumm war, nur ein bißchen wirr.

Wo ist das nur alles hin?

Der Doktor erinnerte sich trübe: einmal, während der Spiele, die sie beide miteinander spielten, hatte er sie an den Heizkörper gebunden, mit lockeren Fesseln. Die Hitze wehte ihm ins Gesicht und rötete ihren Rücken, dabei war die Heizung nicht einmal voll aufgedreht. Dann kam der Gummiknebel in ihrem Mund. Sie schlug die Augen auf und sah in ihn hinein.

Geheimnisse der Seele.

Nur 5,4 % der Leute in der Studie waren als Kinder mißbraucht worden.

So einfach, wie Laien sich's vorstellten, war das alles nicht.

Erinnerung: seine Hände waren an ihrer Seite auf und ab gestrichen, spazierten auf ihrem Bauch rum und strichen ihre Beine lang. Seine Handflächen spannten, er glättete seine Hand, als sie über ihre Rippen glitt, streichelte, und dann wieder runter über die glatte, flache, weiche Fläche ihres Bauches, dann mit den Fingerspitzen an ihrem Schamhaar.

Er drehte Löckchen rein und streichelte sie und flüsterte ihr Drohungen, furchtbare Drohungen ins Ohr. Das muß sehr gekitzelt haben, dachte er jetzt.

Ihm fielen einige der Kärtchen und Werbezettelchen der Prostituierten von London ein, die dort in den Telefonzellen hinter die Telefone geklemmt oder mit Kaugummi innen an den Scheiben befestigt waren. Die Slogans von einigen seiner Lieblingsadressen wußte er auswendig:

706 7951 BEAUTIFUL NEW BLONDE: MASSAGE
MAKE YOUR DREAMS COME TRUE
OPEN LATE

NEWNEWNEWNEWNEWNEW
Fresh & Sweet Oriental Teenager
All Services & VIP Bubble Bath
Come & Relax in Luxury Apartment
Free Drinks

Juicy Lucy
Greek & Oral Delights
0181-968 5411

Young, naughty and needs to be punished
071 243 2019

NAUGHTY6th Former
In need of strict Headmaster
for spanking
caning
also GREEK
0171-243 8353

Rainer Horn schüttelte den Kopf.

Er fragte sich, ob er darauf hoffen sollte, noch einmal jemanden zu finden, eine Frau wie Maja. Eine „Dauerbeziehung" hatte sie selber das mal genannt.

Da war er wieder, dieser Ton: postmoderne Psycholallerei und Lebenshilfeschwachsinn. Aus irgendeinem Grund konnte er damals von diesem Ton gar nicht genug bekommen.

Er schnalzte mit der Zunge: was soll's, Vergangenheit.

Horn konnte nicht widerstehen, wie er den Cassettenrecorder da so liegen sah. Er nahm ihn noch einmal in die Hand, spulte ein bißchen vor, drückte dann wieder auf Abspielen:

„Darum erschrecke ich vor seinem Angesicht, und wenn ich darüber nachdenke, so fürchte ich mich vor ihm. Gott ist's, der mein Herz mutlos gemacht, und der Allmächtige, der mich erschreckt hat; denn nicht der Finsternis wegen muß ich schweigen, und nicht, weil Dunkel mein Angesicht deckt ..."

Er schaltete das Gerät aus und legte es wieder weg, diesmal hoffentlich endgültig.

Auswegslosigkeit, Fatalismus, der Wille Gottes: wenn man doch nur auch so ein Weltbild haben könnte wie dieser Evangelis, oder wie Ezrael, so was radikal deterministisches, in dem man nichts dafür kann, anstatt sich permanent sagen zu müssen, daß man an allem selber schuld war – so dachte Horn, und wußte nicht, daß er Bestandteil eines Szenarios war, die eine von Doktor Boros programmierte Maschine ausgerechnet hatte, die in der Nähe von Kobe in Japan still, sauber und selbstgenügsam in einem abgedunkelten Raum stand.

Fast völlig lautlos webte die Maschine noch immer zahllose Datenstränge ineinander, während Horn hier stand und mit seinem Schicksal haderte.

Evolutionäre Algorithmen, zelluläre Automaten wirkten an großen Panoramen von Nichtgleichgewichts-Phasenübergängen, Autokorrekturfunktionen wurden aktiviert und wieder stillgelegt, reagieren prompt, oder schliefen, Engpässe wurden durchtunnelt.

Es klopfte an der Tür.

Horn räusperte sich und krächzte: „Ja, bitte?"

„Professor Horn? Es gibt was Neues, wegen Evangelis!"

TEIL DREI Meme & Medikamente

15 Die Wahrheit?

Zwei Tage vor Susanne Gebhardts seltsamer Begegnung unter dem Betonvordach einer Esso-Tankstelle in K. erlebte Karin Lay den letzten mehr oder weniger sorglosen Tag in Sagai-Diensten. Er begann, wie zuvor schon beinah alle Tage in Florida, mit einem in die Länge gezogenen, ungeheuer trägen Erwachen.

Karin gähnte.

Sie spürte den warmen Körper neben sich, die Haut, den Atem, und lächelte, als schliefe sie noch immer und träume etwas besonders Schönes.

Sie bewegte sich, um zu spüren, wie lebendig sie war, raschelte mit dem gemeinsamen Laken und drehte sich langsam auf den Bauch. Jim Corbett regte sich neben ihr, reagierte mit einem katerhaften Maunzen auf ihr Sichstrecken, winkelte den Arm an, sehr langsam – aber das geschah wohl eher unbewußt, vermutlich schlief er sogar noch.

Nicht anders als in Florida waren es auch hier im „Zinnenzimmer" auf der Sagai-eigenen Burg über der Donau die ersten Sonnenstrahlen, die Karin geweckt hatten.

Sonst aber hätte für Karin der Unterschied zum Leben im Forschungszentrum Clearwater nicht größer sein können: dies hier war NACH den Offenbarungen, dies hier fand statt im Zustand des Wissens. Drei Wochen währte ihre Affäre mit Jim jetzt.

Daß der, angeblich südafrikanischer Virologe und von ihrer ersten Begegnung an für Karin interessanter als fast jeder andere

Mann vorher, ihr (und einen Tag später auch Yokomitsu und dem daraufhin eilends aus Kobe eingeflogenen Osugi) enthüllt hatte, wer er wirklich war, worin sein Auftrag als Undercover-Agent in Clearwater bestanden hatte und was er über die Sagai-gesponsorten Experimente im Bereich Genetik und Neuropharmakologie wußte, hatte buchstäblich alles verändert.

Karin schmeichelte sich nicht mit der Wahnidee, daß einzig seine Liebe zu ihr das Ganze ins Rollen gebracht hatte – wie sie von ihm selbst wußte, war ja von Anfang an vorgesehen gewesen, daß er sich irgendwann zu erkennen gab. Der „Berater- und Koordinatorenvertrag", den Osugis amerikanische Anwälte sofort für Jim aufgesetzt hatten sowie die Tatsache, daß Jim dadurch in der Sagai-Hierarchie schlagartig diverse Treppenstufen nach oben gestolpert war und seinen Obersten in Langley bzw. Washington obendrein aufs Zufriedenstellendste Vollzug melden konnte, waren beachtliche Ergebnisse eines offenbar in Absprache mit Doc Boros ausgehandelten raffinierten Plans zur Übertölpelung der Japaner.

Aber so sehr das alles Kalkül verriet und so schnurstracks es Jim da hingebracht hatte, wo er jetzt stand – zusammen mit Karin war er neuerdings eine der wichtigsten Kräfte bei der Vorbereitung der für sehr bald vorgesehenen, von Sagai-Leuten kontrollierten stationären Unterbringung Evangelis' hier auf der Burg – eins blieb doch unanfechtbare Tatsache: Jims Entscheidung, sein „Geständnis" zuallererst ihr gegenüber abzulegen, war keinem Agentenplan entsprungen. Er hatte sich ihr tatsächlich aus freien Stücken geöffnet.

Das hieß schon was. Vor allem, wenn man bedachte, daß er in Clearwater zuvor tagelang nicht „rumzukriegen" gewesen war – Karin hatte sich schon gefragt, was für ein seltsamer Mensch das überhaupt war, oder ob es etwas an ihr auszusetzen gab.

Einfach nur schwul konnte der Kerl ja nicht sein, er hielt sich vielmehr offenbar aus ALLEN sexuellen Abenteuern auf der Halbinsel heraus, verbrachte seine Tage abseits der fröhlich herumvögelnden Community und, was das Auffälligste war, enthielt sich auch der blauen Pillen. Daß es überhaupt Sagai-Leute im „inneren Kreis" gab, die mit Schwester Mitternacht nicht auf intimstem Fuß standen, hätte Karin, bevor sie Jim kennenlernte, überhaupt nicht für möglich gehalten.

Irgendwann jedenfalls war sie zu dem Schluß gekommen, es handle sich bei diesem südafrikanischen Virenforscher einfach um ein seltenes Exemplar der nach Entdeckung des AIDS-Impfstoffs langsam aussterbenden Gattung „überzeugter Asket" und außerdem um einen Menschen, der so vom Forscherethos durchdrungen war, daß er sich keinerlei Zerstreuungen gestattete.

Vielleicht war er auch einfach religiös wahnsinnig und richtete sein Paarungsverhalten an einer Variante der mahnenden Freudenhaus-Verse aus, die Karin mal irgendwo bei Thomas Wolfe gelesen hatte: „Da oben, Jungs, zwischen Wanzen und Taft/bringt die Hure euch um die letzte Kraft."

Um diese Hypothese über die seelische Innenausstattung des, soweit Karin sah, leider attraktivsten Menschen auf dem Gelände endgültig entweder zu widerlegen oder bestätigt zu bekommen, ging sie schließlich eines Abends, als er allein und scheinbar in müßige Wellenbeobachtungen vertieft am Strand saß, gute hundert Meter weit weg vom großen Feuer, um das die anderen scherzend und plaudernd gelagert waren, zu ihm, stellte sich so herausfordernd wie möglich hin und fragte ihn anstelle einer Begrüßung: „Why don't you fuck me tonight, tough guy?"

Er hatte zu ihr aufgesehen, die Stirne krausgezogen und dann einfach den Blick abgewandt, um erneut den Wellengang zu beobachten. Die verschmähte Karin hatte geschnaubt, verächtlich genug, wie sie hoffte, und war gedemütigt und verärgert zur Grillparty zurückgekehrt.

Noch in der selben Nacht, nur vier Stunden später, hatte Jim an ihre Tür geklopft und ihre provokatorische Frage zu beider größter Zufriedenheit beantwortet.

Der daraufhin entstandene Zustand – d.h. die fortgesetzte Maskerade als „der Virenmann aus Südafrika", während Karin und er einander so nahe gekommen waren, wie das für zwei Körper unter Ausklammerung von MTS-Gebrauch überhaupt möglich schien – hielt er dann noch etwa eine Woche durch, „mit wachsenden Zweifeln", während Karin das Geheimnis um Johannes Evangelis von dessen genetischer Seite her besser kennenlernte als irgendein anderer lebender Mensch, Boros eventuell ausgenommen. Schließlich hatte Jim „alles gestanden". Und jetzt lagen sie hier beieinander, auf einer Burg mit mehr Geschichte auf dem Buckel als Karins Wissenschaftszweig und Jims Laden zusammenaddiert vorweisen konnten. Karin lächelte, hob den Arm, streckte die Hand vorsichtig und zärtlich nach seinem Gesicht aus, berührte ihn aber nicht.

Stattdessen fuhr sie mit dem Zeigefinger in der Luft, wenige Milimeter von seiner Haut entfernt, die Konturen seines Mundes, seiner Wangenknochen, seiner Augenbrauen nach, und fühlte sich dabei, als studiere sie ein Wesen, von dem noch nicht feststand, ob es mehr Naturwunder oder Kunstwerk war.

Na sowas: Liebe. Auch das noch.

Wieder maunzte Jim. Sie verstand das als Aufforderung, legte ihm den Finger auf die Lippen, er öffnete den Mund und saugte ein bißchen daran. Ein Asket? Nein, sicher nicht – sie hatten die letzten drei Nächte durchgerammelt wie die Hasen, nicht zum ersten mal.

„Wir sollten ... du solltest es wirklich mal mit Schwester Mitternacht probieren", sagte sie in kokett nöligem Ton. Er grinste nur, was mit ihrem Finger im Mund nicht ganz einfach war. Deshalb spuckte er ihn schließlich aus und sagte: „Wieso, ist dir unser Sexleben nicht mehr aufregend genug?"

„Bäh!" sagte sie entrüstet, dann küßten sie sich eine Weile.

Als sie wieder zu Atem gekommen waren, lagen sie angenehm verknotet aneinander, Beine um Beine geschlungen, Arme um Oberkörper.

„Ich mein' bloß," fing sie wieder an, „daß man das alles ja noch STEIGERN könnte. Ich hab's erlebt, wirklich. Und kann mich allmählich nicht mal mehr richtig dran erinnern. Im Ernst, ich setze hier meine eigene Tagesdosis runter, und wieso? Nur weil du so ein Spielverderber bist!"

„Spielverderber? Das nennst du Spielverderber?" – mit einem lauten Klatschen plazierte er seine Hand auf ihrer rechten Pobacke, drehte sich auf den Rücken und zog sie auf sich.

Für die nächsten fünfundzwanzig Minuten war MTS, „ihr Thema", wie er das pöttisch zu nennen pflegte, vergessen und begraben.

Beim Frühstück dann, in einem lichten Tafelsaal mit Aussicht auf den sich malerisch zwischen bewaldeten Bergen entlangwindenden Fluß, fand Karin allerdings die Sprache wieder, und auch die Entschlossenheit, ihm kein Ausweichen zu gestatten, wo es doch schließlich um etwas auch für ihrer beider Arbeit absolut Zentrales ging.

Er hörte sich ihre Vorhaltungen, Aufforderungen und kleinen Provokationen mit seinerseits leicht provozierendem Gleichmut an, ließ sich die europäischen Frühstücksköstlichkeiten, vom Schokoladen-Croissant bis zu den frischen Erdbeeren, schmecken und erwiderte schließlich: „Ich verstehe eins nicht, Karin. Du gehörst doch zum Sagai-Stab, und inzwischen sogar zu Boros' Vertrauten. Du müßtest also doch wissen, daß ein Großteil der ‚Wirkung' von MTS einfach auf dem Gerücht beruht, es hätte eben bestimmte großartige Wirkungen. Eine selbsterfüllende Prophezeiung also, wenn ich den Mem-Theorie-Plunder richtig verstanden habe. Wie kannst du noch so enthusiastisch sein, was die kleinen blauen Pillen angeht?"

„Immer noch auf dem Placebo-Trip, was? Deine Intransigenz ist bewundernswert."

„Du meinst: ‚Kleingläubigkeit'", grinste Jim.

„Ich meine ‚Dickschädel'", gab Karin zurück. „Du WILLST einfach nicht verstehen, wie das Zeug funktioniert."

„Versuch's halt nochmal", lächelte der Agent vielsagend.

„Na gut. Also. Die dem eigentlichen Medikament – das heißt, den chemisch relevanten 50% des zwei-Komponenten-Wirkstoffs sozusagen – zugrundeliegende Theorie, die von Stuart Hameroff, R.C. Watt und Roger Penrose stammt, besagt, daß man das menschliche – oder jedes andere – Bewußtsein nicht verstehen kann, wenn man nur immer von irgendwelchen klassischen, emergenten Effekten neuronaler Netze ausgeht und so weiter. Bewußtsein, sagen diese Leute, ist keine Eigenschaft einer ‚normalen' Maschine, die zufällig Hirn heißt. Sondern auf der Ebene der Zellen selber, der Neuronen und ihrer Synapsen selber, ist der Effekt Bewußtsein bereits angelegt, und zwar quantenmechanisch. Das Zellskelett enthält nämlich gewisse kleine Strukturen, sogenannte Microtubuli, die dieser Theorie nach als Mini-Quantencomputer fungieren. Microtubuli sind kleine Röhren von 25 Nanometern Durchmesser, Proteinpolymere, um genau zu sein, die aus sogenannten Tubilenen bestehen, die wiederum ‚Dimere' sind, also molekulare Arrangements, welche aus zwei voneinander getrennten Einheiten bestehen. Diese Dimere können sich in mindestens zwei verschiedenen Zuständen befinden, die ineinander ‚umschalten' können, gemäß ihrer elektrischen Polarisation. Der Zustand jedes Dimers wird von den Polarisations-Zuständen seiner aufgrund der Anordnung jeweils exakt sechs Nachbarn beinflußt. Auf diese Weise können die Microtubuli als sogenannte ‚Zelluläre Automaten' funktionieren, Schalteinheiten, die alle möglichen Sorten von Signalen, von Information als Wellen entlang diesen Röhren übermitteln können. Das alles ist, wie die Informatiker sagen würden, ein klarer Fall von ..."

„Biocomputing. Non-Standard-Computation", nickte Jim – er erinnerte sich an das Gespräch mit Peters von der NSA und Boros im Kopenhagener Hotel.

„Genau. Dieses Rechnen mit Quantenbits funktioniert nun nach der besagten Theorie, die in den letzten Jahren insbesondere Penrose ausgearbeitet hat, als Scharnier, Schnittstelle, Interface zwischen der Quantenwelt der Wahrscheinlichkeiten, der Nicht-Lokalität und Heisenbergschen Unschärfe auf der einen Seite und der Welt gewöhnlicher Objekte auf der anderen. Presto: nicht nur Bewußtsein, sondern alle Arten irrer Effekte – nichtlokale Informationsverarbeitung, also Telepathie, Voraussage von ..."

„Schon gut. Aber nochmal zurück zum angeblichen Mechanismus dahinter: MTS wirkt also auf diese Dimer-Dinger?"

„Auf die Polarisation, ja. Die normale MTS-Kapsel enthält neben ein paar Hormonen und delikaten Sachen, die Sagai in der Psychopharmakologie getestet hat, ein Rudel kleiner selbstreplizierender Nanomaschinen, Pseudobakter. Die kapern sozusagen den Stoffwechsel, fahren per Anhalter, um mehr von ihrer Sorte zu produzieren, und dann, im Zentralnervensystem und anderswo, das Cytoskelett von Neuronen zu überlisten.

Das tun sie relativ milde – man muß da sehr vorsichtig sein – aber doch immerhin überhaupt. Und deshalb ..." Ungeduldig fiel Jim ihr ins Wort: „Den Rest hast du mir schon tausendmal erzählt. Und von mir aus mag das alles sogar stimmen, ich maße mir da kein Urteil an. Wo ich aber nicht mehr folgen kann ist an dem Punkt, wo klar wird, daß alle Leute bei Sagai, Boros und du eingeschlossen, offen zugeben, daß die beschriebene Wirkung, die das Zeug hat, in Wahrheit aufgrund der enormen Komplexität dieser Vorgänge völlig UNSPEZIFISCH ist. Mit anderen Worten, ihr gebt zu, daß ihr gar nicht WISST ..."

„Wir wissen nicht, WAS die Dinger anrichten, richtig. Deshalb ist der Effekt ja auch so milde justiert, und klingt so schnell ab, deshalb hat man dafür gesorgt, daß die Dinger – die Pseudobakter – sich entsprechend dem Kommando einer inneren chemischen Uhr schnell wieder selbst auseinandernehmen. Der Witz ist aber, daß Sagai nicht warten wollte, bis man diese ganze Microtubuli-Theorie so weit hat, wirklich erklären zu können, WIE genau WELCHE Bewußtseinsvorgänge von den Microtubuli generiert werden. Deshalb, weil die Zeit drängte, kam dann Boros auf seine Idee: was, wenn man es den Hirnen der Benutzerinnen und Benutzer selbst zumutet, die Wirkung zu steuern? Nämlich über vorab erzeugte Erwartungen, über memetische Software. Wenn man dann auch noch die Information über diesen Vorgang wiederum verbreitet, das heißt, wenn sozusagen die Epidemiologie der entsprechenden Meme und Meta-Meme gesteuertermaßen denselben Verlauf zeigt wie die Ausbreitung der Droge, dann hat man eine Feedbackschlaufe erzeugt, eine Selbstbezüglichkeit, die den Erfolg verstärkt, weil ..."

Jim Corbett schüttelte vehement den Kopf: „Entschuldigung, aber das kann ich nicht fressen. Es klingt für mich, als würde man einem Computer einen Tritt geben, nachdem man ihm ein neues Programm als README-File eingegeben hat, in dem im Wesentlichen steht: Tritte sind gut für dich!, und sich dann davon spannende Veränderungen im Output erhoffen."

Karin zuckte mit den Schultern: „Ach ja, die gute alte ‚weicher Computer'-Metapher für's Hirn. Ist ja ein alter Streit, ob man das einfach machen darf, einen Menschen mit einem klassischen Computer vergleichen – also mit einem System, das eben auf normaler, nichtquantenmechanischer, deterministisch-algorithmischer Standard Computation beruht. Das soll von mir aus die KI-Forschung entscheiden, aber ich gebe dir zu bedenken: ist das denn überhaupt so ungewöhnlich, was Boros da eingefallen ist? Ich würde sagen, der einzige Unterschied zu allen möglichen sich – wie Krankheiten ausbreitenden – Formen der ‚Behandlung' von ‚Kranken' ist die Transparenz, die Selbstbezüglichkeit, die Informationslage."

Jim war alles andere als überzeugt: „Beispiele?"

„Seit den sechziger Jahren nehmen Frauen in der Menopause Östrogene, oder unterziehen sich anderen Sorten von HRT, Hormone Replacement Therapy, weil man ihnen gesagt hat, dadurch würden alle möglichen Dinge, die für die Wechseljahre typisch sind, kuriert – Geistesabwesenheit, Gereiztheit, Depression, Frigidität, Alkoholismus und suizidale Stimmungen. Nichts davon wurde je klinisch mit Probe und Gegenprobe zweifelsfrei bewiesen – und dabei gibt es Hinweise, daß durch solche Therapien bestimmte Krebsrisiken erhöht werden, d.h., daß das sogar schädlich ist, was man da als so großartig angepriesen hat. Trotzdem aber hilft es den Leuten, sagen sie jedenfalls. Ich frage dich also: warum? Wieviel davon ist memetisch? Oder nimm die neueste Mode in deinem und inzwischen auch meinem Land, sogenannte hyperaktive Kinder mit Ritalin ruhigzustellen. Oder ..."

„Ja ja, gut, es gibt allerlei Modedrogen. Na und, was beweist das, außer das Leute blöde sind und träge, daß sie immer die naheliegendste, mechanistischste Lösung für ihre Probleme ergreifen, wo sie sich bietet, und daß Werbung und Propaganda ihre bekannten schädlichen Effekte auf die öffentliche Wohlfahrt haben?"

„Ich will darauf hinaus, daß du bei solchen, wie du sagst, Modedrogen die Drogen nicht so ohne weiteres von der Mode trennen kannst, wie das eine einfache Placebotheorie tun würde. Denn es sind ja nicht einfach Zuckertabletten, was diese Frauen und Kinder einnehmen. Ich will darauf hinaus, daß es darum geht, genau dieses Zusammenwirken von Chemie und Glauben endlich einmal systematisch zu studieren. Das ist es, was Boros machen will, und dabei hat er meine vollste Unterstützung. Und deshalb nehme ich das Zeug auch selber. Denn was könnte besser geeignet sein, so eine Studie durchzuführen, als eine Droge, die von vornherein dazu bestimmt war, das Bewußtsein zu verändern, und zwar auf der grundlegendsten Ebene, die man heute kennt?"

Jim zog sein skeptischstes Gesicht: „Aber warum mußte die äh ... Software, die memetische Beigabe, was auch immer ... die Werbung für Schwester Mitternacht eben – warum mußte all das Gerede, das gezielt an die Abnehmer ausgeschüttet wurde, die kleinen blauen Pillen ausgerechnet als Sex-Droge anpreisen? Wo ist da der Witz? Warum nicht einfach: ihr fühlt euch besser damit, werdet intelligenter oder so etwas? Nur wegen Evangelis? Weil dieser Typ, der Boros zufällig zugelaufen ist, um sich so eine Sex-Aura verbreitet, von der wir bis heute nicht wissen, ob sie biologische oder, wie du es nennst, memetische Gründe hat?"

„Das wäre ein bißchen dünn, was? Nein, es geht um was anderes ... Boros hat mir 'ne Geschichte erzählt, die illustriert, wie er draufkam, und warum er sich danach auf Sexologie-Konferenzen rumgetrieben hat, die einschlägige Literatur studieren mußte und was weiß ich. Eine amerikanische Komikerin hat ihn drauf gebracht, die er zufällig eines abends im Fernsehen sah. Die hatte so einen Katzensketch, eine Nummer, in der sie erzählt, wie sich ihre Lieblingskatze völlig verändert hat, als sie rollig wurde: vorher das liebe kleine Kätzchen, schlabbert Milch, streicht Frauchen am Bein lang ... aber dann saß das Tierchen plötzlich vor dem Spiegel, trug Mascara auf, hatte morgens einen Discotheken-Stempel auf der Pfote ..." Jim lachte, Karin lachte nicht: „Hört sich an wie ein Witz, aber worauf es Boros gebracht hat, ist, daß es unabhängig von allen denkbaren Drogen längst zumindest zwei Schnittstellen zwischen Memetik und Biologie gibt: die Nahrungsaufnahme und die Sexualität. Und davon scheint nur die eine im Lauf der Geschichte mehr und mehr von ihrer biologischen Funktion wegzustreben – wer keinen Hunger hat, wird selten Spaß an einem noch so aufwendig angerichteten Mahl haben, aber wer keine Kinder will, kann trotzdem Ficken wie bescheuert. Weg von den Genen, hin zu den Memen, und trotzdem eine biologische Funktion. Die ideale Ausgangsbasis für Phasenverschiebungsexperimente."

Jim schürzte die Lippen. Dann seufzte er und sagte: „Na schön. Auf diesem biologisch-memetischen Kippschalter hat der Doc sein Projektchen aufgebaut. Das war die Idee, und deshalb war und ist Evangelis für ihn die Kontrollgröße."

„Korrekt", nickte Karin, und wollte gerade schon zu einer vertiefenden Erläuterung über Sexualität und Evolution ansetzen, als Yokomitsu den Raum betrat, sich sehr förmlich vor ihnen beiden verbeugte und überraschend feierlich sagte: „Wir sind soweit. Es kann losgehen." Jim tupfte sich den Mundwinkel mit einer Stoffserviette ab und fragte verständnislos: „Was kann losgehen?"

Es war Karin, die für Yokomitsu antwortete: „Der Transfer. Evangelis wird hierher verlegt."

16 Kuchen

Der Korridor auf Station IV der neurochirurgischen Abteilung der Universitätsklinik bot den Anblick eines völlig außer Kontrolle geratenen Pandämoniums, als Susanne Gebhardt, aus dem Fahrstuhl tretend, ihn plötzlich in der Fülle seiner totalen Unordnung vor sich sah. Stockendes, Gleitendes, Lautsprecherdurchsagen, Rufe, Empörung, bodenlose Punkte der Stille dazwischen: ein tachistisches Gesamtkunstwerk, inspiriert von Hieronymus Bosch und dem Ornette-Coleman-Freejazz-Double-Quartet, dessen Musik Frank so liebte.

Erst nach einigen Sekunden ließ sich so etwas wie eine Menge konkreter Menschen aus dem geballten Tumult lösen: ein Pfleger schob ein leeres Bett voran. Ein Patient in braunem Pyjama, braunem Morgenmantel und zerschlissenen braunen Filzpantoffeln schlurfte mit einer Traubensaftflasche in der Hand zur Treppe. Zwei Schwestern zerrten links und rechts an Frank, der in klagendem Tonfall einen kreidebleichen Herrn in Weiß bekniete: „Wenn Sie irgendwie erreichen können, daß man mich hier nicht rausschmeißt, bin ich schon froh!"

Der Angesprochene stammelte etwas wie „Aber Sie ... wieso denn ... Zeitung ... ich dachte, Sie sind von Sagai ... ich dachte ..."

Susanne riet ganz richtig, daß der Stammler wohl Professor Doktor Horn war.

Eine wild gestikulierende Ärztin in grüner OP-Kluft mit unter das Kinn gerutschtem Papiermundschutz erwehrte sich mit letzter Kraft der insistenten Krakeelerei einer offensichtlich weit übers übliche Maß hinaus aufgescheuchten Christine Hager – „Es besteht sehr wohl ein öffentliches Interesse! Hier ist mein Presseausweis! Wir verlangen Informationen! Sie können uns nicht aussperren!"

Als sich Susanne dem chaotischen Szenario vom Fahrstuhl aus ein paar weitere Schritte näherte, geschahen mehrere Dinge gleichzeitig: der Krankenpfleger hatte Mühe, an Frank und „seinen" beiden untergehakten Schwestern vorbeizukommen und fluchte verhalten, Christine und die Ärztin nahmen im selben Moment von der neu Eintreffenden Notiz, Frank wandte sich ebenfalls nach ihr um und Horn nahm die Brille ab, um die Gläser mit seinem Arztkittelärmel abzuwischen.

Glücklicherweise war von den drei Leuten, die Susanne sofort erkannten, die diensthabende Ärztin die erste, die den Mund auftat, weil Frank von der Schwester zu seiner Rechten, die ihm etwas ins Ohr raunzte, abgelenkt wurde und Christine nach ihrem auf die Ärztin einteufelnden Wortschwall zunächst einmal Luft holen mußte.

Was die Ärztin aber sagte, war: „Hallo Susanne!"

Susanne antwortete, einer blitzartigen Eingebung folgend: „Tag Marion – was ist denn hier los?" Die andere zuckte mit den Schultern, und Susanne setzte, um sie abzulenken, rasch hinzu: „Sag' mal, ist Werner da? Ich müßte mit ihm noch über ein Gutachten sprechen." Christine begriff sofort, was Susanne vorhatte, und klappte den bereits halb zur Begrüßung der „Rivalin" geöffneten Mund zu. Frank dagegen sah verwirrt aus, so daß Susanne ihm einen warnenden Blick zuwarf, dessen Wirkung sie nicht abwartete, weil sich jetzt die von ihr angesprochene Ärztin mit den Worten an sie wandte: „Ich fürchte, das ist im Moment keine gute Idee. Die Jungs haben alle Hände voll zu tun, und ich auch, wie du siehst ... komm doch morgen wieder vorbei, okay? Oder nachher. Ja, komm nachher, in 'ner halben Stunde oder so ... ich muß hier diese Pressefiguren loswerden und ..."

„Ja, alles klar", sagte Susanne und setzte, bereits im Umdrehen, wie gedankenverloren, aber laut genug, daß Frank und Christine sie hören konnten, hinzu: „Geh' ich halt noch kurz runter in die Patientencaféteria. Der Karottenkuchen ist ja ganz gut."

„Mach das", bestätigte die Ärztin, wandte sich ab und begann, der plötzlich merkwürdig nachgiebigen Christine eine Antwort auf ihren Pressefreiheits-Sermon hinzulegen, die sich gewaschen hatte.

Susanne brauchte nicht lange zu warten.

Ihr Karottenkuchen war noch nicht einmal zur Hälfte aufgegessen, als Christine einen immer noch leicht desorientiert wirkenden Frank an der Hand hinter sich her in die Caféteria zog.

Im Durchgang hinter ihnen erkannte Susanne Horn, mit hochrotem Kopf, wie er geschwinden Schritts die Klinik – oder zumindest diesen Gebäudekomplex – verließ.

„Siehst du?" sagte Christine, triumphierend in Richtung Susanne nickend, die ihr den liebenswürdigsten Augenaufschlag schenkte, zu dem sie imstande war.

Schafsäugig erwiderte Frank, der sich widerspruchslos zu Susannes Tisch zerren ließ: „Oh. Na, hm. Muß ich wohl vorhin überhört haben. Hi, Susanne."

Irgendwie süß, dachte Susanne: er sah aus, als würde er erröten.

Christine blies sich eine blonde Haarträhne aus der Stirn und trumpfte erneut auf: „Hab' ich dir doch gesagt: sie hat das Weite gesucht, um nicht aufzufallen – weil sie eine Chance sieht, sich an den Wachhunden vorbei irgendwie an den Burschen ranzutasten. Stimmt's?"

„Na ja, ganz so stellt ‚sie' sich das nicht vor", erwiderte Susanne.

„Direkt an Evangelis werden sie mich kaum ranlassen. Ich denke eher, wenn ich's geschickt anstelle, könnte ich mal einen Blick in seine Krankenakte werfen – und dann sehen wir weiter."

„Gute Idee", murmelte Frank. „Wir sind jetzt auf uns gestellt. Horn gibt den Enttäuschten."

„Nicht ganz zu unrecht", bemerkte Susanne. „Du hättest ihm sagen sollen, worum es dir wirklich geht."

„Worum's mir geht, weiß ich doch selber nicht."

Auf dieses Eingeständnis Franks mußte ausgerechnet Christine unerklärlicherweise laut lachen.

Nein, entschied Susanne – sie würde diese junge Frau nie mögen. Nicht in tausend Jahren. Um weiteren Spannungen auszuweichen, wie auch, um endlich wieder Bewegung in die Sache zu bringen, stand sie also kurzentschlossen auf und sagte: „Hier sind die Zeitungssachen. Lies den FR-Text zuerst, Frank."

Frank nickte stumm, als sie zwei Blatt Papier vor ihn hinlegte.

„Alles klar", bestätigte auch Christine, und setzte mit Unschuldsmiene hinzu: „Kann ich eigentlich den Rest vom Kuchen haben?"

„Tu, was du nicht lassen kannst", sagte Susanne und machte sich auf den Weg zu Station IV.

Frank nahm zweifelnd die Papiere in die Hand, die Susanne zurückgelassen hatte, brummte etwas Undefinierbares, fand den FR-Artikel und begann zu lesen:

Platos Ohrwurm

Die „Memetik": eine naturwissenschaftliche Ideenlehre, Science Fiction – oder beides?

Von Barbara Kirchner

Echte Hits kann man nicht planen. Das zumindest versichern den Interviewern oder Biographen mit schöner Regelmäßigkeit die berühmten Schöpfer großer Erfolge der Popmusik, des Kinos, der Mode und der Literatur. Hits fallen einem einfach ein und verbreiten sich dann quasi von selbst, mit epidemischer Geschwindigkeit und Reichweite. Die ältere Kunst- und Kulturwissenschaft kannte dafür den Ausdruck „Inspiration". In jüngster Zeit aber scheint es, als habe ein Wissenschaftler, der sich eigentlich für ganz andere Dinge interessiert, doch noch eine Theorie des Hits geliefert. Endlich, versichern Anhänger dieser frohen Botschaft, werden so weit auseinanderliegende Phänomene wie der Ohrwurm und die Piercing-Mode, der Seitenscheitel und das Christentum unter einen begrifflichen Hut gebracht. Der Urheber dieser neuen Theorie, Richard Dawkins, ist weder Philosoph noch Soziologe. Seine Lehre der ideellen Muster hat daher nichts gemein mit klassischen „Ideentheorien", die bis in dieses Jahrhundert allesamt legitime oder illegitime Erben von Platos antiker Vorstellung waren, es gäbe neben der Vielfalt realer Stühle oder Frisuren noch die abstrakte „Idee" Stuhl oder Haarschnitt und die Gesamtheit aller derartigen „Ideen" konstituiere eine verborgene „wahre Welt" hinter den Dingen. Aber auch mit den antimetaphysischen Ideenlehren unseres Jahrhunderts, also den zahlreichen strukturalistischen, pragmatischen und sonstigen Zeichen- und Bedeutungstheorien im Gefolge der beiden Väter moderner Semiotik, Ferdinand de Saussure und Charles S. Peirce, hat

Dawkins' Lehre nichts gemein. Denn er ist Biologe, mithin Vertreter einer Wissenschaft, die sich ansonsten eigentlich nicht durch besonderen Respekt vor Symbolischem und Ideellem auszeichnet. Im Gegenteil: hehre ethische Errungenschaften des Menschen wie die „Nächstenliebe", werden von Soziobiologen wie Dawkins oder Edward O. Wilson zu Beispielen für „Verwandtenhilfe im Tierreich" degradiert, romantische Schwärmerei entpuppt sich als prosaische Hormonausschüttung an der Blutkreislauf-Hirn-Schwelle – und jetzt soll also auch der Glaube an die Inspiration erschüttert werden? Immer häufiger jedenfalls geistert in kulturwissenschaftlichen Essays, den Feuilletons, auf Marketingseminaren großer Finanzdienstleister und nicht zuletzt in einer stetig anwachsenden Zahl akademischer Veröffentlichungen der Ausdruck „Mem" herum. Als Dawkins ihn Mitte der 70er Jahre erfand, sollte der Begriff als „kulturelles" Analogon des „Gens" gewissermaßen die kleinste Einheit „ansteckender Ideen" bezeichnen. So wie ein encodierter Genomabschnitt auf der DNA für blaue Augen, rote Haare oder starke Knochen verantwortlich ist, übermitteln Menschen einander nach Dawkins in Gestalt der Meme auch „ideelle" Erbsubstanz, nämlich Regeln wie „Freitags Fisch", Tonfolgen wie den ersten Takt aus dem Kopfsatz von Beethovens fünfter Symphonie, Witze ...

Frank atmete tief durch: aha. So war das also. Ansteckende Ideen. Die Verbindung zu Evangelis war zwar noch nicht GANZ klar, aber wenn es ein Mem namens „Fick mich" gab ...

*

Zur gleichen Zeit, da Frank sich vom theoretischen Hintergrund der Memetik endlich ein wenn auch noch vages Bild machte, erreichte Susanne mit etwas Mühe das Ziel, dessentwegen sie hergekommen war.

Zwei „Wachhunde“ weiter, d.h. nachdem sie sowohl den immer noch mit Bettenverschiebungen beschäftigten Pfleger wie eine der Ärztinnen (es war nicht ihre Bekannte Marion) durch kurze und kenntnisreiche Bemerkungen der Sorte „Ich will zu Werner, hat der jetzt frei?“ abgewimmelt hatte, gelang es ihr tatsächlich, sich ins zu diesem Zeitpunkt aufgrund des Hochbetriebs leerstehende Stationszimmer einzuschleichen.

Sie wußte, wo die Planetten mit den Krankenakten aufbewahrt wurden, und hatte tatsächlich Glück: „Evangelis, Johannes, ca. 35 J. (?)“ befand sich nicht in Händen irgendeines Arztes oder einer Schwester, sondern hier, bei den übrigen Akten.

Sie schlug das Dokument auf und fand Niederschmetterndes: Thoraxstich mit suicidaler Absicht, hypoxischer Hirnschaden nach Hypovolämie, Beine gelähmt, rechter Arm spastisch. Die Verletzung war mittels „Übernähung d. 3. Segments rechter OL sowie Ligatur der A. mammaria int. re.“ behandelt worden, der Hirnschaden war aber wohl nicht korrigierbar.

Der Pflegebericht war kaum ermutigender: spezielle Lagerung empfohlen, Prophylaxe gg. Decubitus, Antithrombosestrümpfe, der Patient „trinkt selber, wenn man d. Becher i. li. Hand gibt.“ Dieser Mann, stellte Susanne betrübt fest, hatte sich Schlimmeres angetan als bei einem erfolgreichen Selbstmord je herausgekommen wäre, egal, ob es ein Jenseits und also eine Hölle für Selbstmörder gab oder nicht.

Susanne dachte an Claus: das hier würde ihn sicher interessieren.

Sie wollte die Akte gerade wieder zuklappen und an ihren vorgesehenen Platz legen, als hinter ihr eine weibliche Stimme laut wurde, die sie zwar kannte, aber nicht sofort einordnen konnte: „Sieh an, Susanne Gebhardt. Ganz schön neugierig, was?“

*

Je weiter Frank in dem Artikel las, den Susanne ihm gegeben hatte, desto klarer wurden ihm die Umrisse des großen Zusammenhangs, der hinter allem wirkte, was hier geschah:

Die Mem-Idee sollte, als Dawkins sie 1976 in sein inzwischen in zahlreichen Auflagen und vielen Sprachen verbreitetes Hauptwerk „Das egoistische Gen" hineinschrieb, eigentlich nur eine Metapher sein, an deren Beispiel er Schlüsselkonzepte der Evolutionstheorie zu vermitteln hoffte. Wie vielen naturwissenschaftlich Gebildeten war ihm nämlich aufgefallen, daß die Evolutionstheorie, obwohl sie permanent von allen möglichen Leuten im Munde geführt wird, in Wirklichkeit auch über hundert Jahre nach ihrer Entstehung nicht recht ins öffentliche Bewußtsein gedrungen ist. Viele Menschen glauben etwa noch immer, „Evolution" bedeute die Weitergabe erworbener vorteilhafter Eigenschaften von Tieren an ihre Nachkommen. Diese Leute sind damit eigentlich Anhänger von Darwins Vorläufer Lamarck, den Darwinisten wie August Weismann im späten 19. Jahrhundert widerlegten. Manche verstehen unter „Evolution" auch eine ominöse „Höherentwicklung", die in der evolutionären Perspektive, zwischen Selektionsdruck und Diversifizierung, ebensowenig Platz hat wie übernatürliche Wunder oder züchterische Eingriffe von Außerirdischen. Wieder andere stellen sich unter dem „survival of the fittest" eine reine Konkurrenz um Nahrungsressourcen vor, statt den sehr viel komplexeren Wettbewerb um Reproduktionsquoten und das von der Statistisk regierte Entstehen „evolutionär stabiler Strategien". Um all das sowohl anschaulich zu erklären wie um zu vermeiden, daß das verkehrte „Wissen" dabei stört, übertrug Dawkins die Vorstellung der „Konkurrenz" von Erbanlagen untereinander auf einen „Wettbewerb der Ideen" – und fand, ganz gegen seine Absicht, daß man all den obengenannten Fehlauffassungen auch auf diesem Gebiet begegnen kann, sie dort aber den Charakter von „ideologischen" Präferenzen annehmen. Und die haben weitaus gravierendere Folgen als ein Fehlverständnis der Abstammungslehre. Ein wenig knobelte Dawkins noch daran herum, dann wandte er sich wieder Fachbelangen zu. Aus seinem didaktischen Spiel aber entwickelte sich mittlerweile eine vielschichtige Lehre: die Memetik. Führende Vordenker der neuen Cyberkultur wie der Ars-Electronica-Preisträger Neal Stephenson, dessen Mammutroman „Cryptonomicon" inzwischen den Status einer heiligen Schrift der Internetphilosophie erlangt hat, oder der Prophet der „New Economy" und Mitbegründer der Zeitschrift „Wired", Kevin Kelly, leisten das ihre zur Popularisierung der Memetik. In ihren Texten begegnet man memetischen Konzepten wie dem „Glaubensraum" (= Ausbreitungsgebiet weltanschaulicher Meme), dem „Membot" (= ein Roboter im Dienst eines Mems, also ein Mensch, der seine ganze Zeit der Verbreitung dieses Mems widmet) oder der „Ideosphäre", einem Zeichen-Raum, in dem sich Meme „semiotische Nischen" suchen. Ende 1999 erhielt das akademische Interesse an der Memetik noch einmal einen folgenreichen Schub. Damals erschien die bislang umfassendste Einführung ins memetische Denken bei der altehrwürdigen britischen Oxford University Press. „The Meme Machine", verfaßt von der Kognitionsforscherin Susan Blackmore, bietet nicht nur eine Übersicht übers memetische Gedankengebäude, sondern versucht sich auch kühn daran, den Beweis zu erbringen, daß die Memetik für die Erklärung der Sexualrollen, der Kommunikationslandschaft des Internet und sogar der großen Religionen einiges leisten kann. Ausführlich stellt Blackmore etwa die „Tricks" vor, mit denen Meme ihre Kopierwahrscheinlichkeit erhöhen, etwa den besonders für religiöse Meme kennzeichnenden „Altruismus-Trick" (Eine Religion, die den Satz „Liebe deinen Nächsten" enthält, gewinnt dadurch Attraktivität für eben diesen Nächsten, was zwar manchmal auf Kosten der „Liebenden" geht, die ausgenutzt werden, aber immer die Kopierwahrscheinlichkeit des Memplexes erhöht) oder den „Sex-Trick" – Meme, die mit Erotischem verlötet sind, reizen besonders zur Nachahmung und können im Verlauf von Generationswechseln sogar in Co-Evolution mit Genen ihre Kopier-Rate weiter ausbauen und festigen – das ganze läuft auf eine Art darwinistische Version des Kettenbriefprinzips hinaus, ist ...

„Scheint ja ziemlich interessant zu sein, diese Lektüre da", murrte Christine und klopfte mit den Fingern ungeduldig auf der Tischplatte herum.

Der Karottenkuchen war längst verzehrt.

„Ist es, Christine. Ist es. Mir wird langsam klar, in was wir hier eigentlich reingeraten sind."

... sehr faszinierend und oft erhellend, kann aber an Ort und Stelle nachgelesen werden. Was hier jedoch abschließend interessieren sollte, ist die Frage, wie man erklären kann, daß die Memetik derzeit zwar zu den meistbeachteten neuen Kommunikationstheorien zählt, das Interesse an ihr aber eigentlich erst in den letzten Jahren sprunghaft zunahm. Wie konnte diese Theorie jahrzehntelang „schlafen"? Die Antwort, denke ich, lautet: Science Fiction. Blickt man kulturhistorisch zurück in die vierziger und fünziger Jahre des 20. Jahrhunderts, so findet man dort in den Werken der Schriftsteller, die das im Genre sogenannte „Goldene Zeitalter" erschufen, sehr viele Dinge behandelt, die heute als gesellschaftliche Realitäten akut geworden sind: Computer, elektronische Kommunikation, Cloning ... als die neuen Technologien Massenwirklichkeit wurden, bedeutete das kulturell eine Rückkehr der Bilder und Redeweisen jener Zeit. Von der Werbung für die „EXPO 2000" bis zu Pop-Videoclips kann man sie überall studieren. Die „New Economy" hat den Konnex als erste erkannt: Nathan Myhrvold zum Beispiel, einer der Top-Entscheider bei Microsoft, lud schon Mitte der 90er Jahre regelmäßig Science Fiction-Denker wie Neal Stephenson, Greg Bear oder Bruce Sterling zu Gesprächen mit der Führungsriege des Bill Gates-Konzerns ein. So konnte es nicht ausbleiben, daß neben all den klassischen SF-Phantasien auch das Bedürfnis nach einer naturwissenschaftlich fundierten „Ideenlehre" neu erwachte, die alle im engeren Sinn „kulturellen" Aspekte der neuen Techno-Welt bündelt. Schon im „Goldenen Zeitalter" gab es Romane über fiktive Wissenschaften wie die „Psychohistory" (Isaac Asimov) oder den „Nexialismus" (A.E. Van Vogt), die Gesellschaftliches mit mathematischer Eleganz analysierten. Es handelte sich damit um fiktive Formen dessen, was der Soziologe Niklas Luhmann „Supertheorien" nennt, d.h. Theorien, die nicht nur alles Soziale und Symbolische, sondern auch sich selbst in ihren eigenen Begriffen erklären können. Die Memetik besetzt also, würde ein Memetiker sagen, die durch die Neo-Science-Fiction-Kulturen eröffnete semiotische Nische einer übergreifenden neuen Philosophie – und das begründet ihren Erfolg. Es könnte ihr aber auch, wenn diese kulturellen Grundlagen einmal wegfallen, den Boden wieder entziehen. Dann blieben alle ihre großen Fragen ungeklärt. Die heikelste unter ihnen aber lautet nach wie vor: was SIND eigentlich Meme? Es mag ja sein,

- Abb. 6 -

daß man darunter „Ideen" und „Muster" verstehen soll, aber wo lokalisiert man die? Hier hinkt der Gen-Vergleich auffällig. Denn während Gene Codon-Sequenzen auf DNA-Molekülen „sind", d.h. nur existieren, weil es diese Moleküle gibt und weil sie aperiodisch sind, ihre Muster also „Schrift" zulassen, kann man ein Mem nicht so ohne weiteres lokalisieren. Hier hilft vielleicht nur eine weitere revolutionäre Idee, die der Physiker Tom Stonier in seinem Hauptwerk „Information and the internal structure of the universe" (1990) entwickelt hat. Stonier glaubt, daß Muster und Zeichen nicht etwa davon abhängen, daß jemand sie lesen kann (was die Menschheit doch seit Jahrtausenden geglaubt hat), sondern ebenso wie Kräfte, Felder und die Raumzeit schlicht Grund-Eigenschaften des Universums sind. Das würde, auf die Memetik übertragen, bedeuten, daß es zwecklos ist, Meme zu suchen; denn auch eine „Kraft" kann man ja nicht „sehen" – nur ihre Effekte.

Daß aber Meme, d.h. Ideen und Muster, Effekte haben, positive wie zerstörerische, bestreitet gewiß niemand. Man denke nur an so erfolgreiche Meme, Memplexe und Meta-Meme wie „Impressionismus", „Toleranz", „Militarismus" – oder eben: „Memetik".

Ok, hab's kapiert, nickte Frank grimmig, als er mit der Lektüre fertig war: ich brauche dieses blöde Buch von dieser komischen Frau.

In just diesem Moment gab ihm Christine einen leichten Rippenstoß: „Sag' mal, Frank, bevor du den anderen Artikel da liest: wer ist eigentlich diese Frau da?"

„Welche Frau?"

„Na die, die da mit deiner Susanne auf uns zukommt."

Na großartig, dachte Frank.

Als ob ich nicht schon genug Probleme hätte.

Die Frau neben Susanne war Doktor Karin Lay.

17 Aus den Boros-Protokollen III

Protokoll No. 105 (weiblich, 26 Jahre alt)

Dr. Robert Schneider – schon der Name macht mir weiche Knie.

Das ist eine so unglaubliche Geschichte, das gibt's gar nicht. Wie das alles zuging, das kann ich wirklich nicht erklären. Was mir passiert ist, meine ich.

Aber ich will's trotzdem mal versuchen, Sie können sich ja dann ein eigenes Bild machen.

Also, ich denke schon, daß es am MTS liegt, kann's aber nicht beweisen, obwohl ich sogar wirklich tief in die Theorie eingedrungen bin, mich da wirklich eingearbeitet habe, während meiner Freizeit, sozusagen. Ich wollte es verstehen.

Wie? Ja, ich bin Physikerin. Ich mache demnächst meinen Doktor. Das Gebiet, auf dem ich arbeite, hat allerdings nicht sehr viel mit dem ganzen Quantencomputerwahnsinn zu tun, um den es bei MTS geht. Obwohl, mit Computern natürlich irgendwie schon. Ich bin keine theoretische Physikerin, bei uns geht's um experimentelle Geschichten, und zwar um ferroelektrische Flüssigkristalle. Ich arbeite da an einer industriellen Anwendungsidee.

Binär schaltbare Flüssigkristalle könnte man nämlich einsetzen, um so Anzeigenfelder zu verbessern – man hat ja Flüssigkristall-Anzeigen auf Taschenrechner – und Uhren-Displays.

Aber die sind blickwinkelabhängig, und schalten sehr langsam. Die Kristalle, mit denen wir arbeiten, könnten da eine enorme Verbesserung des Blickwinkels, erhöhten Kontrast und viel bessere Schaltzeiten bringen. Aber egal.

Ich wollte von meinem Doktor erzählen. Doktor med. Robert Schneider – ich glaube, ich bin ziemlich heftig in ihn verliebt. In meinen Frauenarzt. Das ist doch das Letzte! Wirklich! Was für ein scheußliches Klischee, im Grunde. Der reinste Arztroman. Aber wahr. Robert- so darf ich ihn nennen, meint er, ist das albern oder cool oder was? – ist ein wahnsinnig gutaussehender, 34-jähriger Typ. Naja, eigentlich sieht er auf den ersten Blick nur normal aus, aber sein ... wie soll ich sagen, das, wie er sich gibt, sein Stil sozusagen, sein Auftreten, seine Stimme ... also, Doktor Schneider ist wirklich ziemlich beeindruckend.

Ich gehe eigentlich nicht oft zum Arzt. Ich habe immer ein bißchen Bammel, wenn es mir nicht so gut geht und ich nicht genau weiß, was es ist, wenn ich also fürchten muß, theoretisch, daß es wirklich was Schlimmes sein könnte, da sitzt dann so ein Aberglauben in mir, ungefähr: wenn ich es nicht untersuchen lasse, kann niemand was Schlimmes finden, und dann geht es auch wieder weg. Bis vor einem Jahr, das sollte ich vielleicht noch dazu sagen, hatte ich eine Frauenärztin, das war so eine ältere Dame, die dann aber in Pension gegangen ist, und dann habe ich mir wirklich überlegt, wohin ich wechseln soll, denn regelmäßige Untersuchungen müssen ja schon sein, es hilft ja nix, Aberglauben hin oder her.

Und so habe ich schließlich sozusagen nachgegeben, ich dachte nämlich dann auch, daß mit mir wirklich etwas nicht stimmt. Das hing zeitlich direkt damit zusammen, daß ich angefangen hatte, Schwester Mitternacht zu nehmen. Eine Freundin hatte mir das angedreht, deren Freund ist Mediziner, er heißt

Bobrowski und sie Meier, die haben auch so einiges zu erzählen. Sollten Sie auch mal befragen. Er war früher in Psychotherapie, wegen Prüfungsangst, weil er immer dachte, die Prüfer würden ihm was Böses wollen, aber dann hat er angefangen, Schwester Mitternacht zu nehmen, und da ... Egal. Fragen Sie die beiden mal selber. Andererseits, vielleicht haben Sie die auch schon befragt, würden Sie mir natürlich nicht verraten, stimmt's? Na gut, also, ich war natürlich neugierig auf diese Wunderdroge, habe allerdings meinem Freund – er arbeitet für eine große Bank – nichts davon erzählt, und wie sich rausstellte, war das auch besser so, wenn er's auch durchaus mitgekriegt hat, daß sich bei mir was verändert hatte, aber wohl nicht, in welchem Ausmaß. Es war nämlich so – also, das ist jetzt wirklich schon peinlich. Aber gut, wenn's der Wahrheitsfindung dient ... all die berühmten Wirkungen, Halluzinationen und so weiter, Stimmenhören, alles, was man sich so erzählt, blieb anfangs bei mir aus. Ich meine, ich weiß ja sowieso, daß Drogen bei unterschiedlichen Menschen unterschiedlich wirken, und daß es gerade bei Halluzinogenen oder Psychotomimetika oder wie man diese bewußtseinsverändernden Sachen nennen will, manchmal solche Flashbacks gibt. Tage nach Gebrauch, bei manchen Sachen sogar Wochen später – plötzlich, im Alltag, im Straßenverkehr, was weiß ich. Aber als ich meiner Freundin erzählte, was das bei mir ausgelöst hat, meinte sie, das hätte jetzt wirklich noch niemand erzählt. Es war nämlich so ... also ... ich hatte wie gesagt erst rein gar keine Erlebnisse, die man irgendwie als Wahrnehmungsveränderungen einstufen könnte, aber dafür war ich danach auf eine ganz bizarre und absurde Weise irgendwie tagelang ... dauer-erregt.

Wenn ich die Dinger einnahm, gab es so ein Prickeln, nicht direkt angenehm, auch nicht unangenehm, einfach etwas auf der Haut. Aber es verschwand nicht wieder, wie allgemein behauptet wird, also daß das so schnell abgebaut wird, sondern hielt stundenlang an, als eine Art besonderer Rezeptivität für ... Das hört sich jetzt natürlich irgendwie ein bißchen lächerlich an, aber es kam mir wirklich vor, als hätte ich, als wäre ich krank, weil ... ich dachte, das kann doch nicht wahr sein ... ich war ständig geil, hatte einfach andauernd Orgasmen. Lachen Sie nicht – es war unheimlich!

Ich kriegte es wirklich mit der Angst zu tun. Ich brauchte nur ein bißchen mit meinem Freund rumzumachen, nicht mal ausziehen mußte ich mich dafür ...

Ja, das ging ja noch, aber wenn dann im Bus, oder im Fahrstuhl, in solchen Situationen, wenn ein Haufen Leute um einen rum sind ... da brauchte mich nur jemand falsch mit dem Ellenbogen oder dem Regenschirm berühren ...

Ich dachte zuerst, es hätte vielleicht mit Hormonen zu tun, Pheromonen, Steroiden und was es da alles gibt. Deshalb habe ich zunächst wirklich auf eigene Faust versucht, zu recherchieren. Nein, MTS habe ich nicht abgesetzt ... denn die andere Seite war ja: es war nicht durchweg schlecht, das Gefühl, warum, muß ich ja wohl nicht erklären. Meiner Beziehung zu meinem Freund hat es zum Beispiel natürlich ziemlich gutgetan, auch wenn er anfangs etwas ratlos und hilfos war. Jedenfalls war das aber doch für mich der Auslöser gewesen, mich in diese Materie reinzuschaffen – sexuelle Differenzierung des Gehirns, als erstes, grundlegende Neurologie, Hormone, und als das alles unbefriedigend war, so vom Auskunftswert her, habe ich mir eben die Theorie hinter MTS direkt angeeignet, soweit sie verfügbar war.

Niemand weiß ja wirklich, wo die Dinger herkommen, wer sie vertreibt und ursprünglich hergestellt hat, es gibt zwar Gerüchte, daß eine japanische Firma dahintersteckt, aber da die

Preise relativ in Ordnung sind, kümmert es auch niemand ... und in den meisten Großstädten soll es ja inzwischen Labors geben, die sozusagen in Lizenz ... die eben wissen, was da drin ist, wie diese Nanomaschinen oder Von-Neumann-Automaten, diese Assembler, die sogenannten Pseudobakter, synthetisiert, geprägt und polymerchemisch programmiert werden können.

Das Irrste, was ich gehört habe, behauptet, daß hinter allem zwei einzelne Männer stecken sollen. Der eigentliche Boß der Operation, die diese zwei da laufen haben, soll der ältere von ihnen sein: ein Astrophysiker und Radioastronom namens Professor Soprovnik, Exiltscheche, der in Dänemark leben soll, in Kopenhagen, und ein schwedischer Biochemiker namens Claus Bruinsma, mit dem er angeblich zusammenarbeitet.. Dort – in Dänemark – hat Soprovnik, heißt es, in den späten 70ern des 20. Jahrhunderts mit dem örtlichen Zweig des weltweiten SETI-Programms zu tun gehabt, ja: Suche nach außerirdischer Intelligenz. Ich weiß nicht, ob sie von den magischen 21 Zentimetern schon mal gehört haben? Das häufigste Element im Universum, der neutrale Wasserstoff, hat eine natürliche Spektralstrahlung der Wellenlänge 21,106 Zentimeter, die vom Spin seines Elektrons herrührt – das ist das Drehmoment in der Quantenmechanik. Weil nun die SETI-Leute glauben, daß Außerirdische diese Frequenz auch entdecken müssen, weil sie ja in demselben Universum leben wie wir, und der Wasserstoff überall vorkommt, suchen sie den Nachthimmel auf Vielfachen dieser Frequenz nach Sendungen ab, die von Intelligenzen im All verschickt worden sein könnten. Ja, und auf irgendeinem ganzzahligen Vielfachen dieser Frequenz, habe ich gehört, soll dieser Soprovnik dann also endlich eine Botschaft empfangen haben. Und sein Kumpel, der Biochemiker, soll das dann decodiert haben als eine Syntheseanleitung für MTS. Das heißt, die Droge ist demnach ein außerirdisches Geschenk, beziehungsweise, wie ein paar Paranoide im Internet verbreiten, eine neurochemische Invasionswaffe. Wie? Nein, ich glaube auch nicht dran. Zu anthropozentrisch. Die müßten ja ein ähnliches Nervensystem wie wir haben, damit das hinhaut, oder wahnsinnig viel über unseres wissen. Aber ist doch eine absolute Wahnsinnsgeschichte, oder? Genau.

Jedenfalls ist die eigentliche Theorie hinter der Wirkung von MTS ziemlich faszinierend – es gibt Webseiten, wo die entsprechenden Papiere runtergeladen werden können. Das Ganze stellt ja auch einen riesigen Schritt vorwärts dar für das Verständnis der, äh, kognitven Funktionen, oder? Die ganze Penrose-Theorie ist faszinierend, und daß man sie mit dieser Droge endlich praktisch testen kann ... klar, es gibt dabei sozusagen keine Gegenprobe, es wäre ja denkbar, so lange wir so wenig über diese Dinge wissen, daß das Zeug auch auf ganz andere Art und Weise wirkt, als die Theorie behauptet, aber ... soweit ich es verstanden habe, gibt es eigentlich nur ein Problem bei all dem: wenn die Elektronenpositionen in den Microtubuli-Dimeren mit den beiden möglichen Proteinformen korreliert sind, wie das in dem berühmten EPR-Gedankenexperiment von 1935 beschrieben wird, dann hat das Elektron ja gar keine reine Wellenfunktion mehr, die einen echten Quantencomputer ausmachen würde, oder als Zelle für so einen dienen könnte, sondern wir hätten eine dekohärente Mischung. Diese Diskussion habe ich nie ganz nachvollziehen können, da fehlt mir sowohl der Überblick wie das Detailwissen, aber es wird jedenfalls auf den Mailing-Lists und weißgottwo heiß darüber debattiert. Das Paar Elektron/Dimer, sagen die Verteidiger der Theorie von Penrose und Co., hätte als Ganzes aber wiederum eine reine Wellenfunktion, purer Schrödinger sozusagen. Die

Quantenwellenfunktion dieses Modus ist dann das Bewußtsein selber, vorausgesetzt, die Reibung, die uns den Zeitfluß erfahren läßt und vom ultra-energetischen Quantenschaum kommt, sorgt für eine Rückwirkung „Materie auf Geist". So ähnlich wird es jedenfalls erzählt. Jack Sarfatti, Saul Paul Sirag, dieser Soprovnik selber, David Chalmers und ein gewisser Piotr Andras vertreten das alles überall im Netz, während Nick Herbert und Max Tegmark und drei dutzend andere ihnen fünfmal am Tag Scharlatanerie vorwerfen. Ich bin, muß ich gestehen, nie wirklich da durchgestiegen, ich habe es auch mit Physik-Kolleginnen und Kollegen besprochen, aber, tja, also, weder hat sich das alles geklärt auf dieser Ebene des abstrakten Verständnisses, noch hatte ich je den Eindruck, irgendwie der Erklärung meiner eigenen ... Probleme näher zu kommen.

Ich hätte es halt sehr gerne verstanden, einfach, weil ich es gern ein bißchen besser kontrolliert hätte.

Gut. Zur Sache zurück. Mein Erfahrungsbericht, in Ordnung.

In der Schlange am Supermarkt ist es einfach nicht erwünscht, verstehen Sie?

Und es kam halt immer wieder, auch ohne das Prickeln direkt nach Einnahme der Pille oder mehrerer Pillen. Es war verteilt über die ganze Zeit, mehrere Wochen, die ich das Zeug genommen hatte, und ich war reichlich aufgerieben zu dem Zeitpunkt, als ich mich dann schließlich entschlossen hatte, wirklich mal zum Arzt zu gehen.

Ich habe immer noch, bis kurz vor dem Arztbesuch, mit mir gekämpft, ob ich diese Vermutung, es hätte was mit Schwester Mitternacht zu tun, für mich behalten oder gleich am Anfang erzählen soll, als Teil des, na ja, Beschwerdenberichts.

Aber es mußte was passieren.

Immer diese Springflut in meinem Höschen, das konnte so wirklich nicht weitergehen. Der konkrete Anlaß war, daß mir schwarz vor Augen wurde und ich wirklich fast einen Kollaps gehabt hätte, im Freibad, einfach nur vom Anblick all der Leute in ihren ... in diesen knappen Sachen. Ich wollte es jetzt wirklich wissen, ob das nicht vielleicht ein Phänomen war, das die Medizin schon kennt, und meine ganzen MTS-Spekulationen möglicherweise Quatsch waren. Wie nennt man das, habe ich mich gefragt? Bin ich nymphoman, erotoman, gibt es da irgend eine ... was auch immer.

Dr. Schneider ist eigentlich der Arzt meiner Mutter.

Ich wußte, daß er ein guter Arzt war, davon hatte sie erzählt – ich bin allerdings nicht zu ihr gegangen, wegen des Termins, hab' ihr gar nichts erzählt, weil ich irgendwie ... ich war immer schlecht im Lügen, und wenn sie mich gefragt hätte, was ich denn habe, also warum ich den Termin will ... na, kann man sich ja denken, daß ich nicht die größte Lust hatte, darüber ausgerechnet mit meiner Mutter ... ich bin also vor allem hingegangen, weil ich nicht einfach einen Arzt aus dem Telefonbuch raussuchen wollte und weil es ja doch ein verdammt unwahrscheinlicher Zufall gewesen wäre, wenn meine Mutter ausgerechnet an diesem Tag da aufgekreuzt wäre. Ist sie auch nicht.

Die Sprechstundenhilfe da ist übrigens Schneiders Frau, die war gleich sehr nett. Ich hab' ihr also gesagt, daß das mein erster Besuch ist und so weiter, und als sie fragte: „Nur ganz allgemein, warum sind Sie hier? Routineuntersuchung, oder haben Sie ein Problem?", da hab' ich's sogar fertiggebracht, zu sagen: „Es geht mir eigentlich gut, aber eine reine Routineuntersuchung ist es nicht. Schwierig zu erklären." Sie war sehr nett, wirklich, sehr verständnisvoll, meinte gleich, so genau wolle sie es nicht wissen und ich sollte ihr halt die Versicherungskarte geben und einfach mal im Wartezimmer Platz nehmen.

Da lagen diese ganzen Flug-, quatsch: Faltblätter über Brustkrebs und so weiter, das hat natürlich meine übliche Arztangst wieder wunderbar geschürt, und damit war immerhin meine Dauernlüsternheit mal für eine Weile in Schach gehalten. Ich fragte mich sofort ernsthaft, ob das mit dem Arztbesuch eine gute Idee gewesen war, ich war mir sogar ziemlich sicher, von wegen Brustkrebs und so, daß das wahrscheinlich auch alles ... daß ich das alles hatte und daß das jetzt unwiderruflich rauskommen würde. Das Todesurteil.

Schließlich kam ich dann aber dran und wurde in dieses Untersuchungszimmer geführt, und Frau Schneider erklärte mir nochmal, wie es läuft. Das heißt sie sagte, ich würde das ja sicher wissen, aber ... und ich hab' mir das alles kopfnickend angehört. Ich muß ziemlich schwachsinnig gewirkt haben, denn ich kam langsam ganz merkwürdig drauf, die Angst war eigentlich schon wieder weg, und ich zog mich also aus und sie stellte noch ein paar von diesen semi-peinlichen Fragen, diesmal wurde es schon genauer – na gut, da habe ich es dann doch erzählt. Aber das mit Schwester Mitternacht habe ich weggelassen, wie ich's mir ja vorab schon zurechtgelegt hatte – ich wollte ja wissen, ob es eine andere Erklärung gab, und der Arzt sollte schon vernünftig danach suchen, nach dieser anderen Erklärung, und deshalb wollte ich ihn nicht in diese Richtung lenken, wo er dann hätte sagen können: ah, wir nehmen Drogen, alles klar, Dachschaden, tut mir leid, Mädchen.

Mein Problem habe ich ihr immerhin aber doch, äh ... dargelegt. Sie hat gar nicht reagiert, zum Glück. Nachdem sie mir in dieses blöde Gestell geholfen hatte, verschwand sie nach nebenan – Gottseidank, denn da so zu liegen, mit gespreizten Beinen und mit den Füßen gefesselt in der Luft hängend, war auch so schon ziemlich unerträglich. Und trotzdem, trotz der Unerträglichkeit, fing auf einmal doch dieser verdammte Zustand wieder an ... vielleicht, weil ich eben noch davon geredet hatte, ich weiß es wirklich nicht.

Was sollte ich machen? Katastrophale Lage. Ich fasste mir also ganz kurz zwischen die Beine, wie gesagt: was hätte ich machen sollen? Und mehr brauchte es auch nicht, wirklich nur die allervorsichtigste Berührung mit dem kleinen Finger, und ich war fertig – ein Hammer. Ich zitterte ein paar Minuten am ganzen Körper, mir war wirklich überhaupt nicht mehr klar, was los war, wo ich mich befand.

Als ich wieder halbwegs beisammen war, war immer noch niemand gekommen. Ich weiß nicht, was ich im anderen Fall gemacht hätte. Reines Glück, ehrlich.

Schließlich tauchte dieser Arzt dann auf: Dr. Schneider.

Super-selbstbewußt, groß, braune, volle Haare, breites Lächeln, aber nicht schmierig oder so: „Hallo!" strahlte er mich an. Ich war ziemlich froh, daß ich vorhin diese letzte Gelegenheit wahrgenommen hatte, mich ... Tja. So war ich wenigstens nicht mehr geil. Aber andererseits fühlte ich mich jetzt wirklich wieder wie ein kleines Kind, wenn ich mit sieben oder so zu Ärzten gehen mußte – da so zurechtgelegt zu sein ...

Ich hatte Angst, war nervös, und mußte also perverser- und extrem peinlicherweise auch noch kichern. Also nicht wirklich so ein ganz entsetzliches Schulmädchenkichern, eher so ein kleiner Gluckser, aber peinlich war es natürlich trotzdem, ganz furchtbar.

„Lachen muß sein. Das entkrampft", sagte er völlig ruhig, und zog sich seine Gummihandschuhe an. „Dann wollen wir mal schauen.'"

Und das hat er dann auch gemacht. Nein, mein Zustand kam währenddessen zum Glück nicht mehr zurück. Wie gesagt, draußen, im Alltag, wäre der Arzt mir vielleich gar nicht aufgefallen – er sah nicht aus wie ein Model oder so etwas, eben ein normaler, gutaussehender Mann – und während dieser Untersuchung hatte ich nicht das Gefühl, daß er einen besonderen Eindruck auf mich machte. Gut, danach habe ich mich dann allerdings doch ... ich weiß nicht ... mir war schon aufgefallen, daß er wirklich nicht schlecht aussah.

Und ... also, es war so: er war fertig und meinte, nachdem ich aus diesem Stuhl befreit war, „Ich kann jedenfalls nichts finden, was nicht normal wäre", und ich nickte, nicht mal enttäuscht, eher erleichtert eigentlich, denn, also, der Gedanke ging ungefähr so: es mag ja vielleicht auch bei dieser Sache hier keine Erklärung rausgekommen sein, aber immer noch besser als irgendeine furchtbare Krankheit, oder nicht?

„Abgesehen von ihrem Problem sind Sie in bester Verfassung, sieht alles ausgezeichnet aus", und in dem Moment, der Teufel weiß, warum, mußte ich idiotischer- und perverserweise doch wirklich antworten: „Sie aber auch."

Nein, ich weiß beim besten Willen nicht, was ich mir dabei gedacht habe.

Er sagte nur: „Man tut sein Bestes."

Das hatte wirklich Klasse. Er hätte mich ja in eine unglaublich peinliche Situation bringen können oder etwas Schleimiges oder sonstwie Anzügliches sagen können, aber er hat seinen Gleichmut perfekt gewahrt, das war schon super.

Allerdings hat er, wie gesagt, keine Erklärung gewußt für mein Problem, was er zwar zu überspielen versuchte, mit so ein paar Standard-Bemerkungen über Hormone, aber am Ende streckte er dann die Waffen: „Ich kann nur sagen, daß es was

Funktionales zu sein scheint, also nichts, was man jetzt direkt nachweisen könnte, was irgendein Substrat hat ... wenn es nicht weggeht und Ihnen das Leben auf Dauer schwierig macht, daß Sie denken, Sie wollen es unbedingt loswerden, dann sollten Sie vielleicht eine Psychotherapie erwägen. Das klingt abschreckend, ich weiß, aber ich müßte lügen, wenn ich so tun sollte, als wüßte ich mehr dazu. Und só wild sind solche Therapien nicht."

Diese Aufrichtigkeit war angenehm, und ich verließ die Praxis mit gemischten, aber eigentlich eher positiven Gefühlen. Das Entscheidende ist: dieses ganze Ereignis scheint auf eine Art und Weise, die ich immer noch nicht verstehe, der Wendepunkt gewesen zu sein in meiner, äh, in meiner persönlichen MTS-User-Geschichte.

Denn ab diesem Tag hatte ich genau die Halluzinationen und Visionen, von denen alle immer so begeistert erzählen. Das Verblüffendste: die Dauergeilheit war auch weg. Erotische Gefühle konzentrierten sich jetzt brav auf die Zeit kurz vor – weil man ja schon bereit sein muß, sich bereit macht – und kurz nach Einnahme der Droge.

Soweit also anscheinend alles endlich normal, nur daß es bei mir eben diese eine kleine verrückte Besonderheit gibt: ALLE meine Halluzinationen haben irgend etwas mit diesem Doktor Robert Schneider zu tun, den ich seitdem immer wieder sehe, höre, spüre, wenn ich die kleinen blauen Pillen genommen habe.

Verstehen Sie?

Es ist wie verhext: mein Freund bekommt beim Vögeln Schneiders Gesicht und seine Haare und so weiter, mit allem drum und dran, wenn ich MTS genommen habe ...

Wie? Ja, mein Freund nimmt es jetzt auch. Das ändert aber nichts. Ich erzähle ihm von der Art meiner Halluzinationen natürlich nichts, und er denkt, ich würde ... er denkt, er könne meine Gedanken lesen, und daß er da lesen würde, wie toll ich das alles fände. Und er hört Stimmen, sieht Farben ... aber merkt nix, was mich angeht und meine Doktor-Schneider-Visionen.

Ich war seither nur noch zweimal in der Praxis, wegen dem Pillenrezept – wie? Nein, natürlich die Pille zur Verhütung.

Es ist genauso penetrant wie vorher diese Nymphomanie oder was immer es war – wenn auch wenigstens zeitlich jetzt kontrollierbar.

Ich weiß halt, es kommt, wenn ich die Dinger nehme, und nehme sie trotzdem. Vielleicht sogar deswegen, denn es ist eigentlich sehr ... sehr erregend.

Aber auch gruslig, auf 'ne Art – einmal habe ich alleine im Bad eine von den Kapseln geschluckt, mein Freund war nicht zuhause, und dann habe ich mich vor den Spiegel gestellt, die Augen geschlossen und bis zehn gezählt, so schnell wirkt es nämlich bei mir normalerweise – und als ich die Augen aufgemacht habe, da schaute mich doch wirklich dieser Doktor Robert Schneider aus dem Spiegel an.

Ich hab' einen ganz schönen Schrecken gekriegt, das dürfen Sie mir glauben.

18 Ankunft

„Nicht aus dem Fenster sehen. Einfach nicht aus dem Fenster sehen."

Waren das überhaupt Fenster?

Neben seinem Kopf, zur Rechten, sah er eines, rund und mit eisernem Beschlag umrandet, in die Metallwand eingelassen.

Gegenüber, neben dem Sessel von Frank Urban, gab es ein weiteres, vorn waren noch zwei. Bullaugen? Oder wie sonst nannte man das, in so einem Gefährt? Und dann diese Sessel ... absurde kunstlederbezogene und wie aufgeschäumt voluminöse Sitzblöcke mit viel zu großen Lehnen und Armstützen. Die Dinger standen in einer ansonsten leeren Kabine. Niemand, dachte er, konnte sich in diesen Monstrositäten im Ernst wohlfühlen, so ostentativ auch der hingefläzte Körper dieser Karin Lay etwas anderes behauptete. Die Schatten draußen jagten ihm Angst ein.

Alles sah unnatürlich aus: die Wolken, der Mond, das fahle Schimmern am Horizont.

Er flüsterte, um sich selbst Mut zuzusprechen: „Nicht. Nicht da raus ... einfach nicht aus dem Fenster sehen." Unter flachen, oft stockenden, hin und wieder sogar einen Augenblick angehaltenen Atemzügen kämpfte Professor Doktor Rainer Horn, sein kleines Mantra ständig wiederholend, mit einer Übelkeit, für die er keinen Namen kannte.

Luftkrank, dachte er, mochte man's nennen, solange einem nichts besseres einfiel.

Aber es war ja eigentlich nicht die Höhe und die Bewegung, auch nicht der Lärm des sechsblättrigen Haupt- und des vierblättrigen Heckrotors, was den Magen des Psychiaters quälte, sondern eher der übereilte Aufbruch, die seltsame Gesellschaft und das einschüchternde Fahrzeug als Ganzes, das auf einem privaten Flughafen unweit der Klinik gelandet war, den wertvollen Patienten von einem Krankenwagen aus aufgenommen und hinter Schleusentüren mit „Biohazard"-Warnmarkierungen verborgen hatte, um dann mit ihnen allen an Bord seine Reise zu einem unbekannten Ziel hin anzutreten.

Horn war sich immer unsicherer, mit welchen Mächten er eigentlich kollaborierte, indem er die Überweisung, richtiger wohl: „Überstellung“ Evangelis' in die Hände der Sagai-Herren absegnete. Immerhin: ganz wie Ezrael von ihm verlangt hatte, war es ihm gelungen, die „Entführer“ dazu zu bewegen, ihn mitfliegen zu lassen („Ich habe mehr Erfahrung mit dem Mann als irgend ein anderer. Ich kann für sie von unschätzbarem Nutzen sein.“).

Wie hatten sie das überhaupt hingekriegt, einen alles andere als geheilten Menschen wie Evangelis der Krankenhausbürokratie aus den Fingern zu winden?

„Der Papierkram ist geregelt. Also, wollen Sie jetzt mit oder nicht? Es ist nicht so, daß wir Sie dringend BRAUCHEN, es geht unsererseits nur um eine nette Geste, weil's Ihnen so viel zu bedeuten scheint, und weil Sie so gut auf Evangelis aufgepasst haben. Bis jetzt“, hatte Karin Lay ihm kalt lächelnd die Pistole auf die Brust gesetzt.

War die Sache rechtens gewesen?

Spielte das eine Rolle?

Würde es noch einen Arbeitsplatz in der Psychiatrie geben, an den Horn zurückkehren konnte, wenn diese Geschichte irgendwie zum Abschluß gekommen war?

In knapp eintausendfünfhundert Metern Höhe schoß Horn, in dergleichen zwanghaft-finstere Gedanken verstrickt, mit hundertfünfzig Stundenkilometern Reisegeschwindigkeit durch die schwarzblaue Nacht und fühlte sich, als wäre er von einem UFO entführt worden.

Metaphorisch betrachtet, war das gar nicht so verkehrt.

Noch nie, nicht einmal in Kino oder Fernsehen, hatte Horn so ein Ungetüm gesehen wie diesen riesigen Helikopter mit zwei Cockpits (einem vorn, einem hinten), dessen Bauch aus einer langen metallischen „Zelle“, d.h. einem überdimensionalen Container bestand, in dem ein Hi-Tech-Krankensaal (wo derzeit Evangelis von einem internationalen Spezialistenteam versorgt wurde) und, hinter einer Schleuse, dieses kleine „Vorzimmer" Platz hatten, wo er jetzt mit ein paar anderen saß. Alle, abgesehen von Karin Lay, die in ihrem Sessel friedlich schlummerte, sahen mindestens ebenso geduckt und besorgt aus wie er.

Doktor Lay, die unleugbar an Bord „das Sagen hatte" und schon in K. innert kürzester Zeit nach ihrem überraschenden Auftauchen die Regie übernommen hatte, lag nicht nur entspannt, sondern regelrecht aufreizend da. Was im Kopf dieser Frau vorgehen mochte, wagte Horn sich gar nicht auszumalen.

Wahrscheinlich wäre er ziemlich enttäuscht gewesen, wenn er gewußt hätte, daß sie in ihrem Dämmerschlaf viele Jahre zurückgesunken war und gerade träumte, beziehungsweise phantasierte, sie sei wieder mit Frank im Tierheim tätig – ein Kater namens Carlo mit abgebranntem Ohr wurde in ihrer Erinnerung lebendig.

Die alten Geschichten! Das Kind mit der Fischtüte, das seine drei Goldfische vorbeibrachte, weil der wahnsinnige Vater die Viecher „haßte"... in Karins Erinnerung/Vision amalgamierte sich das Gesicht des kaugummikauenden Jungen mit Zügen der Freizeitpunkerin aus dem Aufenthaltsraum des Lewis Thomas Lab: er blies die Backen auf, vor seinem Mund entstand eine Kaugummiblase, wuchs und platzte.

Karins Phantasien erfuhren Drehungen, wucherten, kippten – die Szene hatte sich verändert: ein Hund saß auf dem Kopfkissen des Bettes in Karins Zimmer in Clearwater und wedelte mit dem Schwanz. Er sabberte und gähnte, den Mund weit aufreißend – sie erkannte ihn sofort: es war auch einer der „Patienten" von damals im Tierheim; der Dackel Bero, den Frank seinerzeit eigenhändig bei seinen neuen Besitzern „zurückgestohlen" hatte, einem widerlichen und verantwortungslosen

Ehepaar, daß ihn weniger aus Mitleid denn aus Verzweiflung darüber gekauft hatten, daß ihnen das gegenseitige Quälen inzwischen langweilig geworden war und sie dringend ein neues Opfer brauchten.

Dann veränderte sich das Tier und wurde eine teure Perserkatze, abgemagert und in desolatem Zustand. Karin erkannte auch sie: eine Streunerin, von Jugendlichen aufgefunden, die schließlich von einer Nonne für ein Altenheim erworben wurde.

„Ein Luxus-Greisenmaskottchen", hatte Frank damals gespöttelt, „vornehm geht die Welt zugrunde." Bald fünfzehn Jahre war diese glückliche Zeit jetzt her. Karin, halb bewußtlos, sah die Käfige der damaligen Schützlinge nebeneinander aufgereiht, und dann, am Ende der Reihe, den langen Plexiglaskasten, in dem Evangelis lag. Die Kamera der Traumsicht vollführte einen weiteren Schwenk, da sah sie Hunde sich im Hof des Tierheims unerlaubt paaren und dachte: hat irgendwer den Viechern MTS ins Chappi getan?

Im nächsten Moment sah sie Evangelis glasigen Blicks zur Decke starren, aber seine Augen hatten sich verändert: sie waren jetzt große, dunkle, feuchtglänzende Hundeaugen ... und seine Nase war feucht und schwarz ... eine lange Hundezunge hing ihm aus dem Mund ...

Der Traum zerfloß in schlierigen Schatten. Karin seufzte leise im Schlaf, aber niemand hörte sie in diesem Krach, und keiner bemerkte die sachte Bewegung ihres Kopfes, als sie aus dem Halbschlaf in den Tiefschlaf sank.

Horn fragte sich, ob – und gegebenenfalls wo – in dieser „Kabine" ein Kotztütchen zu finden wäre. Mit unstetem Blick sah er sich noch einmal um, die einzige Alternative war ja der Blick nach draußen (schlecht) oder das Schließen der Augen (noch schlechter). Was er erblickte, war nicht dazu geeignet, ihn zu ermutigen. Grünlich-ungesunde Neonbeleuchtung ließ die ohnehin übernächtigten Gesichter von Susanne Gebhardt, Frank Urban und Christine Hager fahl aussehen. Daß niemand ein Wort redete, seit man vor zwei Stunden in K. aufgebrochen war, drückte die Stimmung zusätzlich.

Nicht das Geringste ahnte Horn oder irgendjemand sonst in der Kabine davon, daß in der hinter dreifach verstärkten Wänden gesicherten Kammer jenseits der Schleuse Dr. Riichi Yokomitsu und ein ausgebildeter Mediziner, der zugleich Angestellter der Regierung der USA war, lautstark über die verschiedenen Möglichkeiten stritten, wie mit Evangelis zu verfahren sei.

Sollte man (was Yokomitsu befürwortete) mit weiteren Beschlüssen warten, bis man im „Chalet" angekommen war, dem Bestimmungsort der Reise, wo man über avancierteste Therapiemöglichkeiten, etwa zur Restauration von im Zentralnervensystem beheimateten Neuronenverbindungen, zur axonalen Regeneration und neuroendokrinen Gewebeverpflanzung, verfügte? Sollte man Evangelis' Körper, wie eine junge japanische MTA vermittlungshalber vorschlug, mittels einer speziellen, Zellbeschädigung ausschließenden Kühllösung in kryonische Stasis versetzen, bis weitere Entscheidungen darüber getroffen werden konnten, was mit ihm zu geschehen hatte? Oder war der Anordnung Jim Corbetts Folge zu leisten, die dieser direkt aus Washington erhalten hatte, wonach man per Funk die Leute im Chalet darauf einstimmte, die Möglichkeiten des „Brain Banking" zu nutzen? Das hätte bedeutet, die nötigen Vorbereitungen dazu zu treffen, um das aus dem Schädel entnommene Gehirn des Patienten, mit dessen Überleben „nicht gerechnet" wurde (eine vornehme Umschreibung für den im Rahmen dieses Plans erforderlichen Akt der Euthanasie), mit einem elektrischen Messer auf der koronalen Ebene in 3-5 Millimeter dicke Scheiben zu schneiden, das Cerebellum und den Hirnstamm intakt abzulösen, ebenfalls scheibenweise zu zerteilen und anschließend die Vorder- und Rückansicht der so entstandenen Scheiben zu fotografieren, danach jede Sektion in luftdichten Plastikbeuteln zu verschließen und innerhalb von Sekunden zwischen 400 Gramm schweren, auf -195° C abgekühlten Aluminiumplatten in ein Bad aus flüssigem Stickstoff einzutauchen. Yokomitsu war strikt dagegen, Corbett persönlich auch nicht dafür, aber die Pflicht ging vor.

„Sie sehen gar nicht gut aus, Professor."

Es war Frank Urban, der sich schließlich an Horn wandte und ihn dabei direkt anstarrte.

Horn betrachtete ihn, als wäre er gar kein lebendiger Mensch, sondern nur eine Fotografie: Urban befand sich in einer seltsam halb wippenden Stellung – er war noch nicht aufgestanden, saß aber auch nicht mehr, sondern stützte sich mit den Armen auf die Polster seines Sessels.

Horn wollte sich diese Distanzlosigkeit verbitten, wollte überhaupt mit diesem Menschen, der ihn so offensichtlich wochenlang belogen und ausgenutzt hatte, nichts mehr zu tun haben – schlimm genug, daß Karin Lay, die hier das Sagen hatte, ihn offenbar kannte und dulden wollte. Eine scharfe Zurechtweisung lag Horn auf der Zunge, aber ihm fiel vor lauter Schwindel und Unwohlsein nicht ein, wie er sie formulieren sollte. So brachte er nur ein schwächliches: „Bitte?" heraus, das Frank Urban ihm mehr von den Lippen ablesen mußte, als daß er es tatsächlich hätte hören können.

Frank stand auf, ging zwei Schritte auf Rainer Horn zu und sah dabei kurz nach unten, als traue er dem Grund und Boden nicht, auf dem er ging. „Ich sagte ..."

„Er hat dich gehört“, giftete Christine und zündete sich eine Zigarette an.

Es war, schätzte Susanne, die schweigend verfolgte, was geschah, ungefähr die sechste seit dem Abflug vor anderthalb Stunden.

„Und er weiß selber, daß er nicht gut aussieht – so ein aufgeschwemmter kleiner Puddingkopf von Psychiater wie der ... für denn ist das normal, wenn er morgens in den Spiegel guckt.“ Susanne wußte genau, warum die Fotografin den Arzt zu provozieren versuchte.

Sie erkannte das Gefühl, das Christine zu schaffen machte: machtlos zu sein, verschoben zu werden wie Frachtgut, die Ereignisse nicht mehr kontrollieren zu können; für eine Frau wie dieses kleine kettenrauchende Biest weißgott keine angenehme Erfahrung.

„Hören Sie nicht auf Christine“, versuchte Frank, die Scharte wieder auszuwetzen, während er mit wie beschwörend erhobenen Händen immer noch langsam auf Horn – und den freien Sessel neben ihm – zuging.

Horn wich zurück, drückte das Kreuz durch und den Leib ins Polster. Was wollte dieser Mensch von ihm? Ihn bedrängen, ihn erwürgen?

Susanne Gebhardt hatte wohl denselben Einfall, denn sie rief bestürzt: „Frank? Frank, was willst ...“ – sie verschluckte den Rest des Satzes, denn Frank wandte den Kopf ruckartig in ihre Richtung, riß die Augen auf und deutete mit der Rechten auf Karin Lay.

Susanne und Christine verstanden sofort: er möchte ausnutzen, daß sie schläft, und dem Professor etwas sagen. Auch Horn begriff jetzt, daß er Frank Urban an sich heranlassen konnte, ohne um sein Leben zu fürchten. Der Journalist und Ex-Mediziner setzte sich vorsichtig auf die linke Armstütze des freien Sessels, beugte sich zu Horn, formte mit den Händen eine Muschel, legte sie an Horns rechtes Ohr und sprach in normaler Zimmerlautstärke hinein, was unter den gegebenen Umständen einem Wispern so nahe kam wie irgend möglich: „Ich weiß, was Sie von mir halten. Aber das darf jetzt keine Rolle spielen. Wir sind hier alle im Blindflug, bis auf Karin. Es kommt mir komisch vor, daß sie uns alle so mir nichts dir nichts mitnimmt auf diese Party. Vor dem Abflug war sie lange im Cockpit verschwunden, um mit dem Piloten, diesem Osugo oder Usagi oder wie er heißt, zu reden."

„Worauf ...", Horn räusperte sich, dann neigte Frank ihm seinen Kopf zu und Horns Hände formten ihrerseits eine Sprechmuschel, durch die er Frank ins Ohr sagen konnte: „Worauf wollen Sie hinaus?"

Frank schütttelte den Kopf. Horn bot Frank wieder sein Ohr, und Frank erläuterte: „Ich sehe Ihnen an, daß Sie auch nicht mehr wissen, als Sie uns erzählt haben – mir und Christine, als Sie uns noch für Eingeweihte gehalten haben. Aber wir alle wissen von Evangelis, von der Verbindung zu Boros und dieser Firma, Sagai ... und deshalb, denke ich, bietet man uns an, Zeugen des, wenn ich mich nicht irre, letzten Kapitels zu werden. Natürlich rechnet man mit unserer Neugier. Die dürfen wir befriedigen. Aber wenn wir nicht zusammenarbeiten, könnte es sein, daß wir nie die Gelegenheit erhalten, weiterzugeben, was wir erfahren."

Horn schluckte und wiederholte die Hörmuschel-Prozedur, um Frank zu fragen: „Sie denken, man will uns liquidieren?"

Frank erwiderte durch den Handtrichter: „Liquidieren wohl nicht. Aber wie wär's mit erpressen, oder gefangen halten, bis unsere Ausplauderei keinen Schaden mehr anrichten kann. Ich rechne nicht mit Mord. Das würde Karin nicht mitmachen.

Aber das alles hier kostet viel Geld. Ich glaube kaum, daß eine Weitergabe der Geheimnisse, die es hier geben mag, an die Boulevard- oder die medizinische Öffentlichkeit geplant ist. Also? Sollen wir einander mißtrauen, gegeneinander arbeiten und es so den Leuten, die das hier alles dirigieren, erleichtern, sich ..."

Horn winkte ab, er sah ärgerlich aus, aber auf seiner Stirn stand Schweiß, und sein Atem ging noch arhythmischer als zuvor, als er Frank, der sich ihm erneut zuneigte, ins Ohr ächzte: „Schon gut, schon gut."

Ein Poltern über ihnen, ein metallisches Klong!, Rasseln und Schaben – links? Susanne, Christine, Frank und Rainer Horn sahen nach oben, dann nach links, und Horn rief, sichtlich mit den Nerven am Ende: „Um Gottes – ...! Was ist DAS denn jetzt?!"

„Irgendwas ist kaputt", prophezeite Christine düster und sog wie mit letzter Kraft an ihrer Zigarette. „Irgendwas an diesem Scheißding ..."

„Schießt vielleicht wer auf den Hubschrauber?" malte Susanne sich und den andern das Schlimmste aus, was ihr einfiel. „Beruhigt euch, Kinder!" – es war Karin Lay, die die Augen geöffnet hatte, die Arme reckte und aussah, als hätte sie einen höchst erholsamen Schlaf hinter sich. „Das sind nur die Piloten, die beiden im vorderen Cockpit. Sie setzen sich zurecht und bereiten den Landeanflug vor – Instrumenten und Motorüberwachung, Hindernisfreiheit und so."

„Hindernisfreiheit?" stutzte Christine

„Klar. Im hinteren Cockpit wird der Kollege sich drum kümmern, daß wir im Burghof abgesetzt werden. Schaut mal raus – seht ihr die Lichter?"

Christine stand auf, Susanne hatte ohnehin freie Sicht auf eins der „Fenster".

- Abb. 7

Frank und Horn teilten sich die Ausguckscheibe in ihrer unmittelbaren Nähe.

Frank pfiff durch die Zähne. Horn zögerte zunächst, hinauszublicken, dann sah auch er, was die anderen drei bestaunten: eine von großen verspiegelten Boden-Scheinwerfern in grellstes Flutlicht getauchte Schloßanlage, auf einem dunklen, riesigen Felsen gelegen.

Das Bauwerk befand sich noch ein paar hundert Meter unter ihnen, aber der Hof, von dem Karin gesprochen hatte, auf dem ein gutes Dutzend Menschen herumwuselten und der zweifellos Platz bot für mehr als nur einen Hubschrauber, näherte sich ihnen rasch – sie fielen ihm entgegen.

Der Abstieg war nicht völlig vertikal, das Vehikel schaukelte ein wenig.

„Oh Gott!" seufzte Horn auf, und Frank mußte ihn stützen, damit er sich wieder ins Polster sinken lassen konnte.

Frank blickte zu Karin. Die strahlte ihn an: „Freu' dich doch! Du wirst immerhin einen alten Bekannten wiedersehen!"

„Ich glaube, ich weiß, von wem du redest", sagte Frank, und sein Gesichtsausdruck hatte nichts von freudiger Erwartung.

„Der Ungar?" Auch bei Susanne war der Groschen gefallen.

Es war tatsächlich Géza Boros, der nach einem alles in allem glimpflichen Absetz- und Auskoppelmanöver (nur beim endgültigen Aufsetzen hatte es einen kleinen Ruck gegeben) die Klapptür zum „Aufenthaltsraum" öffnete und Frank, Susanne, Karin, Christine und den sterbenselend dreinblickenden Rainer Horn aus dem „Bauchkasten" winkte.

„Guten Abend, alle miteinander! Ah, vollzählig versammelt, ausgezeichnet."

Rechts und links neben Boros standen livrierte Pagen mit Taschenlampen, die im strahlenden Photonenbad der Großscheinwerfer überflüssig waren, aber wohl die klassischen Kerzenständer ersetzen sollten.

Frank sah sich nur einmal um, als die kleine Gruppe ins Innere des größten der festlich erleuchteten Gebäude rings um den Burginnenhof geführt wurde.

Pflege- und anderes Hilfspersonal eilte von der anderen Seite des Platzes her auf den Container zu, dessen zweite, hintere Klapptür in diesem Moment von innen geöffnet wurde. Ein fadendünner Regen setzte ein, der Mond verschwand hinter einer bauchigen, dunkel aschgrauen Wolke. „Was passiert mit Evangelis?" fragte Christine, die ihre Fassung offenbar als Erste wiedergewonnen hatte. Boros gab sich, wie Frank mißmutig und ein klein wenig alarmiert bemerkte, nicht die geringste Mühe, seinen seinerzeit auf dem Sexforscher-Kongreß zur Schau gestellten überkandidelten Akzent vorzutäuschen, sondern erwiderte geschmeidig: „Das soll uns heute abend nicht weiter kümmern – er wird versorgt, seien Sie ganz sicher. Zunächst wollen wir ein bißchen was Essen, dann ausruhen, und morgen ist ein neuer Tag. Da werden dann alle Ihre Fragen beantwortet werden – das verspreche ich Ihnen."

Obwohl sich damit niemand zufrieden gab und man von lautem Protest (Christine) bis zu fatalistischem Murren (Horn) dieser Unzufriedenheit auch Ausdruck verlieh, plapperte Boros danach munter über den „Festsaal", das bevorstehende „Bankett" und die Geschichte des Schlosses, in der neben anderem Unsinn auch die Nibelungen und irgendwelche „Gletscherhallen" eine Rolle spielten: „Als der Würzburger Bischof 1045 hier vorbeifuhr, soll ein Gespenst namens ‚der schwarze Mönch' hervorgetreten sein und dem Bischof, wie es heißt, ‚fürchterlich gedrohet' haben. Nach einem Unfall ist der Bischof dann am siebten Tag darauf gestorben. Hübsch, nicht wahr?"

„Wo sind wir eigentlich hier? Wo ist das, Deutschland? Österreich? Schweiz?" hörte Horn Susanne fragen. Karin Lay winkte ab: „Irgend sowas, ich weiß es auch nicht so genau, bin beim ersten mal auch per Hubschrauber angekommen. Ich glaube, Österreich – der Fluß neben dem Felsen ist jedenfalls die Donau."

Als man die Neuankömmlinge so durch enge, aber gotisch hohe, nach oben hin sich verschlankende Gänge ins Gemäuer führte, beschlich Horn ein unangenehmes „Schloß-Dracula-Gefühl", das auch nicht weichen wollte, als man im von Boros angekündigten „Festsaal" eintraf – einem in der Tat sehr geräumigen, festlich geschmückten, von gedimmten Wandleuchtröhren und ein, zwei zu dekorativen Zwecken aufgesteckten Pechfackeln erleuchteten Gewölbe. Ein großes, von Bedienten in altertümlichen Kostümen angefachtes Feuer brannte in einem offenen Kamin an der Südseite des Saals. In der Mitte standen lange Tafeln, zu einer Art Kreis gruppiert und mit Obst- und Gemüseschalen geschmückt.

Als die Gruppe gerade auf Weisung Boros' an der Tafel Platz nahm, erschienen die zwei schon aus K. bekannten Japaner auf dem Treppenabsatz, die Boros und Karin den Leuten noch einmal förmlich als Dr. Yokomitsu und Herrn Osugi vorstellten.

Kurz darauf erschien auch noch ein Amerikaner namens Corbett, der sich sofort zwischen Karin und Dr. Yokomitsu drängte und auf letzteren flüsternd einzuzischeln begann und erst damit aufhörte, als sich Boros erhob und mit einem silbernen Löffel an sein Glas klopfte.

Eine große Wanduhr schlug mehrmals, während die Pagen große Silberkuppeln, diverse Flaschen, Tabletts und Servierwagen mit Essen und Trinken hereinbrachten.

„Liebe Freunde, liebe Gäste ..."

Die ohnehin spärlichen Tischgespräche verstummten.

„Essen wir und trinken wir und lassen wir's uns wohlsein! Ich sagte schon: morgen werden alle Fragen beantwortet. Sie sind Zeuginnen und Zeugen eines einzigartigen Experiments, genauer: seines vorläufigen Abschlusses, und um das, was hier geschieht, wirklich würdigen zu können, sollten Sie sich Zeit nehmen – wie für das hervorragende Essen. Ich danke Ihnen."

Mit großer Gebärde setzte sich Boros wieder und begann kurz darauf, den neben ihm sitzenden Frank erneut mit dem „schwarzen Mönch", mit Flußnixen und anderem Unsinn zu bequatschen, während die anderen sich mangels vernünftiger Alternativen jetzt wie empfohlen dem Essen und Trinken zuwandten.

Horn hatte eigentlich sehr wenig Appetit, andererseits aber seit gut fünf Stunden nichts gegessen. Einen Augenblick fragte er sich paranoiderweise, ob dieses Abendessen nicht vielleicht vergiftet war, aber als Boros, die Japaner, Corbett und Karin Lay sich in denselben Schalen bedienten und dieselben Speisen kommen ließen wie die Leute aus K, schloß er sich dem Geschmause und Gezeche widerstrebend an.

Die Pagen erläuterten das reichhaltige Angebot, nahmen Order für die Fleischzubereitung entgegen und servierten.

Als Vorspeisen gab es unter anderem Gratin von frischen Pilzen, eine französische Fischsuppe oder einen Blattsalat mit geschnetzelter Hühnerbrust in Sesam, Hauptmahlzeiten reichten von einem Rindersteak mit Schmorgemüse und Bratkartoffeln, das Boros und Christine Hager nahmen, über geröstete Leber mit Nudeln, an der sich Karin Lay, der Amerikaner und die zwei Japaner labten, zu einem Wildschweingulasch mit Rotkraut und Kartoffelklößen, das Horn schließlich doch mit wachsendem Gusto verspeiste, während Frank Urban sich mit

Susanne einen Fasan mit Gemüse und Püree teilte. Dazu gab es Grauburgunder, Weissherbst und andere Weine.

Am Ende waren die Menschen aus K. und ihre Gastgeber nicht nur satt, sondern auch leicht berauscht und daher sehr viel gelöster als bei ihrer Ankunft.

Horns Mißtrauen war fast völlig geschwunden, als Boros anderthalb Stunden später, nach, wie er sagte, „ausgiebigen Tafelfreuden", noch einmal aufstand und erklärte, man werde die Gäste nun auf ihre Zimmer begleiten und „ins Bettchen bringen".

Stühle wurden vom Tisch abgerückt, Leute standen auf, und die gesichtslosen Bedienten eilten herbei, als Boros noch einmal wie geisteswabwesend die Hand hob und mit einem offenbar gut einstudierten zerstreuten Gesichtsausdruck erklärte: „Ah ... eins noch. Es mag nicht ganz fair sein, daß ich Ihnen das zu Beginn des heutigen Abends nicht verraten habe, aber sehen Sie, letztlich ist es ja das, worum es geht, und weswegen Sie hier sind, und Probieren geht über Studieren ... und bei Blindversuchen und Gegenproben dieser Art ... und da es keine Nebenwirkungen gibt und die meisten von Ihnen ja schon Erfahrung damit haben ... nun ja ..."

„MTS im Essen", sagte Susanne wie zu sich selbst, und sah dabei ins Feuer, als erwarte sie, dort eine Schrift lesen zu können, die ihr prophezeite, wie alles ausgehen würde.

„Im Essen, in den Getränken ...", bestätigte Boros.

„Wir werden eine interessante Nacht haben, alle miteinander, nehme ich an. Wir sollten morgen früh unbedingt unsere Erlebnisse vergleichen."

Verwundert registrierte Horn, daß ihn Boros' Enthüllung nicht einmal recht empörte. War er zu müde dazu, zu gesättigt, oder war das schon ein Effekt der Droge?

Wie hoch war die Dosis? Es kümmerte ihn nicht.

So ließ er sich denn wie die anderen von „seinem" Pagen aus dem Bankettsaal führen.

19 Schwester regiert

„Blindsicht", sagte Frank Urban leise und sah geradeaus in den Spiegel.

Der Spiegel war einer von vielen, die ihn dort umgaben, wo er sich jetzt aufhielt. Die Räume hier waren buchstäblich damit ausgekleidet: Spiegel auf den Korridoren, Spiegel – oval und rechteckig – in seinem Zimmer an den Wänden und ein langer, der aussah wie ein Fenster oder ein Lichteinfallsschlitz, hing sogar gekippt überm Bett. Warum das wohl so war? Zumindest der Spiegel überm Bett war nicht schwer zu erklären: wahrscheinlich waren die Eigentümer des Schlosses, die hier unter anderem ihre MTS-Versuche durchführten, nicht gerade prüde Menschen.

„Ein Lustschloß", fiel Frank ein, er machte eine säuerliche Miene dazu und sah, wie sein Gesicht im Spiegel theatralisch den Mund verzog. Seine Haut schien ihm talgig und ungesund; als hätte jemand sie mit einer Salbe eingerieben, die unvorteilhaftes Aussehen verlieh.

Frank dachte an die Hexensalben des Mittelalters, die sich Magierinnen und Magier auf Schläfen, Herzgrube und in die Achselhöhle geschmiert hatten: Aethanol, Opiumextrakt ...

War denn das, was man ihm und den anderen vorhin serviert hatte, so grundsätzlich verschieden von solchem Hexentrunk?

„Bitches Brew", murmelte Frank, und erinnerte sich an die „Quintessenzen", welche die „weisen Frauen" verwandt hatten, um sich in unheilige Rauschzustände zu versetzen: allerbestes Opium, Bethelnuß, Pentaphyllon, Belladonna, Cannabis indica ... sämiger Jazz.

Der Spiegel warf Frank sein unerfreuliches Bild zurück: die fettige Haut, die glasigen Augen.

Wer will den Spiegel schelten, wenn er ein wenig schmeichelhaftes Bild zeigt? Zeit, sich zu verändern. Durchs Feuer zu gehen, vielleicht. Dieser besondere Spiegel hier hing an einer weißgekachelten Wand, im Bad neben seinem Zimmer. Das Zimmer war ihm von einem der livrierten Pagen angewiesen worden.

Alle Gäste aus K. hatte man einzeln untergebracht, soweit Frank wußte. Unterwegs zu diesem Flügel der ausgedehnten Anlage war zunächst Doktor Horn „abhanden gekommen", d.h. auf eins dieser Zimmer gebracht, dann waren die Pagen erst mit Susanne, danach mit Christine und schließlich mit Karin stehengeblieben, vor hohen, dunklen Türen, eichenhölzern und finster scharlachrot lackiert. Bestrichen mit dunklem Blut, war Frank eingefallen, das mochte schon die erste der Wahrnehmungsveränderungen sein, die MTS ihm in dieser Nacht bescherte. Unterwegs zu seinem Zimmer waren ihm die Gesichter der Frauen seltsam mattglänzend, beinah wie leuchtend erschienen – NUR die der Frauen: die Pagen und Horn hatten normal ausgesehen.

Wirkte das Zeug auf Frauen anders? Oder sah ER Frauen anders, während der Rausch aller Räusche ihn schleichend überkam? Wie hoch war die Dosis im Essen und Trinken gewesen? Geräusche hörte er auch, auf dem Weg. Waren das schon die Stimmen, leise noch, aus der Ferne? Einmal erklang etwas wie ein Gong, in Watte verpackt und weit weg, das war, als Susanne die Tür hinter sich schloß. Und als Christine wenig später „Gute Nacht“ sagte, wirkten ihre Pupillen unnatürlich groß – SO dunkel war es gar nicht gewesen, auf diesem Korridor. Frank hatte sich vorsorglich den Ort von Susannes Zimmer gemerkt, nachdem Horns Frage an einen der Pagen „Gibt es Telefone auf den Zimmern?“ mit „Leider nicht“, beantwortet worden war und also zu vermuten stand, daß die Gäste – oder: Gefangenen? – nicht nur nicht mit der Aussenwelt, sondern auch untereinander in keinen Kontakt würden treten können. Franks eigenes Zimmer hatte ein hohes Fenster, aber es war auf der innenhofabgewandten Seite der Kammer ins Gemäuer eingelassen und zeigte deshalb nichts als die windig-wolkige, regnerische schwarze Nacht.

Mondlicht, zersplittert, schien auf den Fluß unten im Tal, ein schwarzer Strom, der breiter war, als Frank sich von seinem Blick vom Hubschrauber aus her erinnerte.

Zuerst hatte er sich angezogen aufs Bett gelegt und die Augen geschlossen. Sehr schnell hatten sich unter den Lidern visuelle Halluzinationen eingestellt: etwas wie ein blauer, von Wellentälern- und Kämmen bewegter, öliger Flüssigkeitsfilm war ihm erschienen, schimmernd und fahl, und dann waren Formen darin aufgetaucht: kleine Hügelchen, schaumige Bögen, eine Raute, ein rundes Perlenkettenmuster, die Silhouette eines Dreiecks, einer Hand, ein Widderkopf – da hatte Frank die Augen geöffnet und war aufgestanden, ein bißchen auf dem dicken Teppichboden umhergegangen, und hatte versucht, einen klaren Kopf zu bewahren, während die Droge seine Glieder schwer werden ließ, in seinen Ohren leise klingelte, seine Wangen erhitzte ... und dann waren auch die Mäuse gekommen, das Knistern und Trippeln. Aber keine Stimmen.

Frank war ins Bad gegangen, auf die Toilette, und jetzt stand er hier, sah in den Spiegel und dachte über die seltsame Symmetrie nach: es ist wie damals in Budapest, nur daß diesmal erst die Droge da war, dann das Bett, dann die Verwirrung, während es damals genau umgekehrt gewesen war. Schiesser-Unterwäsche. Christine. Die Mäuse trippelten und piepsten: eben, wie in Budapest.

„Blindsicht", murmelte Frank noch einmal.

Deutlich, unwiderleglich, einleuchtend und wahr – vielleicht hatte er es die ganze Zeit gesehen, dieses kranke, verlebte Ich im Spiegel, und wenn ja, welche bessere Metapher gab es dann für dieses Sehen als Blindsicht? Er betrachtete sein Gesicht, sah die Poren der Haut, sah die Augenbrauen und den Haaransatz, der über die Jahre langsam zurückgewichen war, besonders in den „Geheimratsecken". Dann sah er das Blattgold auf dem Holzrahmen um den Spiegel, und schließlich, ins Schauen versunken, „sah" er, was hier eigentlich geschah, worum es hier ging.

Blindsicht: manchmal, erinnerte sich Frank von seiner neurologischen Ausbildung her, erblinden Menschen nicht aufgrund eines Augen- oder Sehnervfehlers, sondern weil durch einen Unfall ihr visueller Cortex vom Rest des Gehirns getrennt wurde. Sie haben also buchstäblich das Augenlicht verloren, aber sie „raten" immer wieder korrekt, wo ein Objekt sich befindet – viel zu häufig, als daß es sich wirklich um „Raten" handeln könnte.

Das, dieses unbewußte Sehen, war die sogenannte Blindsicht.

Und genau so, spürte Frank jetzt, als sein Hirn in der gesättigten Lösung microtubulärer Stimulantia schwamm, gab es auch ein Taubhören.

Franks Blick wanderte vom Spiegel zu den Kacheln. Die spiegelten auch, aber farblos, matt, wie Spiegel aus frischer Milch.

Und jetzt verformten sie sich, wie das die Oberfläche einer Flüssigkeit konnte, wie das der blaue Wasserspiegel seiner Vision getan hatte, als Frank vorhin mit geschlossenen Augen auf dem weichen Bett gelegen war.

Hebungen und Senkungen, Formen ... ein Zackenmuster ... ein Stern ... der Widderkopf ...

Frank wollte zurück in sein Schlafzimmer, aber als er sich umdrehte, fuhr er zusammen: Vorhänge wehten in seinem Zimmer von der Decke, rot wie die Türen der Kammern, in denen man ihn und die anderen untergebracht hatte, doch transparent, offenbar aus reinem Nichts gemacht, wie holographische Projektionen. Schleier, Schleppen, die bewegten Rockschöße von ... von?

„Von Schwester Mitternacht“, hörte er sich selber sagen, und erschrak über die Worte, die sein Verstand nicht einordnen konnte, fast noch mehr als darüber, daß die Schleier jetzt heftiger wehten als eben noch. Er spürte keinen Wind, aber das Piepsen, Trippeln und Rascheln in seinen Ohren hatte zugenommen und ein Plätschern, Platschen, Klatschen hatte sich hineingemischt, als könnte er den blauen See und die Kachelmilch jetzt hören, die er vorher nur gesehen hatte.

Es war Musik, dieses Durcheinander, erkannte Frank: Melodien wie auf den großen Platten von Cecil Taylor oder Ornette, aber durchharmonisiert in den Tonarten von Furcht und Schauder, Neugier und Erregung.

Schwester Mitternacht: was die Schleppen bewegte, dachte Frank, waren ihre Hände, und deren Finger streiften jetzt sein Rückgrat, ließen etwas Fremdes, nicht Unangenehmes auf seinen Armen rieseln, ließen feine Härchen an seinen Beinen und auf seinen Handrücken sich aufstellen, als stünde er auf einem Bandgenerator.

Hilflos streckte er die Arme aus und stolperte mehr, als das er ging, in Richtung auf die Schleier zu, öffnete und schloß die Hände zu einem sinnlosen Griff – er wußte ganz genau, daß er nicht würde greifen können, was da flatterte und schwebte.

Es waren ja Schatten und Töne; reine Synästhesie.

Der Mediziner in ihm erinnerte sich, während ein Schwindelgefühl die Knie weich machte und die Schädeldecke kribbelte, daß nur etwa einer von 25.000 Menschen synästhetisch empfinden konnte – Töne sehen, Gerüche hören. Skrjabin, Nabokov, Kandinsky waren Synästheten gewesen. Ausnahmemenschen, Künstler. Und er hier, im Bann dieser seltsamen Droge? Flüssigkeitsoberflächen überall: nicht nur die Schleier, auch die Wände dahinter, die Decke, die Haut, der Spiegel, alles kräuselte sich, und aus dem Gekräusel stiegen nun endlich die Stimmen, die Sätze auf – kitzlige Gedankenmatritzen, mnemotische Glühwürmchen, Fragmente in all den Sprachen all der Leute, die sich in diesem Augenblick mit Frank auf der Burg aufhielten:

Warum hab' ich eigentlich schon wieder Hunger? Ein Kaiserschmarrn, das wär' jetzt gut, das wär' jetzt grad recht ... mit Heidelbeermarmelade, oder Himbeerkonfitüre, oder Puderzucker ... – Tu sei stanco, povero amore ... ah: bella, bella, bella ... Ma quando si ... – Or nous sentons bien que, en fait, si le commentaire clinique ... – Well, fuck it, whatever Boros may say: in biological systems, the continued signalling of pain from an injured part probably serves several functions. Why the heck should anybody want to live in a subjective state of perpetual bliss while injured? If even Evangelis can't cope other than this, I don't fuckin' care what happens to the project. – Sichern. Vor allem Sichern. – Rekishi no hon o yomimashita. Keizai no hon mo yomimashita. Kore-wa ... – Mitico, mitico ... – Keine Rücksprache halten, und einfach auf eigene Faust weitermachen, ich weiß nicht. Ich hab' Angst um meinen Job. Und ich weiß nicht mal, ob das hier alles legal ist oder ... – Dans le monde entier! Le monde entier! – Was zum Teufel ist das bloß für ein Krach da oben?

Er las die Sätze, Spuren, Soundbytes und Fragmente eher, als daß er sie hörte, und spürte sie mehr auf der Haut, als daß er sie las.

Kleine Wirbel waren das, Strudelchen, Sprachschaum, der jetzt in eine größere, langsamere Umdrehung hineingezogen wurde, eine Vortex-Bewegung, die die gesamte Umgebung ebenso ergriff wie Frank selber, und gegen die er sich nur einen kurzen Moment lang stemmte. Dann jedoch merkte er, wie ihm das Sichwehren Schwindel und Übelkeit verursachte, weil es keinen fixen Punkt gab, an den er sich mit seinen Sinnen hätte halten können, kein Oben und Unten, kein Hoch und Tief, aber auch kein Langsam und Schnell mehr. Er überließ sich also dem Strom, kämpfte nicht dagegen, und so verdichtete sich das Drehmoment der gleichzeitigen Wahrnehmungen langsam auf eine Mitte hin, einen dichtesten Punkt. Da war es Frank, als wäre er der nachglimmende Elektronenfunke auf einem Bildschirm, den man eben abgeschaltet hatte.

Stille, die raschelte, aber trotzdem Stille war, ermattete optische Wahrnehmung der Außenwelt. Blindsicht?

Frank leckte sich über trockene Lippen und murmelte: „In sich ... hineinhören ..."

Das war's, was er tun wollte, dann schreckte er davor zurück, als wäre ihm zum ersten mal in seinem Leben klar geworden, was die Phrase überhaupt bedeutete.

Zu hören, wie das Blut durch die alten Schläuche strömte, wie die Säuren und Enzyme das Essen verdauten, wie die Potentiale an den Nervenenden übersprangen, mußte fürchterlich sein – das Ende, das pure Grauen.

Stattdessen hörte er jetzt etwas anderes: ein Locken.

Leise war das, nicht wirklich ein Rufen, eher ein Sog, der sich über den Gehörsinn mitteilte, aber auch das taktile Wahrnehmen erfasste, als wäre der Raum mitsamt der Zeit selber eine Schräge, auf der er nur in eine einzige Richtung rutschen konnte: aus dem Zimmer, auf den Korridor. Träge, schlafwandlerisch und ein wenig mechanisch setzte Frank sich tatsächlich in Bewegung und spürte dabei, als er sein Zimmer verließ, wie ihn auf der Schwelle etwas wie ein Vorhang streifte, das aber unsichtbar war.

Wieder die Schleppe? Schwester Mitternacht?

Aus keinem ihm erkennbaren Grund erinnerte er sich plötzlich an einen Sonntagmorgen mit Karin, vor vielen Jahren. Sie waren beide noch zur Schule gegangen, hatten aber schon angefangen, ehrenamtlich im Tierheim mitzuhelfen, das unweit der Vorstadt von K. zu finden war, in der Karin damals wohnte.

Sie hatten die ganze Nacht die neuen Gerüche erforscht, die Haare, Haut. Sex unter Jugendlichen: allerbestes Opium, Bethelnuß, Belladonna ... die echten Drogen, die der Körper selber produzieren konnte. Alle Laken hatten sie komplett zerknäult, naßgeschwitzt und eingesaut, und waren dann, gegen morgens fünf Uhr, zu erschöpft gewesen, um noch einzuschlafen. Stattdessen waren sie aufgestanden aus den Lakenlandschaften, hatten sich angezogen und waren rausgegangen, zu Fuß, zum Tierheim, um mit den dort eingesperrten Schützlingen den neuen Tag zu begrüßen – ach ja, stimmt: unterwegs hatten sie sogar noch einen Igel gefunden, am Straßenrand, verwirrt und verwahrlost. So langsam und unkoordiniert der herumtrippelte, so aufgestört, apathisch und mager wie er ausgesehen hatte, war's klar gewesen, daß man ihn mitnehmen mußte. Schon beim Hochheben hatte Frank damals klar erkannt, daß der Kleine alles andere als die vorgeschriebenen 600 bis 700 Gramm wog und völlig ausgezehrt war. Damals hatte es viele Igel gegeben in der Gegend um K., und oft waren welche vorbeigebracht worden. Das war für diese Tiere ein ziemliches Glück, denn die meisten Leute hatten nicht den leisesten Schimmer, wie man diese Tiere artgerecht hochpäppelte, wußten nichts von den nötigen zwei Quadratmetern Gehegeplatz, gaben ihnen Schnecken oder Regenwürmer zum Essen, obwohl diese Tiere Innenparasiten übertrugen, mit denen das Immunsystem eines geschwächten Igels nicht zurechtkam, oder ließen sie Milch schlabbern anstatt Wasser, weil sie die Tiere offenbar mit Katzen verwechselten oder einfach sehen wollten, wie „niedlich" so etwas aussah.

Im Tierheim dagegen bekamen sie neben artgerechten Haltungsbedingungen die besten Eier, Hühnerherzen und Rinderhackbrocken, die Frank und Karin auftreiben konnten, wurden mit Hundeflocken und Katzenfutter gesundgepflegt und teilten sich den vorhandenen Raum mit den anderen Tierchen. Der Morgen, als Karin und er den Igel nach ihrem jungverliebten Vögelmarathon nahe dem Elektrizitätswerk aufgelesen hatten, hatte sich Frank unauslöschlich eingeprägt: ein blauer Strahlenkranz war über der Welt aufgeschienen, ein Kirlianschimmer auf allen Dingen. Wie er jetzt daran zurückdachte, wurde ihm klar, warum sich gerade diese Erinnerung ausgerechnet jetzt einstellte: auch hier und jetzt lag dieses Licht auf allem, riefen ihn Stimmen, die von dem Vogelzwitschern und Gräserrascheln jenes Morgens nicht zu unterscheiden waren. Und wie Karin und er damals ohne nachzudenken Nebenwege genommen hatten, auf Pfaden nah am Wald oder ausgetretene Spuren im Gras, so fand er auch jetzt seinen Weg hier im Schloß, ohne überhaupt recht danach zu suchen, ohne ein Ziel zu kennen – und war schließlich fast zwanzig Minuten durch Gänge und Korridore gelaufen, als er erkannte, daß er auf jenem recht niedrigen Gang angekommen war, an dem sich vorhin, nach dem merkwürdigen Abendessen, Susanne verabschiedet hatte.

Wollte er zu ihr? Es gab nur drei Türen auf diesem Gang – zwei davon, erinnerte er sich, führten zu Susannes, beziehungsweise Christines Schlafzimmer.

Aber nur eine stand offen – nicht sperrangelweit, nur weit genug, daß ein warmer, fleischfarbener Lichtschimmer auf den von flackernden Fackeln in bewegtes Zwielicht getauchten Gang fiel.

Langsam einen Fuß vor den anderen setzend, näherte sich Frank der offenen Tür.

Er spähte durch den Spalt ins Zimmer, sah aber nichts richtig, nur ein Stück vom vorderen rechten Bettrand. Er blickte nach unten und erkannte den Teppichboden – dieselbe Farbe, dieselben Muster wie bei ihm – natürlich, daher das Widderkopfmuster in seinen Visionen. Es war in den Teppich eingearbeitet, Rot auf Schwarz. Frank sah nach oben: da wehten keine Schleier. Auch die Musik in seinem Kopf war verebbt.

Er wollte sich räuspern, etwas sagen, gegen die halboffene Tür klopfen, bevor er eintrat. Daran, daß er einfach nicht dahinterkam, was die praktischste Art gewesen wäre, auf sich aufmerksam zu machen, merkte er deutlich, wenn auch verzögert, daß die MTS-Wirkung keineswegs nachgelassen hatte, sondern vielmehr in ein neues, ein anderes Stadium getreten war. Ihm fiel ein, daß seine „Selbstmedikation“ mit MTS allmählich fast gar keinen Effekt mehr gehabt hatte außer jene vage beruhigende, wahrscheinlich die Endorphinausschüttung fördernde

Glücksdumpfheit, die sozusagen das „Hintergrundrauschen" des MTS-Gebrauchs war. Das aber war mit den spektakulären Wahrnehmungsveränderungen der letzten halben Stunde überhaupt nicht zu vergleichen.

Frank schmeckte Trockenheit im Mund, sah noch einmal durch die Tür nach oben, dorthin, wo in seinem Zimmer der gekippte Spiegel war, und wurde nicht enttäuscht.

Es gab auch hier so einen Spiegel, und was er darin erblickte, hätte er nie für möglich gehalten, nicht in tausend Jahren.

Christine Hager, die „heute morgen"-Fotografin, stand im kurzen Nachthemd vor Susannes Bett und ging jetzt mit kleinen, vorsichtigen Schritten auf seine Exfreundin zu, die auf der Bettkante saß und nichts trug ausser einem Slip. Auf Susannes Gesicht entdeckte Frank das rätselhafteste Lächeln, das Frank je gesehen hatte. Mona Lisa, dachte er, ist eine sabbernde Hexe dagegen.

Seine Absicht, sich bemerkbar zu machen, war schlagartig verflogen.

Spiegelverkehrt sah Frank, wie die blonde Frau dem Bett noch näher kam.

Ihre Schultern bewegten sich uneben. Sie lehnte sich über Susanne und sagte: „Meine Güte."

„Ich weiß, was du meinst. Das ist diese ... verdammte ... Droge. Wirklich, ich wollte es nicht glauben, wollte nie ... aber ... ich höre es. Echos von dem, was du denkst, und von dem, was du sagst, be ..."

„Bevor ich es sage. Und beobachtet komm' ich mir auch vor. Von ALLEM, von der ganzen Welt."

Naja, nicht ganz, dachte Frank, dem das Herz im Hals klopfte, nicht wirklich von der ganzen Welt, eher bloß: von mir.

„Aber vor allem", flüsterte Christine leise, eben noch hörbar, vom Regenrauschen draußen fast verschluckt, „bin ich spitz wie 'ne Nähnadel."

Susanne legte die Hände auf die Hüften der anderen Frau und zog sie zu sich heran.

Sie preßte ihren Kopf gegen den Leib Christines und spreizte die Schenkel, so daß nun die Beine der andern zwischen ihren eigenen standen.

Darauf nahm Christine ihren Kopf sanft zwischen die Hände und drückte ihn sich vorsichtig, aber fest gegen ihren Unterleib.

Dann beugte sie sich vornüber, daß ihre kleinen Brüste unterm Nachthemd plattgedrückt wurden. „Und ... was machen wir jetzt?"

„Ich weiß es nicht genau, um ehrlich zu sein."

Susanne zog ihren Kopf aus der Umarmung heraus und blickte Christine in die Augen.

Christine lächelte. Ein bißchen zu breit sah das aus, fand Frank, der's im Spiegel beobachtete, etwas zu lüstern und weggetreten, um ganz normal zu sein.

Die Gesichter der beiden Frauen waren nahe zusammengekommen, die Spannung zwischen ihnen wirkte auch auf Frank. Er dachte, daß er das hier eigentlich nicht beobachten durfte, aber er konnte sich nicht bewegen: Traumlähmung. Nicht, daß er hätte weglaufen wollen, aber sein Körper meldete ihm doch unmißverständlich, daß er's gar nicht gekonnt hätte, selbst wenn ihm danach gewesen wäre. Er blinzelte verstört.

Blindsicht?

„Objekte im Spiegel", hörte er plötzlich die Stimme seines Fahrlehrers sagen, die er über zwölf Jahre nicht mehr gehört hatte, „sind oft näher, als wir glauben."

Frank hielt den Atem an.

- Abb. 8 -

Susanne nahm eine Hand von Christines Hüfte, glitt damit zwischen ihre Knie, dann ganz nach oben und hob dabei den Rand des Nachthemdchens mit dem Unterarm an.

Als ihre Finger erreichten, was sie gesucht hatten, zuckte Christines Kopf in den Nacken. Ihr ganzer Körper schien auf Susannes Hand zu schweben.

Christines Augen verengten sich zu schmalen Schlitzen, ihre Nasenflügel weiteten sich, ihr Atem kam stoßweise. „Vielleicht ... ist das das Richtige, was meinst du?" flüsterte Susanne, während sich ihr Kopf gegen Christines Unterleib legte.

Christine legte ihre zitternden Hände auf Susannes Kopf.

Was Susannes Hände unter dem Kleid anstellten, schien Christine so gut zu gefallen, daß ihre Hüften zu rotieren begannen.

Ihre Augen waren geschlossen, sie lächelte jetzt weniger breit als vielmehr – fand Frank – schon verboten süß. Da schob Susanne ungeduldig das Kleidchen noch etwas höher (Schiesser? Machen die auch Nachthemden? fragte sich Frank entgeistert), und Christine verstand die Andeutung – ohne weiteres streifte sie sich das ohnehin schon ziemlich nichtige Ding über den Kopf und ließ es zu Boden gleiten.

Die Blicke der beiden waren aneinander gefesselt, Frank meinte, das Hämmern ihrer Herzen zu hören, auch sein eigenes schlug schneller. Seine Augen wanderten – auch diesseits des Spiegels sah er durch den Türspalt jetzt Christines blasse Haut. Als das Kleidchen zu Boden fiel, starrte Frank auf Christines Hintern – ein richtiger Knabenarsch, dachte er, und erinnerte sich an Budapest, während er mit seinen Blicken den langen Linien ihrer Beine folgte. Rosiges Licht. Etwas raschelte: Schwester Mitternacht, die dritte Frau in dem Zimmer, dachte Frank. Christine trug, genau wie Susanne, jetzt nur noch ihr

Höschen. Dann drehte sie sich um, der Po glänzte im Spiegel, durch den Türspalt sah Frank die Vorderseite.

Susannes Finger tasteten leicht über ihren Leib und verschwanden dann wieder im blonden Pelz. Mir wird schwindlig, dachte Frank. Die Haare waren nur etwas dunkler als die Kopfhaare – in Budapest hatte er das nicht so genau gesehen, aber durch das hauchzarte Material des Slips erkannte er jetzt deutlich einen kleinen Schatten. Susanne glitt mit den Fingern der anderen Hand zärtlich an den weißen Schenkeln Christines auf und ab. Die streckte ihr wollüstig den Unterleib entgegen, machte kurze, wie vögelnde Bewegungen, dann drehte sie sich um und fuhr fort mit den Bewegungen, um ihre Muschi so nah wie möglich an Susannes Gesicht zu bekommen. Ihre Hände hatte sie vor den Brüsten verschrenkt, irgendwas machten die da – rollte sie mit den Fingerkuppen die eigenen Nippel?

„Komm ... komm, ja, mach so weiter", sagte sie.

„Na!" lachte Susanne.

„Bitte, laß mich nicht hängen. Ich bin wirklich schon geil genug. Ich könnte die Burgwände hochgehen, so geil bin ich."

Die Frauen lachten leise zusammen, dann schubste Christine Susanne rückwärts aufs Bett und sank neben ihr nieder.

Ohne einen Augenblick zu warten, schob sie das Höschen der anderen beiseite und presste ihr Gesicht zwischen Susannes Beine. Franks Mund war jetzt trocken wie Löschpapier, er dachte: die Gegend kenne ich.

Die schwarzen Haare breiteten sich über den ganzen Unterleib aus, reichten fast bis zum Bauchnabel. Susannes Muschi glänzte vor Nässe, er sah sie ganz kurz, bevor Christines Gesicht sich dort vergrub. Susanne sog pfeifend den Atem ein, als Christines Zunge zu spielen begann. Christine kniete auf dem Bettende und hatte ihr Hinterbacken in die Luft gestreckt, ihr knabenhafter Po zeigte direkt in Franks Richtung, und er konnte gerade noch im Spiegel beobachten, wie auf der anderen Seite der Kopf zwischen den Schenkeln verschwand. Dann hörte er Keuchen und die aufregenden leisen Klatschgeräusche von Christines Zunge, die rauf und runter leckte, als gäb's kein Morgen mehr. Frank griff nach unten und preßte die Hand gegen das Ende seines zuckenden Schwanzes. Christines Bewegungen wurden hektischer. Frank sah, daß ihr Höschen tief in ihre eigene Muschi und die Pospalte eingedrungen war. Die Bewegung ihrer Schenkel drückte deutlich aus, daß sie sich auch was wünschte. Ihre Finger wanderten an ihrem Leib hinunter und verschwanden dann in ihrer Spalte. Sie reizte sich selber, während ihre flinke Zunge weiter in Susannes Muschi spielte. Ihre Finger bewegten sich mit zunehmender Geschwindigkeit und preßten das Höschen noch tiefer in den klatschnassen Spalt. Da der Slip dadurch noch staffer gespannt wurde, trat der Hintern noch lockender hervor.

Frank hörte Susanne keuchen und wimmern und drückte seinen Schwanz kräftiger.

Susannes Kopf rollte von einer Seite zur anderen, ihre schwarzen Haare waren schweißverklebt. „Oh ja, du kleine ... böse ... du ... mach ..."

Susanne schien einen Orgasmus erlebt zu haben, denn Christine hob langsam ihr glänzendes Gesicht in die Höhe. Ihre Augen funkelten vor Geilheit, die Zunge leckte gierig Susannes Saft von Lippen und Kinn.

Susanne lag ein paar Minuten vollkommen ruhig da, aber dann setzte sie sich plötzlich auf und nahm Christine in die Arme.

„Du bist süß, weißt du das?" flüsterte Susanne. Aber Christine war selber zu nah am Orgasmus, um noch darauf antworten zu können. Ihre Spielfinger tanzten mit schnellen Bewegungen über ihre Muschi. Langsam drehte sie sich um und sank zurück in Susannes Arme. Kurz zog sie die Hand zurück, dann ließ sie sie von oben ins Höschen gleiten, um den Kitzler direkt bespielen zu können. Susanne legte ihre Hände fest auf die wichsenden Finger Christines und flüsterte Liebesworte in ihr Ohr, die Frank nicht hören konnte.

Dann sagte sie, als Christine noch schneller atmete und keuchte: „Laß es kommen. Ja, mach's für mich, mach's dir gut ..." Es hatte wohl wirklich nur noch dieser paar Worte bedurft, um Christine den Rest zu geben: sie japste auf, krümmte sich, zuckte, dann lachte sie, und Susanne lachte mit ihr, und sie küßten sich, kichernd, schlabbernd, albern und glücklich.

In diesem Moment verschwanden ihre Gesichter aus Franks Blickfeld, weil beide sich zurücklehnten, und er ging, den Schwanz in der Hand, ein, zwei Schritte voran, als auf einmal ein Crescendo von Lärm durch ihn zuckte. Erschrocken ließ er seinen Schwanz los – war das wirklich ein Geräusch gewesen? War etwas umgefallen, scheppernd und klirrend?

Aber der „Lärm" war nicht nur akustisch gewesen, sondern hatte seinen Körper auch wie ein weißer Blitz getroffen. Eisblaue Sterne tanzten vor seinen Augen, schwebten wie Pusteblumensamen an dünnen Fädchen. Er stützte sich mit der Hand an der kalten Mauer ab, unter einer der Fackeln, und linste, leise schnaufend, durch die Tür zu dem Spiegel – die Frauen hatten scheinbar nichts bemerkt, räkelten sich wie eben schon.

Also war der Krach wirklich nur in seinem Kopf passiert ... MTS?

Er sah noch einmal zu den Frauen, und was er da sah, ließ ihm das Herz aussetzen und seinen Schwanz zusammenschrumpfen, als ob ihm jemand mit einer Gabel in den Hintern gestochen hätte. Die Köpfe ... die GESICHTER ... der Frauen: waren verwandelt, verändert ... ausgebeult ...

Sie quollen auf wie Teig, während sie sich weiter mit Zungen ableckten, Gesichter und Hälse ... die Haut Christines wurde dunkler, Susannes Arme zitterten merkwürdig schimmernd ... wuchsen da Haare?

War das ein Pelz, was wie wucherndes Zeitraffermoos die Körper bedeckte – und was geschah mit den Nasen? Dünne Fäden wuchsen da, sprossen schnell ... die Augen wurden mandelförmig, das Kopfhaar verkürzte sich. ...

Franks Mund formte ein entsetztes, aber lautloses „O", als er begriff, welche Form die beiden annahmen, was das Ziel dieser Metamorphose war: seine Exfreundin und ihre neue Gespielin verwandelten sich vor seinen Augen langsam, aber unaufhaltsam in riesige Katzen.

Frank taumelte, stürzte fast rückwärts zu Boden, ihm war als wäre er eine zerschmetterte Glühbirne, eine Lampe, die umgefallen war, ein Licht, das jemand ausgeblasen hatte. Beängstigende Geräusche, richtungslose Sounds fielen ihn an, er taumelte und torkelte zurück, suchte nach einer Nische auf dem Gang, in der er sich würde verstecken können.

Wie eine Spindel drehte er sich, auf der Flucht vor dem Anblick, der ihn bestürzte, mehrmals um sich selbst, und die Richtung, die er dabei einschlug, als er die erste Abzweigung im Gewirr der Gänge erreichte, war instinktiv gewählt: weg vom Licht, weg vom Geräusch, das doch gar keinen äußeren Ort hatte, weil es in ihm ertönte.

Nur weg.

20 Kopenhagen revisited

Die Sonne schien, die alten Dächer glänzten.

Weiße Wolken standen sahnig und wie starrgefroren hoch am Himmel.

Der Mann, den man von der Straße aus nicht sehen konnte hatte Zeiten erlebt, während derer er jede ferne Wolke als Last auf dem eigenen Rücken gespürt hatte, die alsbald die Sonne verfinstern oder andere nach sich ziehen konnte. Er hatte die Welt nah und fern durchstreift, er hatte Wunder gewirkt und das Leben vieler Menschen verändert, er hatte aus Steinen Knospe, Sproß und Baum erweckt und war doch nie an sein Ziel gelangt. Aber heute war er dem inneren Frieden, der ihm all die Jahre immer wieder entwischt war, so nah wie selten zuvor.

Denn alle Dinge waren am rechten Platz, alle unwiderruflichen Entscheidungen getroffen, alle Papiere versiegelt, alle Programme verschlüsselt.

Und er sah, daß es gut war.

Knappe zwei Wochen bevor Frank Urban für sein kleines bißchen harmlosen, drogenumwölkten Voyeurismus mit dem höchst unerwarteten Anblick der ägyptischen Katzenkopfgöttin Bastet samt einer ihrer Gespielinnen bestraft wurde, saß also ein als „Professor Doktor Géza Boros“ im Hotelregister eingetragener Gast in einem teuren und fein herausgeputzten Zimmer eines Kopenhagener Hotels und trommelte mit seinen kurzen Fingern von innen gegen die außen verspiegelte Fensterscheibe.

Er mochte dieses Hotel. Er war nicht zum ersten mal hier. Vor Jahren war er hier auf eine sehr gute Idee gekommen, und vor ein paar Monaten hatte er im Stockwerk unter demjenigen, auf dem er sich gegenwärtig befand, einen äußerst eleganten und recht vielversprechenden Deal mit der Regierung der Vereinigten Staaten von Amerika besiegelt, indem er einen Agenten dieser Regierung mit einem kleinen Missionsköfferchen beschenkt hatte.

Seine flinken, scharfsichtigen Augen, die sehr viel älter waren als das Fenster, das Hotel und sogar die ganze Stadt, auf die er hinuntersah, musterten die malerischen und sehr europäischen Konturen der Dächer und Gebäudeleiber, während er über zahlreiche Ironien, Doppeldeutigkeiten und Wechselfälle nachdachte, die seine jüngste Unternehmung heraufbeschworen hatte. Da war als erstes das schöne Problem der Verkehrung von Gut und Böse in diesem neuesten, von ihm vor wenigen Jahren eröffneten Spiel: man hatte sich da draußen einen wie ihn immer als verderbliche Kraft vorgestellt, als den Verursacher von Leid und Schmerzen, aber was er ihnen brachte, war nichts weiter als Lust, die man kaufen konnte – genau das, wonach ihre ganze Gesellschaft, ihr ganzes aufgeklärt marktwirtschaftliches Programm hinstrebte, das absolute Utopia.

Dann dieser Ort hier: Kopenhagen, ein wichtiger Koordinatenpunkt in der Wissenschaftsgeschichte des letzten, noch gar nicht so arg lang vergangenen Jahrhunderts – diejenige Wissenschaft, deren Kategorien seiner modernen Alchemie die Grundierung lieferten, war hier in den 20er Jahren des 20. Jahrhunderts (zweimal Zwanzig: schöne Dopplung, fand er) zu ihrer ersten einigermaßen bündigen Gestalt gereift. Niels Bohr und Werner Heisenberg hatten damals, vermutlich unweit dieses Hotels, die gleichermaßen vom Neopositivismus, Bohrs

„Komplementaritäts"-Spekulationen und Heisenbergs Wunsch nach einer quasi-mystischen Ultra-Nüchternheit inspirierte „Kopenhagener Deutung" ersonnen. Diese Interpretation der zahlreichen abgründigen Merkwürdigkeiten, mit denen die neue „Quantenmechanik" die Wissenschaft seinerzeit narrte und verstörte, besagte im Wesentlichen, daß man sich als Forscher der tieferen metaphysischen Begründungen und Lehrsätze enthalten und auf Protokollierung und Vorhersage beobachtbarer Größen beschränken sollte, weil die Rolle des Beobachters im Meßvorgang, wie der Quantenindeterminismus und vor allem die Überlagerung von Zuständen vor der Messung belegten, diesem Beobachter letztlich gar nicht gestatte, hinter den Vorhang solcher Größen zu schauen. Das war eine Lehre, von der Einstein, der letzte Universalphysiker klassischen Schlags, verächtlich meinte, es handele sich dabei um eine bloße „Beruhigungsphilosophie", die sich um die eigentlichen Rätsel herumdrücke – die Gedanken Gottes nämlich, die es zu erraten gelte. Jetzt aber, dachte der Mann am Fenster, war es paradoxerweise just die Anwendung dieser angeblichen „Beruhigungsphilosophie" mit ihren Unschärfen und sonstigen Wunderlichkeiten auf die Unwägbarkeiten des Menschengeistes, die bald für eine der größten Beunruhigungen sorgen würde, die der Welt der Wissenschaft und der Gesellschaft, in der sie gedieh, seit dreihundert Jahren widerfahren waren.

Der Aufruhr würde die Welt erbeben lassen, ahnte der Mann am Fenster, und genoß eine weitere Ironie: er war der Einzige, der wirklich wußte, was für ein Tumult der Welt bevorstand, inklusive einer beachtlichen Renaissance vormoderner, geradezu hochmittelalterlicher Massenwahnformen – und trotz dieses Wissens um ein unvermeidliches Chaos war er zugleich so ruhig wie seit Jahrzehnten nicht mehr.

Die Zeit war auf seiner Seite, mehr brauchte er nicht zu wissen.

Alles andere war Luxus. Andererseits: er sprach dem Luxus durchaus gerne zu – während er dies dachte, spielte seine linke Hand, die nicht mit Fensterscheibentrommeln beschäftigt war, mit einem Skarabäenarmband aus Gold, das mit Lapislazuli, Karneol, Türkis und Quarz besetzt war und aus dem Grab eines ägyptischen Pharaos stammte.

Alle Reichtümer dieser Erde, dachte der Mann am Fenster und gähnte. Eine und einer nach dem anderen kommen die Besitzer der Reichtümer zu mir, die ferne Röte führt sie her, aber was sie bei mir finden, ist nicht das, was sie erwartet haben, sondern das, was sie sowieso längst bei sich tragen.

Er wartete auf seinen treuen Boten, der weit mehr war als ein bloßer Laufbursche.

Seinem Herrn, der hier gegen die Scheibe trommelte, war er zwar nicht gerade ebenbürtig, aber in vielerlei Hinsicht ähnelte er ihm doch. Da war zum einen die Sache mit den vielen Namen. Denn nicht nur Boros war den Leuten, die ihn kannten, mal als Andras, dann als Soprovnik, dann wieder als jemand ganz anderer begegnet, sondern auch sein Kurier gebrauchte zahlreiche Masken, darunter gleich mehrere mit dem Vornamen Claus und einen von nachgerade biblischem Wohlklang: Ezrael.

Man mochte diese Maskeraden als bloße Mantel-und-Degen-Blumigkeiten interpretieren, aber Boros und sein Bote wußten es besser. Wenn sie auf dieser Welt etwas erreichen wollten, durften sie sich nicht zu früh in die Karten sehen lassen.

Der Mann am Fenster hörte ein Knistern, wie von brechenden kleinen Zweigen unterm schweren Tritt massiver Stiefel. Er zog die Hand vom Fenster zurück, legte den Armreif mit der andern Hand aufs Fensterbrett, drehte sich um und sah seinen

Boten mitten im Zimmer stehen. Er hatte nicht angeklopft; er war nicht einmal durch die Tür eingetreten – das wären Formalitäten gewesen, die sie beide nicht nötig hatten.

Der schlanke, großgewachsene Bote deutete eine Verbeugung an.

Der kleine, rundliche Mann am Fenster erwiderte die Geste mit einem kaum spürbaren Nicken, machte eine ausladende Armbewegung, ließ sich in einen der großen Sessel neben dem breiten Doppelbett fallen und sagte, als auch der Bote sich gesetzt hatte, in demselben Plauderton, mit dem man eine eben erst für wenige Sekunden unterbrochene Konversation fortsetzt: „Wußtest du, daß ich hier in Kopenhagen, in diesem Hotel, vor dreizehn Jahren auf die Idee mit dem Automaten in Kobe gekommen bin? Wir redeten über russische Puppen, über Programme, die Computer simulieren konnten, die Programme laufen liessen, welche wiederum Computer waren, auf denen weitere Programme liefen ..."

Der Satz trudelte ins Nichts wie ein abstürzendes Flugzeug.

Die Sprache, in der er formuliert worden war, enthielt zwar Worte wie „Computer", aber ihre Alltagsausdrücke, ihre Grammatik und Syntax wurde auf der ganzen Welt von weniger als fünf Personen annähernd beherrscht; man hielt die Sprache allgemein für tot.

Dennoch antwortete der Angesprochene ohne Schwierigkeit in derselben Sprache: „Wer? Mit wem hast du ..." Der Gastgeber schürzte die Lippen, schüttelte den Kopf und sagte: „Ach, ja. Ich vergesse immer wieder, du weißt ja nicht ... Ich hatte damals viele Freunde in der Computerwelt, bei den theoretischen Informatikern. Das war, bevor ich angefangen habe, mich wieder für Biologie zu begeistern. Mein Gesprächspartner damals war ein Grzegorz Rozenberg. Sehr interessanter Mann.

Das Gespräch fand statt am Rande einer Konferenz der EATCS, das ist die European Association for Theoretical Computer Science. Ich hatte mich da, na sagen wir: geschickt eingeführt."

„Eingeschlichen", nickte der Bote.

Sein Herr zuckte mit den Schultern: „Nenn' es, wie du willst. Rozenberg ist ursprünglich Pole, hat aber im Westen Karriere gemacht. Wir haben uns auf polnisch unterhalten. Ich hab' ihm vorgeschwindelt, ich hätte meinen Doktor in den späten Sechzigern an der TU Warschau gemacht, in Ingenieurswissenschaften – da hatte er gleich einen Draht zu mir, er selber hat dort 1963 promoviert, weißt du. Damals nannte man Computer in Polen ‚mathematische Maschinen'. Wunderbar, nicht?"

Der Bote lächelte und nickte: „Sehr schön."

„Eben. Na, was soll ich sagen? Wir kamen da also so ins Spinnen, und er meinte ... weißt du, das war noch eine relativ neue Idee, es gab zwar schon virtuelle PCs auf vielen Macintosh-Rechnern und so, aber ... er sagte, man müßte eigentlich alte Rechner sozusagen komplett auf neue überspielen können, ohne daß sie da viel Platz wegnähmen, wenn der Fortschritt wirklich so rasant vonstatten ginge, wie wir das alle wollen. Ich dachte sofort an Spiegel, an das alte Paradox: ein Spiegel, der sich in einem Spiegel spiegelt, und dann an russische Puppen in russischen Puppen ..."

„Und so bist du also auf das Projekt mit dem memetisch programmierten Zellulären Automaten gekommen."

Der Gastgeber lachte, sichtlich hochzufrieden: „Genau. Ich fragte mich, was passiert, wenn man eine relativ altmodische Maschine mit einem Programm programmiert, das man gleichzeitig auf lebenden, bewußten Wesen laufen läßt, auf einem hyperleistungsfähigen sozialen Rechner, und dann das Ergebnis der maschinellen Rechnung den Ausführenden der sozialen Rechnung bekanntgibt."

Der Bote lehnte sich nach vorn und nahm eine Flasche Mineralwasser vom Tisch, die eben noch nicht dagewesen war. Er schraubte sie auf, trank, und sagte dann: „Na, wir werden ja bald sehen, was passiert, wenn das passiert."

Ein breites Grinsen erschien auf dem Gesicht des Älteren: „Das heißt, du hast tatsächlich alle Fallen aufgestellt?" „Klar. Es war etwas mühsam, teilweise. Horn ist ein ganzes Stück undurchschaubarer, als er selber weiß. Aber er wird an die Öffentlichkeit gehen, wenn er den Irrsinn überlebt. Er, oder Frank Urban, Susanne Gebhardt oder Karin Lay, vielleicht sogar die Japaner und der CIA-Mann, obwohl wir die nur als Brennpunkte für das Feuerwerk auf der Burg brauchen und nicht als aktive Stimmen im Lärmkonzert danach. Ein kompliziertes Kräfteparallelogramm haben wir da geschaffen, Boss. Es wird so viele Versionen geben, daß niemand der Wahrheit auch nur nahe kommen wird. Ich bin mir ja selber nicht mehr sicher, ob es eine Wahrheit überhaupt noch gibt. Ob wir sie nicht völlig kaputtgemacht haben, mit unseren Einschachtelungen, Spiegelungen, Drehungen ..."

„Gefälschten Protokollen ...", lachte der Gastgeber.

„Macht dir das eigentlich Spaß, sowas? Ich meine, warum beauftragst du für das Anfertigen dieser Protokolle nicht irgendwelche Handlanger?"

„Leute wie dich, meinst du? Nein, im Ernst: es macht mir tatsächlich Spaß, mir 26jährige Mädchen auszudenken, die auf ihren Gynäkologen stehen, es bereitet mir Wonne, pornographische Texte aus Internet-Chat-Foren zu kleinen MTS-Romanen aufzumotzen, oder Christine Hager protokollarische Aussagen unterzuschieben, die irgendwann einmal, wenn wir

Glück haben und alles so läuft, wie's der Kobe-Apparat ausgerechnet hat, unsere Freunde bei der mächtigsten Regierung der Welt auf die ganze hoffnungslos verzwirbelte Hager-Urban-Budapest-Spur führen werden."

Eine Zweifelfalte erschien auf der Stirn des Boten: „Nur daß das vielleicht Hager und Urban selber besorgen werden."

Der Gastgeber winkte ab: „Sicher, aber dann mit einer anderen Version, vielleicht sogar zwei anderen Versionen als der, die in dem angeblichen Hager-Protokoll steht."

Der Bote verdrehte die Augen: „Aufhören ... mir wird schon schwindlig, wenn ich bloß dran denke!"

Géza Boros schnalzte mit der Zunge. „Man merkt, daß du vor nicht allzulanger Zeit noch ein gewöhnlicher Mensch warst. Aber ich habe dich ausgesucht, weil du vor Sachen nicht zurückschreckst, bei denen dir schwindlig wird. Und das hat sich bezahlt gemacht. Weißt du, dieser Schwindel ist eigentlich genau das, womit wir arbeiten. Der Schwindel, den wir verursachen wollen. Menschen sind arme Würstchen – das nutzen wir aus. Die Kopenhagener – Bohr, Heisenberg – waren nah dran, und auch heute ahnen speziell Physiker immer wieder, in was für einem Universum sie eigentlich leben."

„Und was wäre das für eins?"

Boros machte eine vage Handbewegung. „Na ... laß es mich so sagen – die Formulierungen sind nicht besonders originell, ein Mann namens Mould hat sie sich vor ein paar Jahren ausgedacht –: Menschen fangen erfahrungsmäßig mit sehr selektiven Eindrücken an, die den Vordergrund ihrer Aufmerksamkeit ausfüllen. Ihr Vorstellungsvermögen erlaubt ihnen, darüber hinauszudenken, indem sie über den begrifflichen Gehalt dieser Eindrücke logisch nachdenken. Aber dadurch werden sie an einen Gedankenprozeß gefesselt, der ganz andere Unterscheidungen als die anfänglichen, empirischen erfordert – und zwar solche, die sie zwingen, die angeblichen Gegebenheiten und Axiome ihrer logischen Konstruktionen zu hypostasieren. Diese Eigenschaft von Menschen mit Bezug auf das Universum als Ganzes verhindert, daß sie sich vom Universum als Ganzem je wirklich ein Bild machen können; denn das monistische Universum hat ‚von Natur aus' keine Hauptunterscheidungen, die anderen gegenüber auf diese Art privilegiert wären. Es hat keine Sprache. Menschen schon."

„Oh Mann. Ehrlich. Das ist ... ich sag's ja: von sowas wird mir schwindlig."

Der Gastgeber nickte, lachte wieder: „Eben. Aber mir nicht. Ich bade darin, ich surfe darauf, ich suhle mich drin, ich gebrauche das als Brennstoff und als Quelle."

In entschuldigendem Tonfall erwiderte der Bote: „Könnten wir noch über ein paar praktische Sachen reden, bitte?"

„Nichts tu ich lieber. Ich dachte eigentlich, wir wären schon dabei."

Der Bote zuckte mit den Schultern: „Ich wollte's einfach nochmal durchgehen. Also: wenn alle im Schloß sind und ihr Zeug genommen haben, verschwindest du dort und triffst mich in Kobe, von wo aus wir uns ... absetzen. Erstmal verschwinden. Im Schloß geht die Hölle ab, weil alles dahin konvergiert, daß sowohl die paar Rest-Michaeliten, die ich am Gängelband halte, wie die CIA-Leute, die Corbett heimlich verständigen wird, den Laden stürmen. Durch irgendein Wunder kommt aber niemand um's Leben und ..."

Boros hob in gespieltem Ernst den Zeigefinger: „Kein Wunder. Die Maschine hat es ausgerechnet. Es ist absolut unwahrscheinlich, daß die Bewaffneten wissen, auf wen sie verzichten können und auf wen nicht, unter den Unbewaffneten. Sie werden sich also, soweit das klappt, nur gegenseitig ins Visier nehmen und dezimieren. Natürlich kann trotzdem der eine oder die andere von unseren Leuten dabei draufgehen, aber es ist doch äußerst unwahrscheinlich. Und selbst wenn ... Weil es sechs Leute sind, bleiben immer noch genug übrig, um eine Menge Verwirrung zu stiften."

„Und Kobe?"

„Das Programm wird genau in dem Augenblick beendet werden, in dem jemand dort den entscheidenden Mausklick wagt. Wer das sein wird, weiß ich allerdings nicht – obwohl ich auch da meine Vermutungen habe."

„Und dann?"

Boros wischte die Frage mit einer Handbewegung beiseite. „Dann, dann. Wozu immer ‚dann'? Na gut, also: dann wird ein abschließender Bericht ausgedruckt, der alles enthält, was nötig ist, um das gesamte Knäuel von richtigen, falschen und einfach überdeterminierten Hinweisen, Evidenzen und Vermutungen ein weiteres mal zu verdoppeln – wie bei einer Spiegelung eben. Danach stürzt der Kobe-Rechner völlig ab. Sie werden das Programm nicht rekonstruieren können, der Datenverlust umfasst ... alles. Bis auf die beobachtbaren Größen eben, den Sachen im Ausdruck."

„Fällt da eigentlich auch unser eigener Kram drunter? Das, was wir treiben? Dieses Gespräch hier zum Beispiel?"

„Natürlich. Auch dazu wird es Protokolle geben, und Tabellen, und Zeitangaben, und ... Und sie werden trotzdem nur sehen, was sie sehen wollen. Es ist ja ihre Entscheidung, welchen Hinweis sie als Irreführung betrachten wollen, und welchen sie ernstnehmen. Das ist einer der Parameter, oder nicht? Hab' ich dir doch gerade erklärt."

„Schon. Aber es fällt mir schwer, die Vorstellung, daß das, was wir hier gerade reden und tun, in drei bis vier Wochen von einem Computerdrucker ausgespuckt werden wird, den man mit nichts weiter als den Ausgangsdaten des Experiments und ein paar ..."

„Memetischen Algorithmen", half ihm Boros.

Er nickte: „... memetischen Algorithmen gefüttert hat, mit der Idee des freien Willens zu vereinen."

„Das kann ich mir denken", lächelte Boros.

„Und?"

„Nichts und. Ich kann es mir eben denken. Aber ich kann dir nicht begreiflich machen, was das ist, was ich da denke, wenn ich das denke. An dieser Stelle ist die Schranke zwischen uns eingebaut, in das ganze Spiel. Ich bleibe draußen, ich bleibe sauber, ich bleibe unberührt. Für die anderen sieht das anders aus: sie werden reingezogen, in dieses Feuer, Punkt ohne Wiederkehr, und sie gehen hindurch und lassen es brennen. Showtime!" Der Bote seufzte. „Muß sich ziemlich gut anfühlen, in dieser riesigen, labyrinthischen Anlage einen Ruhepunkt einzunehmen."

„Ich bin ja nicht der einzige, der so eine bevorzugte Position erwischt hat."

Der Bote verstand genau, wen Boros mit dieser Bemerkung meinte. „Das wollte ich sowieso schon fragen: was passiert eigentlich mit dem Mann? Dem Heiligen?" Boros' Blick wanderte ins Leere, es sah aus, als wäre er plötzlich in tiefe Nachdenklichkeit versunken, und mit einer Stimme, die ziemlich geistesabwesend wirkte, sagte er leise: „Hm ... wenn ich das so genau wüßte. Dieses eine, kleine Detail ... tja, was glaubst du?"

21 Offenbarung

Stolpernde Flucht im Schlafanzug; barfúß ging's über glatten, kalten Steinboden.

Die Sohlen taten ihm weh, beide Beine fühlten sich an, als wären sie entzündete Fiberbündel aus Krampfadern, die Muskeln und Sehnen brannten wie Feuer.

Frank Urban hatte das Gefühl, als folgte er taumelnd den Windungen eines riesigen, un- und übermenschlichen Ohrs, immer tiefer in den Gehörgang hinein, auf der Suche nach einem Ort der Stille, einem akustischen blinden Fleck, den die pulsierenden Lärmwellen nicht erreichten. Irregulär aber kontinuierlich folgte ihm das Geräusch, machte ihm Angst, verwirrte ihn, und dann riß es ab.

Ein paar Minuten blieb alles ruhig.

Als das Geräusch wieder einsetzte, war es eine Stimme geworden, die von allen Wänden zugleich herkam – die Burg selber redete zu Frank, vielleicht zu allen, die sich zwischen ihren Mauern aufhielten, und die Stimme, mit der sie sprach, war die Stimme des unbegreiflichen Boros: „Schachmatt, ihr Lieben. Ich hab' euch in eurem eigenen Spiel geschlagen – Wissenschaft? Vernunft? Öffentlichkeit? Leider kriegt ihr nicht mal einen Trostpreis. Sucht mich nicht. Laßt es bleiben. Ich bin schon weg. Schöne Grüße von der Astralebene!"

Frank stöhnte auf, blieb stehen, lehnte sich an eine Mauer, hustete, ihm war kalt und übel.

„Selber ... schöne ... Grüße ... du ... Arschgesicht", preßte er zwischen den Lippen hervor; natürlich bekam er keine Antwort.

Langsam kam er wieder zu Atem, zu Kräften. Er beschloß, seine Flucht fortzusetzen, obwohl er längst den Weg verloren hatte, der ihn vom Zimmer, in dem er die beiden Frauen sich in Katzen verwandeln gesehen hatte, zu seinem eigenen Schlafzimmer geführt hätte. Frank wußte, es war egal, wohin er lief.

Irgendwann würde er hier jemandem begegnen, dann würde man sich um ihn kümmern.

Er wurde gerade warm mit diesem tröstlichen Gedanken, da hörte er die ersten Schüsse.

Die dicken Wände des Gemäuers verschluckten die knallenden, dann knatternden Geräusche fast, aber im selben Moment, da er sie hörte, wußte er, daß das, was da knallte und knatterte, etwas ganz anderes war als die Stimme von Boros, anders auch als das Baßdröhnen und die Soundexplosionen zuvor: keine Einflüsterungen von Schwester Mitternacht, sondern etwas, das wirklich passierte, das wirklich bedrohlich war, echt und nah – und näher kam, wenn sein angeschlagener akustischer Raumsinn ihn nicht völlig im Stich gelassen hatte.

Frank Urban blinzelte bestürzt.

Er stand vor einer schwarzen Glaswand, die wie eine Klinge glänzend und absolut glatt vom Boden zur gotisch spitz zulaufenden Decke ragte.

Der opake Obelisk aus Stanley Kubricks „2001 – Odyssee im Weltraum" fiel ihm ein – nur daß dieses Ding hier kein Geräusch machte, keine transzendenten Chöre sang, wie in dem Film.

Im Gegenteil, jetzt, da Frank sein Spiegelbild in dieser glatten Fläche suchte, wurde ihm klar, daß es diese Wand war, was die abscheulichen Töne verschluckt hatte, die ihn hier her getrieben hatten, und offenbar auch die Schüsse: alles war völlig still jetzt.

Das war kein gewöhnliches Glas, soviel stand fest, eher irgend eine supermoderne Kohlenstoffverbindung, diamantharter Werkstoff aus den Fertigungshallen der NASA.

Frank näherte sich dem Phänomen vorsichtig, beugte den Oberkörper vor, kniff die Augenlider zusammen, um die kühle Glätte zu untersuchen. In der geometrischen Mitte verlief eine vertikale Naht. Sie war fadenfein und absolut gerade. Frank bewegte das Gesicht darauf zu, um sie besser sehen zu können. Als er sie beinah mit der Nasenspitze berührte, glitt die „Glaswand“ an der infinitesimalen Naht lautlos und erschreckend schnell auseinander.

Die zwei Häflten der schwarzen Tür verschwanden rechts und links im Gemäuer.

Frank zögerte einen Augenblick. Was wurde jetzt von ihm erwartet? Er sah nach oben: hingen hier Kameras? Beobachtete man ihn?

Da setzten die Schüsse wieder ein, und Frank meinte, einen Ruf zu hören: „... gesichert! Alle Mann nach ...“, der Rest war unverständliches Gebrüll, dann mehr Schüsse, die er deutlich lokalisieren konnte: auf dem Gang, in der Richtung, aus der er gekommen war.

Frank wandte sich nach vorn, wo die Glaswand gewesen war, und schritt ohne weiter nachzudenken durch die „Tür“, den Durchgang, der durch das Verschwinden der Wand entstanden war.

Es kam ihm gar nicht in den Sinn, die Richtigkeit dieser Entscheidung anzuzweifeln – war das hier nicht alles sowieso nur ein Traum?

Kaum daß er auf der anderen Seite in ein grelles, neonfahles Leuchten eingetreten war, glitt die Glastür augenblicklich wieder zu. Frank ächzte, schüttelte den Kopf, unterdrückte mit

Mühe ein Kichern. Es war zu lustig, agententhrillerhaft, ganz absurd im Grunde.

Frank registrierte erleichtert, daß er so schnell doch nicht verrückt wurde, wie er eben kurz befürchtet hatte. Er beglückwünschte sich innerlich dazu.

Dann blickte er nach vorn.

Am Ende eines sich auf irritierende Weise verjüngenden Korridors, der viel länger war, als er nach den Maßstäben der Vernunft und den räumlichen Gegebenheiten in diesem Schloß je hätte sein dürfen, stand eine schwere, stählerne, runde Schleusentür offen.

Der nächste Durchgang durch die Herzkammern der Gefahren, dachte Frank. Jede Schleuse eine weitere Passage nach dorthin, von woher man nicht mehr zurückkehren kann. Es war, als würde er am Computerbildschirm immer wieder von kleinen Fensterchen gefragt: wollen Sie hier wirklich durchgehen? Ja? Nein? Abbrechen?

Abbrechen kam am Allerwenigsten in Frage. Und zurück konnte er nicht.

Also hieß es weitergehen.

Dort vorn befand sich ein großer Raum.

War das ein Krankenzimmer, oder eine Einsegnungshalle, ein neonerleuchteter Mutterschoß? Kalt, hoch, weiß und blitzblau sah diese Kammer aus, die Wände waren gebogen, rechte Winkel gab es keine: das Innere eines Wals, eines Bauches, einer großen Luftblase.

Beherzt ging Frank auf die aseptische Bläue zu.

Inmitten des Raums, sah er jetzt deutlich, knieten Menschen, die er aus K., aus dem Hubschrauber oder vom wenige Stunden zurückliegenden Abendessen im Bankettsaal her kannte: ein amerikanischer Regierungsangestellter, ein deutscher Psychiater, ein japanischer Industriemanager und sein wissenschaftlich ausgebildeter Landsmann.

Sie alle waren zu einer sehr malerischen Krippenspielgruppe arrangiert, dort auf dem Boden, während ein Mann, dem Blut in kleinen, fraktal verkritzelten Bächlein von Stirn und Schläfen rann und dessen Schädeldecke geöffnet war, aufrecht vor ihnen stand, die rechte Hand erhoben wie zum Gruß oder Segen. Es war Evangelis, der zu den Männern am Boden sprach und ihnen predigte.

Die da knieten und verzückt zur Leidensmiene des Märtyrers aufsahen, empfingen so etwas wie das letzte Wort zu allem, was sie hergebracht hatte, ahnte Frank, der sich dem belebten Altarbild sehr langsam näherte und eigentlich eher das Gefühl hatte, der Boden bewege sich unter seinen auf der Stelle tretenden Füßen, als daß er selbst es gewesen wäre, der ging.

Und dies war, was Johannes Evangelis denen predigte, die zu seinen Füßen knieten, ihm zuhörten und die seine Worte doch nicht mehr retten konnten, so wenig wie ihre eigenen Taten das gekonnt hätten, zu dieser sehr späten Stunde: „Warum habt ihr mich hierhergebracht? Was wolltet ihr von mir? Ich habe es nicht und habe es nie gehabt. Ich und alle, die so waren und sind wie ich, wir haben für euch längst keine Rolle mehr gespielt. Die Gesellschaft der Heiligen habt ihr aufgelöst, unser Erbe habt ihr verschleudert. Ihr habt eine Münze gegen uns geworfen, bei Kopf, habt ihr gesagt, würdet ihr gewinnen, bei Zahl, habt ihr gesagt, würden wir verlieren.

Wir hatten nie die Wahl. Wir konnten uns euch nicht erklären, gewiß nicht mit Worten, die ihr versteht. Aber ihr habt uns nicht in Frieden gelassen. Eure Dämonen, die ihr loslassen mußtet, um euch ihre Gewalten dienstbar zu machen, haben uns verfolgt, eure Versuchungen haben uns bestürmt.

- Abb. 9 -

Wir waren tot, aber das hat euch nicht genügt. Ihr habt uns Werbung für Deodorant, Pornoheftchen und ein Medikament gegen eure neue Pest auf unsere Gräber gelegt. Seltsame Totengaben waren das! Wie kann das sein, daß ihr überhaupt an uns gedacht habt? Wir sind Vergessene für euch, ihr glaubtet, ohne uns auszukommen und das, wofür wir stehen: wir Einsiedler, Wanderer, Rufer in der Wüste und Flüsterer im Dunkeln.

Zweitausend verfettete Jahre haben wie ein Rudel von Verrückten unsere Gräber geschändet. Ich allein bin ihm entronnen, diesem tiefen, dunklen Grab der Gerechten, aber damit nicht genug. Denn eine zweite Verdammnis setzt ein, und sie wird schlimmer sein als Vergessenheit und Grabschändung. Was für eine leichenfressende Wiederkunft des HErrn erhebt sich aus der Wiege, um uns zu versklaven, uns in den Dienst eures Wahns zu nehmen? Was für einen Himmel versprecht ihr einander? Warum nehmt ihr die alten Worte, die alten Versprechen: die Seligkeit, die Unsterblichkeit, um etwas anzupreisen, das alles ins Gegenteil verkehrt, wofür diese Worte einmal standen?

Konstellationen blutroter Sterne, die aussehen wie Sicheln, schmücken den Gürtel, der sich durch den Himmel windet, zwei verdrehte Schlaufen, eine Molekülkette, eine Prophezeiung und eine große Lästerung. Ein Spottbild in den Himmeln sucht die Wolken über dieser Stätte heim, durch die hindurch ihr mit Euren Hubschraubern fliegen könnt an jeden Ort, den ihr euch erwählt. Aber dem Zeichen könnt ihr nicht entkommen. Das Fleisch der Eltern wird verformt werden und so auch das der Kinder. Seiden und einschmeichelnd kommt der Muttermord aus euren Spritzen und verbreitet sich in Schwärmen von Geißeltierchen, Viren und Pseudobaktern. Wachsam wie sie in Eden war, wo sie Rosenhag und Orchideenstrauch durchschlängelte, verbirgt die alte Schlange in eingeübtes Einverständnis mit der Katastrophe, die bald kommen will, ihre Ziele, die immer dieselben waren. Hitze zischt über der kühlen Brise, Hitze aus den geplünderten Hainen des Fleisches. Ein neuer Schrecken bläst und bläht sich. Zehn Milliarden Seelen werden die Erde bald bevölkern, blind gegen den verfaulenden Wald, den sie vor lauter Bäumen nicht erkennen können. Wer wird die Linie ziehen, wer wird sagen können, es ist genug? Der Erlöser wird nicht kommen, er kann euch nicht finden, wenn ihr zu etwas werdet, das niemand mehr erlösen kann. Und vielleicht ist das gut so, vielleicht bedeutet das, daß ich endlich fort kann von hier, daß ich mich zu meinen Vätern legen kann und schlafen."

Diese Predigt, vorgetragen, als wäre sie ein Donner aus dem Wettersturm eines Gottes, war mehr als nur eine Kette von Lauten. Sie erschöpfte sich nicht im von Stimmbändern, Kehle, Mund, Zunge und Zähnen modulierten Atem.

Das Ensemble von Evangelis' Worten bildete vielmehr eine auditorische Holographie, schuf eine quasiräumliche Struktur.

Als Frank den Raum betrat, glaubte er zu erleben, ja: sehen zu können, wie das Interferenzmuster der Wellenbündel, aus denen die Gedankenprozesse der Leute im Raum und seine eigenen bestanden, von Evangelis' Rede eingefangen wurde, indem von je zwei unterschiedlichen Auslegungen des Sinns seiner Worte die eine an ihm gestreut wurde wie an einem Prisma, als abgelenktes Objektwellenpaket, und die andere ungestört blieb, als stehendes Referenzwellenpaket.

Daher hörte Frank, als er dem Propheten zuhörte, ganz andere Worte als die tatsächlich Gesprochenen.

Was er hörte, war: „Du hast zuviel Salziges gegessen, mein Sohn. Zuviel Natrium bei den fettigen Speisen, die du zu dir genommen hast, an der Tafel, bei deinem letzten Abendmahl, mit den Gästen des Mannes, den du Boros nennst – all denen, die er geladen hat, um seinen Erfolg zu feiern, seinen größten Frevel. Du aber bist Arzt, das bedeutet, du weißt: wenn man zuviel Natrium zu sich nimmt und ein gewisser Schwellenwert überschritten wird, interpretiert das der Körper als Wassermangel, weil die Osmorezeptoren des Gehirns signalisieren, daß der Körper sich in einem relativ dehydrierten Zustand befindet. Gefangen in einer Feedbackschlaufe! So bist du geschaffen, und du hättest keine Hilfsmittel in Anspruch nehmen dürfen, um das zu verstehen: der Austausch von Information und ihr Umlauf in solchen Schlaufen steuert dein ganzes Leben, das ist die Rechnung, die du bist. Wenn das Band anhält, ist es vorbei. Ja, juble und frohlocke – sie ist überall, die Intelligenz, die du in einer Droge gesucht hast – wahrlich, ich sage dir: jegliches intelligente Verhalten, das die Interaktion zwischen einem System und seiner Umwelt beinhaltet, basiert auf einem Informationsaustausch, in dem es Feedbackschlaufen gibt! Die Droge, die du genommen hast, ist tatsächlich ein intelligentes Wesen, so wie Boros und die, die ihm zur Hand gegangen sind bei seinem lästerlichen Werk, das von Anfang an geplant hatten. Sie wollten eine künstliche Intelligenz erschaffen, aber nicht wie in euren Science-Fiction-Phantasien als Computer, auf Silikonbasis, als mathematische Maschine! Sie wußten, daß sie ihr Ziel viel eher erreichen würden, wenn sie ihre künstliche Intelligenz als memetisches Netzwerk anlegten. Und das haben sie erreicht, das haben sie geschaffen: einen Biocomputer, der die menschlichen Gehirne, zu denen er Zugang hat, nutzt und ausbeutet. Es ist nichts als ein Taschenspielertrick – eine Emergenz im Verhältnis des Ganzen zu seinen Teilen, wie die virtuellen Rechner, die seit der Erschaffung des Internets allerorten und nirgendwo entstehen, zusammengeschaltete Computer und deren gebündelte Rechenkapazität samt verteiltem

Gedächtnis. Aber was Boros und seine Diener in den Regierungen, Geheimdiensten und Konzernleitungen als großartigen Adler geplant hatten, der sich auf majestätischen Schwingen in die kühlen Lüfte des Bewußtseins erhebt, ist ein Pleitegeier geworden, der sein Fest feiert auf deiner Leiche und den Leichen deiner Freunde. Eure Leichen treiben schon die dunklen Wasser zu Füßen dieser Burg hinunter, selbst wenn ihr diesen Abend überleben solltet. Die verführerische Frau Weisheit, die Boros euch enthüllen wollte, ist nur ein altes, verrunzeltes Weib, knochig, mit schlaffen Brüsten, das in der Einsamkeit einer Latrine das Ölbild einer jungen Schönheit betastet und ableckt. Du mußt umkehren, wenn du leben willst. Du mußt dem Götzendienst absagen, du mußt die Wahrheit erkennen und annehmen. Willst du das tun? Wirst du?"

Frank nickte zu diesen Worten, trat herzu und kniete bei den anderen.

Dr. Riichi Yokomitsu, neben dem Frank Platz fand, starrte das Märytrergesicht des Predigers an, als hätte er noch nie etwas Schöneres gesehen.

Er fühlte sich ebenso angesprochen wie Frank; auch er hörte einen Aspekt des auditorischen Hologramms, der den anderen verborgen war, und bildete sich doch ein, daß die Worte, die er verstand, Worte in perfektem Japanisch, die wahre Predigt waren, die echte Rede, die den wirklichen Sinn trug, auf dessen Mitteilung es dem Propheten ankam.

Yokomitsu glaubte also aus Evangelis' Mund die Sätze zu hören: „Was hast du getan? Wer, dachtest du, bist du, daß dir so etwas erlaubt wäre? Was hast du dir dabei gedacht? Glaubst du, diese Burg hier ist ein Tempel oder ein Schrein? Glaubst du, du könntest den Glauben verlassen, den sie Shinto nennen, meinst du, dir allein sei es erlaubt, den Weg der Vorfahren zu verraten?

Denkst du, du hättest einen besseren Weg gefunden als den, den man auf den Inseln seit Jahrtausenden geht? Was immer auch für Kami in den Schreinen bewahrt wurden, die deine Vorfahren errichtet haben –, denkst du wirklich, man könnte sie nachahmen, ohne über ihre Beziehung zur Schönheit der Natur nachzudenken, die sie umgibt? Der Dienst am Schrein kommt doch nicht von den Vorschriften der Priester her! Es geht nicht um Überlieferung noch um Gehorsam. Hast du dir die alten Schreine je wirklich angesehen? Aus dem Empfinden des Schönen sind sie gebaut, Sinn für die Landschaft, die sie umgibt, ist ihre Existenzbedingung. Denkst du, das wäre nur eine Frage des ‚Settings', wie eure Drogenwissenschaften sagen? Denkst du, es wäre der Südwind, der eine wichtige Rolle dabei spielt, den Geist des Menschen vom Alltäglichen und Weltlichen abzulösen, ihn darüber zu erhöhen und in die tiefere und bedeutendere Welt des Göttlichen einzuführen? Glaubst du, die Vorfahren, die euch den Weg bereitet haben, wären das gewesen, was man im Westen ‚Hippies' nennt? Es war stets der schönste Ort beim Dorf oder vor der Stadt, wo man den Schrein errichtet hat. Was glaubst du, woran das liegt. Was dachtest du zu tun? Wer, meinst du, ist dieser Boros? Hast du gedacht, du könntest ihm befehlen? Hast du nicht gemerkt, daß er es ist, der euch an seinen Fäden tanzen läßt? Wie dumm warst du, in deiner Klugheit?"

Yokomitsu senkte den Kopf. Er schämte sich.

Sein Auftraggeber und Vorgesetzter Sakae Osugi rang zur Rechten Yokomitsus schwer nach Atem, der Hemdkragen war ihm selbst aufgeknöpft zu eng geworden.

Auch er fühlte sich angesprochen von dem Mann im blutbespritzten Krankenhemd, und natürlich hörte er in dessen Worten etwas ganz anderes als sein Landsmann oder Frank Urban, nämlich dies: „Verdammter Schacherer! Glaubst du wirklich, daß dein eigener Ruin abgewendet werden kann, indem du noch mehr Menschen ruinierst? Denkst du, das sei die fundamentale Wertstruktur des Universums, dein weitverzweigtes Netz von Einrichtungen zur Wertabschöpfung? Meinst du, ein Aufsichtsratsvorsitz sei ein geeigneter Ort der Meditation? Weißt du nicht, daß du nichts von dem wirst mitnehmen können, was du angehäuft hast, dahin, wohin du gehst? Wartest du darauf, daß Gott an die Börse geht, damit du Anteile erwerben kannst? Glaubst du, alles, was irgend geschehen kann auf der Welt, ginge schon restlos auf in deinen Kosten-Nutzen-Rechnungen? Denkst du, du hast die Welt geschaffen? Gibt es eigentlich auch Fragen, auf die du keine Antwort weißt? Oder muß einfach immer wieder ein neues Design her, wenn du nicht weiter weißt? Mit was für einem Zug ins Nichts fährst du da eigentlich? Es muß wirklich sehr schön sein in der Hölle. Natürlich: du willst noch ein bißchen mehr Geld verdienen, bevor du diesem Leben Gute Nacht sagst. Dagegen liegt ja nichts vor, denkst du dir. Aber sage mir: warum packst du deinen Unrat nicht zusammen und verschwindest von dieser Welt? Sage mir, wann möchtest du in Rente gehen? Und wird's dir nicht irgendwann langweilig, auf alle möglichen Sachen den lieben langen Tag deine dummen Preisschilder zu kleben und die Welt permanent auf's neue einzuteilen zwischen das gehört mir und das gehört dir? Ist da irgend etwas am Leben geblieben, in dieser verhärteten Hirnschale?"

Osugis Blutdruck stieg, während er zuhörte, stieg langsam, aber ungemütlich ins Unermeßliche. Eine Antwort auf diese ungeheuerlichen Vorhaltungen wollte und wollte ihm einfach nicht einfallen, zumal er das Gefühl hatte, seine Zunge hätte sich unterderhand in einen riesenhaften Frosch verwandelt, der sich zwar manchmal vom Bauch auf den Rücken, dann wieder vom Rücken auf den Bauch wendete, insgesamt aber mit seiner schleimigen, aufgedunsenen Körperlichkeit den Mund des Geschäftsmanns auf die denkbar unangenehmste Art und Weise ausfüllte.

Professor Doktor Rainer Horns Knie vertrugen das Knien nicht gut.

Er hatte Seitenstechen, Rückenbeschwerden und Halsschmerzen. Auch das Essen, so schmackhaft es ihm vorgekommen war, hatte ihm letztlich nur geschadet: es war ihm nicht bekommen. Von der Droge ganz zu schweigen. Er hatte der ganzen Sache gleich mißtraut und kniete deshalb sehr bedrückt und unglücklich an seinem Platz vor dem heiligen Mann, unglücklicher als selbst die beiden Japaner. Dennoch versuchte der Psychiater, dem klinischen Vortrag, den Johannes Evangelis da offenbar und sehr unerwarteterweise aus dem Stegreif hielt, aufmerksam zu folgen, so gut es eben geht: „Die Rätsel sind gelöst. Es bleiben keine Fragen offen. Wir wissen, was geschieht. Auch du kannst es wissen, du mußt es nur wollen. Depression und Schmerz treten häufig gemeinsam auf. Bei 18-30% großer Gruppen von chronisch kranken Schmerzpatienten – zum Beispiel Personen mit rheumatoider Arthritis – wurde im Zuge entsprechender Studien eine klinisch relevante Depression diagnostiziert. Die Lebenszeit-Prävalenz für eine ‚major depressive disorder' ist bei Männern mit chronischen Rückenschmerzen doppelt so hoch wie einer ihnen nach Alter und demographischen Parametern entsprechenden Kontrollgruppe. Bei chronischen Schmerzpatienten besteht ferner eine signifikante Korrelation zwischen der anhand von Depressions-Skalen ermittelten Schwere der Depression und der von diesen Patienten berichteten Schmerzintensität.

Es wurde vermutet, daß die Depression dieser Patienten nicht nur Folge der Schmerzen ist, sondern ihrerseits Schmerzen verursachen oder verstärken kann."

Ach ja, nickte Horn bekümmert: das war ja alles nicht neu, aber nur zu wahr.

Und natürlich fürchterlich deprimierend.

Am verzücktesten unter allen, die da im Angesicht des Erwählten des HErrn knieten und von ihm das lebendige Wasser des Wortes entgegenahmen, sah John Corbett aus, Geheimagent aus den Vereinigten Staaten von Amerika und Sünder, der sich verloren geglaubt hatte, jetzt aber plötzlich merkte, daß es doch noch jemanden gab, der ihn erlösen wollte.

Corbett hatte die Arme ausgebreitet, als wollte er sagen: Seid umschlungen, Millionen!

Was Evangelis ihm mit Engelszungen mitteilte, waren die Worte: „Deine Sünden sind dir vergeben. Die Sünden deiner Väter sind dir vergeben. Selbst die Sünden der Väter deiner Väter sollen dir vergeben sein. Vergeben sei dir deine Arbeit bei jener Central Intelligence Agency, die nach dem 2. Weltkrieg in Deutschland von Naziverbrechern den BND-Vorläufer ‚Organisation Gehlen' gründen ließ und im Rahmen des ‚Project Paperclip' auch Hitlers Raketenbastlern neue Jobs verschaffte, 1948 in Frankreich und Italien Wahlen beeinflußte, 1953 an unfreiwilligen Testpersonen unter dem Namen ‚MK/ULTRA' Gehirnwäscheversuche vornahm, 1954 die guatemaltekische Regierung stürzte, in den 60ern in Brasilien und der Dominikanischen Republik intervenierte, in den 70ern gegen Allendes Chile wie Castros Kuba und in den 80ern gegen Nicaragua wühlte, mit dem Iran Waffengeschäfte einfädelte und 1991 als die Kraft hinter den Waffen-und-Drogengeld-Waschmanövern der Bank of Credit and Commerce International entlarvt wurde.

Vergeben sei dir deine Arbeit während George Bushs Zeit im Weißen Haus, als die gesamte Politik der US-Administration im Banne deiner Organisation stand, vergeben sei dir, was du weißt über die vom Department of Justice gedeckte, von ‚Unbekannten' begangene Ermordung des investigativen Journalisten Danny Casolaro, der im Begriff war, einen Software-Skandal aufzudecken, bei dem ein von der CIA per eingebauter ‚Hintertür' leicht crackbares Computerprogramm an ‚befreundete' Geheimdienste verkauft werden sollte. Vergeben, vergessen: Lobe den HErrn!"

Der Geheimagent lobte den HErrn tatsächlich, wenn auch stumm, dafür aber mit ausgebreiteten Armen und weit aufgerissenen Augen.

So knieten sie denn alle ergriffen auf dem glatten, kalkweißen Fußbodenbelag vor der geöffneten gläsernen Röhre, in der eben noch ein völlig unansprechbarer Evangelis gelegen hatte, der nun, dem auferstandenen Lazarus gleich, mit losen Gazebinden umwickelt, blutverschmiert vor ihnen stand und lehrte, bis plötzlich seine Rede von einem barschen Ausruf unterbrochen wurde:

„Schluß! Schluß mit – die – de – ackh!"

Frank wandte sich um in die Richtung, aus der die zornige Frauenstimme gerufen hatte.

Er war desorientiert und noch immer bis ins Mark getroffen von den Worten, die er Evangelis hatte sprechen hören, so daß er mehrere Sekunden brauchte, bis sein Gehirn die Botschaft entziffert hatte, die seine Sehnerven ihm übermittelten: da stand, am rückwärtigen Ende des Raumes, breitbeinig und eine Pistole mit beiden Händen fest umklammert haltend, Karin Lay vor einer Schleuse, die auf's Haar der glich, durch die Frank eingetreten war, und zeigte mit dem Lauf der Waffe auf Evangelis' rechte Schläfe.

Sie hatte ihren Satz nicht zuende sprechen können, und kippte jetzt nach vorne. An ihrer Schulter bildete sich ein rasch an Größe zunehmender Blutfleck, und hinter ihr erkannte Frank zwei maskierte Männer, von denen einer Karin offenbar in den Rücken geschossen hatte. Noch bevor er diese Information recht verarbeiten konnte, rief der eine der beiden Männer: „Corbett! Get up! Let's get the guy out of here!", und fuchtelte mit seiner Pistole in Richtung Evangelis, während sein Kamerad Karin packte, die sich wand und mit ihrer Waffe nach ihm schlug. Die beiden Kämpfenden taumelten nach rechts und schlugen gegen einen Röntgenapparat, dann rutschten sie daran herunter, Karin rammte dem Angreifer ihr Knie in den Schritt und der schlug ihr den Ellenbogen ins Gesicht.

Sein Kollege wollte ihm gerade zu Hilfe eilen, als hinter Frank, auf dem Korridor, eine Explosion zu hören war, deren Druckwelle die Knienden zu Boden warf, Splitter von schwarzem Glas mit sich führend, von denen einige in Osugis Hinterkopf eindrangen, andere Corbett und Yokomitsu an Armen und Rücken verletzten.

Frank landete auf seinem Gesicht und rutschte noch gute anderthalb Meter über den Fußboden. Sein Hintern tat ihm weh, als hätten Piranhas reingebissen – Splitter der schwarzen Wand, nahm er an. Er blinzelte, konnte nichts hören, sah vor sich Evangelis' Füße.

Kugeln flogen über ihm durch die Luft: ein Rudel Michaelitenkrieger, die Susanne Gebhardt in einem Traum gesehen hatte, und drei CIA-Leute hatten begonnen, einander zu beschießen.

Frank, der in seinem Leben bisher noch nie den Impuls verspürt hatte, irgend etwas Heroisches oder Tollkühnes zu unternehmen, spürte, daß es jetzt darauf ankam, etwas sehr Schlimmes und Falsches zu verhindern.

Also stellte er das Nachdenken, das ihm in dieser Nacht ohnehin nicht besonders leichtfiel, für's Erste endgültig ein und handelte: er ergriff das Bein des Propheten und zog sich daran hoch, dann umfaßte er den heiligen Mann mit beiden Armen und warf sich, ihn fest umklammert haltend, zur Erde, während die stochastische Verteilung der Geschoßflugbahnen im Raum die Lebenden von den Toten schied und so das Ergebnis einer Konfrontation ausgewürfelt wurde, von denen später so viele Legenden auf Erden umgehen würden, wie es Überlebende gab.

Der Prophet röchelte, spuckte, und fühlte sich dann weich an. Der Lärm war unglaublich, und dann spürte Frank, wie eine Kugel in seinen Rücken eindrang, und war fast überrascht, daß die Welt nicht augenblicklich entzweibrach. Etwas geschah in diesem Moment mit dem Mann, den er festhielt, aber was das war, konnte Frank nicht erfassen, denn plötzlich spürte er zwei Dinge gleichzeitig: einen Schmerz, wie er ihn sich davor nicht einmal hätte vorstellen können, und die völlige Unfähigkeit, sein rechtes Bein zu bewegen.

22 Irreduzibel

Jim Corbett erwachte, wie man ein elektrisches Licht anknipst.

Es war noch dunkel in dem Raum und sehr still.

Man hätte einen einzelnen Dollarschein rascheln, einen Säugling schnarchen oder eine Ameise stolpern hören können.

Corbett hörte nichts als seinen eigenen Atem.

Sein Herz schlug gleichmäßig, seine Augen hatten sich so plötzlich geöffnet, wie Auto-Scheinwerfer aufblenden. Er sah zur Decke: etwas heller war dies Rechteck als der Rest des

Raums. Er hatte wieder den Traum von der Burg gehabt, den Traum von der absurden, lauten, gefährlichen Nacht, vom größten Fehlschlag seiner kurzen Karriere beim Geheimdienst. Es stimmt eben nicht, dachte er, was man immer in Büchern liest: dieses „schweißgebadet Aufwachen", das wie verrückt hämmernde Herz und so weiter. Es ist eher wie wenn sich ein schwerer Vorhang hebt, und man erwartet eine Bühne, aber da ist nur eine weite Wüstenlandschaft: das normale Leben, das vor einem liegt, und man ist völlig darauf gefasst, was jetzt kommt. Dieses Sichheben des Vorhangs ist wie ein Orgelton, der immer lauter wird, und wenn der Lärm vollkommen ist, wird alles wieder still und man ist wach.

Corbetts linke Hand tastete auf dem Nachttisch nach seiner Waffe im Holster; sie war da, wo sie hingehörte: auf Frank Urbans verfluchtem Buch.

Demnächst, hatte Corbett gestern abend aus den CBS-Abendnachrichten erfahren, würde das blöde Ding, Gründungsdokument einer flächenbrandartigen Massenbewegung, neben der die Scientology Church ein unschuldiger Fliegenschiß war, auch noch verfilmt werden, mit (wie unbestätigte Gerüchte raunten) ausgerechnet Tom Cruise als Frank Urban und Danny De Vito als Géza Boros. Corbett mußte zugeben, daß ihm der Gedanke an so einen Film als blasphemisch aufgestoßen war, obwohl er weit davon entfernt war, dem Buch den Rang eines „neuen Neuen Testaments" zuzubilligen, den seine Gläubigen ihm verliehen hatten.

Der ehemalige CIA-Mann hatte die amerikanische Taschenbuchausgabe, die eine Handbreit dick war und auf deren Cover ein ausgestanztes silbernes Kruzifix prangte, gleich bei ihrem Erscheinen im örtlichen Supermarkt gekauft.

Sie war inzwischen ordentlich zerfleddert.

Der Ex-Agent, von dem niemand in seinem jetzigen Kollegen- oder Bekanntenkreis auch nur ahnte, daß er einige der Dinge, von denen in Urbans sensationalistischem Kultbuch die Rede war, selbst miterlebt hatte, las inzwischen beinah jeden Abend vor dem Schlafengehen darin, immer kopfschüttelnd, jedesmal ergrimmt, stets kurz davor, es gegen die Wand zu knallen. Trotzdem gab er immer dieselbe Antwort, wenn seine Frau ihn wieder einmal fragte: „Wenn es dich so aufregt, warum liest du es dann?"

Die Antwort lautete: „Weil wir nicht ewig davor davonlaufen können. Irgendwann wird uns der Wahnsinn auch hier draussen erreichen. Ich habe gehört, MTS ist downtown schon Mode, unter den Kids. Sie kriegen es jetzt in der Apotheke, hast du das gewußt?"

Natürlich führten solche Gespräche nirgends hin.

Aber sie hatten eine seltsam beschwichtigende Wirkung auf ihn, wie das Gefühl, das seine linke Hand ihm vermittelte, während er jetzt den Griff seiner Waffe hielt.

Seine Rechte suchte auf dem Bett nach dem Menschen, der neben ihm schlafen sollte, aber da war niemand. Die Kuhle in der Matratze fühlte sich noch warm an; es konnte nicht lange her sein, daß seine Frau aufgestanden war.

Sicher war sie barfuß, in ihrem langen Nachthemd, auf die Veranda gegangen, um den Sonnenaufgang zu beobachten.

Das tat sie jetzt häufig.

Jim Corbett fragte sich, jetzt, wo sie nicht da war und ihm nicht mit ihren forschenden, vorwurfsvollen und besorgten Blicken zusetzen konnte, warum er die Sache nicht einfach auf sich beruhen ließ und einfach die paar Wochen, Monate, vielleicht Jahre genoß, die der große Sturm sie hier draußen auf dem Felsen, in der „Quasi-Wüste unweit des Ozeans", wie seine Frau manchmal sagte, noch verschonen würde.

Was fand er eigentlich an dem blöden Buch?

„Die zweite Offenbarung des Johannes“: schon dieser pompöse Titel mußte doch jeden vernünftigen Menschen abschrecken.

Warum glaubten Leute, die man weder mit den „wahren Bekenntnissen“ von Menschen, die wähnten, sie wären von UFOs entführt worden, noch mit dem Bermudadreieck oder dem Gesülze fundamentalistischer Fernsehprediger hatte einwickeln könnten, plötzlich an diesen Mist, hingen an Urbans Lippen, beteten den Quatsch nach?

Zweite Offenbarung ... pompöser kleiner Bastard.

Corbett haßte ihn dafür; ganz abgesehen davon, daß der Knilch vor vielen Jahren mit seiner Frau geschlafen hatte. Wenn er ihn jemals allein, ohne seine Leibwächter und sonstige Entourage zu fassen kriegte, würde er ihm eine Offenbarung verpassen, die er sicher nicht aufschreiben, drucken lassen oder in Stadien vor Millionenpublikum zum besten geben würde. Andererseits: natürlich lag der Schlüssel zu der ganzen Scheiße nicht bei Frank Urban.

Das alles war im Grunde Ablenkung, da war Corbett ganz sicher.

Wenn man wirklich verstehen wollte, wie es gekommen war, daß Millionen den Worten eines verschwundenen Frauenverführers aus zweiter Hand lauschten und dabei eine Form des neochristlichen Fundamentalismus um sich griff, deren Sektenchef sich nicht zu blöde war, zur Unterstützung der bei Gebeten erflehten Aufnahmefähigkeit für das Numinose auf eine „ehemalige Sexdroge“ (der Surgeon General der USA in einem besorgten Pressestatement letzten Herbst) zurückzugreifen, dann mußte man jemand anderen finden als diesen Sektenchef, jemanden, der mehr darüber wußte. Finden und am Schlafittchen packen.

Corbett hatte da jemand ganz Bestimmten im Sinn.

Der aber hatte sich noch spurloser dem Zugriff entwunden als der bizarre Johannes Evangelis, und die Regierungsbehörden, zu denen Jim Corbett Kontakt (gehabt) hatte, hatten die Suche nach Géza Boros und jedem bekannten Alias inzwischen eingestellt.

Sie hatten so getan, als wäre alles klar.

Hatte man denn nicht in der Burg Boros' Unterlagen sicherstellen können, die ganze Studie, die Angaben zur Nanofaktur der auto-replikativen Pseudobakter in den MTS-Pillen (die man inzwischen ans Pentagon weitergegeben hatte, das zu militärischen Zwecken dran rumforschte, wie Corbett zu Ohren gekommen war), die Protokolle, die Dosierungsratgeber?

War damit nicht tatsächlich alles klar?

Wozu brauchte man ihn also noch, den unheimlichen kleinen Mann?

„Lassen Sie's los. Sie werden andere Missionen erleben. Es geht eben nicht immer alles glatt", hatte Corbetts Führungsoffizier in Langley zu ihm gesagt, und das, gerade das hätte er nicht sagen dürfen.

Denn das war der Tropfen gewesen, der für Jim das Faß zum Überlaufen brachte.

Oh, Urban hatte durchaus recht mit dem, was er in seinem doofen Buch schrieb: „Niemand, der mit Johannes Evangelis in Kontakt gekommen ist, konnte davon unberührt bleiben. Alle hat er verändert."

Jim dachte an Karin und daran, welche Folgen ihrer Verwicklung in die von Urban so schamlos ausgebeuteten Ereignisse sie beide zu tragen hatten; wie schwer das manchmal war, und wie sie dennoch damit zurechtkamen.

Es ging immer, irgendwie.

Sie schliefen zwar, beispielsweise, nicht mehr oft aus, aber keiner von beiden vermißte das. Sie waren zusammen, sie hatten beide einen Job, das war schon viel, und Europa und alles, was dort geschehen war, hatten sie endgültig hinter sich gelassen, das war noch mehr.

Was machte es da schon, daß die halbe Welt verrückt geworden war?

Man konnte schließlich nicht alles haben.

Kalifornien, dachte Corbett und ließ endlich den Griff seiner Pistole los, ist nicht das Paradies, aber ein sehr angenehmes Exil.

Er leckte sich die trockenen Lippen, dann spannte er einen Augenblick alle Muskeln an; eine Gewohnheit aus der Militärzeit – damals hatte er das getan, um sich von der Funktionsfähigkeit dieser merkwürdigen Maschine zu überzeugen, die er bewohnte und zugleich irgendwie selber war, heute war es eine Erinnerung daran, daß er das, was er tat, als ausgebildeter Experte tat – und daran, daß er wirklich wach war und nicht träumte.

Der Sicherheitschef der kleinen medizinisch-technischen Firma BMI Inc. (das Kürzel stand für „Brain-Machine Interfaces“) schlug die Bettdecke aus weißem, dünnen Leintuch zurück und schwang sich aus dem Bett, um nach seiner Frau zu sehen.

Karin, die er im April dieses Jahres, vor vier Monaten also, in Los Angeles geheiratet hatte, nachdem er seinen Dienst bei der CIA aus gesundheitlichen („seelische Zerrüttung“) und Gewissensgründen quittiert hatte, war es gewesen, die ihm den Job bei BMI verschafft hatte. Sie hatte ihre molekularbiologische Tätigkeit völlig aufgegeben, d.h. sie hatte dieser Forschung, wie sie manchmal nicht ohne sarkastischen Unterton in biblischer Anspielung sagte, „abgeschworen“.

Das hieß natürlich nicht, daß ihre biologischen, besonders aber ihre Computerkenntnisse brachlagen: bei BMI arbeitete sie recht erfolgreich am Softwaredesign für eine neuartige Technologie der neuralen Steuerung von robotischen Armprothesen.

Eine mittelständische Firma, hatte Karin richtig erkannt, war für Jim und sie genau der richtige Ruhehafen, nach seinem Zusammenbruch im Staatsdienst und ihrer totalen Desillusionierung durch den medizinisch-industriellen Komplex.

Er war immer noch verwundert, wie einfach es gewesen war, dem Laden den Rücken zu kehren – nicht nur psychologisch einfach, obwohl das für ihn bedeutete, einen Weg, der in seiner Familie für den Erstgeborenen vorgezeichnet schien, für immer zu verlassen. Vor allem die formaljuristische Einfachheit der Umsetzung seines folgenschweren Schrittes war für ihn eine Überraschung gewesen – im nachhinein mußte er sich eingestehen, daß er wohl doch ein wenig dem Filmklischee aufgesessen war, wonach man eine solche Behörde genausowenig einfach irgendwann verlassen kann wie die Mafia oder eine straff geführte Sekte. Man hatte ihm jedoch lediglich abverlangt, ein paar demütigende Papiere zu unterschreiben, die den Worten „Verzichtserklärung“, „Schweigepflicht“ und „Knebelvertrag“ alle Ehre machten, und ihn ansonsten aufgefordert, sich „gelegentlich“ bei einer für derartige Zwecke eingerichteten Stelle zu melden, nicht ohne so eine Meldung das Land zu verlassen und sich ansonsten allgemein für eventuelle „Fragen“ zur Verfügung zu halten.

Eine Abfindung oder dergleichen gab es natürlich nicht, sein Gehalt bezog er aber noch eine kurze Weile weiter. Mittellos waren Karin und er allerdings nicht: das Schmerzens- und wohl auch Schweigegeld, das ihnen beiden von Sagai gezahlt wurde, einer Firma, die derzeit eine Menge Probleme hatte, hätte ausgereicht, mindestens fünf Jahre auch ohne eine Anstellung zurechtzukommen.

Aber der Mensch mußte ja was tun.

Sonst würde man wahrscheinlich verrückt – wie Frank Urban.

Jim Corbett seufzte.

Heute abend, hatten die Nachrichtenleute gesagt, würde Urban vor einer seiner typischen mesmerisierten Massenansammlungen in Dallas, Texas sprechen.

Sollte er. Jim hatte nicht die Absicht, hinzufahren.

Auf dem Weg durch die Küche griff er sich die Orangensaftkaraffe vom Kühlschrank und nahm einen tiefen Schluck. Die Uhr an der Wand, ein Mitbringsel aus Deutschland (Gottseidank keine Kuckucksuhr) tickte leise, beruhigend.

Jim schlurfte gähnend aus der Küche.

Er fand Karin, ganz wie er vermutet hatte, auf der hölzernen Veranda, die er in der ersten, schlimmen Zeit selbst gezimmert hatte – damals, als sie kaum vernünftig miteinander hatten reden können aber sich doch aneinander klammerten, als wären sie Ertrinkende.

Er stellte sich hinter sie, flüsterte ihr einen Morgengruß ins Ohr, strich ihr Haar beiseite, umarmte sie. Karin legte ihre Hände auf seine Arme. Der weite Ausschnitt ihres Nachthemds war an der rechten Schulter hinuntergerutscht. Jim beugte sich vor und küßte ihre Haut, fünf Zentimeter über der Narbe, die von dem Schußwechsel auf der Burg zurückgeblieben war.

„Ich bin deinen Leuten nicht böse, weißt du das?“ sagte sie leise.

„Aber ich“, erwiderte Jim, es klang nicht verbittert, war nur eine nüchterne Tatsachenfeststellung.

„Warum?“ fragte Karin verwundert und wie träumerisch.

Er antwortete nicht, und so fuhr sie ernsthaft fort: „Ich meine, sieh es doch mal so, Jim: wir sind beide am Leben, was man von Yokomitsu und Osugi, von Rainer Horn und einem deiner Leute, und vielleicht sogar von Evangelis nicht sagen kann. Und keiner von uns beiden geht am Krückstock, wie der arme Frank wegen seiner Rückenmarksverletzung."

Beim „armen Frank" schnaubte Jim nur kurz verächtlich. Er dachte an Urbans Lügenmärchen, an seinen Kult, an seine schwache Ausrede bei den Verhören, er habe „nicht mitbekommen", wie, wann und wohin Evangelis verschwunden sei.

Gut, Frank Urban war verwundet worden.

Aber daß der Mann, den er im einen Moment fest umklammert hielt, sich im nächsten einfach in Luft aufgelöst haben sollte, das wäre denn doch ein Wunder zuviel gewesen.

Natürlich behandelte Urban die Sache in seinem verdammten Buch exakt als ein solches und nannte es „die Entrückung des Evangelisten aus dem Kugelhagel".

Eine blödere Mischung aus neuem Testament und Actionfilm war ihm wahrscheinlich nicht eingefallen. Jim schmatzte mit dem Lippen beim Gedanken daran, ihm war übel.

Karin insistierte: „Deine Leute können nichts dafür."

Jim räusperte sich, küßte ihr Ohr und sagte dann: „Es sind nicht mehr meine Leute. Genau aus diesem Grund, weil sie eben doch was dafür können. Ich meine nicht die beiden Field Agents in dem Geballer auf Boros' verdammter Krankenstation. Ich meine die Jungs in Langley. Sie hatten mir gesagt, es gäbe keine Michaeliten mehr. Niemand kannte diesen Ezrael, oder wie immer er wirklich geheißen hat, von dem die Michaelskrieger behaupten, er hätte sie hingeführt. Und sie wollen nicht nach Boros suchen, diese Arschlöcher, die du meine Leute nennst. Sie sind an Aufklärung überhaupt nicht interessiert, das Wort ‚Intelligence' im Namen sollte der Laden schnell loswerden. Ich will damit nichts mehr zu tun haben."

Karin entwand sich sanft seinem Griff, drehte sich zu ihm um und küßte ihn auf den Mund. Früher, vor einer halben Ewigkeit, während ihrer ersten gemeinsamen Zeit, damals in Clearwater, hatten sie Witze darüber gemacht, wie sie aus irgendeinem Grund dauernd so spitz aufeinander und so verknallt ineinander waren, daß sie sich noch vor dem Zähneputzen küssen konnten. Heute war es eher eine Rettungsmaßnahme Karins für Jim, eine Mund-zu-Mund-Beatmung, vielleicht auch eine liebevolle Methode, den ewig Unzufriedenen sanft zum Schweigen zu bringen.

Als sie sich von ihm zurückzog, lächelte er und sah hinaus auf die „Quasi-Wüste".

Die Sonne ging auf, es geschah schneller, als man meinte, bald würde alles hier Licht sein.

Er fragte sie, was er sie schon lange hatte fragen wollen: „Das, was du damals gerufen hast ... als wir vor dem Typen gekniet sind: ‚Schluß mit ...!' oder so – du kamst nicht mehr dazu, den Satz zuende zu sprechen. Was wolltest du da eigentlich sagen?"

Karin lächelte und sagte: „Ich wollte ... ich wollte sagen: Schluß mit diesem Kindergottesdienst."

Er nickte. Das gefiel ihm.

Sie sagte „Ich geh' mal, und mach uns 'n Frühstück."

„Ok." Er sah Karin nicht nach, sondern ließ seinen Blick über die braunrote Marslandschaft schweifen und dachte: wir haben wahrscheinlich wirklich Glück gehabt.

Vielleicht ist alles gut. Vielleicht will ich in Wirklichkeit gar nicht allzuviel wissen über Géza Boros, wer er ist, was er treibt, worauf er hinauswill.

In der Küche fing die Espressomaschine an zu schnorcheln.

Jim verspürte ein Gefühl, das er zunächst gar nicht einordnen konnte.

Dann begriff er: er war zufrieden.

*

„Ich glaub's nicht. Ich. Glaube. Es. Einfach. Nicht", schimpfte Christine Hager.

Es hatte keine Wirkung.

Also nahm sie ihren Tropenhut ab, pfefferte ihn auf den Rücksitz, schob die Sonnenbrille mit der Hand auf ihrem Nasenrücken nach unten, setzte ihren dekorativsten Schmollmund auf und sah über die Ränder der Gläser der Brille die Frau, die neben ihr am Steuer des gemieteten Jeeps saß, mit einem Blick an, der das alte Klischee „wenn Blicke töten könnten" mit äußerster Anstrengung zu rechtfertigen versuchte.

„Ich liebe dich auch, Schatz", erwiderte Susanne Gebhardt mit aufreizender Zerstreutheit und studierte weiter die auf dem Lenkrad ausgebreitete Straßenkarte, als wäre es lediglich ein interessantes geometrisches Problem, das sie da vor sich hatte.

Dann murmelte sie, mehr zu sich selbst als an ihre ergrimmte Beifahrerin gerichtet: „Komisch. Wir sind schon fast in Akashi. Südlich von uns ist irgendwo der Ikuta-Schrein, aber ich kann mir nicht vorstellen, daß das hier noch zum Stadtgebiet von Kobe zählt."

„Susanne", sagte Christine einfach, langsam und sehr genervt.

Susanne blickte von ihrer Karte auf und lächelte Christine in schamlos geheuchelter Einfalt an. „Ja? Was gibt es für ein Problem?"

Christine blies theatralisch die Backen auf, pustete Luft raus, als pfiffe sie auf dem letzten Loch, und sagte: „Heiß. Stinkig. Jetlag. Kopfschmerzen. Orientierungslosigkeit. Zweifel am Sinn der ganzen Reise. Reicht dir das für den Anfang an Problemen, oder möchtest du noch hören, daß ich langsam mal aufs

Klo muß und nicht weiß, ob ich mich hier einfach am Straßenrand in die Büsche schlagen ..."

„Mach' doch. Die Gegend sieht nicht besonders überlaufen aus", erwiderte Susanne lakonisch, und Christine mußte zugeben, daß sie recht hatte.

Wortlos, noch immer schmollend, schwang Christine sich aus dem Wagen und trippelte die geröllgesäumte schmale Straße entlang bis zu einer Stelle, wo das Gebüsch eine passende Lücke aufwies, um darin zu verschwinden.

Irgendwie süß, dieses Trippeln, fand Susanne, und wandte sich dann wieder ihrem dringlichen Orientierungsproblem zu.

Das Problem war, daß diese große und detailreiche Karte nicht zu der kleinen, eigentlich viel gröberen passte, die sie jetzt danebenhielt: die kleine Karte war ein Ausdruck des Wegplans, den „Claus" ihr gemailt hatte, und auf der das Haus eingezeichnet war, in oder an dem irgendwer oder irgendetwas offenbar nur darauf wartete, von Susanne (und Begleitung) entdeckt zu werden.

Auf dem Wegplan gab es zwar die Straße, die sie mit Christine jetzt seit etwa zehn Minuten im Schneckentempo von 35 km/h befuhr, aber da war auch eine Abzweigung verzeichnet, links, eine Art Feldweg offenbar, mit eingezeichnetem Warnvermerk: „Holprig!", und eben diese Abzweigung hätte nach Susannes Interpretation der (von ihrem geheimnisvollen Helfer nicht angegebenen) Größenverhältnisse auf dieser Karte längst zu sehen sein müssen.

Sie war aber nicht aufgetaucht, und schien, soweit Susanne erkennen konnte, auch weiter vorn vorerst nicht zu erwarten. Soweit das Auge sah, gab es am Rand dieser Straße nichts als die Hecken, die Christine so gelegen kamen. Verdammt, Claus, ganz so kryptisch hätte das alles nicht sein brauchen.

Als der geheimnisvolle Kontaktmann sich vor drei Monaten völlig unerwartet wieder gemeldet hatte, war das eine große Überraschung gewesen – Susanne hatte irgendwie geglaubt, die Agenda der ominösen klandestinen Gruppe, für die der Mann zu arbeiten vorgegeben hatte, hätte sich mit den Ereignissen auf der Burg über der Donau erledigt.

Das Peilgerät, das sie entsprechend seinen Anweisungen dorthin mitgenommen hatte, lag jetzt in irgendeiner Asservatenkammer der österreichischen Polizei oder war als Beweisstück von dieser in eine Tüte eingeschweißt und verlegt worden – sie hatte es den Beamten bei der Räumung der Burg am Morgen nach der Schießerei, die sie, mit Christine beschäftigt, im Bett verbummelt hatte, bereitwilligst ausgehändigt und denen sogar erzählt, was sie über den Mann von der Tankstelle wußte.

Viel konnten die damit offenbar nicht anfangen.

Später hatte Karin Lays neuer Freund, dieser baumlange Geheimdiensttyp namens Corbett, sie in K. besucht und ihr noch „ein paar Fragen" gestellt, aber auch der hatte nicht so gewirkt, als wüßte er wirklich, wonach er suchte.

Nach einer Weile hatte sich das Leben normalisiert, abgesehen davon, daß Frank, als er aus der Reha kam, sofort mit seiner irren neuen Prophetenscheiße samt „Gottes Wort als Mem" und „Schwester Mitternacht als Sendbotin des heiligen Geistes" angefangen hatte und das für sie das Zeichen gewesen war, den längst ausstehenden, zwar etwas schmerzlichen, aber wohl unvermeidlichen endgültigen Bruch zwischen ihnen beiden zu vollziehen.

Als Susanne später sein komisches Buch gelesen hatte – Christine hatte es ihr in einem Anfall von Heimtücke geschenkt – fragte sie sich, ob sein „memetischer Millennarismus" vielleicht einen anderen Weg eingeschlagen hätte, wenn er nicht nur den

FR-Artikel gelesen hätte, den er in seinem Buch breitestens ausschlachtete – offenbar hatte er es bis heute nicht fertiggebracht, die Primärquellen zu lesen, Dawkins z.B. –, sondern auch das zweite Schriftsück über Meme, das sie ihm damals gegeben hatte, die andere Besprechung des Blackmore-Buches, deren Fazit gewesen war: die Memetik ist eine schöne Theorie, aber als Luftaufnahme der Welt des Geistes und der Kommunikation noch etwas zu verschwommen, um wirklich etwas erklären zu können.

Ungefähr so wie Claus' Wegplan eben, dachte Susanne jetzt.

Wie auch immer: Frank Urban, wußte seine Exfreundin nicht nur dank des Klappentextes der dickleibigen TB-Ausgabe seines Buches, hatte sich inzwischen eine ganz erkleckliche Anhängerschaft zusammengesammelt. Was ihm dabei zweifellos zuhilfe gekommen war, dachte sie jetzt, war die Massenproduktion und Freigabe von MTS als „Stimmungsaufheller" in den meisten Industriestaaten – eine Wendung der Ereignisse, von der ironischerweise die Firma Sagai nicht allzuviel hatte, weil sie aus akuter Geldnot, die sich aus kostenaufwendigen Strafverfolgungsverfahren und diversen als Gegenmaßnahme von Sagai angestrengten Prozessen gegen die Regierung der USA ergab, gezwungen gewesen war, die meisten ihrer Patente an Konkurrenzbetriebe von gesünderer Boni- und Liquidität zu verkaufen.

Der jüngste Skandal in diesem Zusammenhang betraf die vom TIME-Magazine derzeit überall, so auch an jedem Kiosk am Flughafen von Osaka, wo Susanne und Christine vor fünf Stunden angekommen war, lauthals verkündete Enthüllung, daß sich angeblich mindestens einer der Betriebe, die heute mit offizieller Erlaubnis das verschreibungspflichtige, aber gegenüber der ursprünglichen halblegalen Version offenbar in seiner Wirkung erheblich abgemilderte Euphorikum MTS produzierten, zu über

50 % der Aktienanteile in staatlicher oder verdeckt bzw. indirekt staatlicher US-amerikanischer Hand befand.

In Susannes eigenem Leben hielt sich das Sensationelle eigentlich in überschaubaren Grenzen. Ihr Buch kam gut voran, die „Schmerzenskohle“ (Christine) von Sagai erlaubte ihr, ein regelrechtes „Forschungsjahr“ einzulegen und die Praxis fürs Erste Praxis sein zu lassen.

Nein, Sensationen waren dünn gesät dieser Tage, wenn man von der neuerlichen Kontaktaufnahme des angeblichen Claus absah.

Der war einfach aus dem Cyberspace aufgetaucht, in Gestalt der folgenden Sätze: „Liebe Frau Gebhardt! Ich bin noch nicht tot. Wir arbeiten weiter. Und Sie können uns immer noch helfen dabei. Aufklärung ist jetzt nötiger denn je.“

Von diesem Moment an war der Kontakt sehr einseitig gewesen – auf keine ihrer Mails voller Fragen hatte Susanne eine Antwort erhalten; es gab immer nur kurze Grußbotschaften, Hinweise auf Webseiten, die die MTS-Diskussion „voranbrachten“, und schließlich die gif-Datei mit dem Wegplan als Attachment zu folgender Botschaft: „Die vollständigste Auskunft über alles, was Sie wissen wollen. Sie müssen sie aber abholen, in der Nähe von Kobe, Japan, und zwar innerhalb der nächsten Woche. Plan anbei.“

Susanne war zwar sofort neugierig gewesen, aber erst Christines Begeisterung hatte den Ausschlag gegeben: „Ich will mit! Vielleicht gibt mir das endlich den Kick, den ich brauche, um endlich nicht mehr nur so rumzuhängen! Vielleicht finde ich zum Journalismus zurück! Fotos! Schreiben! Spuren! Klingt doch sensationell!“

Die größte Sensation, die Susanne Gebhardt seit der Burg und dem, was dort geschehen war, erlebt hatte, war die schleichende Intensivierung ihrer eigenartigen Beziehung zu Christine, von der beide, obwohl sie vor einem halben Jahr endlich den Mut gefunden hatten, in eine gemeinsame Wohnung zu ziehen, immer noch nicht recht wußten, was das eigentlich sein und werden sollte – oder wie Christine nicht müde wurde, zu betonen: „Wir sind nicht lesbisch, soviel ist klar. Aber irgendwie passen wir halt gut zusammen."

Und haben sehr guten Sex, dachte Susanne jetzt – das war es natürlich, was Christine mit ihrem nebulösen „gut Zusammenpassen" meinte.

Susanne hörte irgendwann auf, sich zu fragen, ob sie homosexuell war – die Frage kam ihr nach einem halben Jahr so schal vor wie das Wort „invertiert" für „homosexuell" in den alten medizinisch-psychologischen Abhandlungen aus dem frühen 20. Jahrhundert, die sie manchmal las. Nicht mehr zeitgemäß. Albern.

Sie nahmen, wie inzwischen wohl ein wachsender Prozentsatz der 20-35jährigen in den Ländern, wo das Zeug zu kriegen war, regelmäßig MTS, mal das offizielle, das Susanne sich höchstpersönlich verschrieb und dann mit ihrer Freundin teilte, mal die immer noch auf dem schwarzen bzw. grauen Markt rund um Angehörige der Heilberufe erhältliche „deftigere" Version. Und sie fuhren gut dabei – manchmal bewirkte das Zeug milde Halluzinationen, manchmal nicht, aber hauptsächlich nahmen sie es, weil es vorhandene erotische Stimmungen mit einer Art wummerigem Nervensummton anreicherte, also genau aus dem Grund, aus dem Frank jahrelang erfolglos versucht hatte, Susanne zu der Droge zu „bekehren".

„Wie das Leben so spielt", murmelte Susanne und sah kurz in den Rückspiegel – keine Spur von Christine – bevor sie sich wieder der großen Karte zuwandte.

Dabei dachte sie gleichzeitig über die Rolle nach, die MTS in ihrem Leben gespielt hatte, und wie verschieden diese Rolle von der war, die Frank, der in diesem Punkt wahrlich „umgedacht" hatte, in seiner neuen Irrsinnsreligion dem Zeug zugedacht hatte: als „Gebetshilfe". Die inzwischen weit über die einstigen passionierten Spinnerzirkel hinaus angewachsene öffentliche Diskussion über Schwester Mitternacht, und zwar sowohl die „Light"- wie die „Originalversion", hatte so etwas wie eine Anzahl feststehender Gemeinplätze hervorgebracht, zu denen interessanterweise auch die vor allem von Hormon- und Sexualforschern vorgebrachte Lehrmeinung gehörte, daß die aphrodisische Wirkung des Präparats eigentlich nicht besonders ausgeprägt sei.

Alkohol, lautete ein gängiger Vergleich, wirke kaum weniger enthemmend.

Christine und ich, dachte Susanne daher jetzt befremdet, hätten einander also offenbar auch mithilfe einer Flasche Sekt oder einiger Gläser Vodka „finden" können – groteske Idee.

Der Teufel hat den Schnaps gemacht.

„Gute Nachrichten für dich, Indiana Jones!"

Susanne schrak zusammen, als Christine plötzlich neben ihr stand, auf der Straße, strahlte und die Arme ausbreitete. „Wieso? Hattest du eine göttliche Vision beim Pinkeln? Oder 'n paar versteckte Ostereier im Gebüsch gefunden?"

Christine ließ die Arme sinken, das aufgesetzte Grinsen verschwand.

Sie beugte sich vor, küßte Susanne auf die Stirn und sagte dann: „Nein, Schlaubinchen. Ich habe deine Abzweigung gefunden."

„Wa-?"

„Da hinten. Da, wo ich war. Die Lücke im Busch. Sie muß mal breiter gewesen sein, ist wahrscheinlich zugewachsen. Die Informationen, die dein Typ hat, sind veraltet."

Susanne sah von der Lücke in der Hecke zu Christine und zurück, als wollte sie sich vergewissern, daß sie nicht zum Besten gehalten wurde.

Dann nickte sie und bedeutete der Freundin mit einer Handbewegung, sie solle ins Auto spingen. Christine tat's, und Susanne wendete mit einiger Mühe (die Lenkung war mehr als robust, es war schließlich ein Geländewagen) auf der staubigen Landstraße, fuhr zu der Lücke und bog ab, nicht ohne den Ausruf: „Kopf einziehen! Gestrüpp!"

Tatsächlich schrammte eine Menge stachliges Zeug den Wagen und riß an Scheibe, Spiegeln und Türen ab, so daß einige kleine Zweiglein und etwas Gesträuch auf die Rücksitze prasselte, aber Susanne lachte nur, gab Gas, und nach wenigen Metern war das dichte Gebüsch passiert.

Sie erreichten eine rechts von einem kleinen Wäldchen gesäumte, in der Tat äußerst holprige und sehr schmale „Straße", die eher ein Fußweg war, und wurden, weil Susanne inzwischen auf 40-50 km/h beschleunigt hatte, eine Weile ordentlich auf ihren gut gepolsterten Sitzen herumgeschmissen.

Schließlich hörte auch das Wäldchen auf.

Eine leichte Steigung begann, einen in diesem grellen Sonnenlicht satt grasgrün strahlenden Wiesenhügel hinan. Der Weg wurde schließlich noch unscheinbarer, man erreichte ein Plateau, und von dort aus war nun endlich ein Haus zu sehen: klein, weiß, mit flachem Dach und schwarzen Fensterrahmen, offensichtlich neu, einsam auf weitem Feld, davor ein mit Kies aufgeschütteter Parkplatz.

„Sieht aus wie'n europäisches Einfamilienhaus. Fertigbauweise. Hätte ich hier nicht erwartet", konstatierte Christine. Susanne nickte verbissen: das Ziel war nah.

Das war freilich ein kleiner Trugschluß – das freie Feld verführte dazu, die Distanzen zu unterschätzen, mit denen man es zu tun hatte, und so dauerte es doch noch fast zehn Minuten, bis Susanne schließlich auf die Bremse treten konnte und der Kies unter den breiten Reifen des Jeeps knirschte.

Die Frauen sprangen aus dem Auto, als wäre es mit Schlangen verseucht, klopften sich die Zweige aus den Kleidern, umarmten sich, lachten, tauschten Küsse und stolperten dann Hand in Hand, wie aufgeregte Kinder zur Türe.

Dort hing, mit Tesafilm festgemacht, ein weißer DIN A 4-Zettel, und darauf standen, mit schwarzem Filzstift geschrieben, die Worte: „Hinterster Raum. Viel Glück, C."

Susanne riß den Zettel ab.

„Ich habe keine Ahnung, wie man feststellen kann, wie alt dieser Wisch ist."

„Vergiß es", meinte Christine wegwerfend und drückte gegen die Tür. Sie ging nicht auf.

„Klingeln?" fragte sie. Es war keine Klingel da.

Susanne nahm den Türknauf und zog daran. Die Tür ging mühelos auf, aber nach außen.

Drinnen, auf dem Korridor, kam's den beiden zunächst stockfinster vor.

Nachdem sich ihre Augen an das Zwielicht gewöhnt hatten, erkannten sie, daß alle Türen zu den einzelnen Zimmern offen, die Fenster dort aber zur Hälfte von Rolläden verdunkelt waren. Etwas summte leise, wie eine Air-Conditioning-Anlage.

Obwohl der Zettel sie auf den letzten der Räume am gegenüberliegenden Ende des Korridors verwiesen hatte, dessen Tür anders als die anderen nicht nur ein Stück geöffnet war, sondern weit aufgerissen, traten sie dennoch kurz in eins der anderen Zimmer.

- Abb. 10 -

Es war, wie die anderen, völlig leer bis auf einen grossen, grauen, metallischen Kasten an der Wand neben dem Fenster. Der Kasten war die Quelle des Summens, das wie eine leichte Brise klang. „Ein Rechner", sagte Susanne.

„Teil eines Rechners", berichtigte Christine. „Ich wette, die sind alle zusammengeschaltet. Wenn das moderne Maschinen sind", sie legte die Hand auf das kühle Chassis des Geräts, „dann ist das ein sehr leistungsfähiges Ding. So groß! Ich frage mich, was die machen."

„Ich denke, das finden wir in dem letzten Raum raus", sagte Susanne und gab Christine einen Wink. Aufgeregt, aber äußerlich jetzt sehr beherrscht, gingen sie bewußt langsam weiter.

Der letzte Raum war noch dunkler als die übrigen, die Rolläden vor dem Fenster hingen fast völlig unten. Ein grünes Leuchten kam von einem Tisch her: dort stand ein Drucker, nicht größer als ein kleiner Reisekoffer, mit einem Haufen Papier im Einzugsfach, daneben ein Bildschirm, vor dieser eine Maus auf einem Mousepad.

Das Kontrollämpchen des Druckers war es, was das grüne Leuchten von sich gab.

Der Bildschirm sah schwarz aus – nein, nicht völlig: er schimmerte schwach orange.

War das ein Bildschirmschoner, was da aktiviert war?

Christine blieb in der Tür stehen und sagte: „Ich glaube, ich hätte meine Kamera aus dem Auto mitnehmen sollen."

„Wieso? Was willst du fotografieren? Tisch, Drucker, Schirm, Maus?" sagte Susanne und ging zu dem Tisch. Sie bekam keine Antwort.

Das Mousepad war dunkelgrün und rechteckig, in der unteren rechten Ecke war in Schwarz das Logo eines Widderkopfs in einem Kreis aufgedruckt.

„Soll ich mal klicken? Einfach so, um zu gucken, ob der Schirm angeht?“ sagte Susanne.

Sie hatte einen trockenen Mund. Christine hatte es die Sprache verschlagen – das geschah weißgott selten, dachte Susanne, schaute zurück zur Freundin, und die nickte.

Susanne wandte sich wieder dem Schirm zu legte vorsichtig die Hand auf die Maus und klickte zweimal.

Auf dem Schirm leuchtete ein ganz normaler Windowshintergrund auf, grünschwarzes Rautenmuster mit sehr feiner Auflösung. Aber keinerlei Icons, kein Startfeld, nichts.

Im selben Moment hörte das Summen auf, das überall im Haus gewesen war.

„Sie sind abgeschaltet. Die Rechner“, sagte Christine tonlos.

„Alle?“ zweifelte Susanne.

„Ich weiß es nicht. Aber es ist sehr still geworden. Das – oh wow, schau! Der Schirm – auf dem Schirm! Da!“

Ein Fenster hatte sich geöffnet.

Es war nicht sehr groß und in seinem weißen Rechteck stand nichts weiter zu lesen als ein kurzer deutschsprachiger Text – eine Frage und drei Antwortmöglichkeiten:

Wünschen Sie einen Ausdruck?
Ja – Nein – Abbrechen.

„Und was machen wir jetzt?“ fragte Christine.

„Na, was wohl?“ sagte Susanne, und klickte die richtige Antwort an.

*

„I shouted out: who killed the Kennedys?

When after all it was you and me."

Mick Jagger näselte aus der Jukebox, die Neonreklame im Fenster flackerte, Rauch kräuselte sich unter der Decke und wurde von einem großen Ventilator im Raum verteilt.

Der kleine Diner an der Schnellstraße, wenige Kilometer nördlich von Irving war fast leer: vier, fünf zahlende Gäste, bei dreißig freien Plätzen, wenn man die Theke mitrechnete.

Es war halb ein Uhr nachts.

Manchmal fuhren noch Autos vorbei, drin saßen die letzten der Leute, die vom Texas Stadium nachhause fuhren, meist Ortsansässige.

Die von auswärts waren schon früh aufgebrochen.

Frank Urbans Erweckungspredigt war um 23 Uhr mit einem kleinen Feuerwerk beendet worden, in dessen Genuß die Studenten der nahegelegenen Universität sogar gekommen waren, ohne für das religiöse Spektakel Eintritt zu zahlen.

„Pleased to meet you ...", nölte Jagger.

Der Manager wechselte die Filter in der Kaffeemaschine und zündete sich danach eine neue Zigarette an. Ein Mann an einem Fensterplatz in der hintersten Ecknische des Lokals sagte zu seiner Begleiterin: „Ich mag diesen Song nicht besonders. Irgendwie schmalzig, das Ganze. Ich meine, wer will das wissen, was sich irgendein zerknitterter britischer Lausbub unter Dämonie vorstellt, oder Ironie, oder was weiß ich?"

Die grell geschminkte, ca. 30jährige, platinblonde und vollbusige Frau, die vor ein paar Monaten noch ein Mann gewesen war („Man muß alles mal ausprobieren", hatte ihr „Chef" ihr beruhigend zugeflüstert, bevor er ihr ihre gegenwärtige Gestalt gab), antwortete verdrießlich: „Warum hast du ihn dann gedrückt? Den Song, meine ich? Wenn du ihn so abgründig Scheiße findest?"

Der Mann zuckte mit den Schultern, als wollte er sagen: woher soll ich das wissen?, und zeigte sein breitestes Lächeln. Zwischen den makellos weißen Zähnen hatte er einen Zahnstocher eingeklemmt, auf dem Kopf trug er einen Stetsonhut.

Auch sonst war er den regionalen Gepflogenheiten gemäß gekleidet: Jeanshemd, Bolo-Ties, grobes Anzugjackett, verwaschene Jeans, Cowboystiefel. Er sah wie ein alter Vormann auf einer Ranch aus, und das war ihm recht.

Ihm war alles recht, solange er nur nicht gerade wie ein ungarischer Psychiater oder wie ein slowenischer Genetiker, wie ein russischer Informatiker oder wie ein tschechischer Biologe aussah. Jim Corbett, Karin Lay oder Frank Urban hätten ihn vielleicht trotzdem erkannt, wenn sie hier gewesen wären. Aber sie waren nicht hier.

„Wie fandest du eigentlich Urbans Predigt?" fragte der Cowboy seine Begleiterin, die anonsten für ihn meist den Job einer Botin erledigte.

„Ein bißchen dick aufgetragen, würde ich sagen. Wenn man bedenkt, daß er keinen Schimmer hat, worum es wirklich geht. Das ganze Zeug von Gott, der die Evolution lenkt und die Differenzierung der Geschöpfe, die Er als Mittelpunkt um sich vereinigt, zum Äußersten treibt ... und diese Sicherheit, von wegen: daß Evangelis verschwunden ist, zeige die unmittelbar bevorstehende Ankunft des HErrn, der ja gesagt habe, daß sein Jünger ‚bleibt, bis er kommt.'" , die Frau machte eine wegwerfende Handbewegung.

„Ja", sagte der Mann mit dem Zahnstocher zwischen den Zähnen nachdenklich und lächelnd, und nahm dann einen Schluck vom schalen Bier aus der kleinen grünen Flasche.

„Ja, stimmt. Es fällt ihm nicht ein, daß er und seinesgleichen den Evangelisten vielleicht ... vertrieben haben. Daß sein Erlöser einfach nicht mehr kommen wird. Daß dieser Typ, der versucht hat, sich wegzusäbeln, vielleicht die letzte Chance war, die er und seine Mitmenschen hatten."

„Du klingst fast, als würdest du's bedauern", sagte die blonde Frau nachdenklich.

Ihr war, als wäre ihr eben eine völlig neue Seite an ihrem Boss aufgefallen.

Der zuckte mit den Schultern.

„Bedauern? Ich bedaure so einiges. Ich meine, hör' dir nur an, was man mir alles anzuhängen versucht hat! Von der Pest bis Hitler, von Krieg bis Rinderwahn, immer muß jemand verantwortlich sein, und meistens soll und will es keiner von ihnen gewesen sein."

Die Blondine hob die Augenbrauen, zweifelnd und ein bißchen spöttisch: „Soll das heißen, du lehnst jede Verantwortung ab?"

Der Cowboy kicherte leise.

„Nicht jede. Die Sache mit MTS: das war meine Idee, selbstverständlich. Und davor hatte ich einige ähnlich gute. Rock'n'Roll. Der Darwinismus. Das heliozentrische Weltbild. Das Rad, das Feuer, das Urheberrecht. Ich bin ordentlich rumgekommen, weißt du? Klar, du weißt es. Mein Famulus, meine Famula. Kommst ja auch ganz schön rum, seit du bei mir eingestiegen bist. Aber mein Problem, weißt du, ist, daß diese Leute hier meinen Humor nicht verstehen. Einen wie Frank Urban zum Propheten zu machen, da habe ich mich selbst übertroffen, findest du nicht? Er weiß gar nicht, ob er die Welt zuerst retten und dann verwüsten soll oder umgekehrt! Und seine Susanne ... die eigentliche Heilige in der Sache, oder? Der geile neue Papst und die eiserne lesbische Jungfrau von Orleans, Randy und Joan ... Superlustig, oder?"

Er wartete die Antwort nicht ab, sondern stand auf, knallte ein paar Dollarscheine auf den Tisch und gab seiner Begleiterin einen Wink, sie solle aufstehen.

Zusammen gingen sie hinaus, und als er ihr die Tür aufhielt, flüsterte er mit gespielter Reue: „Vielleicht hätte ich damals einfach ganz anders anfangen sollen. Vielleicht war die einzige wirklich miese Idee meines Lebens die, dieser Mieze in dem Garten den dämlichen Apfel anzudrehen. Der Rest ist, wie man so sagt, Geschichte. Naja. Jetzt müssen wir alle eben damit leben, oder?"

Die Frau warf ihrem Kavalier einen mißbilligenden Blick zu.

Dann mußte sie doch lachen.

So ließ sie denn zu, daß er sich bei ihr unterhakte, und gemeinsam gingen sie mit beinah tänzerischen Schritten hinaus in die große, weitherzige, von den Lichtern der großen Stadt Dallas im Nordosten hell erleuchtete Nacht.

Nichtlineare Verelendung

Ein Nachwort zum Problem des literarischen Klassenstandpunkts am Beispiel „Schwester Mitternacht" von Klemens August Braun.

Wie komme ich dazu, dieses Nachwort zu schreiben?

Das hat, wie man so sagt, mehrere Gründe, und wenn die sauber voneinander zu scheiden wären, wäre mir wohler. Aber gut, das sind sie nicht, also sage ich's mal so: teils weil Barbara Kirchner und Dietmar Dath, die den vorliegenden Roman geschrieben haben, der von mir gegründeten politischen Organisation „Gruppe Pfadintegral" (GPI) persönlich in kritischer Solidarität nahestehen, teils aber auch, weil einige Stellen des Romans implizit beanspruchen, einige der von dieser Gruppe ausgearbeiteten historischen und politischen Analysen in fiktionaler Form zu paraphrasieren, bin ich von den beiden gebeten worden, zu einigen dabei angesprochenen Themen ein paar Klarstellungen vorzunehmen. Ich bin damit auf eine heute leider sehr untypisch gewordene Weise zur Autorität im Bezug auf von mir produziertes oder gefördertes Gedankengut eingesetzt worden, und zwar sehr explizit – dafür danke ich nicht nur in meinem Namen, sondern auch in dem aller anderen GPIler, dieser häufig „Gippies" genannten Vorbereiter der vierten Aufklärung. Die Enteignung praktisch des gesamten ehemaligen semi-autonomen Kleinproduzententums in den Wissenschaften, dem Handwerk, den ehemals freien Berufen durch den blinden Kreislauf der Verwertung und die gesamtgesellschaftliche

Scheinkonkurrenz, welche als eines seiner schlimmsten Momente den statischen Todeskrampf auszeichnet, in dem sich das kapitalistische Weltsystem befindet, hat noch die berühmtesten Schriftsteller, Philosophen und politischen Autoren betroffen. Daß ihr ein eher unbekannter Mensch wie ich wenigstens einen Moment lang enthoben wird, ist schon was Feines. Denn die genannte falsche, gebrauchswertindifferente Enteignung der Ideenproduzenten, die in unserer grauenhaften Epoche wütet wie nie zuvor, wird bisweilen ja sogar von sich dabei zu allem sonstigen Ärger auch noch links fühlenden nützlichen Idioten des Systems als „kollektive" Form des Denkens, Schreibens und Auftretens gefeiert. Genau so hat schon der Tod des freien, ökonomisch unerpressbaren Mittelstandes in den zerfallskleinbürgerlichen „Antisubjektphilosophien" aus Frankreich und Amerika seinen Vorschein und seine gedanklich dürftige, aber oft mit enormem Aufwand ausformulierte Legitimation erhalten. Doch zur Sache.

Eins ist mir nach Lektüre von „Schwester Mitternacht" sofort und unmittelbar klargeworden: Kirchner und Dath (ab hier der Bequemlichkeit halber K/D) beabsichtigen glücklicherweise nicht, der klassisch-sozialistisch utopischen Literatur der neueren Zeit, die von meinetwegen Babeufs „Krieg der Armen gegen die Reichen" und Saint-Simons „Das goldene Zeitalter steht uns bevor" bis zu etwa Kim Stanley Robinsons großartiger, aber schon das absteigende Moment der betreffenden Tradition abbildenden „Mars"-Trilogie reicht, ein weiteres Werk hinzufügen. Das Buch schildert nie und nirgends irgendeine „Utopie der Gippies", sondern eher den negativen Himmel des Kapitalismus: wenn wir nur ein paar Problemchen technisch ausräumen, was uns das marktbewässerte Wachstum der Produktivkräfte unmittelbar ermöglichen sollte (AIDS ist in

K/Ds Satire geheilt, die Memtheorie funktioniert als ausgezeichnetes Interventionsmittel der Massen- und Elitensteuerung, das Machbare regiert), dann wird der alte Epikureismus im kapitalistischen Weltsystem seine größten Erfolge aller Zeiten feiern. Das sind, sagt das Buch, sexuell-telepathisch-metamorphotisch-pharmakologische Erfolge des neuen Fleisches, vor denen selbst Lukrez, der immerhin auch Bewohner einer Verfallszeit war, erbleicht wäre.

Der Witz des Buches ist also, denke ich, daß es zeigt, wie und warum so ein ultra-epikureisches Leben gar kein besonders prachtvolles wäre, sondern bloß ein sinnloses, ohne Eingriffsmöglichkeiten der Beteiligten ablaufendes Affentheater des Teufels, in dem wahr und falsch gleich viel gelten, das heißt: endgültig verschwunden sind. Was da wie ein albernes Uhrwerk abläuft, das den logisch-mathematischen Substitutionssystemen Axel Thues und Aristid Lindenmayers sowie den neuesten Ideen Stephen Wolframs nachgebildet wurde und von Daniela Burgers Illustrationen auch graphisch zum zentralen Evidenzmoment der Ereignis- und Bilderfolge erhoben wird, ist nichts anderes als eine nichtlineare Sorte der totalen Verelendung, bei der auf einen geilen Quatsch immer nur ein anderer geiler Quatsch folgt, aber nie eine Verbindung eingegangen wird, die zwingend wäre. Wie immer es mit der (lassalleanisch) absoluten und (marxistisch) relativen Verelendung sonst stehen mag: ein so auf die trashige Empirie der pornographisch-positivistischen Faktizität reduziertes, lustig-spannendes Scheißleben sollte eher nicht Endzweck der Geschichte sein, meine ich, und meinen wohl auch K/D. Selbst wenn die auffälligeren Elendssymptome des Kapitalismus aufgehoben würden, heißt das demnach, selbst wenn das wirklich ginge und nicht jede weitere ökonomische Krise eine Verschärfung auch der kultur-, sexual-, ordnungs- und sonstigen politischen Sauereien mit sich brächte, selbst dann böte die erkennbare Bereitschaft der Leute, sich jederzeit als emotionale Elendsknüppel gegen andere ihresgleichen einsetzen zu lassen, eine Show, die man weder mittragen noch anschauen möchte, es sei denn, um sich am Elend, das einen ja betrifft, wenigstens ein bißchen objektivierend zu weiden, wogegen von ästhetischer Seite übrigens absolut nichts spricht.

Was die Figuren des Buchs da so blind im Neo-deSadeschen Kreis herumtorkeln lässt, ist das bisherige Ausbleiben der vierten Aufklärung nach der ersten, antiken, über die Natur, der zweiten, bürgerlichen, über das Verhältnis von Natur und menschlicher Praxis, der dritten, marxistischen, über das Verhältnis von menschlicher Praxis und menschlicher Geschichte. Die vierte müsste eine über das tatsächlich erreichte Verhältnis von Wirklichkeit und Möglichkeit als das unterschlagene Produkt der praktischen sozialen Vernunftgeschichte sein: die Science-Fiction-Aufklärung, nach der Fantasy-, der Horror- und der Abenteuerfilm-Aufklärung. Was es mit dieser vierten Aufklärung auf sich hat, wie sie konkret aussehen müsste, wer wie daran bereits arbeitet und so fort, all diese Dinge können in Büchern und Pamphleten von mir und anderen „Gippies" nachgelesen werden. Ein weniger trockenes, trotz gewissen Vergröberungen gar nicht so übles Skizzenbild dessen, was wir wollen und wie unser Bild historischer Wirklichkeitssteuerung, das ich vor allem in meinem Hauptwerk „Die Rekursive Revolution" und der kleinen vorbereitenden Schrift „Das Ende der Konkurrenz" entwickelt habe und das meine Genossinnen Cordula Späth, Katja Benante und Elisabeth Disch dann in ihrem Buch „Staat und Information" aus dem Jahre 2001 vertieft und verbessert haben, findet sich in Daths Roman „Phonon“, wo der Autor einige „Gippies“ auftreten lässt, die vieles von dem sagen, was echte Gippies auch sagen (allerdings auch ein paar falsche Sachen, die aber aus den falschen historischen Szenarien resultieren, welche der Roman absichtlich und verfremdend malt).

Die Welt von „Schwester Mitternacht“ teilt mit unseren politisch-historisch-wissenspraktischen Anschauungen zumindest die Offensichtlichkeit der Einsicht in das, was der zentrale Fehler Wilhelm Reichs und des von ihm beeinflussten Hedonismus der Neuen Linken und ihrer Erben war: die menschliche Genussfähigkeit, vor allem die Sexualität, und die dieser alle Grundlagen schaffende lebendige Arbeit nicht als geschichtlich veränderbar zu begreifen. Die „Massenpsychologie des Faschismus“ ist zwar immer noch ein vorzügliches Buch, aber Schwänze, Fotzen und daran klebende Symbole und Imagines sind nicht der ganze sexuelle Mensch. „Schwester Mitternacht“ stellt das klar: historischer, durchzogener von den Berechnungen, die Gesellschaft sind, war Sex selten als heute, in Zeiten der besagten nichtlinearen Verelendung.

Dabei ist der Roman kein geschichtspanoramisches Edelerzeugnis Marke „Krieg und Frieden“, sondern ganz nach K/Ds Willen vor allem ein heißer Dreck. Aber eben nicht irgendein, sondern ein ziemlich avantgardistischer heißer Dreck. Clement Greenbergs alte und nicht denunziatorisch gemeinte Idee, daß „Avantgarde“ etwas zutiefst Kleinbürgerliches sei, findet sich hier wiederaufgenommen unter Bedingungen, unter denen das Kleinbürgertum fast vollständig proletarisiert wurde, besonders in den Schichten, welchen die HandlungsträgerInnen des Romans entstammen: bei den WissenschaftsfellachInnen und den ÄrztInnen, abhängig von Drittmitteln oder Banken, wie die sind - versuchen Sie nur mal, sich als MedizinerIn heutzutage wirklich „selbständig" niederzulassen. Viel Spaß.

Die pornographische Bilder- und Textwährung des (klein)bürgerlichen Sexmarkts wird bei K/D eins zu eins in Literatur über zutiefst unselbständige, aber doch ganz sympathische Pappfiguren mit entsprechend scheinselbständiger Sexualität eingetauscht, alle reden gleich und der Wechselkurs tut sozusagen so, als würden Rechnungen noch in DM beglichen (Zeitalter des Spätkapitalismus) statt in Euro (Zeitalter der neuen Klassenstasis auf dualer Basis). Das beste an dem Buch sind, finde ich, diese fürchterlichen und manchmal sogar ganz witzigen Boros-Protokolle. Hier wird der massenkulturelle, verwissenschaftliche Popsex-Schwachsinn der Gegenwart mit arrogant-hilflosen künstlerischen Mitteln als gerechtfertigter Sieger über die bloß abstrakt, also theoretisch-kontemplativ kritische Position des modernen Antisexismus gefeiert, der er ja, geben wir es nur zu, doch auch ist: wenn da ein männlicher SysOp mit Freude an dem, was er dicke Titten nennt, von seiner Drogenerfahrung erzählt, Keyboard-Klappertöne seien dabei wie körperliche Objekte zwischen Wohnungswänden herumgeknallt, oder wenn eine Frau ihr erotisiertes „Morphing" in die Tiergestalt berichtet, dann hechelt die Literatur den digitalen CGI-Effekten pseudonihilistischen schweinischen Film-Kunstgewerbes der oberen Qualitätsschicht zwischen „Fight Club" und „Harvard Man" (beides prima dekadente Filme) hinterher, parodiert sie aber eben nicht mehr, sondern gibt offen und entwaffnend zu: auf die Literatur als Kritik- und Distanzmittel ist heute echt geschissen.

Der verfaulte Klassenstandpunkt des absterbenden, aber wenigstens naturwissenschaftlich gebildeten Kleinbürgertums ist in diesem Buch also ganz hervorragend getroffen. Ein Wort daher noch zum Klassenstandpunkt überhaupt, bevor ich abschließend leider doch ein paar kritische Dinge gegen den Roman einwenden möchte, die seinen Wert vielleicht gar nicht schmälern, mir aber bedenkenswert erscheinen.

Das Wort „Klassenstandpunkt" ist bekanntlich ordentlich kaputtgewichst worden.

Nicht mal (ja, gerade nicht) die ausgefuchstesten Neomarxisten, etwa Robert Kurzens Wertkritiker, wollen sich damit noch sehen lassen. Die GPI allerdings bereitet derzeit ein von mehreren AutorInnen verantwortetes Arbeitspapier vor, mit dem wir uns wahrscheinlich etwas Zeit lassen werden (das ist das einzige, was wir dicke haben, im Moment: Zeit) und das den Titel „Über den Begriff des Klassenkampfs im Zeitalter seiner falschen Überflüssigkeit" tragen wird. Ein zentraler Gedanke daraus geht ungefähr folgendermaßen: Der Begriff „Klassenkampf" ist angeblich tot wie ein Türnagel. Er könnte es verdient haben: man hat sehr lange damit von allerlei Rassismus und Sexismus abgelenkt, man hat damit Scheiße über Scheiße gebaut, aber daran liegt seine derzeitige Danebenheit merkwürdigerweise eher nicht, wenn wir mal ganz aufrichtig miteinander sind. Sie liegt vielmehr zweitens an den nachbürgerlichen Sozialwissenschaften, die ihn locker wegentdeckt haben, aber sogar schon erstens an: Politik. In dieser nämlich, mehr noch als in der Ökonomie, ist nach klassischem Begriffsverständnis seine logische Voraussetzung zuhause, die soziale „Klasse" selber.

Nach den drei größten Niederlagen der Arbeiterklasse seit ihrer Entstehung im Spätmittelalter, nämlich dem Misslingen der deutschen Revolution nach dem zweiten Weltkrieg, dem taktischen Versagen Trotzkis und der linken Opposition bei der Verhinderung der Umwandlung der Sowjetunion in ein Paradies der georgischen Labour-Party und schließlich der furchtbaren Hitlerkacke in Deutschland, gab es „Klassen" zusehends nur noch als appelativen Totembezug mehr oder weniger kämpfender politischer Intellektueller - von ein paar gewerkschaftlichen Statisten abgesehen, die sich binnenkapitalistische Verbesserungen ihrer Lage erhofften. Nach dem zweiten Weltkrieg kämpften die genannten Intellektuellen im Westen um Einfluß und die Liberalisierung ihrer Gesellschaften, im Osten ebenfalls um Einfluß, manchmal sogar Machterhalt (es gab dort ein, zwei Intellektuelle an der Macht) und schließlich, wie im Westen, um allerlei Liberalisierungskram.

In beiden Gesellschaften waren die betr. Intellektuellen natürlich selber keine Klasse, sondern eine Art fusseliger politischer Mittelstandspartei: die globale FDP des Herrn Jesus oder so (natürlich hatten die echten Christen in spätantiker Zeit erheblich mehr geboten, schließlich beriefen sie sich ja auch auf den Sohn Gottes statt auf einen verkrachten deutschen Philosophen und seinen ebenso langbärtigen Fabrikantenkumpel).

Die Klasse, von der die Mitglieder dieser globalen FDP Jesu am liebsten redeten, war die Arbeiterklasse. Das lag daran, daß sie noch wussten, daß ihre eigene Lage als fusselige quasichristliche politische Partei irgendwie (ihre Begriffe begannen bereits, sich in Schleim aufzulösen) damit zusammenhing, daß ihresgleichen vor den erwähnten schweren Niederlagen auf Seiten der Arbeiterklasse nicht für die Verkuschelung und Liberalisierung, sondern die Abschaffung der bestehenden Sozietäten gekämpft hatte.

Dabei beriefen am Ende jene, deren Kampf so gründlich verloren worden war, und also auch ihre verfransten Erben, sich auf den sogenannten Marxismus. Dieser nun hatte einen sehr absichtlich zweideutigen (Arbeiter-)Klassenbegriff. Nach der objektiven Seite waren mit „Arbeiterklasse" ganz simpel alle Leute gemeint, die nichts davon hatten (und bis heute nichts davon haben), wie produktiv „ihre" Gesellschaft ist, von ein bißchen Luxus- und Konsumabfall (TV, Video, Ferien, Homecomputer, ein Bröcklein MTS) mal abgesehen.

Anders als andere Klassen - und hier kommen wir zur Definition von „etwas davon haben" - partizipieren die Verarschten aus der Abeiterklasse nämlich weder als formaljuristische Eigner noch als deren ausgehaltene Hilfskasper (Intellektuelle, Techniker) an irgendwelchen Entscheidungen darüber, was, wie und warum da so alles produziert wird.

Das war aber nur die objektive Seite, man kann daran dann so seinen Hegel durchdeklinieren, Aufhebung, Expropriation der Expropriateure usw. Die subjektive Seite dagegen umfasste eigentlich nur einen Gedanken, nämlich den, daß die besagte Arbeiterklasse nicht nur das hegelisch teleologisch zwingende Aufhebungsmoment der ganzen doofen Klassengesellschaft sein sollte, sondern das auch selber sein wollen musste, was nur auf dem Weg der Praxis herstellbar war, d.h: von irgendwelchen „Geschichtsgesetzen" jenseits dessen, was Marx' Feuerbachthesen festhalten, hatte der vorleninsche Marxismus einen sozusagen ironisch-hinterhältigen Gebrauch gemacht, und das war sehr weise gewesen.

Die wenigen Intellektuellen, die ernsthaft, weil subjektiv ohne Alternative, auf Seiten jener sich dann tatsächlich in Streiks und Massenaktionen seit Ende des 19. Jahrhunderts herausbildenden subjektiven Klasse kämpften, Leute wie Lenin, Leviné und Gramsci also, haben mitsamt dieser Klasse ihren nie wirklich „gemeinsamen" Kampf gründlich verloren. Ihre kleineren Siege von der einen Performance-Abend lang realisierten hübschen Künstleridee „Sowjetunion", über das Krankengeld und die Rente bis zum sozialem Wohnungsbau wurden und werden verramscht oder bald in neue faschistische Formen der Sorte „Digitale Arbeitsfront" integriert werden.

Andererseits haben die fusseligen Erben jener Niederlage, die modernen FDPler Jesu, ihren ganz anders gearteten Kampf, den der Ära nach dem zweiten Weltkrieg, in allen Punkten außer dem von Einfluß und Macht komplett gewonnen: der Westen wurde in den Siebzigern, der Osten um 1990 liberalisiert, daß es kracht. Die globale FDP Jesu, infolge dieses Sieges jetzt so überflüssig wie die armen Marxisten infolge der vorangegangen Niederlage, redet noch ein bißchen um den kaltgewordenen Brei herum, aber nix mehr von der Arbeiterklasse. Als subjektive gibt es sie nicht mehr, mal sehen, was im Weltmaßstab draus wird, vielleicht waren die indirekten Beerdigungsreden auf sie – als Grablegungen „des Sozialismus" maskiert – verfrüht. Uns armen Schweinen, welchen die vierte Aufklärung obliegt, bringt das einstweilen nix. Wir müssen sicherstellen, daß wenigstens das, was man schon mal wusste, das heißt alles, was den ersten drei Aufklärungen angehörte, nicht verloren geht, und es dann durch Wissen über das zu lange Ignorierte ergänzen. Die FDPler Jesu reden genau in dem Moment nicht mehr von Klassen, wo deren praktischer Begriff zu sich selber kommt, will sagen: die Intellektuellen wollen genau in dem Moment nicht mehr dran mitwirken, subjektiv ein Proletariat zu schaffen, in dem sie objektiv zum größten und stumpfsten Proletariat gehören, das jemals existiert hat.

Die Proletarier aller Länder sind vereinigt worden, und eine wichtige, noch aufzuklärende weil unterschätzte Rolle hat dabei das gespielt, was im klassischen Marxismus „Verwissenschaftlichung" hieß und was die globale FDP Jesu unter anderem als „instrumentelle Vernunft" dämonisiert hat, anstatt es zu begreifen.

Hier aber komme ich zu der Kritik, die ich an „Schwester Mitternacht" bei aller Sympathie doch üben muß. In der Lage, in der wir uns befinden, brauchen wir neben guten Socken und viel Cola eine politische Kunst, die so explizit und lustig und gruslig wie möglich ist. Lustig und gruslig ist das vorliegende Buch stellenweise bereits, aber mit der Explizitheit hapert es doch noch arg. Damit meine ich nicht, daß ich meine Ideen zu leicht nachbrüllbaren Scheißhausparolen verwandelt haben möchte. Journalisten gibt es so schon zu viele, Gippiejournalisten möge uns Gott ersparen. Ebensowenig wäre gewonnen, wenn jemand auf die dumme Idee käme, Gippie-Politikbegriffe auf jene rührend „erzählende" Weise in Romane und Erzählungen einzubacken, wie Alexandra Kollontai ihre hübsch sexualliberalen und korrekt kommunistischen Ideen in irgendwelche Liebesgeschichten („Wege der Liebe" etc.) hineingebacken hat. Aber wenn ein Buch sich die auf wahnsinnig komplizierte Weise genialen und paradox richtig-falschen Ideen Stephen Wolframs (Stichwort „Prinzip der computationalen Äquivalenz" und „computationale Irreduzibilität) aus dem unglücklicherweise immer noch viel zu unbekannten Meisterwerk „A New Kind of Science" von 2002 so schön zueigen macht wie „Schwester Mitternacht", um damit auf dem Weg des Komplexitätsarguments eine feministische Theorie bezüglich des Verhältnisses von historischem Bewußtsein deklassierter Wissenschaftsarbeiter einerseits zu ihrer historischen Praxis andererseits zu entwickeln, dann finde ich es einfach schade (um nicht zu sagen: eine kleine Sauerei), wenn dieser Gedanke, schönes Update der zweiten Feuerbachthese, das er ist, bloß implizit in dem Buch versteckt wird, statt offen ausformuliert zu werden.

Ich meine, es ist ja prima, daß K/D wissen, daß auch die rechnende Produktivkraft Computer klassenmäßige, sexuelle

und andere soziale Dynamiken nicht weiter reduzieren kann als bis auf ihr praktisches Realverhältnis, codiert als ein verzeitlichtes Ersetzungssystem im Wolframschen Sinne. Aber nirgends steht das im Roman, man muß es sich denken, oder ins Nachwort schreiben, wenn man es selber auch schon weiß. Ich könnte das hier noch breit auswalzen, aber eben das sollen K/D bitte gefälligst demnächst selber machen. Versteckspiele für intellektuelle Besserwisser sind nämlich das Letzte, was wir brauchen: auch avantgardistischer Dreck darf sich nicht einfach selbst zu dreckiger Avantgarde erniedrigen, bei Strafe der Irrelavanz. Sonst nämlich macht die Dialektik wieder nur, was sie am liebsten tut und was doch niemanden weiterbringt: sie holt sich in irgendwelchen individuellen Köpfen oder auf bedrucktem Papier einen drauf runter, wie mordsmäßig dialektisch sie mal wieder ist.
Ohne mich, Leute.

VERBRECHER
VERLAG

Dietmar Dath
SKYE BOAT SONG

Roman
Taschenbuch
144 Seiten
12,30 €, 24 SFr
ISBN 3-9804471-8-9

Etwas kommt aus der Erde, es ist nicht tot, doch es lebt auch nicht. Dem kann man begegnen, vor dem muss man fliehen.
„Gleichzeitig ist ‚Skye Boat Song' vor allem eine wahnsinnig spannende Geschichte die von der ‚rasanten Verunheimlichung aller alltäglichen Dinge und Gegenstände' erzählt." Sven Opitz/Intro

Dietmar Dath
AM BLINDEN UFER

Roman
Taschenbuch
240 Seiten
13,30 €, 26 SFr
ISBN 3-9804471-4-6

Das Meer kommt an Land, die Zeit geht durcheinander und ein Leuchtturmwärter erlebt Dinge, die nicht zu ahnen waren.
„Von Dietmar Dath möchte man sich vieles sagen, mitgeben oder erklären lassen. Weil er einen großen Stoff mit leichter Hand in den sprichwörtlichen Griff bekommt." Kristof Schreuf/junge Welt

VERBRECHER
VERLAG

Gisela Elsner
DIE ZÄHMUNG

Mit einem Nachwort von
Tjark Kunstreich
Taschenbuch
280 Seiten
15 €, 30 SFr
ISBN 3-935843-09-7

Die Zähmung des Schriftstellers Alfred Giggenbacher durch seine Ehefrau, die endlich den Durchbruch schaffen wollende Filmemacherin Bettina Begemann, galt 1984, als diese Chronik einer Ehe in Westdeutschland erschien, als Satire des Geschlechterrollentauschs. Achtzehn Jahre später ist von der „galligen Komik", der „satirischen Präzision", die der Verlag seinerzeit auf dem Cover versprach, nichts, aber auch gar nichts mehr übrig. Vielmehr erinnert Gisela Elsner in der Radikalität ihrer Ablehnung der Errungenschaften von 1968 an Michel Houellebeques Beschreibungen des postmodernen Beziehungselends.

Max Müller
MUSIKCAFÉ WOLFSBURG

Geschichten und
Zeichnungen
Taschenbuch
110 Seiten
12,30 €, 24 SFr
ISBN 3-9804471-7-0

Zungen arbeiten als Models, Fußnägel greifen an, Familienväter liegen freiwillig im Koma, unterirdische Gebärfabriken tauchen auf, Schriftstellerinnen treten auf Rosen, man hat Krebs und keiner hilft. Und die Cola schmeckt gut.

„Müllers Texte sind weit entfernt von der billigen Faszination des Morbiden, mit den Stilmitteln der Groteske und des Splatterfilms wird eine zutiefst moralische Botschaft vermittelt."

Christiane Rösinger / FAZ

Verbrecher Verlag Rosenthaler Strasse 39 10178 Berlin
www.verbrecherei.de info@verbrecherei.de

VERBRECHER VERLAG

Tom Combo

VIELLEICHT NUR TEILZEIT

Geschichten und Reportagen
Taschenbuch
128 Seiten
12,30 €, 24 SFr
ISBN 3-935843-05-4

Ist der nette Junge von nebenan ein Mörder? Und warum hat der Auftragskiller keine Kinder? Die Geschichten und Reportagen in „Vielleicht nur Teilzeit" drehen sich um das Normale im Außergewöhnlichen und um das Außergewöhnliche in der Normalität. Die Protagonisten sind Nachtwächter, Bahnhofstricher, Architektinnen oder jugendliche Selbstmordpillenschlucker. Das Feingefühl des Kunst-Wrestlers trifft hier auf die Melancholie eines Müllfahrers, während eine hochbegabte Seerobbe der Jugend erklärt, wieso sie sich nicht in die Realität flüchten soll. Im stetigen Wechsel der Perspektiven kann plötzlich Banales bedeutsam, kann eine heimliche Untiefe zur unheimlichen Tiefe werden, in der vielleicht eine seltsame Band in einem versenkten Landdisco-Dixieklo spielt.

Verbrecher Verlag Rosenthaler Strasse 39 10178 Berlin
www.verbrecherei.de info@verbrecherei.de